阋火

缪娟 · 著

上海文化出版社

SHANGHAI CULTURE PUBLISHING HOUSE

图书在版编目（ＣＩＰ）数据

人间大火 / 缪娟著. -- 上海 : 上海文化出版社，
2023.2
ISBN 978-7-5535-2679-9

Ⅰ．①人… Ⅱ．①缪… Ⅲ．①长篇小说－中国－当代
Ⅳ．①I247.5

中国国家版本馆CIP数据核字(2023)第016410号

出 版 人：姜逸青
责任编辑：定小蓉
装帧设计：见白设计
封面绘制：陶然

书 　 名：人间大火
作 　 者：缪娟
出 　 版：上海世纪出版集团　上海文化出版社
地 　 址：上海市闵行区号景路159弄A座3楼　邮编：201101
发 　 行：上海文艺出版社发行中心
　　　　　上海市闵行区号景路159弄A座2楼206室　　邮编：201101
印 　 刷：固安兰星球彩色印刷有限公司
开 　 本：880mm×1230mm　1/32
印 　 张：9.75
字 　 数：327千字
版 　 次：2023年2月第一版　　2023年2月第一次印刷
书 　 号：ISBN 978-7-5535-2679-9/I.1030
定 　 价：45.00元

告读者　如发现本书有质量问题，请与印刷厂质量科联系
T：0316-5925887

Contents

目录

  面试时领导问了两个问题："一、你为什么愿意来社区工作？二、如果以后有了更好的选择，你会离开吗？"

  我照实回答："大学毕业之后，我考了两年研究生都没有考上。后来在 S 大学外事处工作了一段时间，负责非洲留学生的协调和管理工作，其间被借调到省外办欧美大处三个月，帮忙整理文件。再后来经人介绍又去了一个小学教了一个半月的语文。"

  领导说："这不是挺好的吗？这工作经历不错呀，都是好单位呀……"

  我说："好单位也没有什么用。他们那里都没有编制，随时来一个人就没有我的位置了。咱们社区这里有正式编制，我就报考了。"

  领导："哦……继续。"

  我想了想："您问我，以后有了更好的选择会不会离开？"

  领导："对。"

  "您指什么？什么叫做更好的选择呢？"我问。

  "比如说待遇更好，或者你考上了公务员，或者……"

  领导话没说完，我马上摇头："不会的。"

  领导非常高兴，马上问为什么。

  "这里离家近。我上班骑五分钟小车就到了。"

领导好像没想到我会给她这个理由，一下子被噎住了，靠在椅背上，思考片刻，接着就迅速地在我的审批表格上签了字，一边说道："夏洋是吧？小夏，也别等下礼拜一了，下午就正式报到吧，这也快十二点了，我们就在食堂吃饭，我们跟街道还有对面派出所共用食堂，主食特别好……"

　　领导是个不到四十岁的女士，熟了之后我叫她袁姐。听同事们讲，袁姐的丈夫是一家科技企业的高管，收入不错。她本人白净，很壮实，保养得很好，穿衣打扮时髦，待人接物热情，一个星期都不到我们就熟了。

　　也是在熟了之后，我问她为什么面试的时候一下子就签字决定要我，袁姐说："我觉得你诚实，特别单纯，我愿意带这样的小孩儿。"

　　诚实，单纯。我当时笑了笑没说话，但是心里十分受用，也有一种被人了解的感激。心里面想，以后一定把领导给的差事儿好好干，就算以后能找到更好的工作，在这里当一天和尚也要把钟敲好。

　　"当然，也是我们这儿最近缺人。"袁姐看着你的时候都是在夸你，实话她是要垂着眼睛才能说出来的，接下来她便垂着眼睛对我说，"你来面试之前，办公室里好几台电脑都中病毒了，还有两台打印机坏了，后来不都是被你修好的吗？我看你简历上写了'网络和电脑操作十分熟练'，我就让你赶快上班了。要不然又得去对面派出所找小警察帮忙——对，要你赶紧上班，主要还是为了这个。"

　　我点头："原来是这样啊……"后面的话我没再说，但是心里面还是不太舒服。我还是太天真了，真以为领导有多重视我。

　　我们当时就在袁姐的办公室里。办公室不大，袁姐在窗台上种了好几盆花草，窗子打开，空气里有植物和从外面飘进来的居民楼里炒菜的香气，收旧家电的商贩在外面经过，就有叫卖声传来。

　　袁姐给我打开了一瓶冰镇雪碧："虽然咱们在社区工作，性质上来讲是群众组织，不是公务员，也不是事业干部，但是身份上等于国家雇员，被国家雇用，怎么都比别的地方稳定，你说对不对？只要你不出格犯错，国家不会炒掉咱的。这个你懂吧？"

　　"嗯。"我点点头。

　　"那什么叫做出格犯错呢？"袁姐顺坡考我了。

　　我摇头看着她："不知道。反正我也不会迟到早退，除了发给我的工资，我也碰不到公家的钱，怎么会出格犯错呢？"

袁姐笑笑："对，就分给你的工作来看，你不会有犯错误被辞退的机会。但是面对群众工作，我就给你两个建议吧。"

她站到窗边，指了指我们办公室外面的一大片房子，它们中间被单行小街隔开，各自呈现出不同气象：一边是大理石外墙的高级住宅区"山水佳园"，园区里绿意盎然，地下停车场豪车进出，络绎不绝；另一边是八十年代的五层红砖小楼，一共十一栋零半个，那半个是十几年前一把火给烧掉的，这里现在是一个弃管小区，名字叫做"克俭小区"。我们的两个同事正在跟二号楼的刘阿姨交涉，请她不要在大槐树下面种大葱，这是公共绿地，伺候点葡萄藤还行，大葱就过分了，毕竟不是你自己家的菜园子……

袁姐道："首先，别势利眼。山水佳园这边住几万块一平米房子的居民，跟对面克俭小区领低保的住户，你得一视同仁。你跟这边的人怎么说话办事，就得跟那边的人怎么说话办事。明白吗？"

"嗯。明白。我做到这个没有问题。"

"还有就是，别急眼。"袁姐说到这里，眼睛又向上看了看，仿佛游回到了自己从前某些回忆中去，多年来遇到过的难题，受过的委屈，听过的埋怨甚至辱骂，自己消化了接受了，最终形成了经验，传授给我，"反正就是别急眼。对居民们尽量有求必应，做不到的也说明情况。无论他们说什么不好听的，你都别急眼，别顶嘴，尽量保持笑容。"

"那不一定。"我慢慢地解释，"群众是人，我也是人。我在这是社区工作者，可是回到我家那个小区，我也是群众，也是居民。别人都骂我了我还不说话，难道等着他上来动手打我吗？"

袁姐认真地看着我，似乎我说的话切实引起了她的思考，她也能产生共鸣，缓缓说道："就……尽量修炼吧。"

我们话还没有说完，张阿姨背着她的蓝布口袋从外面进来，袁姐见了她就笑，特别亲热："您是烫头发了？"

张阿姨眼皮都不抬，"啊"了一声算是答复她，然后从自己的蓝布口袋里拿出水杯要就着饮水机接水，回头看见我和袁姐手里一人一瓶雪碧，张阿姨道："有汽水呀？怎么不给我拿一瓶呢？"

雪碧是袁姐自己的，她并不情愿，慢吞吞地说："有倒是有……但是喝凉的对您老身体不好。"

"你快更年期了，你喝凉的才不好呢。你都喝了我有什么不能喝的？"张阿姨飞快地说。

袁姐脸上瞬间凝住，可也就是那么短短片刻，她掩着嘴巴哈哈大笑起来。

说一个四十岁不到的女性快更年期了，这不是骂人吗？可是袁姐被张阿姨说了之后就是在笑，还从自己办公桌下面的小冰箱里拿了一瓶雪碧给了张阿姨。

我心里想着她可能是在就刚才对我说的话，那些对群众一定要有求必应、保持微笑的话，进行现场教学和演示……对此我是服气的。

张阿姨，说说张阿姨。

我刚来的时候没有彻底弄明白。袁姐是社区书记，我以为张阿姨是比她更大的领导。

这样讲的原因，主要是看气势。

张阿姨看着可不像七十多岁，她染的黑头发烫着卷，面容严肃，腰杆直溜，说话中气十足。我刚来那天下午修电脑和打印机的时候，她就搬了一把椅子坐在我后面，双手放在膝盖上，以一种组织上考察新干部的态度，把我家里里外外什么情况问了个遍。最后她当着我和好几个同事的面给我下了结论："孩子不错，文化程度比较高，背景可靠，要求进步，但沟通表达有欠流畅，说话是不是有点结巴呀？着装方面也不太讲究，不太端庄，还没有完全做好从一个学生的角色转变为一个社区工作者的思想准备。总之一句话：猪油渣发白——你还'欠炼'。"

我能说我听了这话当时真吓蒙了吗？

我穿着有圆领子的 T 恤衫和牛仔裙，哪个年轻人不这么穿？怎么就不端庄了？她问我有没有交男朋友的时候，我跟她也不熟，不太想说，支支吾吾磕巴几句，结果被下了这么一个"欠炼"的结论。怎么，咱们社区这里是油锅吗？

我回家把这事儿跟家里人说了，我爸爸妈妈也紧张起来，妈妈马上带我去商场买了几件"端庄"的裙子，每天上班之前还嘱咐我，没有想明白的话不要说，张嘴不要磕巴。

这样的我精神高度紧张了好几天，终于，我开始怀疑张阿姨究竟是什么人。

首先，楼下进门的工作人员展示板上，连我这个刚入职的都贴了照片写上名字了，但是张阿姨不在上面。接着我发觉，她每天按时上下班，就在袁姐对面的桌子上看报纸，用自己的手机上网，有时候写材料。但是每次开会她从不出席，更没见过她写的那些材料的完稿。

没过几天，端午节到了，每人分一桶豆油当是福利。我问管行政的杨哥："怎么没有张阿姨的份儿呢？"

杨哥反问我："为什么要有她的份儿呀？她也不是咱们这儿的工作人员。"

"那张阿姨是干什么的呀？"这话我到底还是问出来了。

"就是对面克俭小区红砖楼的居民啊。"杨哥说。

"不在咱们这儿工作？"

"不。"

"不是袁姐的领导？"

"说什么呢？"

"那袁姐怎么对她那么客气呀？还有她为什么对我管这管那的，还给我下结论，'欠炼'……"

"张阿姨就这样。"杨哥说，"她退休之前是车辆厂的党委书记，管的人可比咱们社区书记多多了。后来退休，估计也是有劲儿没处使，就想来社区工作，但是我们招人也有年龄限制的呀，对不对？"

杨哥是个浓眉大眼、毛发厚重的胖子，不说话的时候面相很凶，张嘴说话就细声细气的，性格十分温柔，而且爱绣十字绣，爱做手工。当时已经下班了，杨哥在办公室里等孩子放学，一边绣一个大活儿——复仇者联盟，一边跟我讲这个连袁姐也对她毕恭毕敬的张阿姨的"底细"。

"比如说你。"杨哥说，"你是个小年轻，体力好，长得又可爱，会说英语会修电脑，社区里招这样的，多好用呀！做错了事情我们还敢教训你，谁敢招张阿姨当社区工作者呀？那不是等于往单位请一尊菩萨吗？再说了，她也不符合招聘条件。结果她就铆上了，你不招我是不是？那我就天天来，报纸随便看，网络随便蹭，茶水随便喝，除了不能开会，什么事儿都不少参与。你看咱们发的这油没有？买一赠一，大瓶上面不还绑着一个小瓶吗？袁姐的那个肯定也得给她喽！"

我听了很不服气，嘀咕道："袁姐可怎么忍她的呢……"

"忍她的不仅仅是袁姐，袁姐才来了不到两年，张阿姨都在咱们这儿扎根十年了。前面好几个书记都是被她送走的，哦不对，都是在她的监督下成长起来的……"

"哦……"我琢磨半天，想起来入职之后在区里参加了三天的社区工作者培训班，老师讲到，社区工作最主要的是跟群众保持密切联系，从群众中来，到群众中去。我一直以为群众在我们对面的小区里，原来群众早就以气势非凡的张阿姨为代表打入到我们身边，看着我们了。

自从知道张阿姨不是领导之后，我轻松多了。她渐渐地也觉察到了我态度上的转变，但是大部分时间里，我都躲着她，没给她修理我、"炼"我的机会。

我们之间那原本微小的矛盾后来是这样激化的：端午节之后没多久，天气热起来，袁姐为了节省经费，也为了照顾张阿姨的风湿腿总不开空调，告诉我们接待居民的时候就把外套穿上，没有外人的时候尽量凉快就好。有一天，我在外套里面穿的是一件露肩T恤，那天上午跟张阿姨在办公楼里打了几个照面，她用一种十分严厉甚至有些嫌弃的眼神瞪我，我正相反，目不斜视，完全回避，一点不给她教训我的机会。

下午袁姐把我叫到她（和张阿姨）的办公室里帮忙处理一个文件，在漫长而危机四伏的气氛里，我把最后弄好的文件给袁姐存档，终于听见对面一个悠悠的声音传来："肩膀很好看吗？非得露出来，一点气质都没有。"

我歪头一看，张阿姨这么说我的时候用报纸挡着脸，这似乎是她的一个策略：像是说你，又像没在说你，说了你又不是正面交锋。如同钝器伤人，不见血但力度大，你不接招就受内伤，你想接招还找不到其锋芒。

可是我这人可能看着老实，但性格里有一点爱反弹。张阿姨这个风格，我也可以如法炮制，我退回到电脑显示屏的后面，也慢悠悠地说："不好看你可以不看，没人请你看……"

对面的报纸被狠狠抖动，发出哗啦一声响，张阿姨的声音如期抵达："要是我的女儿，穿成这样上班，我抽她！"

我用力敲了一下回车，针锋相对："要抽就抽自己女儿去吧！反正谁敢抽我，我妈就抽谁！"

"啪"的一声，对面椅背撞墙，张阿姨站起来，离老远瞪着我。

我不怕的。我就歪了头，坦然看她。

袁姐还在屋里呢，坐在两张办公桌中间的沙发上。她的表情我能看见，瞪着眼睛往前看，不看我，更不敢看张阿姨，就轻轻打开嘴巴，呼吸放长，厚厚的胸脯缓缓起落：她在忍笑呢。

见我毫无惧色，气鼓鼓的张阿姨居然慢慢平静下来，从自己的蓝布包里拿了手纸卷出来，去厕所了。

她走了之后，我拍拍胸脯，喘了一口长气，袁姐过来用报纸卷轻轻拍了我脑袋一下："你还是小呀，说话也太不柔和了，你看我们这儿哪有那么跟老太太顶嘴的？"

"那袁姐我说错了吗？"我问她。

"没有。"袁姐马上说，"你是占理的。你也算是给我出气了。她还总说我穿得不好，更年期呢。不过你没有必要那么厉害。你要这么想，张阿姨管你也是关心你。"

"难道我还得谢谢她吗？"

"不谢谢也行，我教过你呀，保持微笑就好了。"袁姐说。

"嗯……"我低头叹口气，"我也不想像刚才那样说话，可是张阿姨管得也太宽了。我又不是她女儿。她干吗那么说我呀？再说办公室里不开空调，不也是为了照顾她吗？"

"她要是能管得着自己女儿，也用不着管你了。"袁姐说。

"怎么了？"

"老伴很多年前就去世了，女儿嫁到美国去了，两年能回来一次差不多，家里就她自己。"

袁姐思想工作做得很熟练，我马上对张阿姨心生同情了。我心里有点难受："那等会儿，我跟张阿姨道歉吧。"

"不用。"袁姐拍拍我肩膀，点点头安慰我，"日子长了，你们熟了就好了，不是非得把对不起说出来。"

过了一会儿，张阿姨回来了，脸冷若冰霜。我想对她笑笑，可是人家根本不看我，我渐渐觉得背后发凉：还没上几天班，我该不会就得罪人了吧？

那以后过了一个多星期，被我得罪的张阿姨除了对我冷口冷面之外，并没有做出什么实质性报复我的动作。

没过多久，我开始丢东西了。

先丢的是我网购的一箱蟹足棒。这个蟹足棒产自大连，特别好吃。我太爱这个了，第一个月开工资就囤了一箱，给每个同事发了一袋之后就把剩下的放在我办公桌下面。可过了一个周末回来上班，我那剩下的大半箱蟹足棒就没了。

我爸我妈让我别声张，更不要去问同事。我爸还说我不对，就那么点零食，还当个宝贝似的放在自己那儿，就应该摆在办公室中间，大家随便拿。

我听了他们的话，这事儿没跟人说，但是心里面总是不免琢磨。想来想去，最让我疑心的是胡世奇。胡世奇是个男孩，比我早一年来，也是社区工作者，嘴馋，似乎有点甲亢，瘦，但是食量特别大，单位里谁发点什么零食他都吃，吃得脸上皮肤不好都是痘。那天我发蟹足棒的时候给他一袋，他马上吃完又要了一袋，还笑嘻嘻地说，以他的胃口，那一箱都能干掉。因为单位里年轻人少的缘故，他跟我格外熟，会不会真就是没深没浅地干脆把我的蟹足棒全霸占了？

过了两天，胡世奇的爸妈从营口来 S 城看他，他给我拿了两大袋鱿鱼干，是他们家渔场自己出产的。我当他这是补偿，收下了也没客气，一边吃着他的鱿鱼干，一边提醒了他一下。我笑笑说："我那蟹足棒其实也不错吧？"胡世奇点点头没说别的，像是听懂了又像是没听懂。我只当跟他扯平，这事儿也就宕过去了。

接下来丢的东西是我爸让我给他在网上买的一个苗药脚气水。我甚至不知道是什么时候丢的。

后来我终于在那个远在天边近在眼前的地方找到了所有丢失的东西。把这些事情从头到尾复盘，我想张阿姨应该是趁我收到包裹去打电话的时候把我的东西抽走的，动作极为迅速。

而她拿走的第三个东西对我造成了极大的心理压力。

双子月到了，我的生日也来了。大学时代最要好的朋友现在在北京念研究生，给我寄了生日礼物。我收到她寄来的箱子，满怀期待打开一看，马上心跳加速，怀着喜悦的心情把盖子合上如同珍宝，双手颤抖着拿出手机给她发消息：太谢谢你啦，这个是怎么弄到的？

她回复道：好说好说，我跟导师去香港开会的时候买到的。你好好学习吧，咱们之后再做交流。

我收好手机，心里暗笑，把这个珍贵的礼物放在办公桌下面的柜子里，就被袁姐叫去开会了。

S 城又要"创建国家级卫生城市"，这对整个城市、各区、各街道、各个社区来说都是重大任务。袁姐不敢怠慢，会开了三个小时，一个人一个人地布置任务，谁去跟环卫对接，谁配合城管劝退那几所学校门口卖盒饭和零食的，谁去各居民区物业传达指示，还有谁作为志愿者在各个路口看着烧纸送钱的……

我正专心开会，认真记录，忽然一抬头，看见张阿姨在门口一闪而过，竟看着我笑了一下。我心里登时一惊。

她的笑容让我怎么形容呢？特别邪门。一种得手之后的洋洋得意，一种布下陷阱，打到了猎物般的轻松愉快。

张阿姨，张阿姨……就在这一刻，我脑袋里把所有之前发生的事情、所有我丢过的东西连成了线，串成了串。对呀，还能是谁呢？时间、动机都有，就是为了报复我不服她管！

我腾地站起来就要追上去找张阿姨理论，突然听见袁姐大喜过望的声音传来："啊？小夏这么积极呀？这事儿你想去呀？行，挺好，年轻人自告奋勇，就你去吧！"

我慢慢坐回去才弄明白，我正在主动请缨去山水佳园小区东门口看狗，提醒居民朋友们文明遛狗，牵狗拴绳。实在需要的话，还要配合环卫收拾散落的粪便，而且从这个星期开始，每个周六都要加班。

我唯有点头，起都起来了，活计我就干了吧。

散了会，我马上回自己办公室去，打开箱子。果不其然，我所有的分析和预感都应验了：好友给我的生日礼物被掉了包！现在里面是什么呢？我拿起来，都快哭了，油画封面，八开本，上下两册，各两千余页，砖头一样的大厚书，《新民县县志》，编撰于1988年——张阿姨最近一直就在袁姐的对面研究这个来着！

我气得呲牙咧嘴，摩拳擦掌，在心里面跟自己发狠：是时候找张阿姨谈一谈了！

要下班的时候，我在门口等到了她。张阿姨不笑了，手搭在自己蓝布包的带子上，歪头看我："怎么了？"

"阿姨呀，您喝酸奶不？我请您喝酸奶。"我起先跟她是客气的。

张阿姨很骄傲的样子："你有什么事儿呀？"

"那个……您是不是弄错了，拿我东西了？"

她哼了一声，似乎早有所料，声音也高了八度："丢了东西赖别人？你把我当什么人了？你知道我原来是干什么的不？偷你东西？你有什么值钱的能让我偷呀？"

"我不是这个意思！"她这么理直气壮，倒是把我给吓蒙了，我连忙摇头摆手，"我是说，办公室里东西那么多，您会不会拿错了？"

"胡说八道！"张阿姨的声音更大了，她过来拽我的手，"走，咱们找你们领导去！到袁书记那里说明白去！"

她上来抓我手的时候，我的耐心一下子到头了。我一把甩开她，我不会大声吼人，但也不能这么被欺负，我慢慢地，一个字一个字地说："我告诉你，不，不要因为年纪大就讹人……我同学给我从国外带回来的东西，值好几千块，我去报警，能立案，你知道不？"

说到"能立案"，张阿姨的脸上有了微妙的变化，似乎是也没想到被她拿走的东西能那么贵，我于是更坚定了自己的判断，是她拿的！不会错的！

"快还我。"我盯着她。

张阿姨轻轻一笑："你说是我就是我？有证据吗？有监控吗？"

我们自己的办公室里面怎么会有监控。

我看着她的背影气得直哆嗦，这个老太太，这个老太太……

这时从外面进来一个红头发的外国男人，看着我气得面红耳赤，点点头，没敢说话，也没敢往里走。这还没下班呢，再怎么激动也不能耽误工作。我镇定情绪，对外宾点点头，用英语问能帮他做什么。

红头发原来是个外国姑爷，刚刚抵达本城，按照规定必须在飞机落地二十四小时之内在居住地公安机关报到。

他问这里是不是派出所。我说这里是社区，还有五分钟派出所就要下班了。

我说："走吧，咱们赶紧的，我把您送过去。"

到了派出所，接待大厅只剩一位警官了。

汪宁。小汪警官。我在食堂见过他。

我刚开始注意到他是因为小汪警官长得可好看了。他一米八多，直溜溜的高个子，头发是黑茸茸的圆寸。那么高的个儿，却是个小脑袋瓜，小脸庞，脸色白里透红，一看就是爱运动的。小汪警官眉毛长长向上走，眼睛圆圆的，放到一块儿总像是眉飞色舞的样子。他鼻子又高又直，元宝嘴巴，一口好牙，说话的时候或者笑起来就会让人觉得他刚刚吃过什么特别香甜的水果一样。

不过所谓人无完人，要是非得给小汪警官挑点毛病的话，也不是没有，就是这人好像艳阳天里的一朵小白云，好看得太光明了，太正派了，缺了哪怕一点点的邪气，他这人可能一辈子都没遭过罪，没生过气——就像张阿姨欺负我那样的事情，他绝对没经历过。当然这也正常，他长成那样，谁都喜欢看他，谁都想对他好。

"他有对象了。"我第一次在食堂里见到小汪警官，刚刚多看了他几眼，袁姐马上低声告诉我。

"谁呀？"我赶快遮掩，眼珠子乱转。

"汪宁嘛，小汪警官。他对象是辽芭的。"

"辽八是哪里？"我不明白。

"辽宁芭蕾舞团呀。"

"哦，辽芭……明白了，明白了。"我记得我当时马上吃了一块茄子，油大的东西给人满足感，我在这个时候需要找补一下，虽然自己可能还没有意识到。

"没事儿。"袁姐又给了我夹了一块儿红烧刀鱼，"小姑娘见到小汪警官都这样，不是你一个人这样。谁不想跟漂亮男孩谈恋爱呢，更何况他还是警察……"

我赶紧摆手："袁姐袁姐，我可没想跟小汪警官谈恋爱，我就是多看他几眼，其实我喜欢……"

大师傅过来给我们的小碗里添了些汤。

袁姐看着我，等着我往下说我喜欢什么。我喝了一口汤把嘴闭上了，心想，这个领导还真是爱八卦呀，我才不告诉你我喜欢什么呢……

现在的我，如果忽略掉旁边这个红头发外国人的话，入职以来，第一次得到了跟小汪警官单独相处的机会。

小汪警官一边手脚麻利地在电脑上给"红头发"录入信息，一边让我马上拿着这位外国朋友带来的护照和他丈母娘家的证件去旁边的办公室复印。

我们分工协作，终于把他的暂住证明打出来了。小汪警官盖上公章，交给红头发，微笑问他："这次来 S 城是旅行还是度假呀？"

"是我太太的妈妈要过七十岁的生日了。"

小汪警官跟他握手："中文不错，就是稍微有点跑调，继续努力！"

"红头发"双手合十道谢，乐颠颠地走了。

我站在原地没动。

小汪警官低头看我，不明就里。

我耳朵发烫，手心里全是汗，攥着拳头："那个……"

"怎么了？你是生病了吗？"

"小汪警官呀，那个，我有点事儿问您……"

"你说呀。"

"你让我去复印户口本的那个办公室，我看见里面桌子上有个大箱子，箱子里面很多乱七八糟的东西，那是什么呀？"

小汪警官听了一愣，好像一时没反应过来我在说什么。

我头一扭，把他引到那个办公室里面去，指着复印机下面的一个大纸箱子给他看："就这个，这都是什么呀？"

小汪警官道："这是失物认领处呀。你先看这边架子上的东西，这是有群众拾到的价值比较高的物品，我们拍照，系统录入，放到网上招领，然后封存在这儿。一些现金价值比较低的物品，有人拾到了，我们就先放在这个纸箱子里。你看现在社会风气就是这么好，群众捡到个漫画，也不是什么重要的东西，都给送派出所里来了……"小汪警官说着就把放在最上面的两本漫画用两根手指夹起来让我看，漫画书的下面还有几双新袜子，几个旧玩具。

如果说他刚才说"捡到个漫画，也不是什么重要东西"还没有彻底冒犯到我的话，那他用两根手指把它夹起来，那个好像怕脏的样子真是惹到我了。

我一把将那两本漫画抢过来，小心地用自己衣服前襟擦了擦："说什么呢？我告诉您，就您这儿，"我指着我们旁边一架子的遗失物品对他说，"您这儿所有的玩意加一起，都没有这两本漫画值钱！"

小汪警官愣住了，看着我忽然发飙，很意外。

"我的。我的！"我捧着漫画让他看，满怀悲愤，"日本原版，全球一共才发行两千册，每本上千块呢。我同学从香港给我带回来的，给我的生日礼物。"

"这样啊。"小汪警官敬仰地点点头，"这不是找回来了吗？找回来就好。不过，既然这漫画书这么宝贝，你怎么还乱放呢？"

"我没乱放。我今天下午刚刚收到，一个人特意给我放到这里来了……"说到这里，我心想张阿姨还真是毒呀，把我的东西拿走，给我扔到派出所的失物认领处来了。我蹲下来在那箱子里找，果不其然，我爸的脚气水，还有我的蟹足棒。蟹足棒原本是真空包装的，居然在里面还长毛了……

"我知道是谁把我的东西送到你们这里来的。"我愤愤然，"总在袁姐办公室里跟她一起上班的张阿姨，您知道吗？"

小汪警官倒抽一口气，点点头："难怪了。"

我跟小汪警官其实不熟，在非办公环境里可能都不会点头打招呼的交情，但他听到是张阿姨修理我之后，还是低声地说了一句体己话，"你才来多久呀，怎么把她给惹了……"

"唉……"我垂头，"也是，一言难尽。"

这一天，在这件事上，小汪警官对我很同情，但还是得公事公办。我拿走的东西，小汪警官在下班之前还要盘问登记，并且要求我尽量证明所属关系。

蟹足棒长毛了也就罢了。

我把上网买脚气水的记录给他看，小汪警官点头。

初夏天气，派出所的接待大厅大敞着窗户，有一只小野猫经过，在外面的窗台上停了停，看着我们，我穿着一条花裙子，裙摆刮到腿，我忍不住挠了挠，几乎与此同时，在认真记录的小汪警官极轻微地动了动，把脚离我远了点——他以为我有脚气，他在嫌弃我呢……

我咳嗽一声，表示要说话。

小汪警官抬头看看我。

"脚气水，是给我爸买的。"我说，"我还行。我没有脚气。"

"哦。"小汪警官点头，"这样啊……"

下面轮到漫画书了。

"是我同学给我的生日礼物。"我说，"里面夹着卡片，我给你翻出来。"

漫画一共两本，我手里的一本没有卡片，小汪警官手快，开始帮我翻他手里的那本，我想拿回来已经太晚了，他已经看见了里面的内容。翻了两下，小汪警官不得不抬起头来看了看我，眼神甚至隐隐有些崇拜。我小姨夫二百二十斤重，高血压，糖尿病，年夜饭的时候能连续吃七片巴掌大的五花扣肉，我看着他吃的时候也是这个崇拜的表情。

事已至此，我没什么可说的，拨了一下头发对小汪警官淡淡道："有什么问题吗？"

"没有，没有……"小汪警官低下头去。

他笑了。

"有，有什么可笑的？"我满脸通红看着他问。

"我没笑呀。"小汪警官笑着说。

爱看漫画并不是什么大不了的事情，但这多少涉及隐私，甚至就这样在工作场合中暴露在了另一个人面前，而且他还是个年轻警官。实话实说，我略有尴尬。

怎么把这个尴尬给化解掉呢？我想了半宿终于想到一个办法。

第二天上班，我们就遇上了。他开车上班来的，要靠墙根把车停下。我在后面路过，小汪警官摇下车窗，请我帮忙看看车子后面是不是有个土包，他怕碰到。我看看他，压下帽子，低下头，一句话不说直接进了社区办公室。小汪警官在我身后叫了我几声，我反正全当没听见。

又过了一天，中午我加班，去食堂晚了，只剩下打卤面和拌黄瓜。小汪警官出外勤回来却有小灶，师傅从后厨给他拿了热乎乎的红烧排骨和木须肉。

他坐在窗边的位置上，隔着三张桌子问我："这菜我还没碰呢，给你拨一半吧？"

我一只手拿起自己的手机说"你好"，另一只手把打卤面和拌黄瓜装到饭盒里，打包带走了。还是没跟他说话。

我的办法就是这样：我躲着他，不看他，不听他说话，也不跟他说话，然后渐渐让他无视我，那么漫画的事情他也就不记得了。

邪门的是，我原来只是觉得小汪警官长得漂亮，偶尔能见到他一次都不容易，可是拿定主意要躲着他的时候，小汪警官就突然变得好像无处不在了……

第
2
章

　　为创建全国卫生城，我开始每周六加班，在山水佳园东门门口穿上马甲，摆了凳子，专门等着那些不文明遛狗的居民。当然这事儿也怨不得别人，开会的时候，是我自己走神，不小心主动请缨上阵的。

　　这一天下来，我送出去三条简易狗绳，被一只黑拉布拉多蹭了口水，还捡掇了两堆便便，给每一个在我眼前经过的遛狗人士都发了文明养犬的宣传单，好声好气地跟人家解释，眼看着就要"创城"了，无论如何请您一定支持我们工作。好在群众们都算配合，黑拉布拉多的主人是个七十多岁的老爷爷，拍我肩膀说孩子你也辛苦了。

　　我辛苦吗？其实如果不是非得加班的话，初来乍到的我对于这个工作还挺喜欢的。很具体的活计，没有复杂的标准，也不用那么费脑筋，在我管辖的范围内，只要没有不拴绳的狗、没有散落的便便，就算我完成任务了。

　　我反正觉得自己是个智商一般、胸无大志的人。那天傍晚，我坐在槐树下的椅子上，挂着头，看着小街上的路人和他们脚下被夕阳拉得长长的影子，听着便利店里传来的音乐声，闻到不知道谁家炒菜的烟火气，心里一边猜测着这家是做炒蚕蛹啊还是木耳鸡蛋啊，一边产生了一种柔软的自在的情绪，觉得要是一辈子都做这一件事情也没什么不好。

　　"小龙！小龙！"有人喊道。

"小龙"听起来就是一只狗的名字，我立即进入了工作状态：小龙拴绳了吗？小龙爸妈带塑料袋给小龙收拾便便了吗？

撒目一圈，也没个狗影。

"小龙！"那人继续喊。

然后我看见他了。

小汪警官。

大马路的另一边是全省排名第一的重点高中，分局在这里设了一个流动岗，今天是他当班。小汪警官想必是下班了，从警车上下来，眼睛看着我这边，脸上笑盈盈的，像跟谁很熟似的。他招招手："小龙……过来！过来呀！"

我四周都没有狗呀，他这是喊谁呢？

小汪警官又喊了几声，我才渐渐明白了，他是喊我呢，他管我叫小龙。

怪哉。他为什么这么叫我？

我半天没动。但是我没忘自己之前的策略，我不跟他说话，我从包包里把手机拿出来又要说"喂"，小汪警官自己穿过小街过来了。他站到我面前，一边比画一边说话，声音老大："小龙！你是不是也下班了？没吃晚饭吧？我请你吃——晚——饭——呀？！"

我看着他，丈二和尚摸不着头脑，手里拿着电话没动，呆呆地问："小汪警官，好好说话，为什么这么大声喊？您是认错人了，还是忘记我名字了？我不叫小龙，我是社区的小夏。我大名叫夏洋呀。"

小汪警官还是笑着，一字一句慢慢地仔细地说："我知道你叫夏洋，但是之前我喊你小夏，在单位门口，在食堂，你从来不答应呀，我觉得你好像有点聋，所以我打算以后管你叫小聋。"

他管我叫小聋。这是他给我起的外号，因为他觉得我耳朵聋。

小聋，小聋，半条街上的人都听见小汪警官这么喊我了，一般人都得气死了吧？可是特别神奇，我没有。

我居然没那么生气。我甚至一点都不生气。

首先我觉得这个外号挺逗、挺别致，这是他给我起的，要是放到旁人身上，我能笑得直打跌；二来，"小汪警官给我起外号"这件事情周边有很多叠加的因素，他长得漂亮，说话有个没里没外的亲近劲儿，很会拉近距离，所以一下子我对小汪警官的印象就有了些深层改变：就凭这外号起的，他这人就不算乏味。

后来，我的领导袁姐点评了一下这事。袁姐说："所以他们所长才那么器重他呢，直面群众做工作，小汪警官有个得天独厚的条件——招人喜欢。"

我点点头，非常认可。

袁姐看着我："你也是。"

"我？"

"对。小夏呀，你虽然哪里都长得有点圆，但是眉眼嘴巴都挺好看的，算不上多漂亮，但是就让人觉得你们家应该吃得挺好，把你喂得脾气也蛮好的。让人觉得像自己家里的小孩儿，总想要逗你玩。就这么说吧，你在外形上很有做好社区工作的天赋。"

我低头细品了半天袁姐的话，应该还是在夸我，便点点头笑纳了。

此时的我站在小汪警官面前，抱着双臂，心平气和地打算把话说开："小汪警官呀，我不聋。我其实就是不想跟你说话。"

"为什么？"

"有点尴尬。"

"尴尬什么呢？"他低头看着我，拧着两簇浓眉毛，猜测着。

"唉……"我叹口气，"那天漫画的事儿，被你看见了，见笑了哈。"

他长长出了一口气："我当什么事儿得罪你了，原来是因为这个，这有什么的，个人爱好嘛，我妹妹也这样。"

"你有妹妹？"

"我小姨家的。你家呢？你家几个小孩儿？"小汪警官问。

"我爸妈就我一个。我小时候他们一直想要给我添个弟弟，没要成。"我说。

"好事儿呀，以后他们的钱全是你的。"小汪警官点头。

果然是基层工作的高手和高手之间的对决，我们没有几句已经开始聊家常了。他看看手表："七点了，你下班了吧？走，街角那边新开了个串串店，我请你。叫上胡世奇吧？他在西门那里看狗呢。"

"行呀。"我一边说一边在微信上找老胡的名字，"我这就把他叫过来。"

新开的串店在山水佳园占了一个位置特别好的三层底商，装修是星巴克风，简约舒服，暖黄色的灯光，绿植丰富，没有油腻味道。如果不是每张餐桌上都有个会自动旋转的给烤串加热的小炉子，真的会让人以为这是个颇有档次的西餐厅。

做东的小汪警官、我、胡世奇三人也都饿了。我们点了二十个牛肉串，二十个现切羊肉串，十个排骨串，六个板筋，三个鸡胗，三个鸡心，还有一大份鸡汤麻辣烫。小汪警官颇有面子，老板认识他，加送了我们四瓶啤酒、一个酸甜的拌菜还有蛋炒面。

都饿了，话不多说，先吃了个半饱。

肚里有食镇定了，小汪警官问我："你跟张阿姨怎么样了呀？"

我摇头，撇嘴："不好办呀。现在彼此冷暴力，基本上不说话，但是我把自己东西都放好了，她以后再也别想暗算我。"

"老小孩儿一个，咱就让让她。再说了，天天上班，总要看到那么一张脸，咱是不是也不舒服？"

同样的话我爸妈也说过，但就像是在拘管我，我就不爱听，就顶嘴。小汪警官劝人是很艺术的，语气就像是自己人在帮忙想办法，我就能听得进去。

"我也不知道怎么办，我试着跟她说话了，她不理我呀。"我吃了一个糖水草莓，"要不然我送她点礼物？"

老胡吃了一口蛋炒面道："那你也得小心，别看张阿姨平时在咱们单位蹭福利，关键时刻也很讲原则。去年端午节有个居民来送粽子和鸡蛋，送完了礼物就说他们家住在几楼几号，有个祖传三代的酸菜缸实在在屋里放不下，就放在楼道里了，恳请别给他清理走。张阿姨说，'酸菜缸摆在楼道里，你自己方便了，真要是有个火险，那不是阻塞消防通道吗？这个小区从前着过一次大火你不知道吗？半边楼都烧掉了！'她也真是脾气爆，说完就把粽子都给人家扔到脸上去了，脸上呀！"

"这事情张阿姨做得对，"我说，"不过那个居民为什么给她送礼呢？"

老胡一笑，眯着眼睛缩着嘴："袁姐不在，他们以为张阿姨是领导呢，跟你刚开始一样，被老太太给唬住了……"

小汪警官也跟着乐，五官就格外舒展好看，衬得老胡像个耗子。

我们碰了一杯啤酒，我自己心下计议，这个张阿姨还真是不好对付。

顾客越来越多，我们三人酒过三巡，我看见一对衣着讲究的男女从外面进来，服务员把他们领到我们旁边的台子上。男孩正好跟我斜对面。我马上一只手挂着半张脸，朝着小汪警官侧过头去，好让对面的人不要看见我。

这人我认识，他叫徐宏泽，我们好像是谈过恋爱。

我说我们"好像"是谈过恋爱，是因为这是个模棱两可、磨磨唧唧的过程。

如果说我们没谈过，两年多的时间，我除了他没跟任何别的男孩儿约会过，这不是谈恋爱是什么呢？可是如果说我跟徐宏泽谈过恋爱，这也很奇怪。至少从他的角度，我们约会就好像是他学的那个很高端很厉害的化工专业一样，被安排得有板有眼，一丝不苟。

我们当时每个星期见两次面，分别是周五、周日，其余时间连个微信和电话都没有。别人谈恋爱都是如胶似漆，一日不见如隔三秋，可是徐宏泽对我从来不会有特别的热情，这让他显出一种神秘的气质，让我在最初如被下降头一般着迷。有一次，我跟他去电影院，在那个黑洞洞的场合里我闻到他身上的柚子香气，侧头看看他，徐宏泽最漂亮的就是嘴巴，唇线清晰，我忽然就有点激动，想要跟他亲热一下。我伸出手去，从他的大腿开始，轻轻地一点点地往上摸。徐宏泽刚开始没反应，眼睛还是盯着大银幕，我摸到他肚子上的时候他把我手擒住了，转头看我，低声问："你要干什么？"

"我呀……"我说，"我给你挠挠痒。"

徐宏泽看了我一会儿，忽然克制地笑了。他很少笑。我也高兴起来，就势噘了噘嘴。然后他亲我了，额头，鼻子尖，最后落在嘴巴上。可是这嘴亲得好像只有几秒钟，一小会儿，徐宏泽就捏着我的下巴把我的脸转向银幕，让我继续看电影。

我哼了一声，意犹未尽，十分不痛快——这是我们相处两年来唯一的一次亲密接触，还没有在超市排队试吃拇指尖儿大小的牛排过瘾。

而徐宏泽还有更让人不高兴的地方。

我们是经人介绍认识的，中间人是我小姨的朋友。他比我大五岁，在日本念了两个化工方面的硕士，我们认识的时候他博士在读，论文还没做完呢，就被家乡的大企业高薪聘用了。我三流大学本科毕业出来就找工作，认识他之前已经换了好几个临时工作了。我学历工作都比不上他，我也不知道中间人怎么会把我们凑一起的，但是我从来没有遮掩过。他加了我微信之后约我见面，一约就是两年。

一对青年男女，两年时间，每周见两次面，见面也不玩、不亲热，干什么呢？

徐宏泽还有一个特别让我忍受不了的地方，但是现在的我，身处在一个挺好的串店里，跟小汪警官、老胡一起喝酒吃串挺高兴的，我尽力不去看徐宏泽，也不想让他扫兴。

小汪警官和老胡的话题还在张阿姨的身上。

小汪警官摇头道："粽子和鸡蛋怎么能收买张阿姨呢，她缺的不是这个。"

"那她缺什么？"我马上问。

"我记得去年有这么一件事儿。"小汪警官开始讲故事了，眼睛瞪得圆圆的，像一对黑葡萄。我仔细看着他，忽然发现了他好像有点招风耳。

有点招风耳的小汪警官继续说道："张阿姨想养个宠物，就买了个小狗，我帮她办的证。她当时以为是纯种狗，花了不少钱，养着养着发现不对劲儿，好像是个串儿。你不要笑。串儿就串儿吧，她都带出感情来了，结果她一场发烧之后，居然毛发过敏，浑身起红疹子，从此以后再也抱不了那只狗了，后来送到农村亲戚家去了。送走的时候，她跟狗都哭了。我说了，你们不要笑。"

"所以张阿姨最大的问题，不是鸡蛋和粽子，"我说道，"她是寂寞。如果不寂寞的话，她就不会天天来咱们单位，也不会一天到晚盯着我穿什么，还把我的东西都往派出所送了。"

"要不然给她介绍个老伴儿吧？"老胡灵光一现，"看看咱们附近还有没有年龄合适、身体健康、善良正派的大爷，给张阿姨介绍一个。哎，刘永亮刘叔你们觉得怎么样？山水佳园五号楼那个，他单身，人也不错，从部队退休的，跟张阿姨挺般配……"老胡说一说又犹豫了，"就是人有点抠，上次我去他们家走访，说要请我吃枣，我心里说枣呢？桌上也没有呀，结果他把我领他们家门口小院里去了，给了我一个挺长的竿子，指着他们家院里那棵枣树让我自己打。你们说抠不抠？我差他那点破枣儿吗？这不是侮辱人吗？"

老胡说一说还生气了。

"那你打了吗？"小汪警官关心这个故事的结尾。

"打了。"

"吃了？"我问。

"吃了。味儿还行……"

趁老胡喝酒，我和对面的小汪警官看看对方，默默摇了摇头：老胡是真馋。

正是周六的晚上，店门口开始有人排队，我们酒足饭饱，小汪警官结账去了。

离开时，我路过徐宏泽和他现在的女朋友的座位。他在跟她说话，完全没有注意到我。我偷瞄了几眼女孩儿，厚厚的长头发染成深棕色，小脸，大眼睛，瘦瘦的，是个斯斯文文的美女，外形跟徐宏泽很登对。

我听见她说"好呀，那个片子评分很高"，心想他们两个吃完了可能去看电影。

我走过去时心里哼了一声，没什么大不了的，你们去看电影好了，我有更有趣的事情做，我可以回家看漫画……

小汪警官开车要送我跟老胡回家，我说咱们刚才都喝啤酒了，你怎么还能开车呢？小汪警官笑嘻嘻地说你们就放心上车吧，我没喝酒。

类似这样的事情后来又发生过几次：

一个香港儿媳妇跟丈夫带着小朋友回山水佳园探亲，临回香港登飞机前六个小时发现两个大人两个小孩儿的护照和身份证都丢了。小汪警官先在派出所给他们办了临时证件保证登机，一家四口上飞机之前，小汪警官把他们的原证件送到了。

初秋的时候，街道组织一年一度的篮球比赛。原本只有男子比赛，今年新加了女篮，参赛队员水平不济，打得不怎么样，但是对抗性居然还挺强。两个女同事在争球过程中，一个的手肘撞到了另外一个的鼻子，立时鲜血直流，负伤者倒地哼唧几声起不来了。

当时现场有点失控，社区卫生所的医生听见险情，从卫生间跑出来当时只下了一个诊断："马上叫救护车！"

小汪警官原本只是来看看热闹，见大家都麻爪了，上去把伤者脸上的血污擦净，拍打她脸道："你没事儿，你就是鼻子出血，晕血了。"伤者闻言随即幽幽睁开眼睛，可她当时依旧浑身瘫软无力，被小汪警官一只手擎着头说自己鼻子好像是断了。他说："没事儿，我在医大整形科有认识人，给你剪开看看，你要是重新做个鼻子也许还能有折扣。"伤者马上挣扎着起来说："好像不疼了，我没事儿。"

——这位伤者就是我。

我是这么一点点了解了小汪警官的：他年纪小，但是心老，善于殿后，反正有小汪警官在的时候，身边的人精神都比较放松，有什么事情都可以找他帮忙。于是在这个刚刚喝完酒撸完了串儿的初夏的夜晚，老胡想起了自己有个大事儿想要请小汪警官帮忙。

我们两个当时都坐在后座，老胡凑上去跟小汪警官说："小汪警官，哥，汪哥，我听说你女朋友是辽芭的？"

"对呀。"

"那你这大周六的，干什么请我跟洋洋吃饭，不跟自己女朋友约会呀？"

"她们去南方演出去了。"

"哦……这么回事儿。"老胡呵呵一笑，"辽芭的女孩儿漂亮吗？"

"舞蹈演员嘛，身材气质都很好，也会打扮。长相的话就见仁见智，反正我女朋友很漂亮的。"小汪警官停在一个红灯前，在反光镜里看了看老胡，"你想干什么？想让我给你介绍对象？"

"嗯……有合适的吗？介绍认识一下也行。"

"不能内部解决吗？洋洋还是单身吧？多可爱呀。"小汪警官又在镜子里看看我。

他说这话我还挺受用的。

老胡道："搞办公室恋情不太好……再说，我喜欢瘦的。"

我一秒钟都没耽误，咬着牙一拳打在老胡肩膀上，他一声惨叫。

"肤浅。"前面的小汪警官道，"好吧，我帮你看看。介绍成了，你要请客。"

老胡连忙点头称谢，他到家下车跟我们摆手再见，我心里记他的仇，根本就没理他。

小汪警官再往前开，没多远就是我家住的小区，我心里面想着在串店里遭遇的前男友徐宏泽和胡世奇说我胖的事情，心里不痛快，一直都没有说话。直到小汪警官把车子停在路边，指着外面的一家店让我看："洋洋，这店你来过吗？"

我朝外看看："是个卖花鸟鱼虫的店，我去过一次。"

"我没去过，咱们转转？"

"我不去。我想回家。"

"你回家有什么重要的事儿做吗？不也就是看漫画吗？快点，别磨叽哈。"小汪警官说罢就下了车。

我坐在车上，手抠着车门把手半天没动，心想像小汪警官这样聪明的，什么都猜得到的人其实也有点烦人。

后来我进了那家花鸟店，小汪警官好高一个人蹲在一排鱼缸前面，仔仔细细地观察，一边问老板："这叫什么鱼？好养吗？喂什么食？几天换水？要五条，您给打个折扣吧？对，连鱼缸一起买了，还要点水草，还要里面的那个摆设，那个小海螺……"

他花了五十多块，配了个挺好看的鱼缸出来：五条不太贵的小鱼，三缕水草，一个方方扁扁的鱼缸，还有些点缀。

我说："小汪警官呀，看不出来你还喜欢这些东西。"

小汪警官说："不是给我的，是给你的。"

"我可不要。"我连忙说，"我们家房子小，我房间更小，有点地方全摆着漫画。我可养不了鱼，没时间伺候。没时间没时间。"

他圆圆的眼睛看着我："不是让你拿到家里去，礼拜一你拿到单位去，放在张阿姨桌上，让她帮忙照顾，没几天她就跟你和好了。"

到了周一上班的时候，我抱着试试看的心情，把小汪警官配出来的鱼缸拿到了单位，放在了张阿姨的桌上。她正低头摆弄 iPad，抬眼从老花镜的上缘看我，声音低沉，一点好气儿都没有："干什么？"

"我周末的时候买的，可是根本不会养。把鱼缸放您这儿，您帮忙照看一下？"

"放你自己桌上去。"张阿姨翻白眼。

"我桌上满了，就您这儿有空地方，借我点儿吧。"我闲闲笑。"鱼食我都买好了，一天五次，按时投喂就行。这鱼干净，两天换一次水。"

"这么简单，你自己干吗不伺候？"张阿姨警惕性很高。

"我也想伺候。"我说，"但是我伺候不好呀。同事们都说您最会养这些了，杨哥的马蹄莲快死了都让您给救活了。鱼交给您来养，我放心。"我一边说一边斜着眼睛看了看对面的袁姐，她暗中点头，向我竖起大拇指，意思是：非常好，继续。

所谓"千穿万穿马屁不穿"，我几句好听的说完，张阿姨脸上的线条柔和多了，晃了晃头，半晌轻轻一笑道："你们这些年轻人呀，做事情全凭冲动，不会养鱼，那你买它们干什么呀？负不了责任，还得我们这些老的来善后，我说你呀。"她抬头看我，居然叫我小名，"洋洋啊，你工作的时候可就不是养鱼这么简单了！你要有责任心呀，我不能什么事情都替你做呀！"

除了把我买的东西扔到派出所失物招领处，您还帮我做什么事儿了？我心里不服，嘴上可不敢说，不住点头："您说的是，您说的是。"

"行吧，鱼就先放我这儿吧。"张阿姨说，"我帮你看着。伺候不好不怪我！"

"谢谢您啦！"我嘻嘻一笑。

过了一个星期，又是我值班看狗的日子，赶上小汪警官在流动岗下班，他从车上给我拿了矿泉水，坐在我旁边的椅子上："怎么样，跟张阿姨的关系缓和一点了吗？"

我说："有，张阿姨帮我照顾鱼了，帮着喂食，换水。虽然还是不太搭理我，不太跟我说话，但是你知道吗？她后来求我办事儿了，她让我帮她修 iPad，好跟她女儿通话。"

小汪警官笑起来，一口好白的牙口像头小狼："张阿姨张嘴求你帮忙，那就是跟你和好了，你看我跟你怎么说的，老人家还得哄一哄，你跟她的关系没那么僵了，你每天上班是不是也能自在点舒服点？"

"嗯。"我点头，"可是你怎么会知道让她帮忙养鱼会好用？"

"人呀，你要跟她打交道，就得琢磨呗。她养不了带毛的宠物，你就给她没有毛的呀。也不能说这是送给她的礼物，她原来在单位是领导干部的，你说是礼物，她就想了，不是要贿赂我吧？弄不好又跟上次粽子和鸡蛋似的，扔到你头上去，对不对？你就说请她帮忙照顾，她最受用了……"

小汪警官说得眉飞色舞，头头是道，我不住点头。袁姐说得对，这位片警同志可真是个跟人打交道的高手。

风吹过来，旁边草丛里夜来香和喇叭花的气味被我抽进鼻子里，打了好几个喷嚏。我擦干净抬起头来看他："小汪警官，我还是有一件事情没弄明白，我跟张阿姨关系好不好，是不是融洽，你干吗操这个心呀？"

这个问题把他问得一愣，有一会儿没说话。我顺着他的目光看，看见的是克俭小区在十几年前被烧掉的半边楼。那栋楼原本有六个单元，现在只剩下三个了，栅栏就从这里把小区围住，外面的小道和小道另一边的山水佳园是那场火灾之后市政规划出来的新板块。只剩下三个单元的半边楼还立在那里，外墙面早被涂白，画上了颇为生动的街景：小男孩放了学背着书包进了单元门，楼上扎着羊角辫子的女孩儿在自己家的窗子后面写作业，邻居家在窗台上摆着花儿，还有人晾衣服……

小汪警官是在这幅画上找给我的答案吗？

我在他眼前挥挥手。

他把我的手扒拉掉，回过神来："原因很简单呀，张阿姨反正就是这样的人，我不希望她再把你收的快递什么的往我们失物招领处扔了，上次你买的那个蟹足棒后来流汤儿了你知道吗？味儿老大了，去所里办身份证的人都问，警官你们单位是分带鱼了吗？"

我点点头，张阿姨应该是不会再这样对待我了。

事实上，在小汪警官的点化和我的主动示好下，张阿姨跟我的关系不仅缓和了，还帮了我们一个很大的忙。

六月末开始，汛期到了，总是干燥晴朗的 S 城也连续下了几场大雨。创建国家卫生城的工作还没有结束，我们这个时候的主要工作焦点就是片区内的下水道，盖子都有没有扣紧，管道有没有阻塞，会不会反水。

有一天雨下得急，挨着高中的一个下水道盖子就被冲开了。环卫过来疏通之前，我在那里立上了黄牌子，在大雨里等了二十分钟，就怕有人掉下去。回到单位已经浑身湿透，哆哆嗦嗦地擦头发、换衣服，张阿姨给我拿了一大杯姜水过来，面无表情地说："喝了。"

我点头谢她，一大口温热甜辣的姜水进了肚，马上好受多了。差不多在同一时间，一个人冲进了我们社区办事处，把一块砖头拍在了主任袁姐的办公桌上。

往袁姐办公桌上拍砖头的男人五十多岁，个子不高，脸色发白，黑色的胶皮雨衣里面穿着一件格子衬衫。我对他的第一个感觉是：他的领口扣得太紧了，能把自己给勒着似的。

那个砖头拍在袁姐桌上，发出"啪"的一声脆响。

办公室里的人都愣住了。

我手里还拿着张阿姨给我的姜汤，慢慢地站起来。袁姐也站起来，张阿姨一直站在我旁边，杨哥也过来了，胡世奇也过来了，禁毒专干李姐、消防专干马哥还有其余的同事都过来了。我们围成了一个小圈，一起看着这个人，都没说话，仔细地研究他。

半晌，袁姐说道："孙好忠你要干什么？我桌子是公家的，拍坏了你要赔的呀！"

被叫做孙好忠的人原本凶神恶煞，对我们怒目而视，自从那个砖头拍了下去，我们没有害怕，没有被他震慑住，各自带着惊讶、恼怒、不解甚至好奇围上来之后，尤其是袁姐说完话之后，孙好忠那唬人的气势就迅速地瘪了下去，变得低眉顺眼，原本好像要起势揍人的肩膀也耷拉了，还顺手把红砖头从桌子上拿了回来放在了自己身后，动作十分迅速，像要藏匿凶器一样。

袁姐也是处理过大型纠纷的人，仍然对这位孙好忠在自己的办公桌上拍了砖头又拿回去的行为十分不解："你到底要干什么！"

孙好忠憋了半天，脸都红了，终于磨磨唧唧地回答："那个，我家漏雨了……"

听到这话瞬间发作的是张阿姨，现在我了解了，全办公室脾气最不好的其实是她。她一声断喝："你们家漏雨，我们又不是不管修，拿着砖头来干吗呀？砸桌子？你还要打人啊？"

孙好忠被她喊得哆嗦了一下，马上低头去看袁姐的桌子，手还上去摸了摸，辩解道："这也没坏呀，这上面原来就有个缝，可不是我砸的，我可没有用劲儿……"

杨哥道："那你拿砖头干什么玩意儿？"

孙好忠还是机智的："等会儿雨停了你们是不是得去我家看看？路上不少水坑，我合计给你们垫个脚……"

我一直没说话，喝了一口姜汤，看了一眼张阿姨。她对我点点头，意思是：是的，他过来原本是要闹点儿事儿的，现在怂了。

袁姐已经在穿雨衣了，一边对孙好忠说："别等雨停了，我现在就跟你去。"

我放下水杯说："袁姐我陪你吧？"

袁姐看了我一眼："你手机充完电了吧？等会儿拍点照片。"

我陪着袁姐，是怕这个孙好忠情绪激动，手里又有砖头，袁姐从单位跟着他出去了别再有什么危险。后来我从他家回来之后，张阿姨跟我讲，老孙其实是个特别老实的好人。他有些手艺能修自行车，十多年前骑自行车代步的人还多，邻居谁家的车子坏了，送到老孙那里去，多大的毛病他个把小时都能给弄好，也不收报酬，顶多多蒸了馒头给他送几个，多包了饺子给他拿一碗。老孙也是个可怜人，从印刷厂下岗二十多年了四处打零工，他们家克俭小区红砖楼里的小房子是妻子的父母留下来的，给他房子是想要他对妻子好一点：老孙的妻子在山里的亲戚家长大，喝的水不好，从小就有严重的风湿性关节炎，手指和膝盖因为从不间断的疼痛没法伸直，年轻的时候就不能上班工作，现在在克俭小区旁边的垃圾站帮负责环卫的师傅整理垃圾挣点生活费。他们两口子带着女儿生活，家庭收入低于标准，一直在领低保，最近一次审核还是一年前袁姐帮忙办的。

人在这世上生活，谁都会遇到点麻烦，都得渡过难关，尤其是住在克俭小区的人们，生活条件上其实差别不大，只是孙好忠家里过得格外不好。熟悉的街坊邻居提起他们都唏嘘不已的原因，不仅仅是夫妻二人有病没工作，日子拮据那么简单，张阿姨说让人特别心疼的是他们的女儿。

这个女孩儿留给人们的印象停留在她十四岁的时候。

老孙家的姑娘上学放学或者被她爸爸驮在自行车的后座上去上舞蹈课，路过的人看见她都会站住，认真地夸她漂亮。女孩儿鹅蛋形状的小脑袋总是梳着高高的发髻，眉毛斜飞入鬓，杏核眼，鼻子尖儿下面是小小的厚厚的嘴巴，皮肤白得像瓷。她比所有的孩子长得高，长得窄，演出的时候老师只会让她站在最前面领舞。她挺直颈背，伸长手臂，单腿立的姿势在那张照片里被定格，照片曾被贴在少年宫一楼的展示窗里。电视台的导演看见了，跟少年宫的老师问到老孙的联系方式，打电话请他们把孩子领到电视台节目制作中心来，说：“我们有个青少年的录播栏目，想请你们家的孩子去试镜。”

“孩子叫什么名字？哦，孙莹莹。”导演说这名字也好听。

大火就在她去电视台之前的那个晚上烧了起来。

从此克俭小区的邻居们就没有再见到孙莹莹了，孙好忠夫妻二人从此对这个孩子绝口不谈。但她确实还活着，活在社区和派出所关于那场火灾的一些调查记录里，被描述得触目惊心：十四岁的孙莹莹，大面积烧烫伤，伤残辍学在家，医药费报销比率，后遗症……

十二年前的大火烧掉了半边楼，烧死了三个人，也融化了一个最漂亮的会跳舞的女孩儿——她再也不出现了。但是那天，我陪着袁姐进了孙好忠的家，见到了孙莹莹，她甚至还让我把她拍到了照片里。张阿姨讲完了从前的事情，拿着我的手机把照片放大了反复端详孙莹莹的样子，疑惑地说：“这，这不还好吗？这也不像被烧伤了呀……”

我想了想，不知道是哪里，还是有一点奇怪的。

我那天是这么见到她的——

孙好忠的家就住在半边楼最外侧三单元的五层顶楼。如果消防队再晚一点到，火势再进一步蔓延的话，接着被大火吞掉的就应该是他们家。现在那个画着巨大街画的墙壁成了他们家的外墙。

进家门之前，孙好忠把手里的砖头放到了门旁，垫在一盆薄荷下面。薄荷长得很好，香味浓烈，防止蚊虫进门，还能泡水喝。他们家大门口地下铺着一块红色的镂空的塑料擦鞋毯，刷洗得很干净——细节让人觉得这家人是会过日子的。

孙好忠的妻子给我和袁姐倒了水喝，还问我："小姑娘要不要喝酸奶？"

我们马上能来让她充满感激，并不知道丈夫拿了砖头去找我们。她的每根手指都像葡萄藤蔓一样卷曲着，尽量往衣服的长袖子里面藏，人要站稳当得扶着桌子，努力维持体面。我连忙说："不用了，不用了大姐。"这是袁姐教的，凡是看上去应该叫姨的，一律叫姐，这样好办事儿。

孙好忠的妻子说："叫什么姐呀，我孩子都比你大了。"

袁姐放下杯子，四处看："是哪个屋漏雨呀？带我们看看吧。"

我们被从那个兼做玄关、饭厅和客厅的带有炒菜气味的空间往里领了两步，孙好忠的妻子打开一扇房门，我在这时看见了孙莹莹。

那个女孩儿坐在一把有靠背的椅子上，椅子宽大，人是瘦小的，穿着一身白色的衣服。她蜷缩着双腿，膝盖上架着一本书，在自己的房间里还戴着一顶宽边渔夫帽，黑头发又长又厚，有欠光泽，一直垂到腰。她听见开门的声音，微微转过头来看我们，白皙脸孔，目光明亮，尖下巴。

她的小房间不过十米见方，除了床和她坐的椅子，几乎没有家具，不过窗台上、地上满满摆着各种绿植，高矮错落，大小不一，两只鱼缸里面是颜色艳丽的热带鱼……跟这情景不太搭配的是房间地上放着的两个塑料脸盆，接着从天棚上两道大裂缝里渗下来的雨水，雨水噼噼啪啪地连成线，布成断续的帘子。

我看着孙莹莹，孙莹莹也看着我，有好一会儿，我们谁都没说话。

此时的我还没有听张阿姨说过发生在她身上的故事和厄运，这个陌生的姑娘以一种让人意外的形象和方式出现在我面前。她像是我喜欢的漫画里的人物，书页被轻轻抖一下就变成了眼前的现实：雨林一样的房间，里面住着个长头发的穿着白衣服的仙女，不跟人说话。

我被孙莹莹给镇住，好久没吱声，几乎忘了自己来他们家的目的。袁姐不一样，她是现实的，利落的。她告诉我："拍照，这里，天花板上的这两大道，还有那边，看见没有，墙角那边还渗水呢。这是楼顶上面漏了呀，这房子得大修，要不然就成危房了……"

我带着一点好奇，一点私心把孙莹莹拍进了照片里。她觉察到了，看看我，又看了看袁姐，复又低下头去，看着自己手里的书，完全没有生活在这里一样。

袁姐答应孙好忠，雨停了就找工匠来给他们家修房子。老孙紧紧握着袁姐的手，又是感激，又不是完全信任："你说定了是不是？你说话算话是不是？我可信你啦？袁书记呀，你看我拿着砖头去找你们也是逼急了呀，我不是想要闹事儿，房子漏雨漏成这样，这可让人怎么住呀？"

袁姐用力地把手往外抽："是是是，我答应了。老孙你松手呀，你不松手我怎么回去办事儿呢？"

社区书记袁姐说到做到，雨过天晴，熟悉的师傅被她请来看现场，房间楼顶都勘察过了，给了她一个熟人报价：五万块。

两周后有台风过境，大暴雨要来了，给老孙修房子的这笔五万块要去哪里弄呢？

有人把漏雨的危房装饰成了热带雨林，有人把豪宅住成了垃圾堆。

袁姐被如何给老孙家弄到修房子的钱愁得不可开交的时候，胡世奇原本就不光滑的脸上又开始长痘了，满脑门都是。我们两个坐对面，我一抬头就能看到，便劝他去医院看看皮肤科："要不然吃点燕窝吧？温和地补点雌性激素，虽然胸部有可能会发育，但是你脑门上的痘就没了呀……"

老胡恨恨地看我："你花钱给我买燕窝吗？"

"这个还是得你自费吧……"

老胡拿出镜子照，心疼自己："你还敢说风凉话，这都是给我愁的！"

把老胡给愁成这样的是个七十二岁的翟大爷。

翟大爷住着山水佳园最大的一套户型的房子，他自己原本是做医疗器械生意的，老伴是医大二院康复科的护士长。传说中翟大爷家被护士长打理得有多干净呢？说他们家不用的旧床单扔到废品回收站去了，被不法商贩叠好装起来放袋子里当新床单卖，就这么神奇。

可是自从翟大爷的老伴两年前去世之后，翟大爷换活法了。两年，别说家里的旧物了，就连生活垃圾也不扔，甚至他现在最大的爱好就是去翻回收箱和垃圾堆，把别人家扔的东西往自己家里捡。让人不得其解的是，有一次同小区隔了两栋楼的邻居重装卫生间，家里拆下来的坐便被临时放在楼下，天黑一个没看住被翟大爷捡回家了。我们在小区的监控里看到单薄的翟大爷把别人家拆下来的坐便抱起来搬走的时候，都感觉到自己的灵魂被叩问到了：他这是要干啥呢？

两拨人对翟大爷意见最大：首先是每天两次定期进山水佳园回收垃圾的师傅们，从前就靠捡垃圾搞回收日入上百元，现在来了个占据天时地利，每天二十四小时在院里溜达的对手，他们要的他都要，他们不要的他还要。他们派了个人去找他，翟大爷根本不屑搭理他们。

对翟大爷更加难以忍受的是他的邻居们。冬天天冷，各家闭门闭户还好，到了夏天，垃圾在大热潮湿的天气里发酵蒸腾，变馊长毛，小风一荡，得是什么味道？

翟大爷的邻居来社区跟我们拍桌子："你们能不能管一管？我们这栋楼现在房子都卖不出去了呀！"

这天下午，在我们社区会议上紧急讨论的就是这两件事儿：一，给克俭小区孙好忠家修房子的钱从哪里搞？二，翟大爷家的垃圾堆怎么处理？

会计说："咱们社区公账上还剩八百块钱，是之前山水佳园住户义卖捐给市福利院的收入。给孩子们买夏装的额度到了，多出来的福利院不要，还到咱们账上来了。这个钱到袁姐这儿批了，咱们就能动。"

袁姐马上问："那咱们还有什么钱？咱们要是拿出来给孙好忠家修房子，得找谁去批？街道主任行吗？"

会计说："我看看。"她很快合上本子，"区长也不好使，咱根本没钱。"

我们开的是扩大会议，修房子的陈师傅也来了，袁姐马上问陈师傅："您看我们就八百块，就这些了，全给您，您能打个折给他们家修吗？"

师傅腾地站起来，手指颤抖："我要五万，您给八百，这个折扣是怎么打的呀？我那边还要干活儿呢，您这个我干不了，我走了！"

袁姐一把抓住他，一叠声地恳求，就差跪下了："别，您先别走，咱们从长计议，从长计议……"

"要不然咱们先募捐一点吧。"杨哥说，"捐点总比不捐强，先在咱们这个范围里，再扩大到克俭居民小区里，都是老街坊了，都知道他们家困难，我先拿二百。"

张阿姨手里拿着报纸，在一旁眼皮子都不抬，冷冷一笑："靠捐款能凑够五万块？你干脆直接自己发行国债吧？再说了，孙好忠最爱惜面子，你让街坊四邻给他募捐，我估计他能跳楼。到时候事儿可比修房子还大！"

袁姐叹气："那可怎么办呢？我昨天打电话问完了，城建那边五年前给修过，人家今年没有这个预算，现在申请最快也是第四季度的计划了……"

我在旁边打字做会议记录，见袁姐难为成这样，实在是没忍住便问："克俭小区原来也都是各单位分的房子，他们都有维修基金呀，不能把那些维修基金要回来给老孙他们家修房子吗？"

杨哥摇摇头："那是他们家老人的房子，老人都不在了，工厂都没了，从哪里再去找维修基金去……"

这时张阿姨从报纸后缓慢抬起头来，声音幽幽的："孙好忠岳父是第三钢管厂的职工，第三钢管厂没有倒闭，十六年前被一个挺大的单位给买下来了，是个国企，名字叫什么来着，叫什么来着……"

我们其余众人皆是屏气敛声，生怕自己呼吸声大了，把老太太的思绪给打断了。张阿姨把手机拿出来，扒拉了几下，终于掷地有声："东北材料总公司。"我现在彻底明白为什么张阿姨那么飞扬跋扈，袁姐还一直溜须着她了。社区多年间的变化，她掌握得比我们的档案还全呢。

袁姐舒了一口气，似乎终于在迷宫里找到了一个可能存在希望的方向，计上心头，说话也慢下来："行，咱们明天就去联系一下，看看能不能从那里把老孙家修房子的钱要出来……"她随即在所有参会者的身上扫视了一圈，眼神最终落在我身上，微妙地笑了一下。我手上仍然在打字做会议记录，心里面忽然有点没底了。

接下来会议开始讨论翟大爷的事情。

袁姐结合了目前"创建国家卫生城"的工作大前提和自己以往的经验，这么指导胡世奇："翟大爷他们家，你清理得了也得清理，你清理不了也得清理。"

胡世奇听了这话，半天没动，半天之后忽然捂着脖子说："姐我好像是落枕了，突然落的，我能请六个星期假吗？'创城'完事儿之后，我再回来……"

袁姐哈哈大笑，手摁在胡世奇颈椎上："落枕好办，姐给你正正骨？嘎巴两声你就好了。"

胡世奇马上躲开，哭丧着脸："袁姐，领导，您先别动手，不是我不干，这活儿没法干！您以为我没有去翟大爷他们家吗？还没开始创城的时候，我就带了三层口罩去了！那个味儿把眼泪给我辣出来了！我说大爷你这是藏了什么呀？可是他根本也不让我进门呀！你想给人家帮忙清理，人家还以为你去偷宝贝的呢，就拦在门口，根本不让我进呀！"

"他不让你进，你去找能进去的人做工作呀。"袁姐道。

"他能让谁进呀？"胡世奇道。

"老伴没了，他不是有孩子嘛！"

"就一个儿子，电话根本不接！"

"找警察问去呀！电话住址在哪儿上班都能找到！你去找对面小汪警官问去呀！"

说到这里，胡世奇就不说话了，好像把袁姐的教训听进去了似的在那里合计。我知道他怎么回事儿，一提小汪警官，他是肯定愿意去的，还可以顺便去问问托他在辽芭找对象的事情进展到哪里了。

接着，袁姐让我散会之后跟胡世奇一起去一趟派出所，把孙家这栋房子之前所有住户的情况都调查一下，真的要去索要维修基金，必须做好准备。

派出所接待大厅里新添了两盆花草和自助办理身份证的机器，小汪警官正指导人怎么用，见到我们也挺高兴，眨眨眼睛："等我一会儿，这边忙完我就过来。"

之后他帮我们查找翟大爷儿子的信息，没忘了揶揄胡世奇："对象的事儿你也别着急，等过一段儿，工作压力小一点，你把皮肤养一养，我再介绍女朋友给你认识。"

胡世奇拄着下巴，撅着屁股认真地问小汪警官："汪哥，你说有没有可能我脸上长痘根本就不是工作上的事情，就是因为我没有女朋友？"

小汪警官的眼睛还看着电脑屏幕，点点头，办刑事案件一般的谨慎："这个嘛，我觉得可能性不大。"

胡世奇气结。

我在旁边拍手大笑，给小汪警官认真地捧场。

小汪警官把翟大爷儿子的联系方式打印出来给了胡世奇，一边看看还在大笑的我："你耳朵治好了，小聋？至于那么可乐吗？你不是有事儿要求我吧？"

我把自己的笑容吃回嘴里："有。我想请你帮我查个房子之前所有的住户。"

"说吧。你们工作，我们都全力支持。"

"克俭小区半边楼五楼住的孙好忠他们家。之前所有的住户情况，房产所有权的转移，您这里是不是都能查到？"

小汪警官一下子愣住了，伸手在办公桌上摸自己的茶杯，喝了一口："你怎么想起来查他们家的？他们家怎么了？"

我把孙家漏雨，我去拍照的事情原原本本说了一遍。

小汪警官看上去很惊讶，难以相信："你见到她了？你见到孙莹莹了？"

"见到了呀，还拍了照片呢。"我说。

"让我看看。"

我把手机拿出来，小汪警官有点迫不及待地接过去。他来回拨动我手机上那几张照片，反复看了好半天，看得我跟胡世奇面面相觑。就是再不敏感的人也能看得出他情绪的波动，那总是笑嘻嘻的脸不见了，他是认真的，严肃的，甚至有些着急的。

小汪警官终于把手机还给我，坐回到自己椅子上，半天沉默不语，暗自出神。

"小汪警官，您认识孙莹莹？"

"嗯，出事儿之前她就在对面实验中学念书。我们是同班同学。"

原来如此。

"很久都没见过她了。很久了。"小汪警官长长地叹了一口气，似乎终于从自己的回忆中醒过来，帮我查找孙好忠家房产的资料，打印出来给了我，"我这里的信息有可能还不太完整，你可以再去房产部门调一下。不过，房子最早的业主，也就是孙莹莹的姥姥姥爷的信息，这里是全的。你们拿去用吧。"

"太谢谢您了。"

小汪警官似乎还有话要说，还想跟我唠一唠，所长让他去办公室一趟。

我回到社区办公室，把从派出所拿到的材料交给袁姐，她点点头，随即又给我派了新的任务："洋洋啊，刚才不是你陪着我去孙好忠家里的嘛，你最了解情况，我看去要维修基金的事儿也不用找别人了，就你去吧。"

我就是再年轻也知道上门讨债是最难干的活计，急得呲牙咧嘴："我可干不了呀，袁姐，我是做错事情了吗？您要修理我吗？"

"你看你，至于吗？"袁姐白了我一眼，从自己柜子下面的小冰箱里拿了一瓶雪碧给我。

我赶紧摆手："不敢喝。喝不起。"

袁姐打开雪碧，插了吸管，递到我面前，硬塞在我手里："洋洋呀，这事儿除了你，咱们这里还谁能去办呢？张阿姨岁数大了，本身也不是咱们的职工。杨哥行吗？他不张嘴说话，光看脸长得好像黑社会，弄不好连人家公司的大门都进不去。对吧？我能去吗？不说单位里大大小小的事情，我走都走不开，就说我这个年龄，这个样子，我刚做了黄金微针，就我目前这个白白嫩嫩的皮肤状态，我去说咱们这里如何困难，去讨账，谁信呀？"

我把雪碧放回她桌上，想让她知道别想用一瓶汽水就把我收买了，我指着自己鼻子："您不像，那我像吗？我像是有困难的样子吗？我像是能把账要回来的样子吗？"

"你年轻呀，长得好看，招人心疼呀！"袁姐说。

"胡世奇还年轻呢。"我说。

"他不符合后两条。"

我点点头："这倒也是。"

袁姐开始不停地说，说了二十多分钟。她有个巨大的能耐，就是她如果把一件事情安排给你，她会把你夸得天花乱坠，会让你感觉自己天赋异禀，会让你相信哪怕你的工作是去扮演一个板凳，只要你演出来，那就是全世界最好的金板凳。

刹那间我热血沸腾，不仅喝了她的雪碧，还接受了这个任务。

袁姐高兴了，告诉我最近都不用上班了，每个星期六去山水佳园门口看狗的临时工作也由她替我。

我从袁姐的办公室出来，越发察觉不对劲儿，自己答应这个差事确实是冲动了的，要真是那么好办的话，她能给我这些好处？

周一上午，我坐着地铁从南到北穿过整个城市，又打了二十块钱的出租车，终于来到了传说中的东北材料总公司。我等了很久，财务处的一个三十多岁的男士，李科长接待了我，一边听我说一边微笑点头："小姑娘你对我们单位还是很了解的嘛……"

我赔笑脸："我来之前肯定要做功课的呀。您看，你这么大单位，帮我们社区这户居民赶紧把这五万块钱给报了吧。"我一边说一边把准备好的材料拿出来给他，这里面有孙好忠家的户口本，小汪警官给开具的孙好忠岳父的身份证明，原版的工作证在火灾中遗失了，但是他们家留存了一些岳父在第三钢管厂工作过的证据，包括照片和先进证等，我先是一张一张地让李科长看了原件，又把复印件和孙好忠家里漏雨的照片交到他手里。

李科长看得也认真仔细，看了整整十分钟，忽然抬起头来。我以为他能做决定了呢，李科长道："到点了，我马上还有个会，这样，你先回去吧，你这不是留了联系方式吗？我们这边做了决定我再找你吧。"

我跟着他一起起身，往前走了两步："大约什么时候呢？我倒是能等，要是过两天下了大暴雨，楼塌了，我们社区出人命了可怎么办？"

李科长告诉旁边的女孩儿："小敏呀，十一点了，你安排这个社区的小夏同志吃个饭。别让人家空肚子走。"

他说罢就出门走了，而我等了一上午跟这个李科长还没说两句话。

被叫做小敏的女孩儿撇撇嘴，很不情愿地拿了工卡和饭卡，好不容易挤了个笑脸给我："走吧，去食堂吧。"

原来我觉得我们街道机关的食堂够好了，来到这里才明白我们的整个食堂跟人家的一个档口都比不了。

都在一张桌子上吃饭了，我们两个聊了几句。小敏比我还要小一岁，去年从重点财经大学毕业，通过校招进入公司。我心想，看今天这个接待我的李科长的样子，我跟他们要维修基金应该不是一两次就能搞定的事情，弄不好以后还得蹭小敏的饭卡在他们的食堂吃饭，就捡好听的跟她说，说她的学校好，说她是高材生。

小敏摇了摇头，既是谦虚，可能也多少觉得我有点没见识："我们学校是不错，但是在公司里都算不上什么能拿出来夸耀的资本，核心部门的那些大咖都是海归名校的博士、博士后。"她说到这里忽然坐直了身体，笑意盈盈，特别热情地跟一个拿着餐盒过来的同事打招呼，"您从深圳出差回来了？票子拿来呀，我帮您报。"

来人道："你这儿没人，我坐这儿吧？"

小敏赶快往里面让了让，来人坐在了我对面，正是徐宏泽。

徐宏泽先看我餐盘里的食物，说了一句："胃口这么好。"

我把花卷塞进嘴巴里，点头笑笑，权充回答。

旁边的小敏根本就没打算把我们介绍给对方，她甚至完全忘记我了，特别热心地问徐宏泽最近项目做得怎么样，忙不忙，之前申请的款项是不是如数到账了。说到这个，徐宏泽马上就谢谢她，工作效率高，给项目组打款那么快。

小敏想听的就是这个，笑眯眯地回应徐宏泽："那是当然了，您的项目组现在做全公司最重要的研发，我们老大说了好几回，凡是您这边有什么需要，我们第一时间配合。"

我低头吃东西，耳朵是关不上的，他们说的东西我全听见了。除去那些听不懂也记不住的技术名词，我很自然地对二人之间的关系产生了判断：小敏显然并不知道徐宏泽已经在跟别的女孩儿约会了，她对他多少有点倾慕之意，他是单位里的技术大牛，而且年纪不大，相貌英俊，她在期待他们之间的可能性；徐宏泽呢，他应该是知道自己对于小女生的吸引力，但是以我对他的了解，他对此没有十分感兴趣，他对她的赞扬和感谢，都是疏远的，公事公办的——其实他对谁都一样，包括他的女朋友。

徐宏泽说起来去深圳开会时候的趣闻，把小敏逗得哈哈大笑，我看看手表，提了一个不太合适的问题："是不是可以回财务部了，我还得找李科长，跟他再仔细谈谈我这边的事儿。"

小敏转头看我，诧异："你的事儿还没有说完吗？科长去抚顺了，刚发微信告诉我的。"

我也震惊了。刚说了个开头，他什么意见，怎么给我们批钱，这些事儿还没说完呢，他怎么能走呢？

徐宏泽也停了筷子，看着我，留意着我们说的事情。

小敏道："那我不知道了，领导就让我带你来吃饭，你说的事情，我也处理不了。"

"这事情只能找他办，是吗？"我说。

"对。他接待你的，那这件事情就是他管。"

"那我回去等他。"

"他今天肯定是不回单位了。"

"那我明天还来。谢谢你呀，小敏。你们这儿饭菜不错，我吃得挺香。鸡腿儿特别好。"我用餐巾擦了擦嘴巴，一字一句慢慢地告诉小敏。我要让她知道，她能告诉领导最好，我可不是好打发的。

我收拾了自己的餐具，拎起包走了。我没生气，我答应了袁姐这个差事儿，我要给孙好忠家把维修基金要下来。负责的人说走就走，无所谓，我还来，我等他，我每天上午来，然后吃中午饭，反正他们单位食堂这么好吃。

徐宏泽追出来跟我说话，我觉得还挺意外。

从食堂出来往大门走，是个绿茵茵的小湖，柳条垂到湖面上了，圆滑的石头拼成过河的小桥，鲤鱼胖得像潜水艇一样，一只大鸭子带着好多小崽儿悠闲游过，园艺师傅坐着个小船在清理水草，空气里弥漫着一阵阵悠悠的水塘和花草香气。

我们找了个地方坐下，他给了我一瓶酸奶。这次我没装不认识，简单说了说来办的事情。

"你们单位可真好呀，比公园还漂亮。"我说，"估计每年维护这个湖的钱都得有几万块，就不能从哪里挤点儿钱出来给我们居民把房子修了吗？"

"大公司规矩也大，你要的钱不多，但是手续得全，逻辑得清晰，被收购企业几十年前的老员工，人都去世了，现在要我们修房子，这事情听上去希望不大。"

我扭头看看他："那你找我说话是要干什么？我以为你能给我帮帮忙呢。"

徐宏泽看着我，吸了一口酸奶。他在这个过程中考虑着，犹豫着，憋了半天，终于说话了，语气还颇为幽怨："我是想要问你，你……后来你为什么不接我电话？你为什么把我微信给删了？还有，两个星期前，串店里，你看见我了吧？怎么都没打个招呼呢？"

我转过头来，不去看他，缩着肩膀咬着酸奶的吸管儿，暗中喘了几口长气，手指在轻微地哆嗦。是的，他这句话问出来，真是让我心里面暗爽。好像跟他相处一年半，整个过程，那个如同上补习班一样定期见面的规矩，终于被我报复了回去。

"忙呗。"我满不在乎地说，"我这不是在社区上班了嘛，顾不上跟你见面、聊天什么的。反正都不聊天了，删就删了呗。怎么了，找我有事吗？"

"那……你考研的事情怎么样了？我主要一直想问你这个。"

我愣了一下，感觉到自己脑袋里面有一个最不愿意打开的抽屉被徐宏泽一下子给抽出来了，顿时碎屑横飞，满目凌乱。考研，对呀，我想起来了，我怎么把这件事情给忘了？跟他的冷淡相比，这才是我最终决定甩掉他的核心理由。

我被激怒了，不用看也知道自己耳朵充血变红。我腾地站起来："没考上，怎么了？第二次也没考上，不让活了吗？我现在在社区工作，虽然整个办公室都没有你们食堂发例汤的窗口大，但是我也是国家雇员。没啃老，也没跟您借钱要生活费，我没有觉得哪里不好。这么看着我干什么？不能理解是吗？不能理解怎么会有人不如您聪明，不如您好学上进，是不是？对不起，就是有这样的人，你面前的就是一位！再说了，您还应该谢谢我呢，没有我这样的，怎么显得您优秀，显得您工作的单位好呀？！

对，徐宏泽，你也不用作讶异状看着我。别跟我提恨铁不成钢，我爸爸妈妈从来都不会恨铁不成钢，我也没吃你们家饭，你干吗这么着急？我为什么不跟你见面了，为什么删你微信，我今天就跟你说个明白，我就是受不了你总劝我要努力，要再去进修，提高层次，我就不想要再听你天天念，可以吗？！"

……

等一下，各位听故事的朋友。从这一行开始，从省略号往前数三个自然段，我的大吼大叫，理直气壮，以及这之下徐宏泽的胆怯退缩，其实都是发生在我脑袋里的事情。现实的情况是，我继续咬着吸管，看着他心虚地，甚至有一些歉意地笑了笑："没，没考上，就差一点……"

徐宏泽的眼睛仍在我身上，和气地，温柔地，像个挺不错的补课老师："应该再试试，你还这么年轻，这么聪明，还可以再努力一下……"

"我可不聪明，我要是聪明怎么会考了两年都没考上，真是辜负你了……"这是我能出口的最厉害的话了。我赶紧站起来，拍了拍屁股。我得马上走，否则他又要开始了，我脑袋里面那个最不喜欢的抽屉都被他装满了，我可不想他再往里面充实新内容。

我保持礼貌，上前跟他握了握手："我还有事儿，先走了，没想到能在这儿见到你，很高兴。我那事儿要是能说上话，也请帮我美言几句，先谢谢啦。"

"等会儿。"徐宏泽叫住我。

"干什么？"

"微信加回来吧？"他拿出手机。

"好呀！"我其实并不愿意。

刚加上，我就看见他朋友圈里有女孩儿的照片，似乎就是那天在串店里跟他一起的姑娘。我按捺不住好奇，便问他："这是你的女朋友吗？"

"嗯。"徐宏泽回答，"家里人介绍认识的，好几个月了。"

"好呀。做什么的？"

"辽大中文系毕业的，现在省报当记者。"

"厉害。"我点头称赞，适合他，般配。

"你呢？"徐宏泽问我。

我觉得书我念得不好，工作也不如他们牛，但这个时候我不能输，脱口而出："我也有男朋友了。"

"哦……"

我笑笑，脑袋里面想起胡世奇说起自己特别能吹牛的一个亲戚，住在铁路旁边的回迁房，为了省下每次两毛钱的电梯费，天天爬十六楼，坐公交车路过市中心豪宅的时候告诉别人，自己在这里有四室大屋，就是不爱住，租给宝马公司的德国高管了——反正谁也不能有空去调查真相，过过嘴瘾有什么大不了的？

我脑袋里面闪过一个人的形象，眉飞色舞地对徐宏泽说："警察。长得老帅了。对我特别好。从来不教训我。"

"啊……是嘛……"徐宏泽好像还挺惊讶的，他欲言又止，好像还想再聊聊。

"我先走了，回头见！"多说无益，容易穿帮，赶紧走。

我说的这个人是谁呢？就是汪宁，小汪警官。我知道他有女朋友，是辽芭的舞蹈演员，他就像市中心四个房间的豪宅，我也不去住，我也不奢望，我对他更没动过什么歪门邪道的心思，我就拿他说说事儿，在前男友前面找点面子，没什么太大问题吧？

而我自己并没有想到，正是从这句话开始，我的心里好像埋下了一个小种子，这颗小种子在我跟他之后的交往中发芽、长大，像偶然在北方发芽的南方植物一样，暗暗生长出藤蔓，把我的心缠绕起来，让我惦记汪宁，喜欢他，总是想要见到他，哪怕他是有女朋友的。此系后话。

天气大热了数日。克俭小区花坛里的大葱和山水佳园的柳树叶子都发黄卷边；居民家的狗出来得少，偶尔有非要遛弯的，都步履缓慢，嘶嘶哈哈地吐着舌头；环卫的车子一遍一遍地经过，刚洒下的水，转眼就蒸发起烟；社区里现在接到最多的案子就是居民投诉上下楼的邻居谁家的空调架子老旧，一转一宿，轰鸣声让人没法睡觉。

天气预报说这样炎热的天气不会持续太久，热带气压还有一个星期就会在渤海海岸登陆，我们虽然身居内陆，但也会透透地下场大雨。这个城市里好像人人都在盼望着这场大雨的到来，除了孙好忠家，还有我。

给他们修房子的钱，我一直都没有要下来。后来再去东北材料总公司，人家都不安排我在食堂吃中午饭了，我每天自己带个三明治去蹲点儿，这个三明治的钱倒是袁姐给我报销的。

财务处的李科长说他每天见到我真的会头疼："小妹妹呀，我再跟你说一遍，你的事情，我们也开会研究过。钱不多，我们不是不能给，但是怎么证明你说的这个居民，是原来钢管厂的员工呢？就凭你带来的那几张照片？如果不能证明，那我们怎么报批，怎么出钱呢？"

这人脚步匆匆一直往外走，我就跟着他，重复跟他说了一万遍的道理："这个小区发生过大火，这家所有之前的家庭资料在火灾中都遗失了，但是证明工作关系和房产所属权的文件，单位肯定是留档的呀，您不翻开档案帮我找，我去哪里找呢？"

李科长的车子停在门口，他又说自己有事儿，要借故遁走了，我拦着车门："您去查档案去，你们自己的档案里面肯定有！"

李科长苦笑："几万人的公司，我给你可怎么查？"

"那您这就是不作为。"我说。

"小姑娘你可别扣帽子呀！你给我们一点时间，行吗？"

"马上就下大雨了，他们家上次就跟水帘洞似的，这次出了人命怎么办？！"

李科长忽然指着我后面大吼一声："啊呀有明星！"

"哪儿呢？！"我马上回头的瞬间，他钻进车子，又跑了。

哪有什么明星呀，园丁用大水管子浇花呢。我一屁股坐在地上，简直欲哭无泪。

差事儿总也办不成，我灰头土脸地回了社区。

路上经过克俭小区的大门口，看见孙好忠正给邻居家的小孩儿修自行车，他也看见我了，憨憨地点头一笑。他知道我正给他跑维修基金，想问我进展，又怕催紧了烦到我似的保持着距离。那个满怀期待的样子让我更难受了，一低头赶紧离开。

办公室里的胡世奇倒是喜气洋洋，他撅着屁股哈着腰跟我说："你猜怎么着？"

"你爱说不说。不说拉倒。"我木着一张脸。

"生什么气呀！"他笑嘻嘻地，"我告诉你，翟叔，老翟头儿他们家，我给搞定了，明天就能开门清理垃圾了！"

这事儿还真是让我出乎意料："你可以呀，怎么做到的？"

胡世奇嘿嘿两声："我不告诉你。明天你就看着吧，能让翟大爷扔垃圾，他们整栋楼的人都得谢我。发奖金的话，谁也不许跟我争！"

胡世奇现在还在得意着，他还没有预见到第二天差点闹出人命的巨大风波。

此时的我，心里也羡慕着他：袁姐没有偏心，给我的差事和给胡世奇的差事难度都差不多。胡世奇把任务完成了，我就不行。

我把一块快要过期的奥利奥放进嘴巴里，长长叹了一口气。回想我这一辈子，好像一直都是这样：也算大学本科毕业了吧，但是个谁都不认识的大学；找工作一路不顺，要不是来了社区，连个有正式编制的岗位都没有过；恋爱谈得那叫寂寞，被徐宏泽碎碎念考了两年研究生，更是边都没沾上，白费力气……综上所述，我可真是废柴界的精英呀。

五点了，我快快然收拾了东西下班，居然有人在门口等我。汪宁见我出来，扬着眉毛，朝上一点头，一副亲熟的样子："小聋呀，你晚上有事儿吗？我请你吃饭吧。日料怎么样？"

我见到他，心情就好一点。再说了，谁能跟小汪警官说不呀？

我们两个去了一家离单位不远的日式自助餐店，小汪警官没穿警服，身上是便装，一件深绿色的T恤和浅色的牛仔裤，T恤的颜色显得他面色更加白净好看了。

菜陆续上来了，满满摆了一桌子。我跟汪宁闲言少叙，先吃了个饱，一桌子都空盘了，点了二轮，等菜的空当，喝了点梅子酒，吃着几个烤银杏，才想起来说说话。我告诉他，我的事儿没办成，孙家的维修基金我要不下来。

汪宁摇摇头："那也是正常。好几十年了，这事儿呀，搁谁都办不成。人不可能做超过自己能力上限的事情。"他给我杯子倒上酒，"我跟你说件事儿。当年我在警校是赛跑中长跑冠军，到现在毕业五六年了，我当年的纪录都没被破呢。前年全市公安系统大比武，五千米跑，一千米武装持械赛跑，我都是第一。当时比赛得的洗衣粉，我妈到现在都没用完。你说我厉害不？"

"厉害厉害，失敬失敬。"

"可也有我追不上的人。就前几个月，我想找个人问话，那个人不愿意配合就开跑。我追了他三条街，硬是没追上，最后撅在那里大喘气。我就跟退休老太太赶通勤似的——心上去了，脚上不去了。你瞧，这就是我能力之外的事情。所以你呀，要是给孙家要不下来维修基金，也不能赖你。"

一颗银杏被我含在嘴里半天没动，心里面暗暗地、细细地体会着汪宁跟我说的话。他是在安慰我呢，这件事情我尽力了，我无愧于心，更没有对不起别人。我可不想跟胡世奇比能力，争奖金，我能拿一份工资就行，这就挺好了。

我垂着脸点头，眼睛里面热乎乎的："嗯。"

不知道是食物的香气还是一杯梅子酒让人头有点发晕，我抬头看他，心想汪宁这人身上最难得的一点是，他会易地而处，会体谅人。他不会像徐宏泽那样，明明对别人来说很难的事情，却被他觉得理所当然，轻而易举。

我又觉得自己有点奇怪了：我为什么去拿汪宁跟徐宏泽比较呢？目前，他俩跟我有半点瓜葛吗？这就是传说中的"自作多情"吧？我把一个寿司放在嘴巴里，狠狠嚼了几口，真是心虚。

"小聋呀，我有事儿跟你商量。"汪宁说。

"你说呀。"我擦擦嘴巴。

"我给你凑点钱，你拿去先给孙家帮房子修上吧？或者你去找师傅，直接安排给他们家修房子，或者你先把钱给老孙，让他自己抓紧时间找人去修。你看看怎么方便。"汪宁一边说着一边拿了手机，给我转账，两万块。

我被弄糊涂了，赶紧让他打住："这是我们社区的活儿，跟你们警察有什么关系？跟你个人就更八竿子打不着了，干吗要花你的钱？"

"讨要维修基金，弄不好是个长期的事儿，你现在要不下来，但是总能要下来的。不过过两天下大雨，他们家房子真塌了可怎么办？"

"那也跟你没关系呀。你的钱是什么名目？我怎么解释呢？怎么跟袁姐说？怎么跟孙家说？我肯定不收，我给你退回去！"

我态度坚决，汪宁放下手机看了看我："你说的也对。那这样好不好？这钱就当我借给你的，你个人借给孙家。你让他们写一个借据，什么时候维修基金要下来了再还给你，你再还给我。你看，这样，任务你办完了，还不用你自己掏腰包，这不是挺好的吗？再说这钱对我来说也不多，就是少买一个游戏机的事儿……快点收了。"

我有点犹豫了，仔细想想，他说的其实是有道理的。但这中间缺了些东西，这个解决问题的办法，好像是做一道蛮复杂的数学题，汪宁只给了我答案，却不给演算的过程。我那个原本就不聪明的脑袋被大虾天妇罗给腻住了，被梅子酒给灌晕了，好半天才把这道题之前给的线索串联起来。

我想起上次去派出所找汪宁时提起孙家，提起孙莹莹，还有十几年前那场大火时他的样子，我慢慢地问："小汪警官，你这么做不仅仅是要帮我，你跟孙莹莹很熟的吧？"

他愣了一下，片刻间有点意外，接着还是笑了："谁敢说你不聪明呀，洋洋，你什么都猜得出来。对，我跟孙莹莹挺熟的。我跟你说过吧，我们上初中的时候是同班同学。突然有一天，这个人就不来上学了，谁都没有再见过她。我们之后才知道，他们家那栋楼烧了。所以你看，我不仅是管他们家这一块儿的片警，还是老同学。小时候，她爸爸还帮我修过自行车。你说，他们家有事儿我能不帮一帮吗？"

"那你为什么不直接给他们家呢？为什么一定要通过我呢？"

"孙莹莹从来不要我们的钱。我们从前的老师、同学聚会的时候说起来，大家凑过钱，给他们送去过，都退回来了……"

我点点头。原来是这样的。

他从桌子对面伸过手来，手上有柠檬湿巾的味道。他轻轻地拍了我的胳膊："你就当帮我这个忙吧，帮我把钱给他们家垫上。"

他在求我呢。

我怎么跟小汪警官再说"不"呢？

我点点头，应承下来。他非常高兴。

那天我回了家，吃了我妈切的西瓜，洗了澡躺在床上。不知道是酒喝多了，还是因为跟汪宁说话说多了，整个人都处于一种晕乎乎的好像在云彩里面游泳的状态里。

我心里面一直想着汪宁，温习着刚刚见面吃饭的时候他的样子、他跟我说的每一句话。我非常高兴，也有一点难过。高兴的是，他想要帮助从前的旧同学孙莹莹，把这件事情拜托给了我，我能为他做些事情；难过的是，这么善良可爱的小汪警官却名草有主了，人家有女朋友了，而我知道自己喜欢上他了。

我坐起来，对着镜子梳头发。头发该剪了，烫过的发梢有点劈叉，缠到梳子上理不开，我疼得呲牙咧嘴的，最后薅下来好几根。我心里面有个很奇怪的念头，我想小汪警官的女朋友的头发肯定会比我好。他很少说起她，但她应该是那种典型的芭蕾舞者，个子高挑健美，头发又厚又长，从不劈叉。长得漂亮的女孩儿大部分都很骄傲，不好相处，她跟小汪警官能结婚吗？不一定。

希望他俩分手。

他俩要是分手的话，我第一时间跟小汪警官表白，绝不给别人机会。

当小三抢人男朋友肯定不道德，但什么都不做，心里盼一盼这个总行吧？

我从书架上抽了一本漫画缩回床上，收到一个人的微信，是徐宏泽。两分钟之后见我不回微信，徐宏泽又发了一条过来：我跟你有事情谈。

"但是我跟你没有。"我自言自语，仍是不回他。

突然一笔转账打上来，两万块。

我腾地一下从床上坐起来，当时就蒙了。

第 4 章

刚刚，星期六，山水佳园有大喜事发生，邻居们奔走相告，击掌庆祝：三号楼翟叔，老翟头家，终于清理垃圾了！

一大清早，社区工作者、负责翟叔家的网格员胡世奇同志就来到了现场。胡世奇同志表示，翟叔家的卫生问题一直以来都是困扰着山水佳园总体卫生情况的难题，但在街道、社区各级领导的关心之下，在他本人坚持不懈的努力之下，终于做通了翟叔的工作。在这里还要特别感谢翟叔的儿子，耐心疏导翟叔的情绪，晓之以理，动之以情，可以说，没有他的配合，我们的工作就不可能成功！

这次给翟叔家清理垃圾，我们还聘请了专业的保洁团队、垃圾回收团队、搬运团队，小区大药房还为清洁团队赞助了一百个高级防尘防污过滤口罩。整个清洁工作所产生的所有费用由翟叔的儿子承担三分之二，经业委会批准，费用的其余三分之一从山水佳园物业费支付。这个决定充分体现了山水佳园小区居民之间团结友爱的精神，也是群众对我们社区工作的强有力的支持！三号楼的邻居握着胡世奇同志和翟叔儿子的手，热泪盈眶。可以说，清理陈年垃圾是翟叔家卫生建设的一小步，却是整个小区卫生提高的重要一步，更是我市迈向全国卫生城行列的一大步！

——以上，是胡世奇提前准备好的通稿，写稿的是他表弟，现在在主要面向老年读者的传统纸媒当签约记者，兼职写广告，整篇文章散发着一种下午三点数字电视直销广告频道里卖一百块钱七袋的红烧牛肉的气质。

胡世奇打算用这个上报街道和区里给自己邀功，结果没成。

当时的情况是，胡世奇来了，物业来了，清洁团队十多个人来了，"苦翟叔已久"的邻居们各自带着数层口罩，就想看看翟叔家里到底攒了多大的一个垃圾矿，能把整栋楼霍霍成那样。可是翟叔就是不开门，怎么叫都不开门。

胡世奇问翟叔的独生子——跨越了半个 S 城，从另一端赶来的，子承父业做医疗器材买卖的翟老板："您不是说给老爷子做好工作了吗？怎么他又不开门了？"

翟老板自己配了一个轻型防毒面具，告诉胡世奇："他不开没事儿，我找到家里钥匙了，我开！"但见他把钥匙插进锁孔，轻轻扭动，里面机关转动，发出几声干涩的响声。翟老板轻轻往外一带，翟叔家的门就这样打开了……

现场众人各自瞪大了双眼，屏气敛声。

暗红色的房门刚开了一道缝，从翟叔家里面居然冒出一股烟，一点点一点点地扩散开去。

此时，就算是蒙了五层口罩的邻居也嗅到浓重的恶臭气味。翟老板是离得最近的一个，扒开大门，命令众人："赶紧呀！等什么呢！"

他话音未落，突然一个人从房门里面蹦出来。他披头散发，红着眼睛，骨瘦如柴，身上是根本看不出来颜色的背心和短裤，手执一瓶不明液体，拦在门口，声音凄厉："我看你们谁敢进我家！谁敢上来一步，我就跟你们拼命！"

正是本小区垃圾收集专家翟叔。

他一抬手，现场顿时大乱。翟老板在他爸出手之前已经做好准备，以身上的胶皮雨衣为掩护，冲上去抓住了老头儿的手腕，让他不能动弹。僵持过程中，有帮手从后面上来，冷静地在地上捡起瓶盖，轻盈地把翟叔手里的瓶口给盖住了。

翟叔随即从后腰拔出一个西瓜刀，一边后退一边指向众人："我看谁再上来，谁上来我给谁放血！"

"住手！都给我放下！"一声断喝从后面传来，穿着一身篮球服的小汪警官几下子扒拉开挡在前面的人，转身挡在了翟叔前面，面对翟老板。

他今天休息，正跟同学打篮球呢，胡世奇眼看局面无法控制又不敢报警，把他叫来了。作为此时全场唯一没有任何口罩和防护设备的人，小汪警官已经被翟叔家的腌臜气味熏得睁不开眼了。他擦了一把被生生呛出来的眼泪："你们听好了哈，这是翟叔家，关上门他愿意干什么是他自己的事儿。你们硬闯民宅，我可以把你们全都带走！"

翟老板从下向上看着小汪警官，扎煞着一只手拍胸脯："警官，我是他儿子，他是我亲爹！"

小汪警官又擦了一把眼泪，郑重点头："说的就是你！"

在星期六下午紧急召开的社区会议上，胡世奇做了检讨。

我在会议记录中整理出来的事情链条是这样的：胡世奇接到任务必须在创建卫生城检查组到来之前做通翟叔的工作，把他家清理出来。可是翟叔软硬不吃，胡世奇没辙，从汪宁那里搞到了翟叔儿子翟老板的联系方式。自他母亲去世之后，两年没回家看老爸的翟老板刚开始也跟他打哈哈。胡世奇道："要想疏通财运，还得从你父亲那里入手，他常年在家里积攒秽物，你的生意怎么能好呢……"没过多久，翟老板打来电话：我爸的事儿，我答应您了，这个周末我就带人去收拾！胡世奇高兴呀，以为任务完成，大事儿搞定了，谁想到后面竟然发生那么一出闹剧。

我入职这么长时间，从来没见袁姐真生气过，这次我见到了。她一根手指点着胡世奇，声音像是从牙缝里面挤出来一样："你是大学生呀，胡世奇，你是不是社区工作者呀！"

胡世奇低头道："我不应该！但是姐，我也没有别的办法呀！"

"那你这么糊弄人就管用了吗？！差点出人命没看到吗？"袁姐一声大吼。

胡世奇皱着眉头，哭丧着脸，看上去眼泪都要掉下来了："您当我不想把工作干好吗？苦苦说了好几个月，翟大爷油盐不进，根本不听我的呀！好不容易找到他儿子了，我不出这一招您当他能来帮忙吗？社区工作者很了不起吗？说到底不就是个群众组织吗？您好像问'你是不是解放军战士''你是不是中科院院士'似的……我这样的就不错了，您还骂我……"

胡世奇这几句话把这边做会议记录的我快弄哭了，想起自己去要钱的遭遇，想起事情办不好自己每次进出大门都得躲着老孙家的那个样子。

袁姐是头发烫了一半赶回来收拾局面的，她也疲惫，看了胡世奇好一会儿，慢慢说道："世奇呀，你说得没错，我不应该吼你。这事儿看着小，其实也不容易，你让解放军战士或者中科院院士来做，也不见得就能办成。"

袁姐这句话说出来，巨大压力下的胡世奇好像一下子松了劲儿，哭了。

办公室里面一众同事眼泪汪汪的时候，社区办公室的另一边是别样景象：翟氏父子二人铆上了。

为了防止父子二人起更大冲突，小汪警官一直没离开。

无论儿子翟老板怎么劝，翟叔就跟没听见一样。他急得脸红脖子粗，蹲下来问："怎么着爸，非得我跪下来你才能把门打开，把垃圾都扔了吗？"

翟叔回头看他："你说跪，你真跪了吗？你屁股坐在脚跟上——你跪个屁呀？你不用糊弄我，你妈火化的时候，你说来都没来，就因为那天新店开张！你现在跪不跪，又能怎么地？你当我在乎呢？"

"我妈火化的时候我没去，不是因为生意吗？"

"你生意还是我给你的！滚，我不想跟你再唠这个了！哎，这瓶子挺好，我带回去吧。这手巾谁给扔了？这可不能浪费了。"翟叔一边收拾我们垃圾箱里的东西，一边跟旁边的杨哥介绍经验，"这玩意拿回去絮到大衣里，冬天才抗风呢。"

一个人蹲在他旁边，把他手里那个又脏又旧的毛巾拿过来放在手里，和气地说："翟叔，这个给我吧，您想要，我给您洗干净送家去，缝到大衣里去。"

翟叔抬头一看，是社区书记袁姐。他起先还愣了片刻，呵呵一笑，完全不当事儿。当初如何对付胡世奇的，现在就打算如何对付袁姐："领导来了？跟我打感情牌呀？不好使……"

"没有。"袁姐嘴上说话，手里没闲着，把杨哥在餐厅吃完饭拿回来擦皮鞋的手巾四四方方地叠好，"没跟您打感情牌，之前是我们工作没做好。今天小汪警官怎么跟您说的，我也说一样的话，您往自己家收什么东西，谁都管不着。以后谁也别想烦着您。我是干吗的，您知道，我说了算。"

翟叔闻言，一声不响。

胡世奇从办公室里面出来，把好几个空水瓶子放到他旁边："这也给您。今天这事儿赖我。"

翟叔没动那几个瓶子，手上扒拉垃圾箱的动作也慢下来，像一个油箱装满飞速奔驰的车开始渐渐熄火。他的四周，我们办公室所有人，还有汪宁、翟老板都屏气敛声，好像看到了些翟叔能回心转意的希望。除了袁姐，她去端了盆水，在旁边认认真真地用香皂给翟叔洗毛巾。

正在这时，张阿姨着急忙慌地从外面进来。汪宁把自己的座儿让给她，张阿姨一手捂着鼻子，一只手扇风："这味儿……"

这味儿是翟叔带来的，是他身上的味儿，也是他家的味儿。我们已经浑然不觉，张阿姨就不惯毛病，我真怕张阿姨牙尖嘴利地再说出什么难听的话来，想上去把她嘴给捂住，汪宁也紧张，也在眼珠子乱转想主意呢，但是来不及了，张阿姨看着翟叔摇头道："老翟呀，你看你，原来是个多干净立正的人，现在怎么把自己作成这样了？"

刀枪不入的翟叔回头看她，瞪着眼睛，张着嘴巴，好像什么特别不愿意提起的事儿被这个老街坊给揭露出来一样。

张阿姨没停，继续说道："你就收吧，就算你把全市的垃圾都找回来，你们家老秦给出去的东西你也找不到了，你更别想把她给找回来了……"

我们都愣住了，好像终于被点明白了，翟叔那么倔强地把垃圾往回搬究竟是有个什么心结：他想把去世的老伴给找回来。

原本蹲着的翟叔腾地站起来，满脸通红，他看着张阿姨，一句话也说不出来，终于一跺脚走了出去。

翟老板看看张阿姨，又回头看袁姐，又向外看看，终于表现出一点点对钱和他自己的生意之外的担心："我看看我爸又要干啥……"

张阿姨去把窗子打开，告诉他："你也该去看看了，忙得跟你有十个爹要照看似的……"

三天之后，关于翟叔家的谜团终于解开了。他把邻居家改装拆下来的坐便放在阳台上当花盆用，里面是他从小区花坛里挖出来的一大棵龟背竹，让山水佳园的邻居们啧啧称奇。人们同时也在庆幸一件事情：翟叔终于打开家门让人打扫房间了。

这事情之后，袁姐专门请我和胡世奇两人吃了一顿饭。她讲起来她从小就弄明白的一件事：她出生在海岛，爸爸是渔民，他出海的时候，袁姐就跟着妈妈在家里补渔网。看上去格式简单的渔网实则补起来必须遵循固定的线路和手法，不能绕错一个绳结的方向，不能马虎一个网眼的大小，否则补错的渔网下了水，在海水的压力下，绳结会松动，小洞变成大洞，什么都逮不着。

"我们在社区里面做基层群众工作就跟补渔网一样，要讲原则，要按纪律和程序解决，千万不能以为自己的工作可以走捷径，否则小事儿就会变成大事儿，大事儿可能失控。"袁姐给我们两个人各盛了一碗糖水草莓，慢慢说道。

胡世奇沉吟良久："袁姐我懂了。"

袁姐拍拍他手臂，见他明白了便不再往下深说，她接着问我："洋洋呀，给孙家要维修基金的事情你忙得怎么样了？"

我手里拿着一块儿鸡，骨头岔向两个方向，我要怎么回答袁姐呢？

跟胡世奇一样，我的选择中也有一个简单的办法，一个捷径，我可以用小汪警官给孙莹莹家垫付的钱当成我要来的维修基金，而且这钱我有两份，另一份是徐宏泽给的——那天晚上他把钱给我打到微信上，又打电话告诉我，给孙家修房子的两万块由他的项目组出，我什么时候能开到证明信了再补给他也行，不着急。徐宏泽的这个举动让我心里一热，发觉这个人也不像我原来印象中的那么冷，还有点人情味儿。我当时从床上坐起来，马上就收了钱，跟他道谢，心里面没有任何障碍：我这是给社区居民办事儿，只要能把他们家房子抓紧修上就行，程序是否正常并不重要。

可是翟大爷家闹的那一番让我看到了教训，我这一次用了小汪警官和徐宏泽的钱给孙家修了房子，以后再有别的居民房子需要维修，钱再从哪里要呢？

我咬了半天牙，到底还是跟袁姐如实汇报："没要下来。孙莹莹的姥爷跟东北材料总公司存在工作关系的证明文件找不到，人家不给拨回维修基金……我一直没找到能证明的文件……"我渐渐说不下去了，鼻子里疼，嗓子眼也堵着，再说就要哭了。

胡世奇见状赶紧舀了一勺糖水草莓往我嘴巴里塞。我抹了一把眼睛，一手挡开他："不用你喂我。"

胡世奇瞪着眼睛看我喘粗气："不吃拉倒。"

袁姐沉吟良久："我之前求了修房子的陈师傅，他知道孙家的情况，先不收费。昨天把孙家的房子简单弄了一下，在房顶浇了沥青，估计一两场雨还不至于再漏。我们都再想想办法，说什么也得把这钱要下来。"

"嗯。"我点头，"谢谢袁姐，幸亏你早有准备。"

袁姐给我夹菜。

餐厅里有喝着酒的壮汉跟服务员说把冷气开得大一点；空调吹得嗡嗡作响，窗子上因为内外温差太大蒙上了一层薄薄的雾气；外面的代驾师傅们大口喝水、擦汗；蜻蜓抬不起来翅膀，飞得极低……一场坏心眼的豪雨在闷闷地酝酿着，终于在不久之后到来了。

我印象里自己大约八九岁的暑假也经历过这么一场大雨，也是下了一天一宿。

半个区的下水系统都瘫痪了，补课班临时发了停课通知，我妈单位也不让上班。我扒着窗户往外看，下午两点多钟，天色暗黑，雨点把对面的楼顶砸得冒烟，把十几年的柳树枝给折断了，下水道汩汩冒泡，像喘不过气的老人。

我爸早上上班是穿着靴子走的，回来的时候水没过他大腿，站门口一边脱衣服一边说幸好推着自行车，要不然可能被冲走。我妈刚要笑，我爸说："你当我逗你们玩呢？刚才路过小区的市场，老远看见半只猪在水上漂，卖猪肉的在后面跟着跑呢。猪都能冲走，不能把我冲走？"

我也记得家楼下的一处石头底子的洼地里，雨水存留数日，成了两间房子那么大，齐腰深的池子，旁边还有大雨之前谁家装修房子来不及搬走的沙子，就这么成了附近小孩子们的水上乐园。有一天我玩着玩着在那水坑里丢了一只凉鞋，怎么都摸不到了，光着一只脚回家让我妈说了一顿。那水池子最后还是被暑假里的太阳给蒸发掉了，我在它干涸的底部把自己的那只凉鞋给找了回来。那是童年的有趣经历，以至于后来我总盼着什么时候能再下那么大的雨，学校会停课，街上有奇景，我们能玩水。

可我现在在社区工作，我不盼着下雨了，我就巴望着这场雨赶紧停。

我这么想着的时候，人在克俭小区半边楼的下面，穿着雨衣雨靴，全副武装，胆战心惊地观察雨势。区防汛办两分钟前给我们发了通知：据气象局和市防总的即时观测，这场雨无论在瞬间雨量还是持续时间上都将是十年最大，各单位一定全力防汛，绝不能掉以轻心！

此时的我眼见着从半边楼楼顶上泄下来的雨水变成了瀑布，可见楼顶有大量存水，陈师傅在孙家楼上铺的那些沥青难说顶得过去，雨水会流进搭建这老楼的水泥板的缝子里，可能会就此塌下去……

我越想越怕，把孙家的大门拍得震天响。门半天才打开，开门的是孙莹莹本人。她披着长头发，身上还是我之前见过的那条白色的布裙子，也不说话，就站在那儿安静地看着我，好像外面的风雨大作跟她无关。

我抹了一把脸，像问独自在家过暑假的小朋友："你爸妈呢？"

"打工去了。"孙莹莹回答。

"你们家漏雨没？"

她点点头又摇摇头："我也不知道。"

"我想进去看看。"

孙莹莹让开了一点，我马上摘了帽子、脱了雨衣，两脚蹬掉靴子进屋。万幸，孙莹莹的房间没像之前那样漏成水帘洞，可是天花板和外侧墙上的几条缝已经因为渗水晕成青色了，可不一定能坚持到什么时候。雨势越来越大，风把老旧的窗子刮得哗哗响，孙莹莹这种满绿植的小屋像个脆弱的盆景，随时能被大雨击碎。

"跟我走吧，"我说，"跟我出去一下。"

她诧异看着我："去哪儿？干什么？"

"去社区，去我们办公室待一会儿，等雨停了，我再给你送回来。"我说。

这话似乎让她更不明白了："我去你们办公室干吗？"

"我怕这里再漏，我怕这儿塌了。"

我的担心像是个特别有趣的笑话，把孙莹莹给逗笑了。她坐回到自己的藤椅上，蜷起双腿，看着我，摇摇头："不会的。我不去，我哪儿也不去。谢谢你啦。"

她以这句话为收尾，接着把耳机塞进耳朵了，再也不理我。

我急得够呛，真想冲上去仗着自己个儿高劲儿大把她给拽走，在她身边转了好几圈。这念头生生被我自己摁下去，袁姐早就教导过，无论什么情况下不能跟群众起冲突，言语上的不行，肢体上的更不行，我是为她好，她反过来说我动手打人怎么办？

拉倒。

汛情我通知到了，工作我做了，人家不识好人心，爱咋咋地。

我从孙家出来，"啪"的一声给她关了大门。

孙家在顶楼，这一层再向上，有几节旋转的铁梯子，宽窄仅能通过一人，梯子上面的门能通到楼顶。接下来我做的事情，其后来触发的效果让我自己也十分意外。

我身上带着楼上小门的钥匙，原本只是想上去查看一下天台上存了多少水，打开门却被外面的大风当头当脸地吹了个正着。我的雨衣帽子和大衣是分体的，一个没搁住，雨帽被风给卷了起来，转了几圈就掉到楼下去了。

我一只手紧紧抓着门把手，头发脸上都被大雨给打透了，喘不上气来，眯着眼睛看见孙莹莹房间楼顶的位置上，正是下雨之前被陈师傅临时铺垫上的油毡布和沥青，他为了压实，在上面放了几块砖头，此时那里塌陷下去一块，成了一个八人圆桌面大小、深浅大约能淹没一只脚的水坑。又是一阵大风袭来，天台的小门被"啪"的一下从外面合上，直接拍到我鼻子上，我一屁股坐在门里面的铁梯子上，满头满脸的雨水，不用看都知道自己是一副落汤鸡的样子。

我长长喘了几口气，看见小门里面有陈师傅上次干完活儿留下的工具，一把铁锹还有一根挺粗挺长的尼龙绳子，绳子的一端锁在下面这一层楼梯扶手上，另一端有个皮扣子，我拿起来比量了一下，完全可以拴在腰上，由此断定这是用来保证天台作业安全的绳索。外面依旧风雨大作，我心想有了家伙事儿我就能把那几块砖头给搬走，把那些积水给除掉，不然雨水非得顺着油毡纸的缝隙漏到下面去不可。

打定了主意我便拴好绳子，推门又一次上了天台。

我一口气憋住，猫腰小跑奔到水坑里，把几个砖头拾起来，抱在怀里就往回奔。在这暴风雨的天台上，不到二十米的距离好像变得格外漫长，我感觉到自己好像是穿越到了小学语文课文里，飞夺泸定桥一章，那真是枪林弹雨，九死一生，不成功则成仁。我脑袋里面想着这个，头顶是咔嚓一道粉色闪电，我一抖，手里面砖头掉了一个，正砸在自己脚上，当时也顾不得脚趾头疼得要命了，赶紧把掉了的砖头捡起来，连滚带爬直奔小门，到了地方，把怀里所有的砖头一下子推在地上，这才关上门喘了一口气。从头开始浑身湿透不说，脱了鞋看脚趾头，有点肿，好在没出血。

我检查了一下腰带的锁扣，正要再上天台，忽然从下面的楼道里传来一声厉吼："干什么呢？！"一个人几步蹿上来，站在铁梯子下面朝上看我，正是汪宁，小汪警官，立着眉毛眼睛，气急败坏的。

我一见是他也愣住了，我从来没见过汪宁这个样子，我还没赶上过他这么大声说话呢。

事实上，我们已经有几天没说话了。上次受了胡世奇的教训，听了袁姐的话，我当天晚上就把钱分别退还给他和徐宏泽了。我告诉汪宁这事儿是我的工作，得由我来办，不想用他的钱走捷径。汪宁当时笑嘻嘻地，半真半假地说我是死心眼，我说对呀我就是很笨嘛，我就是死心眼嘛。他后来就好像真的生气了，在单位门口或者食堂遇见也不跟我说话。我着实有些失望，原来那么好的小汪警官其实是个不好相处的小心眼，还不如徐宏泽呢。

外面依旧大雨瓢泼，我坐在铁梯子上往下看汪宁，被他给吼蒙了。我就上个天台，搬两块砖头，怎么把警察给招来了？我是做了什么错事儿了吗？

我一边下意识地摆弄着腰带的锁扣，喃喃道："没，没干什么呀……你干什么？"

他一手指着上面质问我："刚才你是不是上天台了？"

"你怎么知道？"

"我在下面捡到你的帽子了！我看见你了！"

"我上天台了，怎么了……触犯哪条法律了吗？我是你的犯人吗？"我哆哆嗦嗦地问。

"又风又雨又打闪的，你上那儿干什么去？"他一直没好气。

"雨太大了，我怕漏雨。怎么了？这还没弄完呢，我再用铁锹在上面推几把就好了！"

"那行，你下来，我去！"

"凭什么？我不！"我在上面瞪着他，他吼了我好几句，我声音也大起来，真当我没脾气是吗？

"下来！"

"不！就不！"

"太危险了。"果然敌人是弹簧，你弱他就强，我一急眼，他没几句便怂了，停顿片刻，声音低了下来，在下面劝我。

"我有安全腰带！"

"你下来——洋洋，你下来，我去……"他在下面求我呢。

"用不着你，这是我的活儿！"我还就犟上了。

铁梯子太窄，只能一人通过，我在上面下不下去，汪宁就上不来。他一着急从下面把我脚踝给拽住了："我还收拾不了你了！"

我还想挣扎，可是这个人力气太大，拽着我脚硬是把我薅下来。我在上面松了手，从铁梯子上整个人跌在地上，躺平了。汪宁可能也没想到，他原本站得稳稳的，也在瞬间失去平衡跌倒了，说时迟那时快，他就在整个人摔在我身上之前，用两只胳膊撑住，用一个直臂俯卧撑的姿势从上到下把我罩住……

我们一下子都愣住了。

汪宁自上而下看着我，浓眉毛、眼珠子都是黑幽幽的，厚嘟嘟的红嘴巴张开又合上，合上又抿了抿。他在那个片刻似乎也没有弄明白状况，也在糊涂着……

一大颗雨水划过他的面颊，顺着下巴滴到我脸上来，像一颗断了线的禅珠，带着他的体温和一点他身上常有的水果味道。

我就这么看着他，忽然感觉到一股电流传导进我的身体。我觉得自己的外壳无比僵硬，完全动弹不得，可是身体里面血液倒流，火热无比，好似万马奔腾，烟花炸裂。

天啊，这事儿真的发生了吗？这事儿不是假的吧？不是我在做梦吧？汪宁在上我在下——他在"地咚"我呀！

也就在这个时候，汪宁慢慢低下头来。我闭上眼睛，努了努嘴巴。来吧，小哥哥，请你千万别控制，我已经准备好了，要不就让我亲亲你！

就在我伸开手臂，准备拥抱小汪警官的时候，忽然感觉他一只手离开地面，摸到我腰上，我心里打个合计，这么奔放吗？正想跟他商量，却被他把我腰带上安全绳索的扣子给打开了。汪宁跳起来，我还没来得及说话，就见他麻利地把安全绳捆在腰上，爬上铁梯子，拎了铁锹，开门去了天台——他到底是把我的活计给抢去了。

终于雨过天晴。

我们之后进行了调查和盘点：大雨中，山水佳园有两个室外的空调架被打松动，物业在雨后及时维护，排除了安全隐患；不知道是不是受到雷电刺激，十二号楼一个孕妇产期提前，不得不在自己家中生产，好在一个单元的邻居里就有产科医生，得到消息赶到产妇家中接生，喜迎八斤的大胖姑娘一枚，母女平安，孩子小名叫雷生，她婆婆到处发糖；小区底商一个餐厅的排烟管堵了，造成内部溢水，好在有保险理赔；省重点中学围墙附近发现有死鼠尸体，这事儿有点大，弄不好会影响到我们几周之后评选创建卫生城，袁姐马上知会他们内部立即联系专业除鼠机构；克俭小区花坛里种的大葱和韭菜全被打烂了，居民刘阿姨懊悔不已，社区里负责这件事儿的杨哥假意安慰，心里高兴：公共绿地被她当成菜园子，到底被天给收了。

除此之外，这场大雨之中，我们社区没有大规模人员财产损失。

不过我最高兴的是，孙莹莹家这次没事儿，没漏没塌，家宅平安。天气预报说这场大雨之后，S市一连三个星期是晴天。我心里面已经打定了主意，要带着电饭锅和铺盖卷去东北材料总公司，非得把老孙家的维修基金要下来不可！

我在一本书里看到过，一个人意志坚决的时候，全宇宙都会为你让路。

就在我出发之前，意外得到了文件和证明，让这件事情好办起来。

大雨之后的第二天早上，电业局按照惯例派维修师傅去老旧小区检查电路，袁姐让我去讨债之前先陪着电业局的人去克俭小区，否则居民见到生人不爱开门。

陪同过程中，我发现电业局的师傅手里还有好几年以前的检修记录，顺嘴问道："那二十多年以前的记录你们还有吗？"师傅说去局里都能调到。

我隐约觉得这是个机会，之后马上赶去电业局，居然真的在他们的电子文档里找到了克俭小区自上世纪九十年代建成以后所有的维修记录，自然信息里还包括产权单位、每户业主的名字。我发现了孙莹莹姥爷的名字，他当时工作的单位填的正是第三钢管厂！

我不敢再耽搁，当天下午，我就拿着电业局盖章的文件去了东北材料总公司。管这事儿的李科长没在办公室，小敏说他应该是去洗手间了。我找到洗手间，正赶上李科长一边甩着手，一边从里面出来，看到我吓了一跳："啊？你又来了？！"他同时向前快走几步，想要把我甩了。

事情办到这份上，我还能让他跑了吗？我抢到他前面，把手里的文件递到他眼前狠狠一抖："您看着，您看好了，要证明关系的文件我找到了，您要的！赶紧的吧，马上给我批钱！"

李科长立在办公室门口没动，看看我，有点难以置信，接过文件，前前后后看了个仔细。我虎着脸，心里想得明白，你要是再难为我，我就去找你们纪委投诉去。

他却笑了："行了，小姑娘，我要的就是这个。你的文件全了，我们正好明天上午有会。我把你这事儿报上去，三天之内，我给你结果。"

"我不要别的结果，我要你们批钱。"我得给他砸实了。

"能批。我答应你了。"

我高兴坏了，差点蹦起来，跟他一连声地道谢，各种高帽也戴上了："李科长您可真是认真靠谱，我替老孙家谢谢您，您可是帮大忙了。哟，您这衬衫太好看了，是在万象城买的吧，您太太眼光真好……"这些袁姐都教过，这关系得维护好，以后还用得上呢。

李科长倒是颇为感慨，看着我说："小姑娘，你叫夏洋是吧？你不错呀，我们这儿缺人手呢，你愿意来吗？"

我还真是认真地想了想，摇摇头："不。"

"怎么了？我们这儿肯定比你们社区待遇好呀。"

"离我家太远了。上班累。"

一个人从财务的办公室里出来，恰恰赶上了我这句话，正是徐宏泽。

我朝他点点头，之前虽然把钱退给他了，但是我心里面收下他的好，不当陌生人。可是他仍是面无表情，好像早就料到了我会这样回答，早就对我不求上进的态度习以为常了。

李科长说话算数，两天之后批了款，八万元，比陈师傅报价还多了三万。

维修基金到位，暂时放在了我们社区的公账上。陈师傅马上动工，孙家的房顶、外墙被彻底翻修。本小区最大的卫生和安全隐患排除。

八月末，S市被评为国家卫生城。

还有一件大事儿，我作为"创城工作先进个人"被表彰了，奖金两千元。

从八月末一直到十一国庆，我胸缠金红色绶带的照片都贴在区委宣传部的网站和我们街道门口的告示栏上，袁姐和张阿姨都喜欢极了，每次进出看到那张照片都说我照得好：多漂亮，多喜庆，多带劲。张阿姨让我把这张照片给我爸妈，让他们拿着它去给我找对象，速度快一点弄不好年底就能结婚，明年争取把孩子生下来——我可不觉得这是什么好话，跟她熟了之后还不敢怼回去了，暗暗受着。

第 5 章

自从在单位当上了先进，我对人性又有了新的体会。

我觉得其实人人都有点势利眼，包括，不，尤其是我自己的妈。

她最近在家里似乎格外瞧得起我了：主动帮我整理书桌和床铺，不再絮絮叨叨地说我乱放东西；自从我挣工资之后，我妈很少给我零用钱，这几天忽然在我包包里塞了二百块让我下班吃雪糕；有一天中午我吃完饭趴在办公桌上打了个盹儿，蒙眬中忽然听见熟悉的笑声，往外一看，居然是我妈领着好几个女朋友就在我们单位小院外面的宣传栏里看我评上先进、胸缠金色绶带的尴尬照片……

我妈这一年来对我一直不太好。最直接的原因就是我跟徐宏泽那场过程不咸不淡、结束得又不清不楚的恋爱。

我妈跟我爸不一样。我爸觉得全天下的女孩儿没有一个比我强的，我没有上名校，没有当明星，没有谈恋爱，完全是因为别人不识货。我妈自认为比较客观，很早就明确告诉过我爸，醒醒吧，咱们家夏洋呀，可以说除了性格还可以，基本上没什么特别突出的优点。所以当时有人把徐宏泽介绍给我，而他在见了几次面之后愿意跟我持续交往，我妈一直活在一种温饱线以下的贫困人口忽然中了五百万彩票的梦幻气氛里。当然了，她当时有多高兴，我跟徐宏泽分手之后她就有多烦恼。以至于后来她对我基本放弃了，再没有像从前一样给我张罗过男朋友。

在单位评上了先进这件事情，让我妈对我重拾信心，好像经别人的眼睛又发现了我身上的好处。她甚至又开始找人给我介绍对象了。有一天晚上吃完饭之后，我妈拿了一碗冰镇糖水杨梅，跟在我屁股后面，一边往我嘴里喂，一边劝："去看看吧？啊？这个好，硕士毕业的，现在在环保局，家里面都知根知底。"

我斩钉截铁地拒绝我妈再让我去相亲的安排，是因为我心里面已经有别人了。

我没开灯，躺在床上，脑海里面细致地勾勒着一个完美的男士的形象：帅，体贴，有钱，在国外念书回来的，特别温柔，斯文。他经常去看辽宁芭蕾舞团的演出。他爱上了那个当主角的女演员，展开了热情但是不失格调的追求。舞蹈演员终于沦陷了——他们两个相爱了——于是她的男朋友就归我了——她的男朋友就是汪宁，小汪警官！

这天晚上月亮非常大，挂在宝蓝色的天空里，锃明瓦亮。对一个人的喜欢和想念让我觉得自己好像与这天地间的灵气有所沟通，便起身端坐到窗前，对着月亮抱拳许愿：各位神仙们，走过路过的，请听好，希望你们让小汪警官的女朋友遇上一个比小汪警官更好的男朋友，希望你们让她移情别恋，这样小汪警官就是我的了。信女愿意为此吃素一年。

"洋洋怎么这几天一直吃这么素呀？"街道食堂里，汪宁看着我的餐盘道，"原来每次李师傅做鸡腿儿，你都两个起，今天怎么只吃白菜豆腐呀？我看昨天红烧鱼你也没吃。"

"我呀，那个，呵呵……"

他不愧是当警察的，果然观察细致，旁人没说呢，他先发现了。我眼珠子乱转，心里面合计：这是不是也说明他留意我，关心我呢？

"最近……我做皮肤管理呢。"我认真地说，"美容师说要控制动物类蛋白质和脂肪什么的，否则会长痘，我就只能尽量少吃。"

"没有用呀。"胡世奇说，"李师傅炒白菜豆腐都放猪大油的，等于你还是吃荤了。"

我扭过头看着胡世奇，我对他就是另一副脸孔了："怎么哪里都有你呢？我吃素吃荤，关你啥闲事儿？"

胡世奇不打算放过我，斜着眼睛看我，却在跟汪宁说话："我告诉你怎么回事儿，她肯定是要减肥，可能是要谈恋爱了。女生都这样。"

"哦？什么情况？"汪宁停下筷子看着我，他是好奇的样子，长长的眉毛下面黑葡萄一样的眼睛，看得我心脏乱蹦。

"没有……胡世奇瞎说，女生怎么样，你那么懂，你怎么还没对象呢？"

"我没对象得赖他呀！"胡世奇指着汪宁，一到斗嘴的时候他反应可快了，"说要给我介绍辽芭的，到现在也没有个影子。警察叔叔糊弄人呀！"

汪宁没想到胡世奇能冲他来，把嘴里的东西咽下去，快速地转移话题："洋洋啊，科学减肥不是靠节食，更不是靠吃素，你得加强运动，跑步、打篮球都行。关键是把肌肉含量搞上去，体脂顺便就减掉了……"

"要不你去跟着中年人们健步走也行。"胡世奇又帮腔。

"我吃素不是为了减肥！说谁肥呢你们？！"胡世奇怎么烦人，怎么跟我斗嘴，我都不会生气，可是汪宁就不行，他那么一句话，语气也是温和的，就是把我给惹毛了。

身边没有镜子，我除了感觉到耳朵发热，完全不知道自己当时是什么样的。反正同一张桌子上的这两个人都不说话了，胡世奇赶紧往嘴里扒饭，汪宁看着我，眼神闪烁，好像小动物碰到天敌，想要找个地方躲起来似的，半天终于赔笑道："你别生气呀，胖点也没啥，我们就说说……"

汪宁越说不生气，我觉得自己好像越生气了。不知道是因为他自然地表露出了觉得我胖，应该减肥的想法，还是他跟胡世奇更接近，是"我们"，是一伙儿的，而我跟他不是一伙儿的态度。

这我接受不了。

自从他在天台上差点跟我地咚之后，我就更是接受不了了。

"哼。"我把最后几筷子白菜豆腐吃掉，拿起饭盒走人，"你俩记住，我再也不跟你们说话了！"

当天下午，胡世奇就在办公室里向我求和了。

没别人的时候，他买了一盒一看就特别贵的水果捞摆到我桌子上。我正在制作一份低保户表格，斜眼看他，轻轻一哼："少来这套。"

"别怄气。一个办公室里呆着，抬头不见低头见的，怎么的，你还真能不理我了？"胡世奇抻了一把椅子坐在我对面，紧紧盯了我半天，忽然摇头叹了一口气，"世态炎凉呀，你当上先进了，飘了，瞧不起我们这些普通同事，是吗？"

"别扣高帽子了，我不吃这套。"我眼睛不离开电脑屏幕，"我当上先进你就能随便说我胖了？把人架到高处，再从下面骂人，我告诉你胡世奇，这是小人所为。"

胡世奇被我抢白得半天没吱声，直翻白眼，最后居然笑了："行，你当先进这事儿，就当我没说。但我知道你因为什么这么暴躁。"

"我为什么呀？"我倒是停下了手里的活计，我看看他能胡诌出来什么玩意。

"你是喜欢上汪宁了吧？"

一下子我就没话了。

写字台上有我养的鱼和镜子，我连忙在镜子和鱼缸的玻璃里看自己：怎么会被人看出来？我是把对汪宁的那点小心思写到脑门上了吗？

我的沉默让胡世奇确定了自己的想法，他轻轻笑笑："你呀，你不是在跟我生气呢，你是生汪宁的气呢，对不对？你忽然吃素，也是为了他，对不对？你心里琢磨人家呢，又不敢说。"

"我……"

"我什么我？"他立起手掌，阻止我说话，样子嚣张极了，"你不用反驳我，这只会欲盖弥彰。我早就看出来了，你总抢着去对面派出所，能跑腿儿你就绝不会打电话，你每次见到小汪警官就眼神乱飞，格外欢脱。而且你平时跟别人也算能说会道的，小汪警官要是在，你嘴就笨，你自己都不知道，是不是？"

我心里懊恼，只觉得头上一会儿冷一会儿热，我指着他："你……"

"你什么你？"胡世奇把我手指头拨开，"我也不怕跟你明说，你盯着他的时候，我也留意你来着，你虽然有点胖，但是长得也算眉清目秀的，尤其是眼睛挺大。但是我也跟你说清楚了哈，我现在对你可没什么意思。或者说，你可能也算是我的一个培养对象，但是我对你，远远没有你对汪宁有意思。"

"你呀，你，老胡，胡世奇，"我咬牙切齿，终于想起来要说他什么了，"你就是闲。你有时间或者把工作干好，或者谈个恋爱，也不用盯着别人看这么八卦。"

"你当我不想谈恋爱？"胡世奇撇着嘴巴，哼了一声，有点丧气似的，"我就想找个芭蕾舞演员谈恋爱，没门呀，汪宁也不给我介绍呀。答应了的，到现在都没见落实。"

"这可怪不到人家头上，你这样，我也不会给你介绍的。"

"你还不是人家女朋友呢，用不着替他说话。"

"呸！我不跟你说了，你赶快自己该干吗干吗去，这个表格我还得赶出来呢。"

胡世奇没走，在那里坐了片刻，忽然身子探过来，低声说："洋洋啊，你不觉得汪宁，小汪警官他哪里不对吗？"

我抬头看看胡世奇："哪里不对？"

胡世奇的声音更低了，小小的眼睛精光湛然，像是个巫师在下诅咒："小汪警官他——我怀疑哈——我怀疑他根本就没有女朋友！"

胡世奇把我给说愣了，我觉得心跳很快，下意识地想要在手里抓住个什么东西摆弄一下，却把手边的笔袋给弄到地上了，赶紧蹲下去捡。胡世奇也过来帮忙，我们在桌子底下四目相对。

胡世奇提出的这个问题对我来讲实在是太要紧了，以至于我都不敢说话了，我怕口气一大，把这个珍贵的、小小的可能性给吹散了。

我轻声说道："你怎么会这么说？"

老胡："你想想，他女朋友在辽宁芭蕾舞团这件事情，你是听谁说的？"

我："袁姐。"

老胡："袁姐又是听谁说的？"

我："食堂李哥。"

老胡："那么李哥呢？"

我："可能是他们派出所杨所……不过，小汪警官自己也没否认呀。"

老胡摇头一笑："好吧，这么多人，包括小汪警官自己，都是在说，究竟有谁真的看见小汪警官的女朋友了呢？"

"对呀……"我慢慢点头。

"而且你想想，身为一个有女朋友的人，他会不会显得太空了一点呢？"老胡继续说，"别人过周末谁不着急跟女朋友玩，他呢？周末不是加班，就是打篮球，要不然就是请我们吃饭，我说得对不对？"

"对呀……"果然当局者迷，我之前都没想到的事情就这样被胡世奇给串起来了。

我此时想起来另一回，也就是前不久，七夕情人节，我跟几个同样单身的高中同学一起去撸了串，然后去唱歌。我们的车子等红绿灯的时候停在一家罗森门口，我看见汪宁从里面出来，手里拿着一摞啤酒。他白净净的，个子高高的，像棵挺拔的杨树。我按下窗玻璃喊他，他没听见，上了自己的车——他是一个人，那可是情人节晚上八点多钟。

这件事情我没有马上跟胡世奇讲。

远远看到的汪宁，像是我在美术馆里见到的漂亮的画，我就想放在心里看着、供着。我不想讲给胡世奇，哪怕他想要证明的，也是一个我无比心急、无比向往的结果。

胡世奇的手在我眼前晃了晃："合计什么呢？"

"没有，没有，你继续……"

"好的。另外洋洋我问你，每次我们问小汪警官，你女朋友在哪里的时候，他都是怎么回答的？"

"他说，他女朋友在外地演出呢。"

"你说奇怪不奇怪？"胡世奇死死盯着我，"怎么会总在外地？怎么着，他女朋友要在全世界都演一遍吗？"

我不得不点头同意："胡世奇你的这个逻辑十分通顺。"

"所以我觉得，"胡世奇道，"他十有八九是根本没有女朋友，更没有一个跳舞的女朋友，这件事情就是他自己捏造出来的。"

"可是……为什么呢？"我就不明白了，"小汪警官怎么会捏造这件事情呢？"

"吹牛呗。"胡世奇说，"谁不想要一个芭蕾舞演员当对象呀，他吹牛自己开心呗。再说了，你想想，我这人条件这么好，他要是真有女朋友在辽芭，怎么会到现在都没给我介绍一个呀？这没有道理嘛！"

"世奇呀，"话说到这里，我拍拍他肩膀，真是不得不说了，"现在姑娘都看长相，小汪警官长什么水准，长眼睛的都知道。别说是舞蹈演员，就是个小明星，汪宁也都配得上。至于说，他没能给你介绍女朋友，反正，"我越说声音越小，"这也正常……正常……"

桌子下面黑暗里的胡世奇仿佛用尽全身力气狠狠地剜了我一眼："我走！"

我一把把他拉回来，讨好地："哎，没说完呢，走什么呀？"

这时候的胡世奇已经知道自己已经扭转了局面，从一个来赔礼道歉的变成了一个通风报信者甚至是出谋划策的军师了，他鼻子里面哼哼几声，然后警告我"不许再替他说话了，更不许再提醒我这人有多帅。"

"嗯。"我闭着眼睛点点头。

"把上面的水果捞拿下来，咱俩边吃边说。"

"好的。"我依言照做，"你全吃吧。"

胡世奇狠狠吃了一大口自己买来的水果捞，看着我笑："其实还是想要减肥，是不是？你是什么时候开始惦记他的？"

"我没惦记他。"我说。

"不许撒谎，要不然我走。"

"看着他的第一眼开始。"我马上说。其实我早就想找个人说说了，但是我真没想到这个人居然是老胡。

"到现在啥感觉？"

"恨不得天天诅咒他分手，然后我接手。吃素也是为了这个。"我说。

"没有用！你现在知道了，他十有八九是没有女朋友的，你该张嘴表白的时候得张嘴，该出手的时候得出手。"胡世奇说。

"你说得对！"我点头，片刻后又迟疑，搓搓手，"不会呀。"

"那有什么不会的。打扮漂亮了约他出来，请他吃饭，找个浪漫的地方，能展示你魅力的地方，让他好好地看看你。趁着月亮好表白，表白也不用直说，画面定格，上去亲就好了。"

"你好熟练呀……"我不由得点头赞叹，"这么有手段，搞定多少女朋友了？"

老胡黯然："一个都没有……"

我们两个都沉默了一会儿，终于我没忍住，还是问了他："那你想过为什么没有？"

"……"

后来仔细想想，虽然我觉得"靠老胡支招谈恋爱"这件事情本身就有点荒诞，但是他说的一些内容对我来说是有借鉴意义的。比如汪宁有女朋友这事确实让人怀疑，比如我要是喜欢他就应该说出来，要不然这会成为一个越来越沉的包袱压着我，严重了可能会影响身体健康。

我拿定了主意，就照胡世奇说的办，就等一个机会跟汪宁把话说明白了。

这个机会在不久之后到来，周五下午，山水佳园里发生了一桩程度比较严重的家暴事件，我跟小汪警官一起去了现场。

五层洋房六号楼的马家，房子二百三十二平方米，车子两部，一辆路虎，一辆玛莎。丈夫老马大哥不到四十岁，据说是个生意人，但是邻居和社区里的人都不知道他究竟是做什么买卖的。我留意他，是因为他总穿范思哲 T 恤遛狗，他也不正经穿，嫌热把 T 恤掀起来，露出大圆肚子，锃亮锃亮的。这家的媳妇马太太上星期把四楼的邻居和小区物业一起给骂了，邻居家换纱窗，不知道怎么不小心，把手掌大小的一个树脂玩偶弄掉到正要进门的马太太的脚边。

被惊动的马太太一声大喝，片刻后邻居下楼道歉，邻居是医大泌尿科的副主任张教授，四十多岁的前列腺治疗圣手，学术权威。反正确实也是理亏在先，愣是硬着头皮在大太阳底下被马太太教训了二十分钟。教训了张教授还不算，物业经理和保安也被马太太找来一顿骂，斥其管理不严，服务不周："有住户高空作业，为什么你们不给邻居们提前发通知？什么？贴告示了？贴电梯里了？我没看见就等于你们没有通知！像你们这样的，我们就不该交物业费！"

后来物业经理来我们社区开会，说起这件事情，我们才知道，这都快国庆节了，开着路虎和玛莎的马家还没交本年度的物业费呢。

我快下班的时候接到电话赶去马家，小汪警官和他的同事赵哥也接到报案出警了。开门的是马家的姑娘，十五六岁，染了红头发，在加拿大念高中，因为疫情学校停课就回国了。此刻睫毛膏都哭花在脸上，看到小汪警官一下子扑在他身上："我妈把我爸给揍了！打得满脸都是血呀！"

小汪警官先是赶紧看了我一眼，伸展开手臂把她架起来："你先别急，咱们先进去看看……"

我们进了马家，他们家的秋田犬在角落里瑟瑟发抖。四处一片狼藉，穿衣镜破了，锅碗瓢盆、相框摆设一地稀碎，几把红木椅子横在地上。依旧穿着范思哲的男主人老马大哥半靠在一把椅子背上，满脸是血，眼睛半睁半闭，一动不动，两只手臂张开着，姿势好像初中美术书里的油画《马拉之死》。

看到血我也有点害怕，小汪警官和赵哥正要上前查看伤者情况，女主人从旁边的卧室里出来，满头乱发，一手夹着烟，一手拿着电话。看到我们她愣了，诧异地问："怎么回事儿……你们怎么来了？谁报的警？"

马家的小姑娘两手抓住小汪警官的腰往他身后躲："是我！谁让你用花瓶砸我爸……"

真是够了，来了这么一小会儿，小汪警官被她占了多少便宜？我上前把小姑娘拽到我身后："你有话说话，别跟警官那么多身体接触。来，到姐姐这儿来。"

"我跟你爸商量生意的事儿呢！你报警干什么！"马太太气得冒烟，过来又要拽孩子，被我挡了一下。

小汪警官把马太太给隔开，威严命令："有话说话，不许动手！"

马太太气得发作不得，回身就给还半躺在地上的老马大哥一脚："别在那儿装死，快起来。刚才上蹿下跳地跟我要钱要去澳门耍的劲儿哪去了？！"

不消多说，这两口子闹成这样又是因为钱。

老马大哥被踢了一脚，还是躺在地上一动不动。赵哥蹲下看了看："满脸是血，伤得不轻，马上送医院吧……"

马太太一听更急眼了，一声大吼："还不快起来，上次给你妈叫趟救护车花了好几百，忘了？！"

这话管用，老马大哥居然一个打挺坐起来了，从地上找了一张纸擦上的血，一边道："警官我没事儿，不用叫救护车，这是鼻血。我们两口子玩呢……孩子没见过，害怕了，把你们都给叫来了，你们千万不用当真。"

原来是老马大哥要跟同伴去澳门玩，跟他老婆要钱。马太太说家里的生意半年没开张了，孩子下学期回加拿大的学费还不知道从哪里搞，你凭什么还要钱？她本来占理，说得老马大哥无言以对，忽然万象城奢侈品店的销售给马太太打电话，老马大哥闻言把镜子砸了，马太太抄起花瓶把老马大哥砸了。

小汪警官无奈摇头，对马家两口子进行说服教育："两位这么在乎钱，救护车都舍不得叫，为什么非得闹到这一步呢？砸坏的不都是自己家的东西吗？哪个不得再花钱买？"

马太太叹了口气，老马大哥对小汪警官诺诺点头，同时也看向我，试图沟通："警官您说得对，但我们两个之间不伤感情……另外，我们家的事儿，也请您千万保密，我是做生意的，要面子。"

"放心吧，"我说，"我们也是有工作纪律的。"

但这事儿早就瞒不住了，冷静下来的马家两口子签了出警记录，送我们出门，却见泌尿科张教授正等在门口。张教授瘦高，戴着眼镜，是个斯文人，声音也是弱弱的："是不是打架了？没大事儿吧？我这儿有碘伏、药棉还有绷带，你们先拿着，不行去我家缝两针也方便……"

他把东西递到马太太手里，马太太定是想起之前小题大做修理人家的事情，此时又羞又愧，臊红了脸，半天才说："张教授……谢谢您呀，太不好意思了……"

"没事儿，都是邻居。"

我们从马家出来，天擦黑的光景。

可以下班了，赵哥走了。

我跟汪宁站在老槐树下面，他低头看看我，我抬头看着他。他身后有一轮好月亮，一只猫从一个枝丫跳到另一个上面。自从上次食堂事件之后，我一直都没有再跟他说话，真是奇怪，几天而已，我却觉得他好像出落得更生动好看了。

"饿了吗？"汪宁说，"吃饭去吗？我请你吧。"

我打量了他一会儿，忽然觉得他有一种"泥瓦匠气质"。泥瓦匠的主要工作是抹墙，别管多粗糙的墙面，他们把泥沙和好，用刮板一蹭一刮一抹，墙面就平了。这是陈师傅去孙莹莹家里帮忙翻修，我在旁边帮忙，经过观察总结出来的道理。

小汪警官就这样。

下大雨的时候，他把我扑倒在地，让我如同抱玉怀珠，夜不能寐。他之后见到我，不避讳也不尴尬，就像什么都没有发生；我在食堂发出再也不跟他说话的威胁，有一半是因为当时真生气，另一半是想试探一下无论我作为同事还是朋友，是不是在他那里也有点分量。连胡世奇当天下午都主动找我说话，买点零食来道歉求和，小汪警官却完全没有，我没再跟他说话，他果然也就不再搭理我了。

现在的他，居然说要请我吃饭，就好像我们之间没有过任何暧昧、尴尬或者不和一样，一律被他抹平了。不过这也没什么不好，这样我就顺坡下驴吧。

"你女朋友呢？今天是周五呀，你不用跟她在一起吗？"我说。

"去外地演出了。"

果不其然，又是这么说。我转过头，暗中对着自己的影子邪魅一笑：小汪警官你还不知道吧，你的这套说辞都被我跟胡世奇破解了。

"我请你吧。"我说，"吃完去电玩城打游戏。反正明天也不加班。"

"行呀。"小汪警官看上去兴致颇高，单纯的，还对我设计的局面一无所知，"那你稍等我一下好吗？我去换个便服。"

我微笑点头："去吧。我等你。"

星期五晚上，华灯闪耀，十分热闹。小吃街一个摊位前卖我最喜欢的芙蓉蛋饼，现场还有一个美食主播在探店，对着架在自己肩膀上的手机解释蛋饼的制作过程。

我咽了咽口水对汪宁说："我请你吃这个吧？"

"咱们不能吃个正经东西吗？"汪宁说。

"芙蓉蛋饼是哪里不正经了？它没穿内裤吗？"

他笑起来，点点头，认了："行，咱就吃这个吧。"

这是胡世奇给我支的第一个招儿，想要跟喜欢的人表白，一定要在自己熟悉的环境里对其发挥控制力。我就是要先用芙蓉蛋饼控制他。

我买了两个饼，两杯奶茶，在路边席地而坐。一个戴眼镜的高高胖胖的男孩在我们对面打开装吉他的盒子，开始唱一首关于旅行的歌。青年男女们手挽着手听他唱，有人扫码给了他一些钱。

我跟汪宁就着音乐认认真真地吃完了蛋饼，我把小塑料袋收好，扔掉，擦了手，又给了汪宁一个湿巾。晚风轻拂，空气里杂糅着汽车、食物、花草和人身上的香水等等味道，是城市生活的味道，复杂又热闹，让人觉得心里满满的。

"怎么样？这个不正经的蛋饼好吃吗？"我问汪宁。

"嗯，样子不正经，味道其实还行。"

"你要是不当警察，会干什么？"我问。

这个问题是有设计的，胡世奇告诉我，要从半个同事的关系中破局，要跟他谈心。

"我不当警察干什么？"他看看我，对这个问题完全不以为然的样子，"瞧你这话问的，我不当警察，你给我开工资，帮我养房子养车吗？"

"我是说，不考虑现实的情况和条件，完全凭心情，凭理想做事，你可以任性地选择一种职业或者说如果你能跟这世界上的任何一个人交换人生，你会去干什么？"

汪宁听明白了，喝了一口奶茶，头也没抬，干脆地说："职业赛车手，要不然就去夜店打碟。"

"哦……"我敬仰地。

"你呢？"

"我没有那么大的志气。"我说。

"我就想像我同学一样，在大城市找个工作。我跟你说过没？我差点就去北京了，其实一份已经谈好了的工作，在一个挺大的公司当前台呢！"我跟他说我的能耐，手舞足蹈也不过瘾，"我负责一整层的人员接待和收发邮件！还有权力给访客配送矿泉水和零食……"

"这么厉害呀……"他看着我，像听一个六岁的孩子说自己能吃掉一整个肯德基的汉堡一样，带着点鼓励和宽容。

"真的，"我说，"之前我去给孙莹莹家追讨维修基金，人家财务的领导觉得我工作能力强，看上我了！还问我愿不愿意去呢！你可别笑呀，你当我跟你吹牛呢？"

"我没笑呀。"小汪警官喝着奶茶笑着说，弯弯的眼睛一直看着我，"你说话怎么总紧鼻子呀？"

"我习惯了。"我说，"我从小就这样。你听我说呀，你别总是打断我。我告诉你，真的，大型国企，人家想要挖我去呢。里面我有熟人，他们薪水可高了，小职员都用名牌包。"

"那你干吗不去？"

"离家太远了。不稀罕。"我干脆地说，吸了几口珍珠，嚼破了咽到肚子里，然后讪讪笑着，凑过去小声跟他说了后半截的实话，"再说人家领导也没再跟我谈……估计当时说一嘴也是出于礼貌，看我跟他们要钱挺辛苦的……"

汪宁忍不住了，仰着头大声笑起来，声音把胖男孩的歌声都给盖过去了。他的奶茶喝完了，伸长了手臂，扔在我后面的垃圾桶里。我低头看着我们两个交叠在地上影子，影子里他好像是在搂着我一样。

汪宁问我："那你后悔了吗？你后悔留在家，在社区里干活儿了？"

"后悔谈不上……但是……哎，谁能想到社区里的活儿也不那么容易做，还总得加班哪。我有时候想，真不如去北京当前台了呢……不过，在这儿工作也算能见到世面，有意思，不无聊，能帮到人。我不后悔。"我认真地说。

汪宁温柔地看着我，目光如水，忽然他笑嘻嘻地推了我肩膀一下："真不愧刚来就当先进，这话你记得也告诉袁姐，看看能不能加奖金。"

"讨厌！"

周末回家看爸妈的胡世奇一直惦记着我跟小汪警官这边的进展，他发来一条短信问我跟汪宁的第一次私下约会怎么样。

我心里窃喜，简短回复：顺利。

他回复一个狗头：那就继续下一步。

胡世奇教的第二招是让我领着汪宁去一个能够体现我的优点、能够向他展现我魅力的地方。之前他说到这里可把我给难住了，想了半天不得要领，便问道："你觉得我的魅力在哪里？"

"确实……不好找。"

我是诚恳的："还请你再帮我仔细想想。"

"也有直接的办法。"老胡说。

"请讲。"

"请他去温泉，你穿比基尼。我观察过，洋洋你虽然有点胖，但确实皮肤不错。你挺白。"

"滚。"

胡世奇靠不住，辙还是我自己想出来的。

我要把小汪警官带去电玩城。一是这个我在行，上次街道机关组织团建，我横扫一片；二来我想了，这个活动很容易刺激人的情绪，玩得开心了，庆祝胜利的时候，他要是跟我击掌相庆，我就可以抓住机会抱他。

说到这个，胡世奇不由得啧啧赞叹：还是你坏。

周五晚上的电玩城，气氛十分热烈。汪宁买币的时候，我已经对着那些机器摩拳擦掌了。几个星期没来，这家店进了一个新机器摆在大门入口处，可以双人组队，也可以两人对抗，好几个学生模样的小孩儿在那里排队呢。我在心里冷笑：你们趁姐姐没上手的时候就好好玩吧，姐姐一旦开始通关，你们就没机会了。

一对衣冠楚楚的男女从外面进来。电玩厅里光线闪烁，我最先留意到的是他们手里的冰淇淋，忽然想起有个认识的人也喜欢吃这个，也像这样上面撒很多的糖和饼干，然后我就看清楚了来人，居然正是徐宏泽。旁边的是他女朋友，我之前在烤串店里有过一面之缘的那位，我赶紧转过身来，脸朝向柜台，装样子认认真真地研究里面的奖品。

"渴了吗？喝什么？"汪宁看我趴在柜台上，纳闷，"小聋你肚子疼吗？吃蛋饼不舒服了，要大便吗？"

"没事儿……"我说，"看到一个熟人。"

"哦？你熟人摆在柜台里呀？"

"不是，"我虚弱地，"就是……不想打招呼。"

"为什么？"

我跟汪宁这样一问一答的时候，徐宏泽已经跟他的女朋友过来买游戏币了，就在汪宁的另一侧开始商量要买哪种套餐。我们的游戏币已经哗哗流出，倒在小篮子里，我抄起篮子，拽上汪宁，免得要跟徐宏泽和他的女朋友打招呼。

"洋洋。"本以为能够全身而退，却听见徐宏泽在背后喊我，"我进门就看见你了，这么巧，你也来玩游戏？"

我站住，犹豫片刻，到底还是转过身来。虽然有些尴尬，但是我不怕他。是我甩了他不再见面的，是我删除了他的微信，也是我把他给孙家垫的钱还回去的，我是掌握局面、占有主动性的一方，我为什么要躲着他呢？

我抬起头来，笑出来："没看着是你。来打游戏呀？我以为你不喜欢打游戏呢……"

"我没跟你说过我不喜欢打游戏呀……"徐宏泽看着我，"以前是忙，没有空。这几天项目做完了，我也放松一下。"

"哦……"我点点头，机械性地应酬，"做完项目了？好厉害呀……"

徐宏泽永远是徐宏泽，可知道怎么让我不舒服了。他说自己忙，说他的"项目"，在我看来都是在炫耀，一种好学生看不起坏学生，一种精英阶层俯视大众的腔调，就跟他身上永远熨帖的衬衫和长裤一样，就是要人觉得他比你高级。

我心里是这么归纳他、嘲笑他的，可是张嘴又说了违心话，像姨妈一样的认认真真地嘱咐他："工作再忙也要注意身体呀……"

徐宏泽道："当然了，谢谢……这位是韩佳轩，我的女朋友，上回跟你说过的。"他把我和身边的女孩儿介绍给对方，"这位是夏洋……"

女孩儿对我礼貌地笑笑，撩了一下头发，眼睛随即像流星一样划向别处，不想在她不感兴趣的人身上多做停留。她有一张漂亮的小脸，个头儿修长，比我高些。瘦，胳膊腿都细细的，穿着一条浅绿色的漂亮的纱裙子，鞋子也很美。能看出来家境不错，彬彬有礼但有些傲气。我记得徐宏泽说过，她是硕士毕业的高材生，现在是省报的记者。

我有点明白自己为什么刚才一见到徐宏泽的时候就想要马上躲开了。我要是单独见到他就不会这样。他漂亮的女朋友让我有些没自信，或者说他有了女朋友，而我还没有男朋友这件事情让我没有自信，我巴不得赶紧躲开。

一筹莫展的时刻，忽然有人戳了一下我的肩膀，半是嗔怪半是玩笑地骂道："死鬼……"

是汪宁。

我抬头看他，他也看着我，我们对视了片刻，各种信息在这沉默的五六秒钟飞速地、默契地靠眼神传递着。

汪宁：这是谁呀？怎么气氛忽然诡异了？

我：前男友。

汪宁：前男友带着现女友……但是你还啥都没有……修罗场呀。

我：要不我跑吧。

汪宁：跑你就输了，我来帮你顶。

我：不是不行，反正我也用你当模板吹过牛。

汪宁：那你可欠我人情了哈……

我：欠就欠吧，也不差这一回了。

"宝宝！"他又戳我肩膀一下，动作慢悠悠的，又娇又怨的声音，"不就是刚才不让你吃雪糕吗？就因为这就生气了？"

我揉着自己肩膀，没想到呀，小汪警官的戏有这么好。我眼珠子乱转，尽量往下接住话："我不管，反正不让吃雪糕就不行，我就不高兴。"

他长长的手臂绕过来，轻快地搂了我一下，讨好着，说得我都快吐了："行！让你吃，吃俩！我的我舔一口之后也给你！你不跟我生气就行！怎么有熟人也不介绍我一下？"

我看看徐宏泽和他的女朋友："汪宁。小汪警官。我的男朋友……记不记得，我也跟你吹过……说过的。"

对面两个都在认真看着汪宁。

有一说一，小汪警官的桃花眼，高鼻子，还有哪怕在阴暗的灯光下也能看出来的白透透的肤色，能经得住最挑剔的审视。他对自己的皮相也有这个自信，知道被人看着观察着，居然还越来越来劲了，台词和肢体语言十分丰富，认认真真地扮演着一个宠溺的男朋友，一边跟徐宏泽抱怨着，一边抓乱了我额前的头发："真是拿她没办法，一不高兴了就冷暴力，不搭理我。"

"闭嘴。"我命令道。

"好的。"

我跟小汪警官之间那夸张的、做作的亲密感很快就收到了效果。我们两个让徐宏泽和他的女朋友不自在了。韩小姐看了徐宏泽一眼，我能明白，她心里在抱怨为什么徐宏泽不能这样。别管真假，我让她嫉妒了。

机器哗哗作响流出他们购买的游戏币。

我满不在乎地耸耸肩膀："别浪费时间了，赶紧打游戏吧，各玩各的。"

转过身，我拽着汪宁的手臂，低声道："小汪警官您可以呀，我觉得很有面子。改天我请您吃顿大的。"

"好说。"他扬眉一笑。

谁知道这事情没完。

在新机器前排队的学生们走了，我一见不用排队，撇下汪宁，上去就占了一个飞行器机位，正要带头盔，却见旁边上来一人，正是徐宏泽的对象韩佳轩。

"我也想玩这个，一起吧？"韩小姐道。

"行呀。"可能是我太敏感了，我觉得她的语气有种挑衅的味道。

戴上头盔一看，果不其然，她没有选"协作"，而是"对抗"，也就是说在接下来的游戏里，我们互为敌人，要一边打怪兽，一边还要对打。

旁边的汪宁和徐宏泽本来要去玩别的，一见我跟韩佳轩杠上了，两人对视一眼，干脆就没走，留在那里等着看热闹。

十秒钟不到，韩佳轩劈了四个怪物，顺便手起刀落把我也给劈了，而我连她怎么出招的都没有看清。

在一旁观战的小汪警官赶紧上来，一边往机器里塞币，一边像拳击台上的教练一样嘱咐我："认真对待呀！别分神！注意屏幕下角！她刚才从这个方向过来的。"

"嗯。"我咬牙切齿，"让她偷袭了。"

汪宁又从后面抓我肩膀，帮我放松："被怪兽弄死可以，被她弄死不行！"

我看见徐宏泽同时给韩佳轩的机位塞币，一边暗授机宜——我们彻底铆上了。

接下来，我跟韩佳轩打得不可开交，彼此互有胜负，我被她偷袭，恨得咬牙切齿；韩佳轩被我劈倒，也气得连拍按键。

"最后一局定胜负。"我看着韩佳轩道。

"好。"她应战了。

我心里越狠，手下越急，几下子就把她踢倒在地。屏幕下的我"嘿嘿"一笑，屏幕上的我抢起长剑，韩小姐启动手臂上的按钮放出炸弹把我给炸了。

我看着自己的战士狼狈倒地，难以置信，两秒钟之前我还胜券在握呢。

一旁的徐宏泽不住点头，绷着上嘴唇，尽力压着笑容——他高兴呢，上来给女朋友递冰红茶。韩小姐接过来，从机位上下来，微微一笑。

汪宁上来轻轻地搡我，低声劝着："走吧，咱玩别的去，这个都快打半小时了，没意思。有什么大不了的，小孩都会打，根本证明不了你实力。走，咱抓娃娃去……"

韩佳轩歪着头看看我："你挑个别的，咱们再比一比。"

我看看韩佳轩细瘦的小胳膊："投篮机，会吗？"

"不会。"韩佳轩说，"不过试试也行。"

我当时明白了一件事情，所谓人以群分，徐宏泽念书、工作的时候，也是这个自以为是的劲头，所以他们两人才能凑到一起去。

我当即对她说："走吧。"

小汪警官已经去收银台默默地加了币，真是个贤内助。

投篮机是我的强项，大学时候没事儿就跟同学过来玩。手起，球落，一顿扔，个个命中。余光里我看见旁边的韩佳轩虽然小胳膊不粗，但是分数一直紧追我不放。这时我分了神，球丢了好几个。铃声响起，灯光闪烁，我们都进入了第二关，韩佳轩居然领先我两分。徐宏泽看着我们，脸上的微笑很欠揍。

投篮机的第二关难度增加，篮筐开始水平移动。我心里面一边想要瞄准，一面看着韩佳轩那边的情况，分了神，手上就飘了，扔出去好几个球都没中。

汪宁在旁边道："你倒是稳当点呀！手抬起来再往外扔呀！"

他越说我越急，越急越不进球，像每一个处于劣势、开始渐渐滑向败局的球队一样，教练员心态开始崩了。我一边投球，一边听见汪宁在后面拍巴掌——弄得我更闹心了。

"汪宁，你去买点喝的去。"我一边投球一边跟他说，"要不然你就自己玩一会儿去，别在这儿来回转，我嫌闹腾。"

"你投不准还赖我？行，我不看了。你自己玩吧。"汪宁把装币的小篮子放在我旁边的机器上，转身就走。

这个时候我犯了一个重大的错误。

错误根源在于我太入戏了。那一瞬间我把在这个晚上，临时替我在前男友跟前找回面子的汪宁真的当成了自己的男朋友，我以为他生气了。我怕他生气。他一说走，我马上回头去找他："你别真走呀，我开玩笑呢……"说话的同时，手上的球偏偏扔了出去，碰到篮筐却没有进，以一个奇特的角度反弹回来，画了一道弧线，然后不偏不倚地砸在了装着我游戏币的小篮子上，"哗啦"一声，几十枚币飞散一地！

就连旁边的韩佳轩也愣住了。

我下意识地马上蹲下想把散落一地的币捡起来，就听汪宁一声低喝："你别动！"

我抬头看他，不明就里。

汪宁朝我挥手，让我看投篮机上面的计时器："你还有三十多秒呢！游戏币我来捡！你赶快投篮呀，你还没输呢！"

我被他惊醒，马上掉转头，全力以赴地扔球。手上如有神助，连投连中！我的分数在最后几秒追了上去。眼看计时器要停了，我猛地扔出去，那只篮球以一道目标明确的直线飞向篮筐。我抬头凝神，等着它给我带来一分，有了这一分我就能追平对手，至少能找回些面子。谁知那枚篮球又一次砸中了篮筐，随即斜飞了出去……

汪宁说再去买点游戏币玩点别的，我说不了，不玩了，想要回家。汪宁说好呀，走吧，我送你。经过出口，徐宏泽和他的女朋友在抓娃娃呢，韩佳轩把一个我觊觎良久的兔子玩偶给拎了出来：这是我今天晚上经受的最后一次暴击。她高兴极了也得意极了，抱着兔子撞在徐宏泽怀里——像我计划要对汪宁做的那样。

我在另一边的镜子里看见自己红头大脸，发型凌乱，仔细闻闻身上好像还有点汗味儿，而身边的小汪警官还那么精神——就我这样还想跟他表白？

回家的路上，我一直没怎么说话。像从小到大经历过的每次失败的考试一样，知道结果的当天，知道自己又一次没有考及格之后，我都是这种类似的状态，我觉得自己好像在慢慢往一口井的深处掉下去，身边所有人都在这口井上面朝下看着我，他们都站得比我高，比我强。

我扭头在玻璃窗的倒影里看自己的样子：圆圆的脸，大脑门，没有山根和鼻梁，嘴巴上面冷不丁翘起来一个鼻子尖儿。对呀，我好像根本就没有鼻子。韩佳轩的鼻子就长得很好，高高的，长长的，鼻子尖儿像水滴一样。这样的人智力优异，不用说念书了，连电玩都比我打得好。

我叹了口气，偷偷看了看在认真开车的汪宁，我就不应该把他带到电玩城去，我还当自己是高手呢，结果这么狼狈……不过，要不然我把他带到哪里去呢？用胡世奇的话说，我在哪里可以展现出自己的魅力呢？算了，就那样吧。

车子在一个红灯前停住了。

一直没说话的汪宁忽然跟我说了一句话。他说："他会后悔的。"

"嗯？"我扭头看他，慢慢坐直了身体，"你说什么？"

"我说他肯定会后悔。"

"谁呀？"

"你的那个前男友呀。"汪宁扭头看看我，"我还能说谁，咱们今天晚上也没看见别人。"

"你为什么这么讲？"

"因为他现在的女朋友，那姑娘，不如你。"

"小汪警官呀，你开车呢，我还坐在你车上呢。"我说，手指头朝前点了点，"你可当心说话，我怕过路的神仙都听不下去。"

汪宁哈哈笑起来，熟练地拐进我家的小巷子。幼儿园对面有水果店和押面馆，押面师傅晚上支了摊子卖串，好几个老爷们坐在槐树下面的小方桌旁，一边喝酒撸串一边聊天，有人把花生米扔给蹦蹦跳跳的麻雀，他们看上去是如此的浪漫有情致——因为我跟小汪警官在一起。

他停下车子，扭头看我，认真地："洋洋呀，你为什么要长他人志气灭自己威风呢？"

"你知道人家是什么条件吗？徐宏泽跟我说过，他女朋友是硕士，在省报当记者呢。而且人家刚才在电玩城不是还把我给削了吗？"我说，"你为什么觉得他会后悔？因为我长得比她漂亮，还是我比她瘦呀？"

"硕士怎么了？"汪宁说，"你能做的事情她干不了。"

"哦……你这么想？"

"当然了。"汪宁说，"你让她跟张阿姨待两天试试，试试会不会抑郁。你再给她半天时间，问问她社区里所有小狗的姓名年龄，体貌特征，你看她记不记得住。就算她记得住，她身上香水味那么重，你看狗会不会朝她呲牙。"

"她的香水味你都留意到了？"

"很贵，但是有点多。"汪宁说。

"你要是这么说，那我就没法谦虚了，不是跟你吹牛，社区里的狗都喜欢我。"我头扬起来，手臂抱起来，"而且爱屋及乌，上次山水佳园门口机动车改道要投票，胡世奇挨家挨户去要签名，张叔不给他开门，我去人家立马就签了——他们家边牧毛毛跟我熟呀。"

"就是嘛。"汪宁点头肯定，"这就是你的专业优势。你需要去跟那个女孩儿比？你不需要。再说了，总是想要赢的人，让人精神紧张。不论男女。这种人你跟他待在一起，累。反正我是要敬而远之的。"

我转过身来，指着自己："那我呢？跟我在一起不累吗？"

"不。跟你在一起不累。你这人没有太大的上进心……"汪宁笑起来，看着我，目光温柔得像小奶狗的尾巴，"我逗你玩呢。跟你在一起不累，因为你心里有别人。"

"请继续说，不要停。"

他转过身体，歪头看我，认认真真地："很多人都说你好，我都知道。杨哥值班，他媳妇出差那天，你把他们孩子带你家去了，是吗？你爸爸给他做的排骨。"

"我家钱不多，但我爸爱做菜，不差多添一双筷子。"

"张阿姨的手机、电视、平板电脑，现在都是你维护吧？"他继续说。

"袁姐的也拿过来让我修了。"我说，"但这也不是什么大活儿。"

"以前都是我，现在有了你，我轻松多了。"

我笑起来："原来是这么回事儿呀。"

"还有呢。我知道你给孙莹莹家把维修基金要下来了，把他们家房子也给修了。"汪宁说。

"这是公事儿。我也评上先进了呀。"

"但是你给她妈妈找到好的大夫治风湿，这不是公事儿。这是你额外做的。"

"恰好我三姨认识老中医。"我说。

"好吧。恰好是你。恰好是你帮了别人。但是别人没做到，或者根本就没去想。"汪宁说。

"要是非得这么说，那我承认。"我抱着手臂，点点头，"我这人反正，你要是细看，优点也挺多的，是不是？"

"嗯，没错。"汪宁慢慢地说，"再说了，我也没觉得她哪里比你好看。"

"我求你件事儿，这些话，你千万找机会跟我妈讲。"我说。

"行。"他笑着说，"你妈比张阿姨怎么样？"

"我妈要是比张阿姨好，你觉得我能这么忍张阿姨吗？"

这个逻辑没错，但是汪宁一只手搭在我肩膀上简直乐不可支。

他的车子开着天窗，明亮的月光照在他脸上。我看着汪宁，他是那么温柔，那么生动，那么甜美。对呀，男孩子也可以甜美的，如果他好好地看着你，好好地跟你说话，提醒你连你自己都不曾注意到的好处，他把我从那个厌恶自己否定自己的深井中捞出来，把我带到初秋的空中在习习夜风中飞起来，还有什么比这更甜美的事情呢？

他后来还说了什么，我记不得了，我脑袋里面涣散了，另一个人像鬼魂一样飘进我脑袋里，正是胡世奇。那天我跟他讨论了我的计划，我要在电玩城里拥抱汪宁，老胡道："一不做二不休，你光抱他一下有什么意思？"

"那我还可以怎样？"

"亲他。记得之前吃个糖，让嘴巴香一点。"

……

"小聋？你听我说话了吗？你干吗突然吃糖？不是说怕胖吗？"此时的汪宁看着我把一块糖塞进嘴巴里，他有点纳闷。

"因为，我……"这事情我没干过，此时觉得一颗心好像要从嘴巴里面跳出来似的，我一边支吾着一边从副驾驶的位子朝着汪宁凑过去，手擦过他的耳朵环绕到他脖子后面去……

汪宁似乎意识到了我的企图，忽然整个人往后蹿了一下，后脑勺顶到了车窗上，无路可退了。他僵住，目光直直地看着我，身体一动不动，好像被施了定身咒一样。

在这个过程中，原本温柔可爱的小汪警官忽然变得无比僵硬、尴尬，甚至有些许恐惧。我在电光火石之间就读懂了一件事情：抱他、亲他这事儿我干不成，因为他对我根本就没意思。他就是心善嘴甜，看不得我在前男友面前溃不成军。他说的我的那些优点就像是他给群众帮忙办事儿的时候一样，他在以职业精神对待我……可是我的手已经伸到他脖子后面去了……我怎么办？

就在我已经后悔出手却完全没有办法刹闸的时候，一件突然发生的事情给了我台阶下。

"哎……怎么回事儿？"我指着汪宁的身后叫道，好像那才是我关心的内容一样，"怎么大晚上的施工呀？"

汪宁顺势回过头去，看着外面："是呀，怎么回事儿？"

我家住的也是类似于克俭小区的弃管小区。所谓弃管小区，全称是被产权单位放弃管理的小区，物业服务划归市政，一般没有大门也不封闭，停车没有管理单位因此免费，所以除了本小区的车之外，还有很多附近花园小区的居民为了节省停车费将车停在这里。小区入口的窄巷子那里停了一辆施工车，几个工人在那里施工，安装进门栏杆。

而现在的时间是晚上十点钟。

我家这边不归我们社区管，也不是汪宁的辖区，但是我们两个不约而同地决定下车看看。一来是我们的工作习惯使然，身边发生了什么事都要凑上去弄个明白；二来我们两个可能也都急于从刚才那个实在尴尬的局面里脱身，巴不得手边有点事儿，赶紧忙活一下。

汪宁亮了工作证件，工人们也是面面相觑："我们收钱干活儿，安个栏杆是违法了吗？"

　　我在旁边跟他们解释："除非紧急疏通和修理，否则居民区内的基础工程不能在晚上九点钟之后作业，这会影响附近居民的休息，不符合市政管理的条款。"

　　"你们说的这个我们不知道，老板让来就来，再说我们这些设备都是减震的。"工人说着开动机器让我们看，果然震动和噪音都不大。

　　见我们两个迟疑，工人们可不愿意等了，这就要继续干活儿。

　　汪宁拦住他们："施工许可呢？让我们看一下。"

　　话音刚落，一辆黑色的小车子停在我们身旁，下来一个五十多岁的男人。我竟然认识，他一见我们两个也乐了，非常熟络的样子："小夏姑娘，小汪警官，领导好！是你们两位呀！"

　　这人名叫范志明，是山水佳园小区的居民。据说手下有施工队，是做工程项目的。跟我们熟是因为他平时特别热心社区的事情，去年冬天第一波疫情袭来的时候，每个居民区都要封闭管理，进出口只留一个，其余都得关门上锁，专人看守。当时我们工作人员人手不够，不得不从小区居民中招募志愿者，范志明就报名了。从寒冬腊月到春暖花开，他一天都没有缺岗，不仅不要报酬，还总是自掏腰包给我们买饺子和水。上次翟大爷家的事儿，范志明也出了力。所以范志明范哥一直都是我们社区特别受欢迎的人，袁姐曾经想要给他弄个先进，被范哥礼貌但是坚决地拒绝了，他说我们的工作实在是太辛苦了，他就想帮帮我们，不为荣誉，更不想上网当典型。袁姐更感动了，早就交代我们对范哥，在原则允许的范围内，一定要给予更多优待。

　　见到工人们的老板是范哥，我有些意外，但他是半个自己人，笑容可掬地向我们解释。这个给弃管小区加上车栏杆的工程是他在区里中标承包的，他还让我们看了随身带来的一应俱全的手续。另外除了西侧这个门之外，这个小区的东南北三个方向都会加上围栏。"这个时间施工是因为工人白天还有别的工作，但是你们两位也都看到了，这不是什么扒房子凿地的大工程，没有那么大的噪音，不会扰民……"

　　我有些诧异，也有点不安："我爸爸的车就停在小区里面，我们自己家楼下的空场上，可方便了，现在你安上围栏，这是要收费了，是吗范哥？"

　　"那怎么会呢。"范志明马上说，"这就是区里为了加强管理，不收费，估计很快就要传达到你们社区层面了。再说了，我的工程那么多，就给你们安个车栏杆可不够我赚的……"

他说不收费，我心里马上松了一口气，我爸开车的油钱我妈算得可仔细了。

范哥见我跟汪宁不再追问了，让工人继续干活儿，还特别热情地邀请我们去离这儿不远的潮汕砂锅粥铺，说入秋了，晚上有点冷，请我们去暖一暖肚子。

我没说不行，我现在有点饿。而且范哥跟我那么熟，跟他说不，对我来说特别艰难。

"不去。我吃那玩意干什么？不稀罕。"小汪警官说，他指了指我，"太晚了，她也不去。她要回家了。"

"啊……不稀罕啊……那……"范哥僵在那里，笑容凝固在脸上，双手扎煞着，可能也没想到自己的面子被小汪警官踩成一地碎渣。

小汪警官的脸上还是似笑非笑的，他似乎对对方的反应颇为满意——他的肩膀松弛，身上是便装，双手背在后面。对一个想要拉近关系的邀请，他无礼、直接，甚至有点野蛮地拒绝了。他这个样子很少见。

我不太明白小汪警官为什么要对见人三分笑的范哥这个态度，人家手续齐全，生意正当，为什么要以那样一个态度对待他呢？把旁边的我都弄得不舒服了。

汪宁送我回家，进单元门的时候跟我说："是呀，看上去哪里都对，哪里都没有错，但凡是蹊跷的案件都是从看上去哪里都正常的场面开始。"

他总觉得范志明哪里不对劲儿，他笑得那么夸张，而且笑脸后面好像长了眼睛似的。

"我说你呀，就是情绪紧张，没事儿找事儿瞎怀疑。"我说。

"怀疑怀疑也没什么错呀，再说了，洋洋，你跟我，我们的工作性质不同，咱俩一个唱红脸一个唱白脸不是也挺好的吗？"

"狡猾。"我在台阶上用一根指头点点汪宁。

此时的我怎么会知道呢，范志明是个隐匿多年的逃犯。在他被捕后，汪宁跟我简短地透露了他交代的一部分内容，其中就有涉及他积极参与我们社区工作的目的：让我们对他的身份毫不怀疑，让我们数次忽略了他造假的身份。此系后话。

现在的汪宁耸耸肩膀，笑纳了我的评价。他的眼睛亮晶晶的，我赶紧低下头去，使劲儿闭了闭眼睛，想在他的这个形象钻到我心眼里之前把它给挤出去。就像动物园里的熊猫，谁看了都喜欢，但是熊猫会喜欢你吗？可是转念一想，我又有点迟疑，我又怎么知道熊猫不喜欢我呢？

要不然我就问问吧，问问他是不是真的有女朋友，如果没有的话，如果那只是用来糊弄人的说辞的话，考虑考虑我怎么样。

问问又不能少块肉。

"小汪警官呀……我还是有件事儿想问你。"我说。

"你说呀……"

"那个……"我注视着他，却感觉到自己说话的声音越来越低，怕是只有我自己才能听见了。

三楼的门忽然开了，开门的声音，放垃圾袋儿的声音，放倒了还不扶起来的声音，是我妈。接着，她说话了："洋洋，是你吧？我刚才听见你说话了。你跟谁说话呀？还是打电话呢？要打电话进屋来打，你爸给你做葡萄冻了。"

亲妈厉害不？我对面的汪宁都没听见我说什么，我自己都听不清楚自己说什么，她隔着两层楼、一扇门却听见动静了。

"是我妈。"我点点头，轻声地对小汪警官说。

"啊，我得先走了。"

"怎么了？"我不明就里。

"我有家长恐惧症。"小汪警官一秒钟都没耽搁，扭头就走了。

又一次没能表白成功的我，如同行尸走肉一样慢慢上楼。我妈穿着新买的家居服，敷着面膜在门口等我，面膜上浮现出她微笑的轮廓："我说我听见的就是你吧，你爸还说不是。快回来吧，葡萄冻用玫瑰香葡萄做的，放的冰糖。哎，你刚才跟谁说话呢？"

我慢慢地把垃圾袋拾起来，提到她眼前："说多少回了，垃圾袋不许放在楼道里，要把耗子招来吗？！我们辛辛苦苦创建卫生城，全让您这样的给毁了！"我越说声音越大，差点跟她喊起来。

我妈从来都是嘴上不让人的，家里只有她说我，没有我说她的份儿。此时可能是被我精神病患者一样骤然而起的气势给吓到了，喃喃回答："我忘了，我以后不了。"

"李薇薇，"我喊我妈大名，"我不想跟你一起过了，我要从你家搬出去。"

接下来的星期一，当我想要在单位附近找个房子自己住的时候发现，除了我家住的小区，这一带五个没有物业管理的弃管小区都在各个方向的进出口处被安上了车栏杆，也包括我们社区内的克俭小区。由此可见，范志明中标的工程似乎不像他自己说的那样小。

早会上，袁姐跟所有同事传达了文件："给这几个小区安机动车进出的栏杆的工程是外包的基建项目，但是施工方把工期提前了三天。我们还没收到通知，他们的活儿已经干完了。但是程序上没有任何问题，也没有扰民。"袁姐喝了一口水，"以后还会给各小区划上车位，主要是规范管理，不收费。"

办公室里的众人，包括一直列席会议的张阿姨都松了一口气。确定不收费就行，一旦产生费用，我们又得挨家挨户地做工作。大家互相点点头，反正我们这个层面关心的也就是这点事情。

"有两件事儿得马上去办。"袁姐继续说，"山水佳园四号楼居民郑大爷在平台上养鸡，这事儿你们注意过吗？"

"年纪大了，要求高，可能是要吃新鲜鸡蛋。"杨哥说。

袁姐道："公鸡。早上四点半钟开始打鸣，严重扰民。鸡屎味儿大，招苍蝇。有一天郑大爷带它下楼遛弯，那只公鸡飞起来半米高，把法斗三炮的眼睛给啄了。"

我不由得抽了一口冷气，简直是难以置信："三炮被啄了？三炮可是山水佳园一霸呀。上次吼毛毛吼了半个小时，还有一次把张姨家的巨型贵妇给吓尿了。"

袁姐道："对，就是它，被公鸡把眼睛啄了。"

"那只鸡留着其实也行，难得有谁能收拾三炮。"

"不能留。不符合规定。有居民去街道网站上实名投诉了——就是三炮他们家——要求解决这个问题。说凭什么养狗得办证拴绳，养鸡就不用？连追三天了，主任让把这事儿赶紧解决了。大家看看，谁去协调一下？"

我一边做会议记录，一边抬头看，负责这家的网格员李姐休假去了，剩下的人都低着头，没人马上接应。

袁姐也没着急，继续说道："第二件事儿，市精神病院今天早上一个电话打来，克俭小区从前有个居民刘传献，现在是弥留阶段，转到四院了，挺不了四十八小时，得找到他的家属去见最后一面。这事儿更急，得马上去办。"

胡世奇忽然挺胸举手："领导，去山水佳园协调处理公鸡的事儿，我去！"

袁姐高兴点头："行，世奇去办这个，洋洋去通知刘传献的家属，具体需要了解什么情况，让张阿姨帮忙。"

胡世奇很高兴。我一边打字一边懵懵懂懂地点头接受了这个任务。

"傻。"这是会后张阿姨跟我说的第一句话。她手里晃着茶杯，一边摇头一边说，"都是挣两千来块的工资，你看人家胡世奇，挑到的活计总比你轻巧。"

我半晌没吱声，合计了半天："我没挑。这件事还能比去让人把鸡杀了难办吗？不是打个电话就行了吗？最多上个门。"

张阿姨坐在了我旁边，眼睛直直看着我："我问你，要是找家属这件事情这么容易，医院那边直接做了不就行了吗？会转到我们这里处理吗？要是这件事儿好办，你袁姐，袁书记为什么让我帮你？"

"那还用问，肯定是因为你长得好看。"我看着张阿姨说。

张阿姨被我一句毫无逻辑的奉承话给定住了，抄起手边的镜子看了看，觉得我说得对，便坐在我旁边，手把手地指导："时间太久了，你赶快翻联系簿，再给精神病院那边打个电话问一下具体情况，我跟你讲讲这个刘疯子是怎么回事儿。"

被称作是刘疯子的刘传献十二年前就住在半边楼里。孙莹莹家是三单元五楼，他们家住三单元三楼。他住在那里的时候，半边楼还不是半边楼，还是完好的一栋，被烧掉的一半是后来规划出来的马路，马路的对面就是后来修建的山水佳园的正门。

刘疯子原来不疯。三十多年前从一个技术中专学校分到钢管厂当工人，他跟孙莹莹的姥爷曾经做过同事。刘传献手很巧，年轻、有力气，在车间里活儿干得挺好。领导们要把他往技术骨干的方向培养，可这人不爱说话也不合群，相处久了大伙儿都觉得他性格有点古怪。领导给他介绍对象，他红着脸答应见面，却在会面的时候失约，害得介绍人被埋怨，发誓以后再也不管他的事儿。刘传献后来自己娶回来一个农村媳妇，媳妇在早产中死去。他在妻子死后精神不好了，单位给他办了病退。刘传献一个人带儿子，除了孩子，他不跟任何人说话，渐渐被叫作刘疯子。

半边楼是刘疯子烧的。

十二年前，一个秋天的深夜，天干物燥。瘦弱的刘疯子把自己家的煤气罐搬到了相邻的单元里，一边唱着"我的爱情就像一把火，燃烧了整个沙漠"，一边点燃了煤气。人们在大火中醒来，慌张地逃出家门，却被堆放在楼道里的杂物阻碍了逃生的去路。

消防队赶来的时候，半边楼已经被烧通透了。大火现场死了两人，又有一人因为烧伤严重来不及救治，在医院里悲惨死去。直到现在张阿姨每次歇斯底里警告我们社区的居民们不许再在楼道里堆放杂物，不许再堵塞逃生通道，就是源于这场火灾之后的心有余悸。也正是在这件事之后，孙莹莹侥幸逃生，再也不肯离开家门半步。

刘疯子被警察带走，颠三倒四地交代了事情的经过：有别人家的小孩儿欺负了他的儿子。他儿子的妈妈生他的时候就已经死了，孩子连一口妈妈的奶都没有喝过，这么可怜怎么还可以被人欺负……

他因为被鉴定确实没有刑事责任能力，被强制关进市精神病院。当时的街道主任和派出所所长都被这件事情牵连，一个被提前退休，一个被撤职。被撤职的派出所所长后来一直在上访，他的理由是刘疯子在放火之前从来没有过任何暴力倾向或者伤人行为，纵火案是一个不能预见的意外，不能把责任落在派出所所长头上——没有人理会或为他翻案，半栋楼，三条性命，除了疯子之外，总得有人负责。

十二年过去了。

刘疯子一直在精神病院囚禁暴力病患的单间里，据他的医生们讲，从入院开始他一直都很安静，服从管理。经过有关部门批准，他每天可以在医院的花园里放风。他问起过他的儿子，对孩子的年龄、生日记得非常清楚，不时告诉别人他该有几岁零几天了。几年前，刘疯子患上了严重的肾病，眼下快不行了，挺不过两天。

我在社区留存的旧档案和张阿姨的讲述里整理出来关于刘疯子的这些情况，档案里有刘疯子的儿子小时候的照片。案发时他还不到六岁，算起来到现在应该恰恰成年。男孩有个亮堂堂的名字叫做天朗，一如他在照片上的样子，寸头圆脑袋，浓黑眉毛单眼皮，抿着嘴巴，尖尖的下巴，微微低着头，带着点怯意看着镜头。

这份档案在接下来的时间里被数位负责此事的社区工作者记录：刘疯子的房子一直都在，叫做天朗的男孩儿在刘疯子被带走之后曾经倔强地想要一个人生活，但在火灾中失去亲人的居民们不肯放过他，有人打，有人追着骂。最后社区联系了他家一个也住在本市的远房姑妈把天朗接走，在后来的记录中我看到他曾两次辍学，在洗车店和发廊都当过学徒，直到前年记录中断。

要找人，难免又要经过派出所的小汪警官。

他接过我给他的文件，颇有些意外："要找这个人？"

"对。刘天朗。"我说，"他父亲快不行了，往后怎么处理需要他签名。"

汪宁点点头，眼睛盯着电脑："我们的记录，他现在铁西那边的一个发廊工作，你可以先打个电话去试试。"

电话接通，却被摁掉了，片刻之后被拨回来。年轻男孩的声音："谁呀？哪位打电话了？"

"刘天朗吗？"我问。

"对。你是谁？"

"你原来不是住在克俭小区吗？我是这边社区的工作人员，你父亲刘传献这边出了点情况，我们想要跟你谈一下，你能不能过来一趟？"

电话被挂掉了。

我再拨过去，对方已关机。

"看来我得去找他一趟。"我看着小汪警官给我打印出来的信息，"他工作的这个发廊在铁西是吗？我得换一次地铁，再倒一个公交……"

"你什么时候去？"小汪警官问我，"我今天下午三点以后就没事儿了，我开车带你，还能方便点。"

"这么点事儿，我自己完全能搞定。"我马上摆手拒绝他。那天晚上的事情在我心里面结了一个小疙瘩。

后面有居民上来要给新生儿办理户口，小汪警官手上收了对方的材料，眼睛看着我："那你自己可小心点儿。"

我呵呵一笑："光天化日之下，还能把我给害了？"

"那倒不至于。但这人你不见得找得着，找得着也不见得能说上话。"小汪警官说，"几个月前他回了这边一次。我看见了，想要跟他问问话，他转身就跑，我追了三条街，没追上——这事儿我跟你说过，不知道你有印象吗？"

我记得的。汪宁当时说起这个是要安慰我，什么人都有办不到的事情，他是全市公安系统大比武的赛跑冠军，也有人他追不上。原来这个人就是刘天朗。

我说你忙吧，转身离开了派出所，直奔地铁口。

洗头发的小弟两侧鬓角剃着青茬，额前的头发留得长长的，烫着卷儿，染了一抹蓝灰色。洗头洗得很好，手臂和手指都很长，灵活有劲儿，力度温柔。

他一直都不说话，仿佛洗我的头发是唯一要做的要紧事一样。旁边的同事比他机灵多了，也聒噪多了，跟客人推销产品，怂恿对方花钱："姐，您觉得我洗头洗得怎么样？挺好是不是？那您以后就常来，用个好洗发水……您慢点起来，我给您擦干。这边交钱，微信还是支付宝？"

这是一个颇有规模的、装修得很时髦的理发店，环形的大落地窗，很多绿植，还有两台游戏机给客人打发时间。来人络绎不绝，熟客被直接请去楼上的美容部门，三十多岁的男店长也在给客人剪头发，不时吩咐店员把地面打扫干净或者把店里的音乐换掉。

发廊是对时间和利润产出要求极高的营业单位，每个人手里忙着，嘴里说着，脑袋里面想着怎么让进门的客人增加消费。

给我洗头的男孩显然跟他的同事们不在一个段位上，他说话像他的动作一样慢，帮我冲洗干净了问："还有哪里痒吗？"

"没有了。谢谢。"我说。

他帮我擦干，轻柔地推我坐起来，然后用一块干燥的大毛巾缠在我头上。过程中我看清楚了他的脸，面庞消瘦，眉毛弯弯的，高高的鼻子，人中有点短，上唇翘起来，下颚棱角分明，冒了点青茬——骨相已经成年，五官上还很孩子气。

他缓慢细致的姿态还是让店长着急了，店长一边给客人理发一边对男孩说："昨天开会的时候怎么跟你说的来着？又忘了？怎么不跟客人介绍产品？"能听出来，他尽力压着火气。

男孩被提醒了，张张嘴巴，像是努力要跟我说点什么。这时一个客人从外面进来，是个大胡子的外国人。男孩朝他招招手，用几个生硬的英文单词告诉对方稍等一会儿，然后把我引导到另一个专门吹干头发的师傅那里。像是把一个难以完成的活计终于交了出去，他暗中松了一口气，我也看见店长瞪了他一眼，咬牙摇头。

男孩把外国客人的椅子放倒，让他平躺，从加热柜里取出温热的毛巾盖在对方的胡子上，拉了一把椅子坐下来，把自己长型的工具袋子展开，里面竟是十几把小巧精致的刀具，个个泛着锃亮银光——他开始为外国客人修胡子了。

修胡子比剪头发难。胡须毛发更加粗硬，要想把胡子修得漂亮，就好像在狭窄的巷子里开车，十分考验师傅的手法。这男孩显然是个高手，他从外国客人一侧的胡子开始修起，润湿，刷膏，指头、手腕灵活翻转，很快就把客人脖子和下巴上的杂生毛发都剃干净了，不留一点青茬，也不见一处刮痕。接着他用一把窄小的梳子给他修理上唇胡须的形状，层层叠叠地细致修剪，再用风筒把剪下来的毛发吹掉，最终理出了一个精致的尾端上翘的形状——他很年轻，但是个好匠人。

男孩拿了镜子给外国人看，客人很满意，让他开始修剪另一边的胡须。

我在这个时候凑了过去，蹲在男孩旁边，轻声问他："你就是刘天朗吧？"

他拿刀的手停了一下，转头看看我，褐色的眼睛审视着我，防备着我，好一会儿才说："我叫 Mark。"

"别否认了，"我说，"我进这家店就看出来是你。我看过你小时候的照片，你的样子基本上没变。"

他把客人胡子上的毛巾拿下来，涂上棉花一样厚实的剃须膏，手里的动作明显比刚才慢下来："那你找我什么事儿？"

"刚才是我给你打的电话。我来，是因为你爸爸的事情。"说到这里真是艰难，我咽了几下口水，"他快不行了……你是他唯一的孩子，你得马上去见最后一面，之后……还有挺多事儿得办。"

男孩手里的刮胡刀悬在半空，好半天没动。

我低下头去，想象着这个年轻人的心里是如何翻江倒海，痛苦不堪，又是如何努力去压抑下自己的情绪。

我有点后悔从袁姐那里接下这个工作了，也有点后悔硬着头皮拒绝了小汪警官的提议，非要逞强自己来。他要是来就好了，他是个民警，经由他传达的坏消息总比我多，他的心更硬，肯定不会像我这样去主动体会别人的情绪，让自己难过。

接着我看见男孩手里的刀来回变换了几次角度，在客人的脖子上面比了比，又放回去，换了一把，像是觉得不合适，又像是在下刀的那一瞬间改了主意。

他的手指在轻微颤抖，发廊里的音乐声忽然大了，他说了句话，我没听清，凑过去问："你说什么？"

"我说你真狡猾。"他说，"看我给客人刮胡子刮到一半了，过来跟我说这个，你是怕我走了，是不是？"

我没回答。他说得没错。

我心里有些歉意，但也没别的办法。我在社区上班这么久了，这点小心思都没有的话，怎么办那些不受欢迎的差事呢？

"你们是我们社区的老居民了，能代办的事情我们都会代办的。但这次不一样，你得去，这事儿我们代办不了。"我跟他解释，声音轻轻的，只有他能听见。

"……"

"别耽误了，医生说……你爸爸等着呢。"我说。

"那就……等我干完这个活儿吧。"

刘天朗再不跟我说话了。他的眼神和手指都恢复了之前的专注和镇定，没一会儿就给客人修理完胡须了。大门打开，又有新的客人进来，前台让他去招呼，他没应，收拾了装着自己刀具的袋子，脱掉了发廊的围裙，跟其他的工作服挂在一起。

店长一直在留意这边，他此时放下了手里的剪刀过来问："上班呢！怎么把工作服给脱了？"

刚刚接到父亲消息的男孩听不见别人说话，他从箱子里拿出自己的鞋子换上。那是一双帆布鞋，洁白干净，要不是鞋底略有磨损，几乎像新的一样。

店长不耐烦起来："哎，我跟你说话呢！"

我几步上前："店长是吧？他家里出了点事儿，今天得请个假。您通融一下吧！"

"客人这么多，人手都不够用！哪有临时请假的？！你是谁呀？有事儿让他自己跟我讲！"店长见男孩不说话，也不给个解释，越来越气了，伸出手，绕过我，照着天朗的后背推了一下，推得他朝前一个趔趄，撞在衣箱门上，啪一声。

我听人说过发廊的规矩是师父带徒弟，大工带小工，看见活计干得不利索了，骂两句、推两下都很常见。可就是从后面来的这一下子，好像忽然把一直沉默的男孩给惹火了，他猛地转过身来，在谁都没看清的瞬间，他右手臂伸开，手一下子扼住了店长的喉咙。马上有人上来拉架，刚刚安静的男孩一副凶相，怒目圆睁，咬牙切齿，手臂上的血管凸起，同时低声质问，声音像深井中的冰水："你干吗碰我？你为什么碰我？你干吗……"

店长被他勒得脸红脖子粗，眼泪冒出来，还说不出话来。

我上去掰天朗铁钳子一般的手指，一边劝："松手！你干什么？你松手！"

正是不可开交之时，一个人从外面进来，亮了证件："警察！都住手！"

小汪警官，是小汪警官来了。一见是他，我马上松了一口气。

天朗松了手，冷冷地哼一声，转身推门就走。

店长趴在地上，狼狈地咳嗽，一只手还指着天朗，嘴里断断续续地："警官，他，他要杀人啦……"

"不对！你先动手的！"我指着地上的店长厉声道。

小汪警官提醒我去追天朗，就两句话的时间，天朗已经跳过马路中间的围栏。人在街对面了，我追不上他——六车道的马路上车子川流不息，最近的过街天桥在二百米之外。

我愣了半天，狠狠跺脚。

汪宁追上来了，就在我身后。我回头看他，一根手指往上一推："就赖你！"

"赖我什么？！"他瞪大了眼睛，原本白净净的脸涨得通红。他还急了，他还当自己很无辜呢。

"打草惊蛇！要不是你突然出现，我能让他跑了吗？我刚才掌握局面的！他马上就要跟我去签字了！"我理直气壮。我这时犯了很多人都会犯的毛病，迁怒于人，全然忘了自己刚才还在后悔没让他一起来，"你一来可好了，我一分神，他人跑了！"

"你可拉倒吧！"汪宁竟委屈了，"你工作怎么做的？过来传个话，把人家发廊闹成了这样，我再不出现都快出人命了，你就是这么掌握局面的？我没听错吧？你办事儿办成这样，还赖我？！还说我打草惊蛇……"

我咬着牙生气，半天没说出来话，心里有业火无处发泄，干脆扭头。

我撤可以吧？

"哎……"一见我要走，汪宁马上在后面喊我，不敢吼了，声音小了，也柔软了，他一求我办事的时候就用自己起的外号喊我，"哎，小聋，我跟你说，你听我说……哎别走呀，去哪儿呀？"

"你管我去哪儿呢。"

他追上来，拦在我前面："我有话跟你说。"

"我不想听。"我狠狠斜他一眼，绕过他。

汪宁着急，一把从后面把我手腕子抓住了。

抓我手腕子这个过程有一秒钟，抓得五指并拢，实实诚诚的。可也就在一秒钟之后，他马上就松开了，像被烫到了一样，旋即又把手藏在背后。

我是在影子里看到这个过程的，与此同时，一个挂着篮子卖西红柿的妇女从我们身边经过，扫了我们一眼。

一秒钟能有多长，半次呼吸的长度，一次眨眼的瞬间，但是那短暂的碰触足够让我消了火。谁让这是小汪警官呢，我一直觊觎的小汪警官，我跟他生气能生到哪里去？

我不走了，转过身，心里面因为他的示好和追逐而十分受用。一个渐渐升到半空中的我仿佛看到偶像剧里的一幕发生在自己身上而得意洋洋，但是我尽量克制，挤着眉毛翻了个白眼，用鼻子哼着慢慢说道："有话就说，磨叽什么……"

"追那个刘天朗你追不上，我不是跟你说过了吗，这小子跑得才快呢。"小汪警官说，"我知道有个地方，我带你去找他吧。"

"可以呀……你怎么刚才不早说……"

"行吧，你总有理。"小汪警官无可奈何，叹了一口气。

这是个挨着槐树搭起来的窝棚，占了半个人行道。窝棚里面养了大大小小几十只猫，各自在摞起来的纸壳子和踩瘪了的塑料瓶子上或卧或躺，或好奇地看着我和小汪警官。

床是木板搭的，被子上补丁叠加，早已看不出来原来的颜色。一个女人就坐在这张床上喂猫，一边跟我们说话。她看上去五十多岁，满头白发，黝黑发皱的脸，面相看上去比我的姥姥还要老，但她利落熟练地把纸盒和塑料瓶子压扁，在床铺一旁整理好。床边还有两个餐盒，里面有剩菜，剩菜上落着苍蝇。

"找谁？"

"刘天朗。"

"不认识。"

"您不是他姑姑吗？"

"不是。"

"这位是小汪警官，是派出所的。我是珠江社区的社区工作者。我们知道您是刘天朗的姑姑。我们特意找来的，没弄错。"

"你手里拿的什么玩意？"

"我们在对面小超市给您买了点吃的。"

女人把我手里的袋子接过去，没说谢谢，好像我们之前欠了她的，如今还回来。她在里面找出来牛奶，倒在脚边一个油叽叽的浅口小碗里。十几只猫扑上来舔舐，舌头翻飞，声音像下雨。她又把一根香肠撕开包装，自己吃了几口，然后掰碎分给了另外一些猫。

"你们找刘天朗干什么呀？"女人嘴里跟我们说话，眼睛仍看着猫，把一个小的抱起来，肚皮朝上捧在手上，挠了几下，又掰了一块儿指甲大的香肠放在小猫嘴里，"当初是你们非让我把他领走的，现在你们又过来找他了？你们还让不让人消停了？"她看看小汪警官，"你是警察？他是惹事儿了吗？我告诉你，这孩子我养大的我知道，他可没有坏心眼，他待谁不好，一定是那人欺负他！"

小汪警官笑笑，温和地说："没有人欺负他，我也不是来抓他的，是有事情要他赶快跟我们去办了。"

"对。"我马上附和，"您放心，没有人找他的麻烦。"

刘天朗的姑姑似乎稍稍放下心来："那你们找他干什么呀？"

我说明来意后，在那一瞬女人是惊讶的。她愣了好一会儿，喃喃道："哦……疯子快死了？死了好呀！要不是他，孩子能遭罪吗？从小被人追着骂，追着打，不都因为他是疯子的儿子吗？！不都因为疯子放火吗？！"

"无论如何，人快走了，得让孩子见他最后一面。再说了，之后……人要是真的不行了，后面还有很多事情得办呢。"我说，"家属不来，我们也没法帮忙。"

"别找我了，我不知道天朗在哪里。我也不知道去哪里找他。"接着她抬头看看我，带着点笑，"知道我也不告诉你！"

我站起身来，准备离开："您这样难为我也没用。我就是个传话的，您可以不帮我找刘天朗，以后有一天他明白过来，怪罪您没有让他跟他爸见上最后一面，没说上最后一句话，您看看能不能受得住这个埋怨。"

这也是袁姐教的，碰到那种不好沟通的工作对象，只是求他是没用的，得让他知道利害，让他知道不配合的结果，把责任推给他，这也算吓唬。有的人你可以好说好商量，有的人你得吓唬一下，要不然工作没法干。

这话说完，汪宁看看我，轻微地点了点头。

"你们走吧！"女人下了逐客令。

汪宁把我送回家，他还得回派出所值夜班。我让他等等，去罗森买了三明治和一盒酸奶给他，他拿在手里有点诧异："食堂给准备夜宵，你给我买这个干什么？"

"早上我看李师傅在白板上写了，今天晚上是羊肉馅饺子，你不是不吃羊肉吗？"

汪宁愣了一下，随即垂下眼睛点点头："嗯……洋洋你快上楼吧，我看你开灯再走。"

我跑了一天，有点累了。家里没人，做好的饭菜放在桌上，红烧排骨、炖茄子、红豆大米饭都用保鲜膜包着。妈妈之前在微信里告诉我，姥姥犯高血压了，她和爸爸得去舅舅家看看。我一个人吃饭、洗澡、睡觉，头一沾枕头就着了。

这天夜里，我做了一个奇怪的梦。

梦里我来到一个似曾相识的地方：五层的红砖矮楼，绿地里有石子甬道、葡萄藤和向日葵。向日葵那么一大片，长得老高，下面有个人的背影，是个小孩样子，头小小的，肩膀窄窄的，一会儿朝这儿走走，一会儿向那儿看看，像是困在这一片向日葵里，找不到回家的路。

我走上前去，看见自己伸手拍了拍他的肩膀："小弟弟，你要去哪里呀？你是不是迷路了？我带你回家好不好？"

男孩儿回过头来，黑白分明的眼睛。

我在那一刻醒了，窗外天色泛青，朝阳还没升起。我睁着眼睛在自己的枕头上想了好半天，我好像是认识那个梦里的男孩的，那不是刘天朗小时候的样子吗？

就在同一时间，山水佳园四号楼三楼天台上的住户郑大爷的门铃被人按响。

郑大爷和老伴刚刚换上了白色对襟功夫服，听到门铃声互相看了看，各自警惕。

他们没开门，低声问："谁呀……"

"大爷，是我呀，社区的小胡，胡世奇。"

郑大爷退休之前在初中教美术，为人斯文老实，又特别热心社区里的事情，总给我们手绘海报，跟我们工作人员都熟，但是这次他不打算给小胡开门，支吾道："有事儿呀？"

"我是想来沟通一下，大爷你家是不是在大平台上养鸡了？扰民呀，被邻居投诉了，您看您是不是把鸡处理掉？"世奇客客气气。

"没有呀。"郑大爷心平气和地，"我家没养鸡呀。"

第一缕霞光进屋，天台上的公鸡仰头挺胸，开始喀喀叫。

"大爷，我都听见鸡叫了。"胡世奇在外面说。

"听错了！"郑大爷老伴说完就掩着嘴巴笑，"去看看耳朵小胡，我给你找个大夫呀？"

门外的胡世奇略略沉吟："那先这样吧，我先走了。"

郑大爷和老伴透过门镜看见胡世奇进电梯走了，两人呵呵一笑："没事儿，我们跟他们关系好着呢，他也就是走个形式。走，咱俩练去！"

俩人经过扩建出来的阳光房来到天台上，天台上有个老大的鸡笼子，紫红色冠子赤金色羽毛的大公鸡正迎着朝阳引吭高歌。

郑大爷正要操习拳法，忽然朔风起，嗡嗡声盖住了公鸡的鸣叫声。一个纯白色的小型飞行器从楼下垂直升起，到达正对三楼天台的方位后，水平移动，直至郑大爷和她老伴面前。

两位老人惊呆了。这白色的小型飞行器上有个闪动的红点，像是一只不怀好意的眼睛。

"大爷，我是世奇。"胡世奇的声音经过小飞行器的扩音器传来。

"世奇？！"郑大爷心下一松。

"我就在你楼下。"

老两口马上趴在天台栏杆往下看，果然，胡世奇在下面。他头上戴着耳麦，手里拿着遥控器，对着上面邪魅一笑，声音同时从飞行器里传来："谁让你们刚才不让我进门。"

"你要干什么呀？"郑大爷有点慌神，不知道是该对着楼下的胡世奇说话还是跟眼前这个嗡嗡作响的东西说话。

"您这不是养鸡了吗？您怎么说没养呀？！我刚才跟您说了，您这太扰民了，有群众投诉了！"

"谁投诉的？我知道了，是不是三炮他们家？我就说嘛，那狗一看就凶，也就我们家大皇帝能收拾它。"

胡世奇一听笑了："大爷你们家鸡叫大皇帝呀？这名起得很霸气呀！"

"小胡，不是我不给你开门，我就问你一句，凭什么让他们养狗，不让我养鸡？怎么狗能办证，鸡就不能办证？"

"大爷您放心，什么时候鸡能证的时候，我第一个给您办。现在，今天，没有鸡证，城里不让养，您说什么也得把你们家的这只公鸡给处理了！"

"怎么处理呀……"郑大爷喃喃问道。

胡世奇顿了顿："看您是愿意生炒、炖粉条还是烤了。您这算是散养的溜达鸡，怎么做应该都不错。您二老吃了是不是也补补身子？"

郑大爷一听他这话，回头看看自己家的大皇帝，居然要变成一盆菜了，一时情绪上无法接受。

见郑大爷的老伴正举着一个网子要往飞行器上扣，胡世奇赶紧喊道："阿姨呀！我劝您冷静！我这飞行器八千多块，您要是给我弄坏了，咱俩就不是一只鸡的事情了！我再说一遍，这天台不是您的，而且也不许养鸡。我来，咱们还能商量商量，您要是不跟我商量，我们就得找城管了。我也不是吓唬二老，旁边一个社区，有个人在楼顶养鸽子给烧烤摊送货，后来全让城管给收走了，五百多只，快一万块了，可是您知道罚款多少吗？更多！您自己说，您是听我的，还是我解决不了找城管来呀？"

胡世奇劝得口干舌燥，郑大爷老两口听他这般劝说，态度已经有些松动了，可仍不肯答应。这时是刚天亮的光景，两栋楼的邻居被张大爷和胡世奇叫醒的不少，有人扒窗户观察局面，见双方僵持住了，纷纷向着胡世奇说话。

郑大爷是教书的，被胡世奇劝说，知道自己怎么都不占着理，又被四面邻居这么教训，到底是放弃了。

当天上午有人就在郑大爷家楼下的垃圾桶里发现了大皇帝五彩斑斓的鸡毛，中午时分，据说有浓郁的鸡汤香气从郑大爷家中逸出，邻居们此后也再没听见大皇帝打鸣的声音。

胡世奇高兴得很，当天就把这一段事迹写了出来，特意强调用了小型飞行器这种高科技手段处理邻里矛盾。稿子发给了他在报社工作的弟弟，就在他又一次打算扬名立万，或者至少当个先进的时候，山水佳园的物业来报：园区里的狗霸三炮丢了，狗主人去郑大爷家了，要跟他拼命。

片区居民出现重大纠纷，胡世奇三步并作两步赶着去调节。我正犹豫着要不要去帮忙，桌上的座机和手里的电话几乎同时响了。我手忙脚乱地先接了单位的座机，听见电话的另一边是妈妈的声音："洋洋呀！"

我当时心里面一松，弄不好又是要给我介绍对象，马上敷衍着打发她，把电话挂断了。

与此同时我点开了手机，另一端的声音说："我是刘天朗的姑姑。"

"大姐您好，您跟刘天朗说了吗？刚才医院那边还给我打电话催我呢……"

"他不去。"

"您再帮我们做做工作吧。您是不是知道他在哪儿？要不然您告诉我，我去找他也行。"我说。

天朗的姑姑在另一端沉默着，我紧张地等待着。

座机又响了，接起来，居然还是我妈妈。她厉声大喊："洋洋！你给我听好了！要不是有急事儿，我才不稀罕打你单位电话呢，你那个破手机总占线。"

我也被她催得急眼了，顾不得身边还有同事，手机的另一端还有刘天朗的姑姑，拿着座机的话筒对她低吼道："我没跟你说清楚吗？我上班呢！"

"你姥姥不行了！赶紧来二院！我告诉你，弄不好这就是你见你姥姥的最后一面！"妈妈哭了，啪地把电话放下了。

我忽然觉得好像有一箱冰在我头上扣下来，把我的脑袋瓜子，把我的呼吸都给冻住了似的。我得去见姥姥呀，自从创城开始，我都好几个月都没去舅舅家里看她了。她总是包好了牛肉馅饼、煎好了小黄花鱼让舅妈给我送过来，姥姥怎么能说没就没呀？我得去看她，我得去找她，我得跟她说说话，说不定我可能能把她给留下来呢。

刘天朗的姑姑在电话的另一边说："他要走了，刚买了长途客车的票要去北京了，下午两点钟的，你要是非得让他见他爸，你就去找他吧。"她说完挂机了。

我看看手表，现在是一点半，还有半个小时，我该怎么办？

十八岁的刘天朗窝在去北京的长途客车的角落里胡乱地翻着手机。

大城市打工的机会不少，他去了就不回来了，不，也可能会回来一次，要是赚了钱就把姑姑接到北京去。

有人坐到了他身边。是个戴眼镜的男孩儿，年纪好像跟他差不多大，头发油腻腻的，穿得也不好。S城到北京的高铁最快两小时四十分钟就能到达，可是还有人坐这种要颠簸七个半小时的大客车，因为便宜。

男孩坐在他旁边的位置上，空间逼仄，两个人的腿都伸不开。

刘天朗觉得这男孩似乎跟自己有类似的处境，想跟对方搭一搭话，刚要张嘴，又来了一个人。四五十岁，脸色油黑粗糙的汉子，把一个沉甸甸的毛巾递给戴眼镜的男孩，让他擦擦脸——是他的爸爸。天朗把要打的招呼咽回到嘴巴里。

那个爸爸注意到天朗了，朝他笑笑，从随身带的塑料袋里拿了一个苹果出来，问天朗："吃不吃？"

天朗摇头不要。

"小孩儿，你也是要去北京吗？"

天朗点头。

"去打工的吧？"

"嗯。"天朗说，"你们也是吗？"

孩子一直都没跟天朗说话，擦了脸就把毛巾给了他的爸爸，在自己的座位上安然吃苹果。

"我们不是。"那个爸爸轻松一笑，"我是送孩子去北京上学的。"

天朗的脖子僵硬地拧过去，看向窗外，心里想，他们之间没有任何相似之处，上车之前的日子或下车以后的生活都不会一样。这个爸爸也没有什么钱，但是健康、强壮，对孩子很细心，不是一个杀人放火的疯子。

天朗扭着头，眉毛皱着，嘴巴紧紧闭着，那样子让他看上去比实际年龄老成一些。

那个爸爸问："能不能跟弟弟换个座？弟弟喜欢挨着窗子坐，要不然会晕车。"

天朗心里不愿意，但他觉得自己反正也没有这个毛病，让一让也没有大问题，便起身。车子同时往前动了一下，到点了，马上要开车了。

忽然有人在下面拍窗子，细小的声音从窗外传来，圆脸的女孩儿看到他了，叫他名字："天朗！刘天朗！你不许走呀！"

刘天朗愣住了。他认得这个家伙，她是社区的，他知道她要干什么。他心里恼恨她，怎么总要捉他去看他的爸爸？他好不容易长大了，不想要跟那个人有任何联系，也不想给他签字，为什么这个女的不愿意放过他呢？

她跳上车子，告诉司机不许开车。她跑到后面，抓着他的衣袖，好像要把他拽走一样。她是挺胖的，脸圆圆的，肩膀也圆圆的。天朗被她拽着，愣是一动没动。

司机和乘务员大声催促起来，让她要么下车，要么买票跟车走。女孩儿扁着嘴，忽然大哭起来，同时命令道："刘天朗你马上跟我走！下车！去见你爸最后一面！"

她痛哭的样子把他给吓到了。

这个女孩儿就是我。

这一天，我自己还有身边的很多人都在面临生死的问题。

袁姐在医院陪一个军属生小孩儿，爸爸是海军，军舰还有三天才能靠岸，孩子脐带绕脖。

胡世奇要营救一只狗。

郑大爷在自己家门里，隔着防蚊的纱网，嘴硬说："我不知道，我不认识谁是三炮，谁给自己小孩儿起这么个破名？"

狗主是二十出头的小赵姑娘，在郑大爷家门口急得直跳脚。

胡世奇一边安抚小赵姑娘一边求郑大爷："大爷呀，便利店有监控，我们都看见了。小赵去买杯水的功夫，你就在门口把人家狗用大袋子装走了。您看您，连衣服都没换呢，监控上看见你也穿的这件。"

郑大爷愣了一会儿，笑了，不打算否认了："别找了，找不着了，让我送到狗肉馆去了。"小赵姑娘当时腿一软，坐在地上："狗是我男朋友给我的。"

胡世奇低头问她："男朋友呢？"

小赵姑娘忽然捂住脸哭了："男朋友出车祸，人没了，三炮是他留给我的念想……"

郑大爷没再说话，家门被狠狠合上，没一会儿又打开，他泄了气，告诉胡世奇他把狗送到那条专门料理狗肉的街上："东边数第三家，没要钱，你们赶紧去找回来吧……"

与此同时，我陪着刘天朗在医院里送他爸爸。

之前联系过的医生把我们带到一间独立的病房里，房门口有两个警察，检查了刘天朗的身份证，让他签了探视文件才让进去。我想这人我算是带过来了，我可以走了。可转头又怕这边有事情刘天朗应付不了，就留在门口等他，心里面又记挂着姥姥那边的情况，给妈妈打了两个电话她都没接，不知道是在忙着还是生我气了。

医院这一侧的走廊里静悄悄的，晚上六七点钟的光景，空气里有饭菜的味道。我仔细辨认着，被牵引着又想起很多小时候的事情。想起放了寒暑假，爸爸妈妈都上班，家里就是姥姥陪我，姥姥喂我吃完饭，就教我打扑克。我学不会，妈妈就说这孩子笨，以后念书也不会好。姥姥说："一个人一个命，老天爷饿不死瞎家雀，她打扑克是不能赢，但是肯定谁都愿意跟她玩。"果然她说中了，从小到大我人缘都好，好几次我被选上优秀学生，就是因为我合群，跟谁都不吵架。现在想起来也有可能投我票的那些同学都曾被我招呼到家里吃过姥姥的牛肉馅饼。

十几分钟之后，刘天朗从病房里出来了。没一会儿，他的爸爸也被护士从病房里推出，脸被蒙上，一只手从白色的单子下面露出来，青灰色的，血管形状凸显——这个人没了，这个生命结束了——就在我眼前。

两个警察又从包里拿出新的文件给天朗，让他在上面签字。他低着头，老老实实地接过来，下一秒钟，手里的笔和文件就掉在地上了，肩膀和手抖得像风里的叶子。

我赶紧起身，把掉在地上的东西捡起来拿到他面前。男孩抬头看着我，眼里全都是泪，缓慢地呼吸，想要说什么又说不出来似的，就那么看着我，用尽了全身的力气忍耐着，不让自己眼泪在旁人面前流出来。

我轻声问他："看见你爸爸了？"

"嗯。"

"那就好，没白来。"我把笔塞到他手里，轻轻拍了拍他的肩膀，"别害怕，你签了字，就送你爸爸走了，你能来，他就没什么遗憾。"

在完成最后一个笔画之后，刘天朗双肘支在膝盖上，手抱着头，终于大哭起来。而我不知道自己是怎么了，可能是因为与他感同身受，也可能是因为第一次直面死亡带来的悲痛与恐怖，也在一刹那泪流满面。

两位警察比我们更习惯于这样的事情，他们整理好了文书，在离开之前，其中的一个年纪大的问我："你是刘天朗的亲戚吗？"

"我不是。"我说，"我是社区的工作人员。我就是来帮忙的……"

他点点头："也辛苦你了，小姑娘。"

第 8 章

　　警察叔叔说得没错，接下来的事情可是更让我忙的，要去医院对面的殡葬服务中心请他们马上派人来处理遗体，要联系三天后出殡火化等一些后事。所有这些，开销不菲，最便宜也要上万块，可刘天朗总共有积蓄三千八百五十六元。

　　晚上十点半，我陪着他在丧葬店里。刘天朗十分窘迫，他一会儿坐在椅子上，一会儿起来问店主能不能再便宜一点。做白活儿的生意人告诉他："小老弟，这个还怎么讲价呢？活人多花一点，以后怎么都能赚回来，死人受了委屈，你以后再赚了钱可是想要补偿都补偿不了了……"

　　刘天朗被丧葬店的老板说得脸色涨红，额头上往外冒汗，皱着眉头搓着手，哎呀哎呀好几声，说不出别的话来，又不知道该怎么办。我见不得旁人在我面前被难为成这样，偷偷地去了外面，查了自己手机银行卡里的钱，攒了六千多块，本来是想要买一根小项链的，还想去旅游，估计这些计划又要搁置，我得再攒一点钱了……

　　"我借你吧。"我回到店里跟刘天朗说，"我刚好有点，咱俩凑凑就够了。"

　　他抬头看我，对眼前的状况没弄明白："你借我？"

　　"嗯。"

　　"不要……不用。"他摇头，又低下头，蹲下去，不看我。

　　"别磨叽了。"我说，"这事儿等不得。赶紧的，你把合同签了吧。"

"我没工作了，我不知道什么时候才能还你……"天朗说。

"这倒是没什么……你给我写个欠条，等你有钱了还我。再说了，我找不着你，还能找着你姑，你说对不对？"我说。

刘天朗犹豫再三，终于点了头，站起来在丧葬店老板拿出来的协议上签了字。他也没有跟我说谢谢，我们转完了钱，他推门就走了，脚步匆匆，消失在夜色里。

"六千块？你借了他六千块？！"后来在办公室，我把这事儿讲给同事们的时候，胡世奇的小耗子眼睛都快瞪圆了。

"六千多……"我说。

杨哥仰着头在旁边帮着算账："洋洋呀，你把自己两个半月的工资借出去了。"

"怎么了，我这事儿挺新鲜吗？"我看着他们。

实际上在社区工作的，包括张阿姨在内，但凡自己的日子过得不太紧绷，没有不往困难居民手里借钱的。每笔数目都不大，五六百块是常事儿，大部分是救急，事情过了人家就还了，有的还真是两三年都要不回来，这钱就当给了。办公室里人人都有个小账本。杨哥最逗，家里有个初中生，开销大，他给自己定了一个规矩，借出去的钱不能超过两千块，什么时候账拢回来了，才能再借出去。他替我心疼这六千多，摇头道："唉，还是年轻，不当家不知道柴米贵，六千块说借就借，还不知道能不能还。"

"肯定还不了。"胡世奇道，"你就看着吧。"

两个月后，刘天朗把钱还我了，七千块，多给了我二百多，凑了个整。这时才打字跟我说了句谢谢。

没过多久，他成了个老实人见了都要躲远一点的难缠的人物。但在我面前，那一天的天朗就此定型，无论他幻化成怎样张牙舞爪、虚张声势的模样，见了我都会现出真身：那个窘迫的、紧张的、多说一句话都会脸红的男孩儿。他自己也说，因为欠了我的债，钱上的债，人情上的债。

仍回到那一天的晚上，我看着天朗远远离开的背影，妈妈的电话忽然打过来，告诉我先把工作弄完，姥姥这边不用着急了。

我吓了一跳，问她什么情况。

"医生把血栓给通开了，你姥姥醒了。"

告假探亲的海军军官抱着家里的新生儿来社区串门，孩子贪睡，黑壮黑壮的，我比画半天还是不敢抱。袁姐抱着让我看，我看了半天："这不挺好的吗？我还当脐带绕脖是个多大的事儿呢。"

袁姐狠狠瞪我一眼："不知道别瞎说话，这小孩儿是正正经经地过了鬼门关的，以后肯定福大命大。"

"您要这么说，那我姥姥也是，三天之前被下了病危通知书了，现在好了，早上就着小米粥吃香肠，还着急下地给我烙馅饼呢。"我说。

袁姐把孩子交到张阿姨怀里，张阿姨扁着嘴看看："黑呀，但是鼻子挺高，挺有小老爷们样儿。看着脑门上的皱纹，以后学习能好。"张阿姨讲话，谁也不知道她究竟是贬你还是夸你。

我跟袁姐走到窗边，她轻轻地搂着我肩膀："洋洋啊，按说咱们不该迷信，但是姥姥这事儿跟你可能也有关。"

我抬头看看她："怎么讲？"

"你那天做了好事儿，是不是？你陪着刘天朗把他爸爸送走了。可能天上或者地下……反正就是那边儿，收够了人，就把姥姥给你留下了。"袁姐向窗子外面看，"我有的时候也想，咱们干这行，拉拉杂杂的事情那么多，忙，赚得也不多，有时候还得自己往外搭钱，但是你看，好事儿也不是白做的，也是给你自己积下来的。"

一直酣睡的新生儿不知道是不是因为不爱听张阿姨对他品头论足，忽然睁开眼睛大哭起来，办公室里面的人都笑了。我低着头，细致琢磨袁姐的话，心想生命果然是一个很神秘的事情。

我姥姥血栓通了，我妈倒焦虑了。有一天半夜把我叫醒，说她睡不着，必须得跟我好好谈谈。我看看手表，是凌晨三点钟。

"明天再说行吗？"我觉得眼皮里面好像有砂子一样，磨得根本睁不开。

"不行。就现在。"

"跟你谈完了，我就能睡着了。"

"你太烦人了。"我把头转过去，抱着枕头把后背给她。忽然感觉到鼻子前面有东西扇动，"哗哗"两声，睁开眼睛，是两张一百元的纸币，正是我把六千多块借给刘天朗之后最缺的玩意。我睁开眼睛，慢慢起身，被她给钓起来，迷迷糊糊地说道，"现在都手机转钱了，你怎么还用现金？"

我妈好像个给口香糖做广告的："这是你的现金。"

我把两百元收起来，用床边的消毒液擦擦手，往床里面去，让了点位置给她："请讲。"

我妈歪在我旁边，说话之前手放在额头上，长长地出了一口气。李薇薇女士是表演型人格，心里面住了一个影后："我跟你爸前两天做体检的结果出来了。"

一句话果然把我给弄精神了，我坐起来看她："什么情况？"

"哎，岁数大了，一年一个样，好几个箭头，向上向下的……"

我又躺回去："我当怎么了呢。你放心，你俩少吃点盐和酱油，就啥事儿都没有了。"

"你姥姥病危住院这几天，我想了很多事儿。"

"正常。"

"我跟你爸要是死了，你怎么办？"她快哭了。

"那我能怎么办？我还得活着呀，难道我还得跟你俩去了？"我真是气不打一处来。

我妈马上转忧为怒了："你是不是缺心眼？我是问你怎么办？你还这么好吃懒做的吗？你还这么单着吗？！"

"又来了！"我把自己蒙到被子里，"我二十五都不到，你用得着这么着急吗？天天催，天天催，白天催完了半夜催。我自己挣工资了，没浪费你们家粮食……"

"你以为你二十多岁还挺小的，我告诉你，眨眼就四十了！哟，还挺硬气的！"我妈嗤嗤瞧不起我，"还自己挣工资了，还没浪费我们家粮食，你挣那点钱你给过我一分吗？"

"李薇薇你要是跟我算这个那就生分了。"我虚弱地说，"我觉得自己过得还行呀，你这么大晚上的闹腾我是什么意思？你想要我怎么样？"

我妈把一个枕头抱在怀里，歪着头想了片刻："我就不明白了，你说你也挣了大半年的工资了，买那么几件贵的衣服和鞋，都是我跟你爸给你拿的钱，你怎么自己就没攒下来点呢？"

"攒不下……"我挠胳膊，"好不容易攒了一点，想买个项链、换个手机，结果还借出去了。"

我妈叹口气，摇头："不是不让你借，一下子借得自己一个子儿都不剩，这么大了，还没个心眼呢？以后你得记住了，你自己多少也得攒点，在银行买个理财或者靠谱的商业保险什么的，够个整数再贷款买个小车或者小房子，听见没？”

“你和我爸攒着不就行了吗？怎么着你们还有别的孩子吗？还得分走我的钱？”我笑嘻嘻地说。

我妈打了我肩膀一下：“这个臭孩子，我跟你说正经的呢，你少废话。‘爹有娘有不如自己有，老婆汉子有还隔着一双手’，这话你不知道吗？”

“我记下了……”我讪讪回答她，倒是觉得这个“攒点钱”的主意是对的，心里面接受了。

“还有就是，你得找个对象，不能再这么单着了。”我妈说。

“怎么又绕到这上面来了？”我说，“我离四十岁还远着呢，急什么急？再说我也不觉得四十岁不结婚是什么悲哀的事儿。”

“人到四十岁不结婚，确实不能说是悲哀的事儿。”我妈伸着脖子看着我，“人要是到了二十五岁还没谈个恋爱，还没个喜欢的人，那也不是什么快乐的事儿。”

我真跟她杠上了：“谁告诉你我没有喜欢的人呀？”

“你有吗？”我妈盯着我。

“我有。”我看看她，又觉得话不应该说得太满，“好像……”

我妈眯着眼睛看我：“搞不定吧？暗恋吧？不敢跟人家说明白吧？”

这话我可不爱听了：“瞧不起我是不？我这几天就搞定让你看看。”

“姑娘你要是能谈恋爱，妈就直接给你买一辆车，你再攒钱就自己留着。”

“mini cooper 呀？”我搓搓手。

“不要做梦了。”我妈说，“五菱宏光，三万多块，我就这点钱。你看着办吧。”

“行。”我看看我妈，“你把买车的钱准备好，等我消息。”

桌子对面的世奇看看我，一根手指着我：“怎么着，昨天晚上哭了？”

我说：“涂的红眼影！”

“我还当你哭了呢。你为什么涂红眼影，这么隆重干什么？”

我犹豫了半天，到底是没憋住，跟胡世奇交了底：“我打算今天再努一次力，彻底跟汪宁把窗户纸捅破，我跟他说明白。要不然每天低头不见抬头见的，省着我天天就琢磨这点事儿。”

胡世奇长长地“哦”了一声，身体向后靠，靠在椅子背上，欲言又止的样子：“我还以为你知道了呢。”

他把我给弄糊涂了："你以为我知道什么了？"

这小子喝了一口水，慢悠悠地："你放心吧，你俩以后很难再低头不见抬头见了。"

"求你给我说明白。"我着急了，脑袋里面一下子联想出来好几集连续剧：最近是提交体检发票的时期，胡世奇跟我说这个，不会是因为小汪警官检查出来绝症了吧？我忽然感觉自己耳朵眼睛都在发热，我快哭了。

"你不知道吗？市局出入境管理在南区新开了接待处，那边缺人，小汪警官因为表现好，被李所推荐上去，可能是要调到那边去了。"胡世奇说，"我替你看了一下，离咱们十八公里，放到欧洲，弄不好都跨两个国家了，你们以后再见面可不就难了嘛……"

我一下子愣住了，半天没吱声。

胡世奇好像是怕我听不懂，又用另一种方式简单说明了一下这个情况："产房传喜讯——人家生（升）了，不在基层派出所当民警了，你听懂了吗？那可是窗口单位，漂亮的小女警不少，你的小汪警官，怕是泥牛入海……"

胡世奇越说越吓人，我等不得他说完，几步跑到派出所去了。

天下小雨，天气很冷，听说下午会有雨夹雪。接待大厅里人不多，没有排队办事儿的群众，汪宁在电脑前面跟新来的军转干部姜警官说话呢，看我进来，扬扬手打个招呼，示意我等他一下。

我坐下来，看着他，想起来第一次跟他打交道是在今年春天，张阿姨拿了我的东西藏到他们失物招领处来。我记得当时的每一个细节，他耐心帮我录入信息，知道我跟张阿姨结了梁子之后的隐隐同情甚至还有点担忧；我记得那天他摘了手表，腕子上有个圆形的印子，我心里想着这个小汪警官肯定是喜欢户外运动，后来发现果然他是个篮球高手；那天的窗台上有只挺大的白猫，那只白猫现在还在，小汪警官总在窗口的小碗里给它添水，总给它买香肠，但我想那猫不会差一口吃的，它可能跟我一样，觉得这个年轻的警官好看、温柔、热心肠，在他这里总能得到帮助，所以它才喜欢来这儿。

我在心里面叹了一口气，我从那时候就开始觊觎他了，可能还要更早一点，从我在食堂里面见到他的时候就喜欢上他了。这大半年过去了，天热了又冷了，可我连句"我喜欢你"都没有说过，是什么浪费了我的时间？我忽然觉得妈妈说的是对的，妈妈说女孩儿二十多岁的那几年过得才快呢，眨个眼就四十。她没夸张。照我这样继续犹豫着，躺平着，等着机会来找我的话，再眨个眼我就六十了。

"你再看看，自己操作一下。"小汪警官对姜警官说，"随时问我。"

他回了里面的办公室，片刻后拿了两杯咖啡出来，坐在我身边，给了我一杯："李所前两天被诊断神经衰弱，不能喝茶和咖啡了，干脆把胶囊机送到单位来便宜我们了。你尝尝怎么样。"

"还行。"我点点头，喝了一口，心乱如麻，嘴巴里面其实没有任何味道，"你，你跟姜警官，是在交接工作吗？你是不在这儿干了，是吗？"

他闻言愣了一下："你知道了？"

我说："胡世奇告诉我的，你要调到市局去了？"

"就是换个岗位而已。哦，多了一个津贴。每月能多开三百来块。"他自己倒是没当回事儿的样子，喝了一口咖啡，眼睛看着我，"怎么了？"

"我有话跟你说。"我说。

我终于有勇气抬起头来看他，却见一个女孩儿从外面进来，拿了些复印好了的材料，交给姜警官，说要迁户口。我原本心里面有个恶狠狠的劲头儿，说什么今天要把那层窗户纸跟小汪警官捅破，我要跟他说我喜欢他，他留在这里也好，他上调到市局去也罢，我得让他知道我喜欢他。我瞪圆了眼睛看着小汪警官，那些话呼之欲出，可在最后一刻我溜号了。我看着这个穿得挺时髦的女孩儿，她身上的裙子是我一直很喜欢的款式：一条紧身的小黑裙，长度到膝盖上面。女孩儿非常瘦，裙子被她穿得很美。

小汪警官的手在我眼前晃了晃："小聋，你又去哪里了？回来回来，你要跟我说什么呀？"

我把眼光和心思收回来，笑了笑："我呀……我就想跟你说，你呀，你，"我喘了一口长气，"你都升官发财了，是不是应该请客呀？"

他看着我，有点不太相信似的："升官发财肯定没有，不过请客没问题呀……你过来找我，就为了说这个？"

我仰头笑起来，心潮起伏难安。一方面因为这场仿佛命定一般的离别而真的难过，另一方面又在想着现在要怎么抵挡，连耳朵都热起来："当然不是了！有订书器吗？我的坏了。"

小汪警官看着我，摇头笑起来，去办公室里拿了个订书器给我。

我接过来，手里拿着，低着头，半天没动，他也没动。

刚上手的姜警官搞不定新业务了，请他过去帮忙看看，我趁小汪警官转身的当口，赶紧走了。

回到办公室，胡世奇问我怎样了，我朝他疲惫地笑笑，把自己埋进一大堆文件里。

世奇拍拍我肩膀，适时地表达了理解和同情。

小汪警官请客的时候我没去，表现得非常硬气，非常支棱。后来我想想又觉得自己不对，给他发了个短信，谎称我有点感冒所以不去了，免得传染大家——支棱了一半也没有真的支棱起来，我就这样吧。

"我没听懂。"数天之后，另一个人问我，"为什么你看见有人穿小黑裙子就不跟他表白了？该说的话就不说了？"

这个人是谁呢？

我的前男友，青年才俊徐宏泽同学，请我在一间颇为考究的西餐店里吃饭。

打电话约见面时，他说"叫上你的警官男朋友"。

我自己来的，我把实话告诉徐宏泽了："我没有男朋友，你们上次在电玩厅看见的那个警官不是我的男朋友。"

自从小汪警官调离之后，我一直都处在一种混混沌沌的状态里。工作忙起来的时候还好，一旦闲下来的时候就会想起他，会听见一个细小的悲伤的声音跟自己说：哎呀，小汪警官不在对面工作了，我再也不能在食堂里面看见他了，不能借着点芝麻绿豆大小的事情去找他说话了，我以后怕是再也认识不了这么好的男孩儿了……这个想法好像是一口没有底的大坑，我在不停地往深处下坠，没有止境。

我其实知道自己这样不对，我不应该这么沮丧。这无非是一场没讲明白的暗恋，对于一个人的伤害能有多大呢？片区里像我这样大的好几个在做肾透析，人家都活得朝气蓬勃的，我为什么每天都这么泄气呢？

接下来发生了两件事情让我找到了一个自救的办法。

社区办公室里最近来了一个常客。山水佳园苏大姐的老公半年前忽然悄无声息离家出走，也不办离婚，也不接电话，就带着"小三"去丹东住了半年，半年之后"小三"拿走了他手里的一百多万积蓄，他自己瘦得皮包骨头又回来跟苏大姐过日子来了。

苏大姐说男人一进门，她就打了他六个大嘴巴，男的当时被打蒙了，明白过来的第一件事儿就是拿了菜刀要剁她，苏大姐都没躲，一伸脚就把他给绊倒了，压在下面夺了刀，又加了六个大嘴巴。

最近社区里不忙，大家都有空，围在一起聚精会神地听苏大姐讲家里的事情。杨哥一边弄十字绣一边说："都恨成这样了，这又何必呢？为什么不离呢？"

苏大姐哼哼两声："我不跟他离，家里有个喘气的，总比我每天自己回家都黑着灯强。"

她不离婚，但是她心里有气，男人的钱和精气神都被人给偷了，她想起来就烦躁，她就得跟人说。跟我们社区的讲了，又去街道。前两天碰见接汪宁班的姜警官了，又拽着他的胳膊来再一遍，弄得刚来的姜警官怪警惕的，一边听一边劝她："大姐呀，有什么事儿你找警察，别自己动手！"

苏大姐就这样讲着讲着，好像情绪就稳定多了，气色好像也好了。后来有一天买了只土鸡说是要给家里那个老不死的补一补。

第二件事情是张阿姨非要我陪着她去中医学院放血治静脉曲张。她两条腿上都是蓝黑色的小蚯蚓一样的血管，中医理论认为这是血瘀，堵在那里就形成曲张。老中医用一根挺粗的针刺入皮下，猛地拔出，喷出来的血差点没呲我脸上。放了血就通了，曲张没有了，张阿姨说轻松多了。

我陪着张阿姨在药房外面等着的时候，她说："人心情抑郁，得像你苏大姐那样找人说出来，不能自己憋着，而且有什么说什么，不能怕丢脸，说得越彻底就等于把血放透了，治疗效果也就越好。"

张阿姨话到这里，没再往下深说，我琢磨着她说得对，可是我得找谁去放血呢？

徐宏泽就是在这个时候给我打了电话。

我不知道他请我吃饭是要干什么，但我觉得聊聊也无妨，就去赴了约。几杯酒下肚，脑袋一热就跟他讲了我跟小汪警官的事情，从我跟小汪警官怎么认识的一直说到他走，说到我想要跟他表白却到底改了主意。说完之后果然感觉轻松了一些——这个血就算放过了。

徐宏泽听得非常认真，他以一个工科专家的态度关注着故事最后的细节："我没听懂。为什么你看见有人穿小黑裙子就不跟他表白了？该说的话就不说了？"

我把手里的杯子放下来："我大学毕业的时候，也想要这么一条小黑裙，试过，不好看，穿上去像个圆圆的小桶，当时我心想着等我瘦一点吧。三年过去了，我还是同样的体重，有时候还往上浮动两斤，一直也没能穿进去一条漂亮的小黑裙。但我从来没有特意节食，一直吃得饱，冬天最冷的时候我的手脚也是暖的，抵抗力好，很少生病。所以呀，我没瘦下来，没能穿上小黑裙，我认。"

徐宏泽喝了一口水，认真地看着我，似乎开始明白我要说什么了。

"反正我是这么觉得的，"我抱着手臂，"高学位就给你们这帮会念书的人留着就行了，你让我考研我是考不上的。小汪警官是要高升的，我也是追不上了，追上了也长久不了。我就想躺着，累了我就躺着，挣一份小工资，也没什么不好的。太努力的人生不漂亮。"

我的话让徐宏泽沉默了半天，他终于缓缓问道："那你当时无声无息把我的微信给删了，跟我分手了，也是因为这个？"

"嗯。"

"啊，我才明白。"他点点头。

"反正这就是我的想法，你可以不同意，但是请不要笑话我。"

"是的，我不同意。"徐宏泽说，"我不笑话你。因为我觉得你这样的人，这样一个生活态度实在是太骄傲了。你让我们这些努力念书工作，想向上走的人，显得有点猥琐。"

"千万不要这么说。"我赶紧摆手，"您，您才是，青年专家，国之栋梁。您怎么会猥琐呢，您被我们膜拜都来不及。"

他笑起来，读了刚刚收到的一条微信，叫服务员把菜牌拿来，他要再加菜。

"吃不了了，"我说，"你请我吃饭到底是要干什么呀？有事找我？"

"不是我，是我女朋友。"徐宏泽说，"她刚才加班，这就过来了，我给她加个菜。"

这我倒是有点意外了，徐宏泽的女朋友为什么请我吃饭呢？

没一会儿，那个在电玩厅里把我好一顿修理的韩佳轩小姐到了。秋天的夜晚，天气已经很冷了，她脱掉一件一看就很名贵的驼色羊绒大衣坐在我对面的椅子上，脖子、胳膊、腿都细细的，身上是一条紧身的黑裙子——我跟徐宏泽马上对视一眼，又是我可望而不可即的小黑裙子。

如果不了解韩佳轩这人，初初见面，她很容易给同性压力。她是那种有才有貌，一看就家境殷实的女孩儿，而且她常用一种倨傲的表情显示出来自己的不同，她喜欢给人一个高高在上、不可接近的样子。

韩佳轩入座之后没看我，只是问徐宏泽给她点了喜欢的菜吗，徐宏泽说刚刚点过了。韩佳轩轻轻点头表示满意，喝了一口水终于跟我说话了。她依旧不看我，像女王巡视领地："你怎么没把男朋友带来，我们说要请你们两个人的呀。"

我心里犹豫了一下，没有马上回答。

徐宏泽似乎想要替我解围，回答道："那个……不是她的男朋友。"

女王的视线回到我身上，带着一点疑惑和好奇："什么情况？分手了？"

她的男朋友似乎不是个会复述故事的人："也不算是，其实没开始过……"

我本不想说的，但是话已至此，我心里面忽然有一个念头跃跃欲试。我觉得刚才跟徐宏泽说得还不尽兴，似乎还有一些细节要补充。苏大姐和张阿姨好像在这一刻同时附体：我还想再说一遍，我还想再放点血。

我就把跟徐宏泽说过的事情又说了一遍。

这个放血的过程让我跟韩佳轩各自卸掉盔甲，成了我们友谊的起点。

她喜欢的菜上来了，她一口没吃，目不转睛地听我说。如果说刚才我给徐宏泽讲的时候，他是冷静的，客观的，甚至有点抽离的话，那么韩佳轩则完全是沉浸式的。她专注而且完全共情，有时着急皱眉，有时又跟着我笑，会问我细节。

终于我又一次说到小汪警官调走了，这场让我自己心潮澎湃的暗恋最终悄无声息地结束，韩佳轩的菜也凉透了——人家根本就没吃，人家根本把菜当宠物，就是个陪伴，而我放血的过程中也时刻惦记着这菜凉没凉，可见谁胖谁瘦，谁能穿上小黑裙，自有天定。罢了。

韩佳轩好久没说话，端着双臂，认真地思考着，终于喃喃道："不对劲儿。"

"什么东西不对劲儿？"我喝了一口果汁。

"你有他电话和微信吗？没删掉吧？"

"没删呀。"我说，"但是他走之后，我们也没怎么说话了。"

"为什么？"韩佳轩很诧异的样子。

"也没什么事儿找他呀，"我笑笑，笑她还没弄明白状况，"以前在一起工作，处理的都是片区里的事情，相当于半个同事。现在小汪警官跟我们八竿子都打不着，我跟他说什么呀？"

"那他找你吗？在微信上跟你说话吗？"韩佳轩追问。

"他给我发过搞笑视频。"

"你呢？"

"我笑了。"我说。

韩佳轩有点着急似的："你笑了？笑了有什么用？然后呢？"

"然后我就转给胡世奇了……哦，我的一个同事。"我说。

韩佳轩听了这话无风无浪的表情终于破功了，直翻白眼："他喜欢你。"

"胡世奇呀？不可能，他最近好像处对象了。"

"我说你那个小汪警官，他肯定是喜欢你！"我没着急，韩佳轩倒急了。

这话把旁边的徐宏泽都吓了一跳，马上认真而且谨慎地劝她："洋洋她过两天这个劲儿就过去了，你不要再给她不切实际的希望。"

"我可没乱讲话，"韩佳轩是严肃的，"你们不是什么半个同事的关系，一个男孩儿，一个警察，工作够忙的了，什么东西对他来讲都没有他的时间重要。你想想，无论是不是为了工作，你们两个是不是总在一起？他给你的时间就像一个男孩儿对他的女朋友一样。"韩佳轩这个时候看了一眼旁边的徐宏泽，"他要是不喜欢你，他干吗不去打游戏，打篮球，为什么总找理由跟你在一起？有的真的男朋友还做不到呢。"

徐宏泽不动声色地给韩佳轩的杯子里添了点水。

韩佳轩几句话说得我心里一动，她似乎也有几分道理，可这个可爱的念头刚刚飞出来，就被我自己一下子拍扁在地："不太可能。你没见着，上次我要抱他一下，他都害怕了。"

"是的，我没见着，我也不太信，你给他打电话，约他出来见面。"韩佳轩把我的手机塞进我的手里。

"还是算了吧。"我勉力朝她笑笑，感谢她的热情参与，"我说出来就舒服些了，现在就想躺平，过了今天就好了……"

"算了，别难为她了。"徐宏泽在一旁对韩佳轩说，"你们不是一样的性格，你不可能用你的办法教她做事。还是说正事吧，你不是有事情求她吗？"

我马上说："你请说。我能为你做什么？"

韩佳轩双手撑在桌子上，很认真很诚恳的样子："我们省报和新媒体部门在年底之前要出几个关于民生的专题报道，我报了几个选题，领导看重了其中一个，就是关于基层社区工作的，但是手里面材料不太够，大纲和拍摄计划写了几稿，主编说太干，没有足够生动的内容支撑。我听宏泽说了，你就是在社区工作的，

113

我想要采访你，想请你给我提供一些资料。"

我脑袋里面马上出现了领导人或者大明星上电视的画面："你等着我跟领导请示一下，也许你可以来我们社区蹲点采风。"

韩佳轩很高兴，拿水杯给我撞了一下，亲切地喊我的名字："洋洋呀，那就拜托你啦！"

省报记者韩佳轩要来我们社区采访的事情，袁姐很重视也很欢迎，表示愿意接待，全力协作。韩佳轩大喜过望，在自己单位开了介绍信马上就来我们社区报到了。袁姐特意腾出来一个靠窗的办公桌给她，告诉各位同事，对于韩记者尽量配合，知无不言，言无不尽，不为别的，就是希望社会各界能够对于咱们社区工作能有一个更深入的重视和了解。

韩佳轩非常认真，跟着我和胡世奇造访居民，积累素材。过了一个星期，下了班，只剩下我们两人在办公室，她合上自己的笔记本电脑对我说："哎呀……出不来呀……"

"什么东西？"

"材料不够，没有典型性。"韩佳轩说。

"听不懂，请你尽量直白一点。"我说。

"就是目前我了解到的这些素材都有些零散，比较日常，没有那种……"韩佳轩眯着眼睛在寻找着合适的词语。

我跟着她的口型，努力地往下顺："引人注意的东西？"

"不！"韩佳轩马上否定了我，手里比画了一下同时干脆地说道，"是缺少那种抓人眼球的东西。"

我咽了一口唾沫。

探讨问题的时候，韩佳轩喜欢对你的说法说"不"，然后把你的说法换一种方式再说一遍。共事一个星期，胡世奇就发现了她的这个特点。

我慢吞吞地说："谁家过日子那么多鸡飞狗跳的故事呀。"

"不行，洋洋你还得再帮我找找。"

"硬找也找不着呀……"我开始穿大衣了，"你也要纪实报道，总不能编吧？行，我再帮你找找素材。"

韩佳轩也开始收拾自己的电脑："今天去我家吃饭吧？我妈妈的老乡从武汉

寄回来的鲜藕和腊肉，保姆做鲜藕汤，可好吃了，你去尝尝？"

我爸妈恰巧要去舅舅家看姥姥，之前打了电话让我自己解决晚饭。我嘴里面还是客气了一下："会不会……太打扰了？"

韩佳轩穿上大衣，搂着我的肩膀："说什么呢。"

韩佳轩的车子停在克俭小区里，不到两个月前，这里和我家一样，小区内部道路两边都被划分了停车位，内部居民的车子有了固定的位置，额外规划出来的车位就方便了附近中学的老师、写字楼的上班族还有我们社区和街道的同事。

承包下这个工程的范哥之前许诺过，所有的车位都免费，但是小区门口早就安装了横栏，内部也有监视器，小区里日子最拮据的几个居民都被雇佣看车。他们都是领工资的，每个月有两千多块，孙莹莹的爸爸孙好忠领到第一个月工资就去找袁姐注销了低保户的身份——他说自己不用再跟国家要钱了。

这件事情成了我心底的一个时不时会跳起来的谜团，如果停车位本身不收费的话，那么那些设备花费、人工费用都是从哪里出来的呢？笑容可掬的范志明真的是那么一个宅心仁厚、不在乎利益的大善人吗？

韩佳轩把车子停在半边楼旁边的一个车位上。她有一辆紫红色的小路虎，我坐进去，四处摸了摸问道："佳轩呀，你这车子应该比 mini cooper 还要贵吧？"

韩佳轩道："我这是高配的，够买三辆 mini 呢。"

我"哦"了一声，十分景仰，怪不得连味道都这么好闻。韩佳轩在后视镜里看看我："洋洋，你知道你为什么招人喜欢吗？因为你不装，你不会心里羡慕，还装作不在乎。"

我呵呵一笑看着她："你可真逗，我想要个五菱宏光都费劲呢，坐你这车子，我怎么装？"

韩佳轩大笑起来。

她正要发动车子，一个人拖着满满的买菜小车从小区外面进来，停在半边楼的门口一筹莫展。那正是孙莹莹的妈妈。

我让韩佳轩先别走，解开自己的安全带下车去帮忙。

阿姨一见我来，喜出望外，连声道谢，说："小夏姑娘幸亏遇见你了，生鲜店做活动，我贪便宜一下子买多了，拖车装满了，可是自己根本弄不上去呀。她爸爸去医院开药去了，也没人帮我。"

我说："没事儿，这不赶上了吗，我帮您。"一边把她的东西一袋一袋地先从车子里面拿出来：六个茄子，八九个土豆，圆白菜两颗，大白萝卜两个，苹果十几个，还有一袋十公斤的面粉……堪堪摆了一地。我拿起这个又放下那个，每个都沉得打手，我觉得自己这回是有点装了。

小汪警官走了三个星期。我感到自己心里似乎已经有点平静了，我跟别人在一起的时候，我忙起来的时候，可以不去琢磨他，但在这个时候又想起他来，又在心里说了那句最没出息的话：要是小汪警官在就好了。我可以给他打个电话，让他马上来帮忙，反正他那么近，出了派出所的办事大厅，往左拐个弯就到了。这点东西，他手提肩扛一个人就搞定。我在旁边不时拍个马屁就足够。

孙莹莹的妈妈看出了我的为难，自己要强去搬白面，十根手指因为风湿病都蜷着。我赶紧摁住她，抢着把那袋面抱起来，上面再放上圆白菜和大白萝卜："您就在这儿等着，我先上楼送一趟，然后我再下来拿别的。不行就多跑两趟呗。"

"真是难为你啦！"

我这边正费劲的功夫，韩佳轩也从车上下来了："走吧，一起上楼！别折腾好几趟了。"她把剩下的东西全拿起来，小心支开双臂，避免让那些还带着新鲜泥水的茄子土豆碰到自己身上昂贵的羊绒大衣。她手里的东西不比我怀里的分量轻，几个塑料袋的把手把她的手指一下子都勒成紫红色，脚下是细细的高跟鞋，站立不稳。

我们步履蹒跚，一步三晃上到三楼，韩佳轩被绳子绊了一个侧歪，差点没把脚给扭了。好不容易上了五楼，孙莹莹的妈妈从外面一开门，韩佳轩赶紧弯腰把手里的东西放在地上，一边搓手，一边看着我："我告诉你，我长这么大，没拿过这么多东西……"

土豆从韩佳轩脚下的塑料袋子里滚出来，一个人从屋里走出把它拾起来，是孙莹莹。她仍旧披散着黑色的长发，身上穿着白色的棉布长裙子，长裙子外面罩了一个毛坎肩。她脸孔发红，捂着嘴巴咳嗽两声，消瘦的身体在宽大的衣服里完全看不见轮廓。当妈妈的心疼了，着急过来，一边替她拢紧了坎肩的前襟，一边催促道："感冒了还不在床上呆着，下地干吗？外面冷，快回床上躺着去。"

"我下来喝口水。"孙莹莹说，"你给我放床边的喝完了。"

她妈妈马上去厨房给她找水。

孙莹莹看着我点头笑笑，这是她打招呼的方式，很文雅。我来了她家好几回，在她跟前不敢大声喘气，像对待个仙女儿，小心探过身去，轻声问她："病了？"

"有点发烧。"

"严重吗？吃药了吗？"我问。

"吃了感冒通。温度能下来点，"她说，"家里原来有一板，我爸爸又去给我买了。"

"多休息，多喝水。"我嘱咐道，"现在换季，还没来暖气，发热的可多了。我们单位有好几个堵鼻子的，我最近发现了一个鼻贴，我给你买一盒，老好用了。"我一边比画一边跟她说。

孙莹莹摇摇头："谢谢洋洋，我鼻子不堵。就是嗓子有点疼，等会儿我爸把药买回来就好了。"她扶着椅子的靠背坐下来，抬头看了看我，又看了看韩佳轩，虽然因为发烧脸色显得红彤彤的，但是精神头还不算坏，难得想要跟我聊聊似的，"你是不是瘦了？"

"哦？"我赶紧摸摸自己脸，还挺高兴的，"瘦了吗？我瘦了是好事儿呀。"

不知不觉韩佳轩已经躲到我后边去了，她把口罩在鼻梁上捏紧，侧着身说："嗓子疼是有炎症了吧？要不要去医院看看？好像去看发热得先验核酸，还得再做一下流调……你最近出门见人了吗？"

这个不了解情况的家伙也真是耿直，我马上暗中捏了一下她的手，韩佳轩不解地斜了我一眼，还问呢："怎么了？"

此时的孙莹莹听说要"去医院"，听说"要出门"，立即紧张起来，看看我，又看看韩佳轩，刚才的从容烟消云散。她的身体向后仰过去，低着头，摆摆手，固执地，神经质地，轻声地，像是在跟我们说话，又像是在跟自己较劲："我不去，不去医院……我就待在家里……我真的哪儿也不去。"

孙莹莹的妈妈听见了，赶紧从厨房拿了热水出来给她，一边把她扶起来往卧室里面送，像照顾小孩儿一样哄着："不去，咱不出门，回床上去吧，喝点水再睡一会儿，出点汗就该好了。"

不一会儿她关上门出来，不让我跟韩佳轩走，系上围裙非要给我们炒土豆丝卷饼吃。我连忙说："阿姨千万别费事，帮你拿点东西那算点什么事儿呀。"

她送我们一直到了门口，手掌蹭了一下眼角，喃喃道："要是她也跟你们似的，那得多好，那得多好呀……"

"这不怪你。"我对韩佳轩说，"你不知道怎么回事儿。这个孙莹莹已经好多年都没出过门了，我想过办法，请她吃饭，看电影，去逛公园，人家都不稀罕。不是不稀罕，简直就是害怕，就像刚才你跟她说让她去医院那个样子似的，躲都来不及。就连他们家维修房子，到处乌烟瘴气的时候，孙莹莹都没有离开过自己家半步！"

我把孙莹莹家的事情跟韩佳轩仔细讲了，包括十二年前的大火，还有我替他们家去要维修基金的事情，从而跟她解释千万不能跟孙莹莹提出门的原因。

韩佳轩认真地听我说完，秀气的眉头上打了个结："为什么呀？她是怎么了？残疾了还是毁容了，这也完全看不出来呀。"

"是不是？看上去好好的，还挺美的，可是人家就是不出门。"我说，"这可不能强迫。"

"她会不会有了 PTSD？受了刺激。"韩佳轩点了点自己的太阳穴，"大火把她脑袋烧坏了？我觉得你们应该带她去看看心理医生，正规治疗还来得及。"

我们在韩佳轩的卧室里，她的一个房间就比我家整个面积都大了，除了独立的卫生间，卧房外面还有一个书房，写字台的一端镶嵌了电视机，一摁扭，电脑就升起来，再一摁扭，电脑就降下去——上岗培训的时候我们去参观过区长办公室，都没她的书房高级。

卧室的一侧是半弧形的落地窗，落地窗边是照片墙，上面有很多韩佳轩旅行的留影，桂林山水，埃菲尔铁塔，北美的大瀑布……还有她骑摩托、坐热气球的照片，她还去过埃及！所以我能够理解她对孙莹莹的不理解，一个周游世界的富家女是无法想象一个从火灾之中逃离的女孩儿为什么选择永远禁锢自己的生活。

但是佳轩善良而且厚道，她听我说孙莹莹的事情，是被触动的，同情的，她着急去找解决的办法。我得检讨自己会不会是工作习惯了，所以麻木，懒惰了呢？

我点点头："我觉得你说得有些道理，我们以后可以再去找孙莹莹，看看还能为她做点什么。"

"我帮你。"佳轩说。

卧室里的另一个东西引起了我的注意，一排半人高的杠子，像是舞蹈演员练功压腿的设备。

"你跳舞吗？"

"跳过。"佳轩说，"芭蕾。从小学一直跳到高中。但是现在不跳了，偶尔压压腿。"

"你跳芭蕾?"我看看她,小汪警官那个传说中的女朋友就是跳芭蕾的,无论真假,可见这件事情让人敬仰,"后来怎么不跳了,不可惜吗?"

"我小时候跳得还挺好呢,"佳轩颇为得意,从相册里面扒拉出一张年代久远的照片让我看,"这是小学的时候,我去少年宫,跳小天鹅,都被导演选到电视台去了,只不过后来我不喜欢了。尝试过的事情,我知道自己做得挺好,就够了……"她看上去完全没当回事儿似的。

跳芭蕾,少年宫,上电视……这件事情的几个元素一下子涌进我的脑袋里,我愣了好一会儿,总觉得像是在哪里听过,又像是一个像素很低的画面,想要用拇指和食指一对一张把它放大了看,却只是模糊一片。

第 *9* 章

外面有人开门进屋的声音，保姆过来传话，韩佳轩的爸爸回家了，饭菜已好，可以上桌吃饭。

韩佳轩的妈妈保养得宜，十分年轻漂亮，我说我叫阿姨叫不出口，如果不认识在外面见到了，我是真心诚意地要喊您"小姐姐"的。她妈妈听这话可高兴了。韩佳轩的爸爸非常和气，感谢我帮佳轩联络了去社区采风的事情，饭后说第一次见面没什么准备，从抽屉里拿了一支钢笔送给我，看盒子就知道名贵。我连忙摆手说不要，佳轩非塞到我包包里，好像因为我的客套而生气了一样："真是的，送一根钢笔都不敢要，我们还能贿赂你吗？"

我暂且收下了那支钢笔，因为估计到了它的价值而颇为不安。

吃完了水果，佳轩开车送我回家，她接着还要去机场接徐宏泽。他出差去外地，他们五六天没见了。

我现在对佳轩越发了解也更加喜欢，对她跟徐宏泽的关系从原来的漠不关心到现在有了些微好奇，有点想知道他们是怎么认识的。

佳轩大大方方地毫不掩饰："我爸爸认识他老板。我之前的男朋友都不靠谱，爸爸就找朋友介绍了这个读书人给我。"她在车子的倒后镜里看看我，"你呢？你觉得他怎么样？"

我不想多说，想找到一个最简单的方式去形容徐宏泽，去概括他，想了半天：

"人不错……但是不好搞。"

佳轩表示赞同，差点没在等红绿灯的时候把我的手握住："对，他太不好搞了！"接着她好像这地球上所有的女朋友一样，跟有共鸣的女孩儿痛陈对男朋友的不满：他的不解风情，他的不肯黏人，他有时候死脑筋，有时候不懂浪漫……根本刹不住闸，可是她几乎每句话又都加了"但是"："但是他做起事来可真是专业……但是他对待别人也很冷，你说搞科研的是不是都这样？但是我后来发现他说的是对的……我爸爸想帮他一把，他根本就不要，别提了，差点没分手……哼，要不是看他长得帅……"

她一直说到我家楼下。

我谢过佳轩，让她在路上慢点开，接到徐宏泽代我问好。她笑嘻嘻地："放心。"车子轻快而去，尾灯闪亮，我看了一会儿，心里感叹着这个女孩儿什么都有。

我上楼进屋，爸爸妈妈都回来了。爸爸在看球，妈妈手里拿着些票据，絮絮叨叨地在算账，不时数落爸爸一声，抱怨他烟抽多了或者开车的油钱花得不仔细，最后总会落回到那个重复了无数遍的结论上去：社会上有本事的男人那么多，怎么我偏偏就找了这么一个只会做饭不会挣钱的呢？

妈妈说这话的时候，爸爸只当是没听到，看见我进屋就乐了："姑娘回来了？你猜爸爸给你留什么了？牙签羊肉！给你姥姥送的，她不舍得都吃，让我给你拿回来点儿，去，就在厨房里面放着呢。"

厨房灶台上放着的牙签羊肉是爸爸的拿手菜。我小时候总爱在外面吃炸串，爸爸怕小摊不卫生，不怕费事在家里给我做这个。平时我最爱吃了，可是现在肚子里面还有在韩家吃的牛眼肉排和海鲜，放得有点干了的牙签羊肉好像怎么都吃不下去了。

妈妈从屋里出来，看我犹豫着，就知道我在外面吃饱了，挑了一块儿塞到我嘴巴里，轻声劝着，怕让里面的爸爸听见："你少吃点，意思意思，就当给他一点面子，他今天炸肉的时候油点子把脸给崩了。"

我点头，连着吃了好几个，说话的时候嘴巴塞得满满，特意让里面的爸爸听见："爸，好吃，好吃呀……不愧是你。"

妈妈冲我嘻嘻一笑，眼角一眯，很多皱纹。

我掐指一算："快六个月了，你是不是又该去打除皱针了？"

她马上又变脸了，愤愤然："还说呢，你爸给车买个防冻液，把我打针的预算给花了。"

"那等我工资下来，给你拿打针的钱吧？"

"有你这话就够了。"妈妈又往我嘴里塞了几块牙签羊肉，我细细嚼着，感觉小黑裙子离我越来越远了。

我不知不觉又吃了半盘，发了个朋友圈后去洗漱好了，回了自己的房间，从包包里拿出韩佳轩爸爸送给我的钢笔，回忆着他们家那宽大的房间、华丽的陈设、精美的食物，韩佳轩那养尊处优的妈妈，还有她慷慨的爸爸。

一点对于韩家的好奇催使我打开电脑，借助有限的线索寻找关于韩佳轩爸爸的内容。

终于我打开一个网页，那上面有韩佳轩爸爸的标准照，浓密的灰白色头发，面孔精瘦，眼睛很长，两道法令纹。照片上的他可没有一起吃饭的时候那么和气可亲。

那是区政协的网页，照片下面是他的名字：委员韩仁江。

很快我就在网上发现了关于韩仁江更多的内容。他是个白手起家的企业家，原来是采暖办烧锅炉的工人，后来成了房地产商。而我们社区所辖的高档住宅区，那个十二年前的一场大火之后开发出来的楼盘——山水佳园的开发商，就是这位韩爸爸。

接着我又在某个名牌的官网上找到了那支钢笔的价格：六千块。我上次经手六千块是什么时候？对，我借了六千块给刘天朗，给他交他爸爸的殡葬服务费。

我躺在床上，心里有惊讶，也有羡慕。如果我能拥有韩佳轩的一半，不不，十分之一，或者百分之一那就好了。我也买一辆漂亮的小车，我也会把对食物的注意和喜欢转移到漂亮衣服上面去。我会瘦一点，没她瘦但是肯定比我自己现在瘦，不敢张嘴跟小汪警官表白有什么大不了的，我送他礼物呀，送多了人家不就知道了，我们有钱人的事儿，还用非得张嘴说嘛……不对，转个头想一想，小汪警官这人不是买点礼物就能打动的，他家里也不缺钱，他吃穿用都是好东西。他可买不动，买不动。

那我呢？我也是呀。

我也不缺什么，我什么都够用。我抱起被子闻了闻，今天妈妈给我换了被套和床单，妈妈洗东西不喜欢放柔顺剂，她觉得软趴趴的床品像没洗干净一样。被她洗净晾干的被面有略略粗粝的质感和阳光的味道，我抱着被子想，我爸妈不富裕，但其实也不错。

我半坐起来，拿了手机，想那些没用，跟人比也没用：爱因斯坦再牛，可是伽利略和牛顿是他先人；别人家再有钱，不拿来给我花也没用。

刚打开微信，我之前的患得患失马上烟消云散了，因为一个大事件发生了：小汪警官跟我互动了。就在我刚才发的牙签羊肉的照片后面，他给我点了个赞，留言道：不错呀。后面一个舔舌头眼馋的笑脸。

我腾地一下坐直了，全部的注意力像一个被破云而出的太阳惊动了的向日葵一样迅速地扭动转头。我想了半天，改了数次，手指头把着手机，眼珠子都快瞪出来了，最后回复道：还行吧。

回复发出去我就后悔了，一头杵在枕头上。什么叫"还行吧"？"还行吧"是什么意思？这让人还怎么往下接话？他不接话我还怎么跟他说话？

我又从枕头上把自己的头拔起来，没事儿，也许还能补救。我颤抖着又在照片下面给他回复道：你呢？吃啥了？

等了片刻，他没再回答。

就在我已经把自己的人生铺设成单身到四十岁的时候，小汪警官给我发了一个图片，跟着一个消息：没吃什么，打游戏呢，一起呀？你刚才没少吃吧，动动手指就当健身了。

我：我说我不吃，我妈非往我嘴里塞。

小汪警官：空嘴吃的咸不咸？没就一碗大米饭？

我：我要是再吃大米饭就彻底完了，今天使劲干点重活儿都白干，明天得涨两斤。

小汪警官：干吗去了？

我放心下来，拿着手机看见对面镜子里的自己眉开眼笑。小汪警官是这样的，聊起天来可会问问题了，无论你会不会聊，他反正是永远不会让对话掉在地上的。当然了，他也不是只对我这样，他在街边跟个不认识的爆爆米花的也能聊半天。

我：别提了，孙莹莹的妈妈买东西买多了，搬不到楼上去。她爸爸去给她买药去了，我和韩佳轩往上搬的，给我累够呛呢。

小汪警官有一会儿没回复我，我当他是激战正酣呢，居然要求跟我视频。我心脏咚咚两下，没有马上接通，立即跳下床，扑到我的写字台兼梳妆台前，把手机放在左侧脸四十五度角的架子上，打开环形灯，飞快地在额头鼻梁和下巴上扫上三笔高光粉，扒拉下来两撇头发，整个过程堪称行云流水，不到五秒钟。

视频接通，小汪警官的脸出现在另一端。微信自带的滤镜好像又把他所有的优点给放大了：他的圆寸有点长了，黑幽幽毛茸茸的；眉毛又弯又长，是个柔和的弧形，眼尾略略有些下置，睫毛浓黑，这双眼睛让他到了四十岁恐怕也会像个顽皮的精力旺盛的小孩子；挺直的高鼻梁在白净的脸上投下阴影，嘴巴厚嘟嘟的，下巴也方正有肉有点往前翘。我姥姥说过，下巴上有个尖儿，长大准当官儿，小汪警官当不当官我不知道，但是我觉得那个下巴咬起来应该很不错……我在仔细地看着微信里面的小汪警官，现在才发觉，许久不见，我最近都忘了他有多好看了。当然，我仔细看他也不会让他知道，我在手机架的对面另放了一个镜子，有合适的折射的角度，我能仔细看他，而他看到的是我特意给出来的侧脸，显得漫不经心。

我轻轻拍拍嘴巴："干什么呀，我都困了……"

汪宁："困了？那不聊了。"

"哎，你这人。"我赶紧说。

他笑笑："今天是干活儿累着了？"

"对呀，孙莹莹的妈妈买了那么多东西。"

"孙莹莹病了？严重吗？"

我说："感冒发烧，估计没什么大毛病，她爸爸应该给她买到药了。"

汪宁点点头："行呀，他们家那个情况挺难的，反正你盯着点。有什么事儿应付不了，你喊上我。"

"这你放心。"我爽快答应，"他们家是我们重点关心的对象，袁姐早就交代过了。再说了，孙莹莹是你的老同学，我肯定得帮忙看着呀。"

"谢谢你啦，洋洋。"

他一认真道谢倒给我弄得不好意思了，扬头一笑："这你不用跟我客气。你的新单位怎么样？忙不忙？"

"还行。这不是有疫情吗，出入境的中国人和外国人都不多。最常见的业务就是帮外国人续居留证，留在这儿的老外汉语都还不错，交流起来不费劲。对了，食堂酸奶是有机的，每个星期两天中午有乳酪蛋糕。"汪宁说，"夜宵加餐有铁板鱿鱼和烤冷面。"

"厉害厉害。"

"你什么时候有空过来，我请你吃中饭呀。你不是最惦记别的单位食堂了吗？"汪宁笑嘻嘻的。

我刚想说"好"，猛然刹住闸，哼哼两声："我才不惦记别的单位的食堂，我对吃的东西没兴趣。"

汪宁在微信的另一端哈哈大笑："你看你，小聋，又给自己挖坑了吧？"

我真想发个狠不跟汪宁说话了，可是我没舍得，任他笑了一会儿："别笑了，我正经问你点事儿。"

"请讲。走后门不行。"

"不是走后门……我听人说，就是胡世奇说的，他最八卦了。他说出入境那边的年轻女警官都可好看了，是不是真的呀？"

"没注意呀。你们想知道？那我明天帮你们仔细看看。"

"不是这个意思……"我赶紧说，"你不要冲动，我就是替胡世奇问问，不用你帮我们仔细观察。完全不用。"

"好吧。"小汪警官点点头，好像要放过我了似的，隔着镜头认真看了我一会儿，"脖子不舒服吗？落枕了？"

"没有呀。"

"那你为什么总扭着头跟我说话？咱俩就是网络通话你也讲点礼貌，正脸看着我。要不然我给你看我后脑勺。"

"好吧。"

我转过头来，拿好手机，刚出示了正脸，小汪警官皱着眉头瞪着眼睛，难以置信，如遭雷击："怎么又胖了？完了我镜头都装不下你脸啦！"

"滚！"

这个晚上我跟汪宁你一言我一语地说了很多话，具体讲了什么实际的有用的事情吗？完全没有，我们甚至没有找到一个固定的主题去讨论，但还是说了那么多，一句接一句地根本停不下来。有时候话不投机，比如我说他篮球其实打得没有那么好，而且在场上话太多，指挥这个，指挥那个的。这话把他给一下子弄急了，脸都红了，隔着视频大声地跟我说："我告诉你哦，小聋，你不懂篮球不要瞎评论，我是队长兼教练员。"

……

对我而言，那天晚上跟汪宁视频通话说的内容完全不重要，微信的另一端是他，这就够了。我觉得自己仿佛浮在一层香喷喷的云彩里，整个人又舒服又开心。

我愿意跟小汪警官就这样一直说下去。我怎么都觉得他对我有点意思，我觉得哪怕他调到别的单位去了，我们之间也是有可能性的。我心里面暗暗打定了主意，明天，不，后天，我就去他们单位食堂看看，也看看女警官们到底能有多好看……

但这愉快的事情并没有持续太久，也就是在这个晚上，很快我就明白了，我是多么一厢情愿。

一个电话打来，中断了我跟汪宁的视频通话，另一边是孙莹莹的妈妈。

深夜十二点半，爸爸开车把我送到孙家。之前还算收拾得干净整洁的房子里眼下一片狼藉：一大抱被子卷在地上，盘子、碗还有剩菜散了一地，屋子里有呕吐物浓重刺鼻的气味。孙莹莹的妈妈坐在门口，一条腿的小腿向外侧弯成一个艰难痛苦的角度，另一条腿膝盖着地向前拖动身体——她就是这样给我们开的门，此时已经又疼又累，脸色苍白，大汗淋漓，身上满是污渍。

我没能马上明白发生了什么事情，刚要伸手去扶她，却被爸爸叫住了："别碰，她腿骨折了，你一碰更完。"

"怎么回事儿呀？阿姨？"我站在那不明就里。

"洋洋呀，你先去里面帮我看一眼莹莹……"阿姨着急，嗓音嘶哑几乎喊了起来。

我赶紧进屋，看见孙莹莹仰面躺在床上，呼吸粗重，脸红如火。她身上没有被子，睡衣胸口上还有呕吐的痕迹。我轻轻喊她名字："莹莹，莹莹？"

她混乱地应了一声，根本睁不开眼睛。

她枕头旁边摆着水银温度计和药物，我想给她量温度，刚碰了碰她脸就被烫了一下，我赶紧回到外面："我帮你叫救护车吧阿姨？莹莹发高烧呢，咱们处理不了！得马上找医生，送医院！"

孙莹莹的妈妈瘫坐在地上，一边点头一边龇牙咧嘴地忍受着膝盖的疼痛。

我给 120 打电话，在帮孙莹莹的妈妈回答问题的过程中终于明白发生了什么事情：我跟佳轩走后没多久，感冒药的劲头一过，孙莹莹的体温又烧了起来。她妈妈扶她起来想喂进去一点水，女孩儿一下子吐了一被子。妈妈想把女儿弄脏的被子抱起来拿到外面去，结果一下子滑倒在地上，把桌上的锅碗瓢盆都扫下来，她自己的身体完全失去平衡压到一侧的小腿上……孙好忠临时被老板调去给别的小区看车子，临走之前忘记带上手机充电器，给他怎么打电话都打不通，没办法只好找我。

事情终于说明白了，120说马上就派车来，这位中年母亲终于哭了出来。

我从厨房拿了温水回到房间，先把孙莹莹的下巴脖子清理干净，再在她头上放上个凉毛巾。我伸手碰了碰她肩膀，想要扶她起来把毛衫套上去，高热昏睡中的孙莹莹闭着眼睛，躲了一下，身体本能地抗拒我的手。

我轻声地跟她打着商量："莹莹呀，我是夏洋。咱把衣服穿上哈，外面可冷了，咱得去医院，可不能到楼下了又着凉。"

她听见这话忽然睁开了眼睛，好像从一个无比炽热的梦里惊醒一样，原本灵秀美丽的双眼充血通红，干涸的嘴唇翕动几下，低沉地，沙哑地，坚决地，不肯服从地："我不去。我哪里都不去！"

"那怎么能行呢？"我赔着笑，跟比我还大了两三岁的孙莹莹讲道理，"你高烧呢，你妈妈刚才在外面摔倒了，膝盖那里好像是骨折了，我们应付不来，得去医院。这可不能任性。"

我也不会照顾人，我连宠物都没养过，我把自己照顾好都不容易，但现在，眼下，我不太一样了。这是我片区网格里的居民，我被求助，必须给予帮助。

我尽量去回忆模仿小时候妈妈照顾我时的做法，温柔而有耐心地劝说，从肢体上给她一些依靠。我也用自己幼年时的心态去揣测着孙莹莹：她经历过火灾，十几年不肯出门，别人的十几年在经历成长，但是她没有。

"我不，我不！"孙莹莹挣扎着，尖叫着，从被子里伸手推我。她的手瘦骨嶙峋，可是力气却那么大。我原本坐床边，不提防差点被她推得摔下去，哎哟一声。

她妈妈听见了屋里的动静，也着急了，顾不得自己腿伤，用另一只膝盖支着往屋里拖行。我爸爸一边想要扶起孙莹莹的妈妈，怕她膝盖受伤更重，又不方便进孙莹莹的卧房里面帮我，只好在外面大声地帮着劝："孩子呀，该去医院得去医院啊，可不能耽误了……"

我从地上站起来，看着孙莹莹闭着眼睛，满脸是泪，痛苦不堪，仍摇着头不肯答应："我不出去，我就是不出去……"

我站在那里，都快哭了，完全没了办法。我该怎么办？袁姐会怎么办？张阿姨会怎么办？她们比我有经验，可是她们就一定能跟孙莹莹说通吗？能把她劝离开这个房间吗？要是胡世奇出动无人机，能有用吗？我满头大汗，嗓子冒烟，刚才被她推到地上，手肘着地，钝钝地疼痛。

这混乱不知持续了多久，车笛声响——我叫的救护车到了，屋子里的局面有片刻的安静，我觉得自己的心也有点托底了。没一会儿，四位医生各自带着设备上来，其中两位开始为孙莹莹的妈妈处理腿伤，另外两位进了里屋，一位问我问题，另一位马上给孙莹莹测了额温，又从随身携带的冰箱里拿出冰袋。

安静了片刻的孙莹莹仿佛惊弓之鸟，她大声哭喊，挥动双手双脚，更加奋力抵抗，抵抗所有看得到的，听得见的，碰得着的东西，有几下子甚至打到了医生身上。

医生们也着急了。疫情之下，他们出诊收治高热病人都穿着白色的防护服，这装束和设备让他们好像战场上的士兵。要给孙莹莹上冰袋的医生说话了，是个年轻的男士，声音严厉："不许闹！你现在是超高温，每耽误一分钟就可能有最坏的结果，要覆冰还是要命？！"

孙莹莹尖叫起来，根本不做选择："我不！"

她妈妈在外面泪如雨下。

说话的男医生跟做流调的同事迅速地交换了意见："病人情绪激动，现场无法处理，马上送医院！"接着他们看向我，"你过来帮忙。"医生压低了声音跟我传达指示，也想这样尽量沉稳柔和地要旁边的孙莹莹听话，"无论如何，绑也得绑走……"

急救医生的命令让我为难，但我知道孰轻孰重。我蹲到床上去，再去扶孙莹莹，手上就用了力气，暗暗地跟她不停挣扎的身体较劲，同时继续劝说："莹莹，莹莹姐姐你听我说，不能再闹了，这跟你们家修房子的时候可不一样，咱是病了，有病得治呀！医生要把咱送医院去，你放心，我陪着你。行不？"

她原本体弱，又发着高烧，之前折腾得耗尽了力气，现在其实没有办法再去反抗一个使劲对付她的我和两个男医生的。我很快就把毛衫裹在了她的身上，一只手绕过她脖子后侧，想要从这一个方向用力，把她推到医生们放在床边的担架上去。那上面有绑人的带子，像所有医疗设备一样，你知道它是生病这件坏事情开始变好的转折点，但是你也知道它会让你疼，它让你那么害怕。

我的迟疑被医生的催促打断，一件骇人的事情就在这一刻发生了：当我触摸到孙莹莹的头发时，我已经感觉到不太对劲儿，那不是正常头发的质感，更像是一种人造纤维，而当我的手终于碰触到了孙莹莹的后脑，向前用力推动的时候，力气作用在了她头部表面一层上，那一层——如果是头皮的话——被我移动了位置。

我吓了一跳，我的第一个反应是，我太用力了，我把孙莹莹的头皮给掀动了。

我马上松了手，张着嘴巴，骇然地看着她，凌乱的头发挡住了她的眼睛，让她看上去无比恐怖。

高烧中的孙莹莹也就在这时不动了，两个医生也愣在那里。

她的手慢慢地从头发里向上抓去，从后面抓住了自己的脑袋，一边轻声地说："好呀，都想知道为什么，我就让你们看看，为什么我不肯出去……"

孙莹莹拿掉了头上的假发，先是看了看跟前的两个医生，接着她把头转向了我，转过来又转过去，让我们三个人看仔细。我呆在那里，浑身冒汗，根本没法动弹。我不知道该说什么，做什么，我被吓住了。孙莹莹的正脸没有在火灾中受伤，她被严重烧伤的部位在头部和身体的后面，我能看见她整个后脑没有一丝毛发，都是红色凸起的瘢痕，轻薄地覆盖着形状明显的头骨。瘢痕延续到后面的脖颈上，她的毛衣和睡衣在挣扎和撕扯中领口向下，从那里可见狰狞的瘢痕侵略了她整个后背——十二年前的大火没有拿走女孩儿的命，没有烧到女孩儿的正脸，却从后面撕掉了这个人一半的皮！

就连张阿姨都不知道的孙莹莹的秘密终于在这一天晚上被我撞破：为什么哪怕最热的天气里她也穿着厚衣服，披着长长的头发；为什么十二年的大火之后，她再也不肯出门——那是一个曾经美丽的少女用尽了全力哪怕一死也要维护自己的尊严。

她的妈妈在门口大哭起来："苦了我的孩子了，苦了我孩子了呀……"

孙莹莹没有再戴上她的假发，重重摔回床上，转身朝向里面，合上眼睛，咬着牙关："烧死就烧死了，我哪儿也不去。"

在这不可开交的时候，门口传来脚步声，一个人从外面进来，我抬头看他，是汪宁。

小汪警官来了。

我接到电话之后告诉了他孙莹莹家里出了状况，他从南区赶来了。他低头看见了她后脑的伤疤，有一时的震惊和迷惑，但很快就恢复了镇定。我想他已经迅速地理清了事情的前因后果，他弯腰向前，在一只手上呵气让它暖过来一点，碰了碰女孩儿的肩膀，连名带姓地喊她，温柔地恳求她："孙莹莹，我是汪宁，你记得我吗？我送你去医院吧？"

孙莹莹听到汪宁的声音，感觉到他的触碰，忽然僵住了。她仍闭着眼睛，接着缩到被子里，面对这个突然到来的家伙，她想要把自己藏起来。

汪宁的眼睛红了，手悬在半空。他稍稍直了身体，打量房间的四周，看见孙莹莹的盆景绿植，还有鱼缸里的小鱼。他的目光最终停在电视机旁的一个陈旧的玩偶上，那是一个扬头向上、单腿直立的芭蕾女孩儿。她没身于那些绿植之间，仿佛在丛林里跳舞的精灵。

汪宁走过去，把芭蕾女孩儿拿起来，他的眼睛红了："咱们十二年没见了。我知道每次送来的花草和鱼你照顾得很好，但我不知道你还留着这个……把病治好了，咱们好好说说话行吗？我有很多话跟你说呢……"

孙莹莹的半张脸都陷到被子里去了，可是自从小汪警官来后，她再也没有尖叫或者挣扎。

医生把握住了时机，迅速地命令我们："赶紧！上担架！"

汪宁放下玩偶，伸手试探着把孙莹莹连着被子横抱起来。她不得不转了头，睁开眼睛——他们终于见面了，她看着他，目光闪烁，伸出消瘦的手轻轻碰了碰他的脸。小汪警官笑了一下，却在瞬间泪流满面，他点点头赞美她："还是那么好看。"

我也哭了。

不知道为什么，可能是半宿的疲惫，可能是一瞬间的如释重负，可能是我目睹了发生在一个女孩儿身上的最痛苦的遭遇，我因此同情她，为她难过，也可能是我看见自己对汪宁那小小的幻想，那渺茫的可能性此时碎裂一地。

对孙莹莹和她母亲的救助，从我叫救护车时就展开了。

他们家虽然由于孙好忠有了新的工作，收入超标而主动放弃低保，但是两个家庭成员同时入院，开销很大，社区书记袁姐马上为他们家申请了低保户绿色通道。

回姥姥家的时候，我在餐桌上跟亲戚们说了，他们竟然都不知道这个政策。

开超市的舅舅手里拿着饭碗，反馈也很朴素："你看，还是公家好。洋洋呀，你就在公家好好干吧。"

我点头，饭碗堵着嘴巴，心想舅舅是对的，我以后只能寄情于工作了，我就在公家好好干吧。

孙莹莹和她的妈妈不同病房，妈妈住在骨科，由孙好忠照料。孙莹莹在发热隔离病房，由护士照顾，但是需要有一个直系亲属在病房外面随叫随到。

是谁在那儿陪着孙莹莹呢？

为了完成给孙家完成绿色通道的文件，我去了两次医院。

从骨科出来，我在发热病房楼下的大厅里给那个人打了电话。没一会儿汪宁从楼上下来，他做了核酸不能出来，我没做核酸不能进去，我们就在那儿说了一会儿话，中间隔着几排花和两个巡逻的保安大叔。

"孙莹莹怎么样了？"

"这两天温度降下来了，不过晚上还能到三十九度多。医生诊断是不明病毒感染，恐怕还会再烧两天。"他看上去还挺轻松的。

"哦……好的。"我看着汪宁，"你都在这儿陪了三天了，不用上班吗？"

"我跟单位请假了，告诉我妈我出差了。"他说，"我跟这儿的医生说了他们家的情况，要不然人家还不让非直系亲属留这儿陪着呢。"

"反正你总有办法。"我说，"那怎么吃饭睡觉？"

"每天订餐，有人送上来。陪护的都在走廊里睡，有垫子。不舒服，但是也能睡得着。离我不远有个大姐呼噜老响了，护士建议她陪护完了之后说什么也得去耳鼻喉看看。"小汪警官扑哧一笑。

我看着他根根直立的圆寸和弯眉毛、圆眼睛，不愧是全市警察大比武三千米赛的冠军，这个人的精神头还真好呢。

"行了，我没事儿了。我回去能答话了，省着袁姐和张阿姨总问。哦对了，你这里还需要什么吗？"

小汪警官想了想："那……小聋你去屈臣氏给我买一个干洗头发的摩斯吧。"

"好，这就去。"我说。

"别买错了，薄荷味儿的。"他还嘱咐。

"放心吧！这些事儿我什么时候能弄错呀，不就是桃子味儿的发胶嘛。"

汪宁一个激灵："哎！刚说完就弄错！"

我哈哈大笑起来，努力挤眉弄眼地向他展示我的愉快，我的幽默，我的心无城府，可是转过身，整个人从眉毛到脚趾头就垮掉了——装样子的时候好累呀。

我快二十四岁了。

在我之前的生活中，其实我没有真的伤过心。

跟徐宏泽结束一场都不算真正开始过的恋爱，只让我觉得轻松。小汪警官从派出所调走的时候，我跟胡世奇、徐宏泽还有韩佳轩唠叨，放完了血也就痛快了。最主要的是，那个时候，我并不是真的从心底里面觉得我跟他完了，那更像是一种矫情，一种并非面对面的撒娇，一种等待，一种不能当面把话说清楚那就迂回表达的战术，我总觉得会有谁把我说的话告诉汪宁，会让他知道我的心意，从而忽略身边的所有的漂亮女警官而跟我搞对象的。

但是现在我知道这不可能了，我知道什么是真正的伤心了。

伤心就是……

反正伤心的时候，你说不出来，也解释不清楚。它并不存在于浅表层的血管，像张阿姨腿上的静脉曲张一样，扎破放了就好了，它是一个缓慢运行在大血管里的栓塞，把你堵住了，让你慢下来，无精打采，夜不能寐。你甚至可能会丧失一些观感能力，比如吃东西不香了，听不见别人说话，或者对很多从前有兴趣的事情视若无物。你知道自己恐怕生命垂危，但是你没法给人看，你也不能把它挖出来。

你无计可施，无话可说。

我呆头呆脑的样子好像把胡世奇和韩佳轩都吓到了，他们两个人趴在桌子上劝我，轮番逼着我讲话，生怕我抑郁或者做出傻事来。我有点抽离地看着这两位，脑袋里却在回忆着从前跟汪宁交往的画面，终于认清楚了一点：小汪警官其实从头到尾都没有对我表露出格外的亲密，我的所有火花，所有幻想，其实都是自己一厢情愿的误读罢了。

"这事儿得怪我。"世奇说，"其实你原来也没那么喜欢他，就是我觉得你们俩之间有点意思，我觉得他也挺喜欢你的。我刚开始也是逗你玩，结果逗着逗着把你给逗到坑里面去了。小汪警官就是会来事儿的人，童叟无欺，跟谁都挺好，再说了，人家好像一直都说自己是有女朋友的。"

"对。"我点点头，张张嘴巴，后面的话却没有说出来：小汪警官一直都说自己有女朋友。就一次冒充我的男朋友，还是在韩佳轩和徐宏泽跟前给我撑场面。

"没必要替他说话！"佳轩眯着眼睛，用一个非常不屑的表情让胡世奇赶紧闭嘴，完全不同意他的说法，"对洋洋没意思的话，都是单身男女，干吗又是帮忙，又是请她吃饭的呀？洋洋我告诉你，"她的手扶在我的肩膀上，"我还是那句话，你得跟他说清楚你是怎么想的。你喜欢他，无论孙莹莹本人有多可怜，但是你喜欢汪宁不会因为她可怜就不存在了。这事儿是你的包袱，不能你一个人背。你得让他知道，看他怎么办。"

我看着佳轩，合计半天，抽口气："不。"后面的话，我也没有说出来：我已经知道小汪警官那个传说中跳芭蕾的女朋友就是孙莹莹了，我已经知道这么多年他都在等她了，那我还要说什么呢？我现在最庆幸的事情就是我跟他从来就没有傻了吧唧地表白过，我一直还算体面。我打算继续体面下去。

佳轩看着我摇头，恨铁不成钢，恨我不是她："那你至少找机会把这件事情从头到尾跟他问明白吧。小汪警官跟这个孙莹莹之间到底是怎么回事儿？他以后想干什么？他真能跟她谈恋爱结婚吗？"

佳轩这个建议，胡世奇倒是没有反对，两个人都看着我。我怎么看都觉得这两个家伙一半是出于对我的关心，另一半就是想知道关于小汪警官和孙莹莹的这个八卦的详细内情。

没几天，孙莹莹病愈，出院回家。她妈妈腿上缠着绷带也回家休养了。

又过了一个星期，十二月中旬，一件让社区里的同事们都十分震惊的事情发生了：对面派出所，接待大厅，小汪警官又回来了。他从出入境管理局那个高端的对外窗口单位又回来当片警了，继续负责身份证发放挂失补办、失物招领、出生证死亡证还有狗证的办理，落户迁户销户等等拉拉杂杂各种琐碎公务，还少了三百多块津贴。

胡世奇回来说自己追着小汪警官问的："小汪警官，汪宁，汪哥，我没看错吧？你怎么回来了？"

小汪警官正在给一个被群众送到失物招领处的皮包做录入信息，一边试图在里面找到失主的身份信息，被胡世奇问得难以招架，笑嘻嘻地说："世奇看你这话问的，我想你了就回来了呗。没有你，上班多没意思呀。"

"说真格儿的。"

"什么玩意真格的，"小汪警官道，"我原来也没真的调走呀。现在人家不缺人了，我不回来上班，你给我开工资呀？"

"闹了半天就是借调？"

"对呀。"

"那你走的时候，干吗请客？"

"不是你们非逼着我请的吗？怎么还问我了？再说我还少请你们了？"小汪

警官在皮包里找到了一个身份证，手掌往外一挥，对胡世奇比画了一个送客的手势，"你们社区怎么最近这么闲吗？还不回去上班。"

世奇回到社区办公室把这一番讲了，同事们纷纷称奇，都觉得不对劲儿。当时市局干部处给小汪警官做政审，就为了把他给借调去一个多月？

小汪警官究竟为什么回来的讨论很快被各种各样的事务淹没而失去了关注度。新住户和老居民们重新认识他，习惯他，彼此通消息：有什么事情就等着派出所接待大厅那个弯眉毛大眼睛的小汪警官当班的时候去问去办，他办事儿利索还有耐心。他们说起他就像互相推荐街角肉铺剁排骨剁得特别细的师傅一样，全凭信赖。

我一直都没有猜测，也没有去议论，我也不用问他，我知道他在哪里都一样尽心尽力地工作，而他回到这儿来就是为了孙莹莹。那天送她入院的时候，他赶来时候的急切，他颤抖的声音，他对她的心疼和不敢碰触，还有他为她掉了眼泪……那些场面一直反复出现在我眼前，想起来我就觉得难过，像被针扎了一样，就得愣住一会儿，得屏息把那阵疼痛忍过去。有的时候我甚至会有一个荒诞的念头，我要是孙莹莹就好了，就能让小汪警官那么在乎我，那么呵护我。我又这么想起了孙莹莹身体后面的恐怖伤疤，恨不得赶紧鼓起腮帮子把我刚刚那个想要成为她的倒霉念头给吹散了。我可不要成为她，一个被撕掉了半层皮的美人，一个不幸的姑娘，无论她拥有多让我羡慕的补偿，哪怕那个补偿是小汪警官，她都是可怜的。我打心眼里同情她。

那么在他们之间究竟发生了什么呢？

没过多久，是汪宁自己告诉我了。

十二月中旬，一个格外温暖的日子，山水佳园的葡萄被初雪打了，抽巴成了干儿。出来倒垃圾的翟大爷从上面捻下来一枚放进嘴巴里，忽然想起来从前跟当护士长的老伴去新疆旅游的事情来，干涸的眼角湿了。他抬起头看到四号楼三楼平台上他的好友郑大爷，他养的大公鸡没了，在那晒萝卜干儿呢。翟大爷喊他："老郑头儿！下来跟我下棋呀？！有活儿给你老伴干！"郑大爷说行。

医科大学泌尿科的前列腺圣手张教授下了连台手术回家，在朝北的书房里阅读最新的医疗学术期刊，德文的，他窗户外面有棵柿子树，树叶子都掉了，火红的柿子像一个个鲜艳的小灯笼挂在枝头上。张教授溜号了，心里泛起一阵阵柔软的情致，他想要吟诗一首，几个浪漫的小词儿马上就要涌上来了，忽然他看见柿子树在规律性地颤动，张教授纳罕，走过去打开窗子一看，是楼下的邻居、喜欢穿范思哲的马老板在用后背一下一下地撞树。两家自从上次马哥被老婆打得满头满脸是血，张教授帮他包扎之后就和好了，马哥朝着上面的张教授招招手。

张教授问："你干吗呢？"

"撞树健身。北区老头儿都这么整。"马哥说。

"撞树不健身。"张教授温柔地规劝，"后背难受抓紧去内科看看。"

"撞撞树挺舒服的，反正也没害吧？"马哥说着使了大劲又来一下，一个柿子掉在他头上，原本就熟透挂不住的，皮薄的，淌了他一头一脸，橙黄色的汁水流在他的范思哲上。

"有。"

……

克俭小区里，有人在请客呢，是三号楼的孙家。孙好忠围着围裙，满手是白面，来社区办公室请人，说家里包了好几种馅的饺子，马上要下锅了，让我们赶紧过去。袁姐不在，杨哥率领我和胡世奇去了。

第 *10* 章

　　五楼的孙家敞着大门，街坊四邻已经来了不少，把个进门的小饭厅都快装满了。几个大姐阿姨各自在擀皮包饺子拌凉菜，孙莹莹的妈妈坐在两个并在一起的椅子上，受伤的腿平直放着，手上没闲着，扒了一堆大蒜。

　　我们三个进屋，一边脱大衣、摘口罩、洗手，一边挨个儿打招呼。我要过去帮忙扒蒜，孙莹莹的妈妈把我往外推："什么也不用你干，洋洋，你进屋去，你们都进屋去，你们年轻人说话去。"

　　我进到里面去，我很熟悉的孙莹莹的房间。

　　我第一次来的时候，天花板上一道大缝，外面在下大雨，这里在漏小雨，孙莹莹坐在房间中间的椅子上，话也不愿意跟我说一句；后来我把他们家的维修基金要下来了，工人师傅开始修房子，一时乌烟瘴气根本没法住，我怎么劝孙莹莹都不肯走；还有不久前她发烧的时候，我们几乎是打了一架，不过现在，现在她不一样了。

　　她站在窗边，上身穿着一件粉红色薄棉服，下面是深蓝色的牛仔裤，身材苗条修长。都是寻常衣服，但是她穿起来就很好看。

　　我走过去："莹莹，你不发烧了吧？彻底好了吧？"

　　孙莹莹转过身来看我，她换了新的假发，是个栗色的波波头，脖子上系着小丝巾，挡住了后面的伤疤。

她还是不爱说话，但是她什么都懂。她点点头回答我，伸出手来握住我的，紧紧的，暖暖的。

屋子里面也有五六个人，都是二十多岁不到三十的年纪。椅子不够用了，有人坐在床上。他们当中有的我认识，就是克俭小区的居民，有的我不太熟，还有人带来了襁褓中的小孩子。抱小孩子的男人叫李博，是个滴滴司机，肚子有点大，他也住在克俭小区。我认识他，他们家的准生证是我办的。

李博把孩子举高，朝我笑笑："我跟孙莹莹是同班同学，这也好多年没见了，当年她可是我们班的女神，现在还是这么漂亮。"从他说话的轻松语气能听出来，他因为再见到老朋友而高兴，但对孙莹莹身上的伤疤还不知情。

"那你也认识小汪警官了？"我说。

"对呀，我们都是一个班的。"李博说，"今天就是他把我们张罗来的，我刚给他发微信了，他说他买点汽水和啤酒就过来。"

小汪警官从大门外进来了，外面传来邻居们争相跟他打招呼的声音。我看着孙莹莹满怀期待地抬起头来，眼神越过身边的朋友们寻找他。他进来了，愉快地问候所有认识的人，他也看到我了："洋洋也来了？"

我满脸堆笑，朝他抬抬下巴，像最熟的人跟他打招呼，然后我赶紧低下头，拿出手机摆弄。老胡的手绕过来拍拍我肩膀，低声地："没事儿，有我呢。"

我把他的手扒拉下去："我还行，不用。"

来吃饺子的客人分成了两桌，岁数大一点的孙好忠和妻子的朋友们聚在外面，年纪小的来看孙莹莹的在里面一桌。房门打开，彼此能看着，也能聊天递酒。

孙莹莹挨着小汪警官，他们坐在我的斜对面，他跟她低声说话，给她夹菜，照顾得很仔细。汪宁说了个笑话，逗乐了两个桌子的人，她开始像是没有听懂一样，后来明白了也跟着微微地局促地笑，抬头看他侧脸，是幸福的。当然了，这些都是我眼睛溜来溜去偷偷看见的。

看着满桌子菜还有亲密的汪宁和孙莹莹，我忽然产生了一个错觉，怎么和我陪姥姥看的电视剧《金婚》里面一样，几十年前的人结婚，不就是在自己家里摆的酒席吗？汪宁和孙莹莹不是真的要结婚了吧？那我吃完饺子就直接上天台跳楼去吧。

忽然我听见自己的名字被提到了，是另一桌上孙莹莹的妈妈在感谢我。他们两口子不太会客套，大家刚刚喝第一杯酒，孙好忠就说了句"吃好喝好"，现在想起来开始感谢了，说："要不是小夏姑娘，这房子估计早被三伏时候的大雨给泡塌了……平时可想着我们家了，总打电话，有时候上来问，要干啥……妈呀这孩子劲儿才大呢，我们家这个柜子原来是放在屋里面的，我这风湿我也使不上劲儿呀，就是她帮着挪出来的。"

邻居们看了那十分笨重的柜子，对我一边点头一边纷纷赞叹："劲儿真大呀。"

原则上来讲，我不觉得劲儿大对一个女孩儿来说是个多重要的长处，便笑着摆摆手，糊弄过去："都是小事儿，小事儿……"

"还有莹莹发烧，我膝盖折了的那天呢。"孙莹莹的妈妈抓着旁边大姐的手臂，认真地看着她，像是在跟她说话，但又是讲给所有人听的，"我找孩子她爸找不着了！手机根本打不通呀！"

孙好忠道："我不是打工去了嘛。"

"大晚上的，小夏姑娘来了，叫的120，把莹莹送医院的！要不是她，孙莹莹小命弄不好就完了……"当妈妈的说到这里哽咽起来，"我养了这么多年的孩子呀……"

孙好忠这个时候端起酒杯来："谢谢洋洋！还有小汪警官，咱也得谢谢小汪警官，那天他也来了。"

孙莹莹的父母对于那天最终把孙莹莹抱上救护车、后来一直在医院里照顾她的小汪警官就轻描淡写地提了这么一句。

我看了看小汪警官，想再补充一下，可他朝我扬着眉毛笑笑，完全不当回事儿的样子。

马上就有邻居问了："小夏姑娘有对象了没？"

我吃了一口香肠，对他们颇有些愧疚了："没呢，还单着呢……"

"想找啥样的？我们给你看看！"

"我儿子就不错，在国企，一个月两万多。长得贼白。"

有人忽然插嘴："你儿子个头儿不行。"

那位听说有点急眼："一米七怎么不行了？！"

这个时候出手帮忙的是胡世奇："哎呀别吵了，不用你们操心了，追洋洋的人多得是呢。"

邻居们马上就调转了目标："那你呢小胡，你有对象没？什么时候结婚？"

——世奇后悔多说话了。

我旁边的李博被逗得扑哧一笑,女儿在他的腿上一蹦一蹦的。他架着小孩儿,手臂伸长的时候,毛衣的袖子被拽得退到上面去。我看见他左臂的伤疤,竟也是大火烧出来的样子。

他叹了口气:"十二年前,火烧的。我算是命大的,我们还有个同学……没救过来,人都烧没了。谁让咱们赶上火灾了呢,谁让咱们跟刘疯子是邻居呢……我听说前些天他死了?"李博看看我。

"嗯。"我含混地应了一声。

"便宜他了。"李博声音低沉,"我刚才上楼的时候还看到楼下他们家大门呢,空了那么久没人住,也不知道疯子家还有没有人了。"

我没接茬。

酒过三巡,克俭小区的邻居们开始纷纷议论起另一桩他十分关心的事情:这个老旧小区都几十年了,什么时候能拆迁?

有人听了小道消息说快了:你们不知道吗?北区东门对面一大块地前几天公示了,老楼都要扒掉盖新房,我有个亲戚在那儿有个三十多平米的单间,拆迁款拿了不少呢。那儿离咱们可不远,估计很快就能拆到咱们这儿了。

孙好忠砸吧一口白酒,脸胀得通红,缓缓说道:"那能一样吗?别看离得不远,但是不是一个区的。咱们这边呀,能住就住着,要不然就把房卖了,赶紧搬走得了。反正咱们等不着拆迁!"

有人不喜欢这个说法,便问他:"你听谁说的?"

"我们老板呀。"

"范志明?"汪宁在另一端,隔着两张桌子问孙好忠。

"对呀,就他包了好几个小区的停车位嘛。我告诉你们,"孙好忠颇有感慨,"范老板,好人呀,他知道我们家困难,孩子和她妈一起住院,马上给我拿了两千块,真的,好人。"他竖起大拇指,"就是他跟我说的,咱们这儿就别动拆迁的念头了。"

指望着拆迁发笔财的邻居叹了气,马上又问杨哥、我、胡世奇还有小汪警官是不是这样。杨哥说:"我们哪里会知道,真要是有拆迁令下来了,我们第一时间通知大家。"

都吃饱了,邻居们继续抽烟聊天。我们下午还要回办公室继续上班,便打算走了。小汪警官也跟我们一起起身告辞。

孙好忠从厨房里拿了几个装满的塑料饭盒出来,告诉我们那是没上桌之前就留好的熟食，有烧鸡猪蹄花生米什么的，让我们晚上加班的时候吃。我们各自接了，谢谢他。小汪警官回头叫了一声孙莹莹："莹莹，你晚上要是想要出门逛逛，就给我打电话。"

孙莹莹点头，朝他挥了挥手。

孙好忠一只手搭在小汪警官的胳膊上，因为喝多了酒而难以掩饰，眉头挑着，眉毛成了八字，眼睛眯着，嘴巴张张，脸上现出既感动又为难的神色来。孙莹莹的妈妈此时大声地说起了小区里多年前谁家砸了谁家酸菜缸的老掌故，非要把邻居们对于小汪警官和孙莹莹的注意给分走似的……

我们离开孙家，偷了点懒，没有马上回办公室，小汪警官说要请我和世奇吃雪糕。

三个人各自选了一个中街大果，坐在窗边的高脚椅上，一起朝外看。

小汪警官要说他跟孙莹莹的事情了，他是这么开始的："你们觉得，我这人怎么样？"

"挺好。"我马上说。

"确实挺好。"世奇帮腔。

"具体是哪儿好呢？哪儿最好？"一说优点他还开始刨根问底了。

我原本想说长相，后来看世奇也在旁边就算了，我怕伤他。然后我认真想了想"性格。"

"是吧？"小汪警官点点头，像是给我的正确答案画了个对号似的，"但是原来，我小时候不这样。"

"你小时候是什么时候呀？"世奇问。

"十二年前。克俭小区的那场大火之前。"小汪警官放下手里的雪糕，眼光长长地放在远处。马路对面是重点中学，午休结束了，中学生们纷纷涌入校门，他似乎试图在里面找到一个人可以对标从前的自己，试图向我们描述"他"。

"你们知不知道那男生，就是觉得自己什么都好，可了不起了。长头发过耳，校服领口的扣子从来不系上，歪着膀子背书包，俩手揣裤兜，嘴臭，见人就怼，我连老师都怼。有一天下午英语老师过来看着我们自习，对我忍无可忍了，让我去教室外面站着去。我说老师怎么着？老师敢体罚我呀？老师当时也就是个二十多岁的女孩儿，含着眼泪说你不走我就走。同学们纷纷说那还是汪宁走吧。

"我就离开教室门，在外面站着了，也没好好站着，瞎转悠。教学楼有个天井，我们班教室正对面是个空场，平时总有人在那儿打羽毛球，现在被别人占上了。是我们班的几个女生，利用自习课的时间在那儿排练舞蹈，她们要在校庆上演出。要跳芭蕾舞。

"那天是六月二号，星期三下午。孙莹莹是那些女孩儿最中间的一个，那天我看她都看呆了。我跟孙莹莹当同学都好几年了，从来都没觉得她好看过，甚至都不太留意她。这人不爱说话，学习成绩也一般般。我听别的男生议论她好看，但是我从来没当回事儿，我还觉得她呆头呆脑的。

"可是这天下午，我看到她在天井对面的教室里穿着裙子跳舞的时候，换成是我呆头呆脑的了，我从来就没见过这么漂亮的姑娘。她头发盘起来，露出长脖子和又平又窄的肩膀，后背挺直，穿着一件白色的天鹅裙。女生们在一起侧头，就只有她的侧面跟别人长得不一样，额头高，鼻子翘，嘴巴也有点噘着，那个侧面的轮廓像是画出来的。阳光这个时候投下来，投在她身上，好像给她镶了个金边。你们看，她得有多漂亮，这么多年我都记得那些细节……"

"小汪警官，你不用描述了，往下说事儿吧。"我不得不在这里打断他。

"好的。"

以下都是小汪警官的自述——

不知道是哪个女生跳错了，她们停下来，有人看见对面的我了，指着我大笑起来："看汪宁那个傻样！"当时可把我给气坏了，一来有我在的地方，只有我笑话别人，哪有别人笑话我的呀？二来，我觉得自己在孙莹莹面前出丑了，一下子非常狼狈。我慌了。

"你们才傻呢！"我喊回去，"跳的什么玩意呀？可别上台去给我们班掉价了！我替你们丢人！"

其实我想跟女同学们说的是，你们跳得太好看了，我想给你们鼓掌。当然了，好话是出不了口的，我就不想要好好说话，或者，当时的我根本不知道怎么好好说话。

我看见孙莹莹看着我在跟别人耳语，我不知道她到底说了什么，但是我替她编了一个台词，她肯定在说：别听他的，汪宁啥也不懂。

我跟自己脑袋里面的孙莹莹置气了，我笼起手来，对着她喊道："孙莹莹，你们就是上去演，你也不要站在中间，因为你长得实在太丑了！"

孙莹莹气得够呛，咬牙切齿地看着我，我可高兴了，拍着手哈哈大笑。

但我确实是啥也不懂，我说人家跳得不好，可是孙莹莹她们的那个节目后来在校庆得了一等奖。那天舞台上幕布的制动开关坏了，学校让两个人跑来跑去地拉幕布，我就是其中一个，有机会离演员们很近。孙莹莹表演和领奖的时候从我身边跑过去，我还对她哼了几声。

你们看，我当时是不是傻了吧唧的？

我根本不知道自己怎么回事儿，我脑袋里面总想着她，我看不见她的时候就会在女生堆儿里面找她——当然，目的是给她挑毛病，看见了我就恶狠狠地瞪她一眼，我觉得自己被她给烦到了，好像忽然多了这么一个仇人似的。她上课回答问题，不管对不对，我就在下面翻白眼；食堂里面遇见，她手里要是拿碗汤，我就从旁边撞她一下；她要是穿了新衣服上学，我就说："孙莹莹你不如还是把校服套上吧。"

孙莹莹什么反应呢？她基本上当我不存在，真是，她这人很静，但是很有个性。

她越是不搭理我，我就更是变本加厉了。有一次我把她自行车的轮子给扎破了，后来发现扎错了。

忽然篮球队里有个男生看着我说了一句话。他说："对，症状一样。"

我没明白，问他："什么症状一样？"

他说："你是喜欢上孙莹莹了吧？男生喜欢女生，都张牙舞爪花样百出，恨不得在她面前作死。"

我说："你可拉倒吧！你是找揍吧？"可是下一秒钟，我就被定在那里，我忽然就明白我为什么在看到她跳芭蕾舞之后会那么猖狂，我原来最多算是自大讨厌，我后来简直就是，就是个狗蹦子。

跟我说这话的男生长得有点黑，但是语文特别好，是我们班的大才子。他是死乞白赖求我才进篮球队的，偶尔被我派上场，觉得我对他有恩，就给了我一个建议："你不要再这样下去了，你再这样搞就快成霸凌了，有可能被开除。"

这事儿我意识到了，我可不想被开除，被开除了，我就见不着孙莹莹了。我不能再欺负她，就决定不搭理她。我打算把她当成是透明人，不去看她，也不跟她说话。我觉得惦记一个人让我变得磨磨唧唧的。

这时候学校里面发生了一件事，让我们两个之间的关系有点不一样了。

星期五下午是学校的劳动日。校工放假，学生扫除。我们班在操场上有个分担区，得给十几棵银杏树浇水。那天水管子被别的班拿走了，我们得用盆和桶接了水去浇银杏树。我跟孙莹莹被分到了一组。我抢了一个大桶，留给她一个小盆。

要去给银杏树浇水得经过操场。孙莹莹端着盆走在前面，我走在后面。

操场上有高年级的男生在踢足球，还有不少人在看比赛，胡嚷乱叫的。足球忽然横着飞过来，一下子飞到孙莹莹头上，她手里的水盆掉地上了，人也摔倒了，水泼在地上把沙子变成泥，泥粘在她的白裙子上。我呆了一下，马上放下自己的水桶上去把她给扶起来。

起先我还没觉得怎么样，我就是问她哪儿疼。她头发乱了，脑门靠近太阳穴的地方一块红，还挺硬气的，告诉我没事儿。忽然我听见后面的人喊我们让把球给扔过去，我一下子急眼了，噌地一下回身，手指着后面的人："谁踢的？！还让捡球？说对不起了吗？出来道歉！"我这话还没说完呢，谁知道刚被足球给砸了头的孙莹莹从地上跳起来，比我还快，把我的胳膊拽下去，跟我说："我不是告诉你我没事儿了吗！汪宁你别喊，你这么凶干什么！"

踢足球的那帮人看我们开始起哄，有人笑起来："哟你不就是初二二班的汪宁吗？怎么急眼了？打抱不平，英雄救美呀？不过她这不也挺好的吗？也没砸什么样呀？！"

起哄起得最厉害那人我认识，他是高一的，他弟跟我一起打过篮球。

我指着他："是你踢的吗？给她道歉！马上！"

高一的那人手架在栏杆上对我说："滚！"

我把旁边的水桶拿起来泼了他一头一脸，还有旁边好几个人，反正到底是谁踢的那脚也不重要了。他跳出来跟我打，孙莹莹死命抓着我，最后挡在我前面了。高一的那谁一看女生挡在男生前面了，他之前也理亏，拳头朝着孙莹莹扬起来了愣是没敢下手。不知道谁喊了一声主任来了，那帮人全散了。

我跟孙莹莹说："这架你拦不住，迟早得跟他打一回。"

孙莹莹说："你愿意打架就打架呗，但是别就因为我打架。"

这是正常话，对不对？但是好话不好听，我听见她这么说就不高兴了，我又开始嘴臭了，我说："你可拉倒吧，我才不是因为你打呢，我看那小子不顺眼很久了。你自我感觉也太好了，我还能因为你打架？他们的足球还在这儿呢，来孙莹莹你站好了，你别躲，我在你另一边再补一脚。"

她头发一甩就跑了，我在后面哈哈大笑。

我烦人不？

长得挺黑的才子后来总结了一件事儿，他说："现在咱们一打篮球，孙莹莹就来，以前她从来不来，就是来看你的。"

就那一段时间，孙莹莹确实总去看我们打篮球，她一来，我就美，特别爱表现，手感也特别好，还喜欢指挥人、耍威风。反正估计那段时间，是个男生都想揍我。

话说回来，高一那帮人也一直没有放弃揍我的计划。孙莹莹总来看我打篮球，也是想要防着这件事儿。她觉得她还能挡在我前面，把我给救下来呢。

有一天我被高一那帮人给堵着了。他们六个，我一个——其实我是两个，但是我旁边是才子，等于我是一个。

反正在校外，我说："要上一起上！"

这帮人一商量就真要一起上了。

忽然不知道哪里传来一声清脆哨响。他们听见动静，竟然全都没敢上，四处看。

哨又响了。他们有人反应过来说："跟咱没关系，先打他！"他们又要扑上来。

街角转过来一个老警察，他们又第三次定格了。

老警察好像是路过的，看到我们这帮已经拉开架势的男生，就背着手转了一圈，咳嗽了两声。

你们注意过警察的职业咳嗽没有？对，我不太咳嗽，我一直都没有学会，但是李所特别熟练。他也是原来当片警的时候练出来的：警察的职业咳嗽是从丹田开始使劲儿的，低频，有力，不能太多声，咳得太多声就是烟抽多了或者真的感冒了，就两声，第一声轻，第二声重，是一种威吓，告诉工作对象，别嚣张，别给我动，我看着你呢，我知道你怎么回事儿，我随时拿你。

高一的那帮人就走了。

我没走。

老警察转一转也走了。

吹哨的人从远处跑过来，是孙莹莹。她就在附近楼上一个老师家里练舞蹈，看见那帮人堵我了，也看见拐个弯有个老警察，她吹哨把他招来的。

我当时想了两件事儿，我觉得孙莹莹可真好呀，还有当警察挺好。

高一那帮男生最后也没能跟我打上一架，领头的那个其实是个学习好的，没过多久被公派去新加坡念高中了。他真应该感谢孙莹莹，要不是她几次三番毁了他们的计划，他打架带着个处分还能去新加坡吗？

可是要走的也不是他一个人，孙莹莹也要走了。

同学们说孙莹莹被辽芭选中了，要转到那边去跳舞了，以后要当职业舞蹈演员。才子第一次跟我说这个的时候，我当他是瞎编排骗我呢，我笑了一下继续打篮球。后来我明白才子是认真的，一下子跳起来想要投篮，结果落地的时候把脚跟给扭了，马上就肿得老高。

我一瘸一拐地去给她选了一个礼物，一个芭蕾舞者的玩偶，就是他们家现在还摆着的那个。我早就看好了的，早就想要买回来，打算我们毕业的时候，要分开的时候送给她。谁想到要分开的这一天来得这么快呢？

我还是一瘸一拐地走到她书桌边上来，孙莹莹从课本上抬起头，还没等我说话，她先问我了："我明天晚上上电视跳舞，S城一台，你能看吗？"

她抬着头，圆圆的脑门，眼睛那么亮，人那么好看。她的眼睛把我看得慌了神，于是那个不会好好说话的我又回来了，我抬起头来："不看。我又不爱看芭蕾舞，尤其是你跳舞。"

她没应声，歪着头，稍稍鼓着嘴巴，有点生气似的看着我。

我磨叽半天，感到自己的手心都出汗了，我说："你是被辽芭选上了，你是要走了，不在这儿念书了，是吧？"

"嗯。"

我长长地出了一口气，把那个装着玩偶的漂亮的盒子拿出来，放在她桌上，我说："那这个送你。"

她有点惊讶，打开来看，她是喜欢的，又是抿着嘴巴，手在上面摸来摸去。

我觉得自己的鼻子快堵上了，喘不过来气，我不得不故意地大声跟她说话，威胁她，我得把自己的难过掩饰起来。我说："我告诉你孙莹莹，这个你可留好了。要是弄丢了，坏了一点，我就不原谅你，我收拾你，你听见没有？"

第二天之后她就没来上过学，她也没去辽芭，她也没上电视。他们家的那栋楼着了大火。

我经常想如果我做些什么，她是不是就不会烧伤住院了呢？或者如果我不去做什么，那么孙莹莹是不是就会躲过一劫呢？

要是那天，我没有嘲笑英语老师的口音就好了，她就不会含着眼泪让我出去罚站，我可能就不会注意到孙莹莹有多好看了；或者我注意到了，但是我没跟她分在一个小组里面去给银杏树浇水，我没因为她要跟高一的男生打架，那么她也不会总想着要保护我别被打；那么我就不会因为她要走了而难过，非得去给她买礼物，非得要送给她。我们要是谁也不在乎谁就好了……或者，或者我不那么烦人，说话没有那么难听，我会好好说话，我把玩偶给她，告诉她你拿着玩吧，你要是玩坏了也没事儿，告诉我，我再给你买一个，那她可能就不会烧伤了……

对，大火刚从三号楼的另一边烧起来的时候，她明明都已经跑出来了，跟他爸妈还有所有侥幸逃生的人站在楼下等着，一边盼着消防车快来一边看着大火向自己家渐渐接近而没有办法。她看见爸妈在整理抢出来的银行卡和几个首饰，忽然想起来自己最重要的东西，是我给她的礼物，那个跳芭蕾的玩偶。她看见大火还没有烧过来，她觉得自己可能还有点时间，就偷偷趁大人不注意跑回楼上去。

谁想到火蹿起来比人快得多呢？！

孙莹莹是被后来赶到的消防员抱出来的，要是他们再晚来一步，她就化了——大火把他们家的墙给烧透了，她为了拿到那个玩偶，后背整个一层皮被揭掉。

……

往事讲到这里，小汪警官几次哽咽，满眼是泪，说到大火终于来了，说到孙莹莹终于没能躲过这场劫难，他停了很久，右手在用力捏着一片餐巾纸，虎口绷得紧紧的。世奇不时叹息，长久地沉默，而我自己已经泪流满面，流到下巴上，横着胳膊擦了一下。

他还是长长地舒了一口气，继续这个故事：

我是怎么知道的呢？

同学们知道孙莹莹被大火烧伤了，老师和同学们凑钱给她买了些营养品送过去，我不是班干部，但是我央求着他们带我去了。

我们都没有见到她，她不让我们进。她妈妈轻轻地劝她，但是她哭闹起来。我们都不敢进去了。然后我看见她爸爸从外面进来，拿着那个玩偶给她往病房里面送，一边愁眉苦脸地念叨着："就是为了这个，要不是为了这个能烧成那样吗？"她拿到玩偶之后不哭了。

我们后来都没有再听见她的声音，也没再见过她的样子。一直到，小聋你去她们家非要把她送进医院的那天，那也是我十二年来第一次见到孙莹莹。

这件事情，她父母知道。

我二十二岁从警校毕业了，录了警，主动申请来到咱们派出所工作。大火已经过去七年了，我带着一点钱和礼物去了他们家，那一次差点就能见到她了。我被拦在门口，他爸妈没让我进门，因为我虽然穿着警服，但是他们还是认出来我是孙莹莹从前的同学。我当时着急了。我想要当面看看她，当面告诉她，这些年来我没有一天消停过，没有一天睡得好。我无数次梦见那场大火，有时候被大火烧伤的是她，我看到更多的是我，是我被大火吞掉了，又从里面苟延残喘爬出，遍体鳞伤。我无数次从那些噩梦里狠狠地睁开眼睛，从床上起来，我看见另一个自己：这个人一点点地开始学会要好好说话，好好待人了，他不敢急躁，有什么事情都愿意耐下心来好好沟通，因为他知道一句话说错了，那么一件事情就可能被导向最坏的结果，可能阴错阳差之下毁掉一个人本该平常幸福的生活。

这个人变了，但是他仍然背着从前的债。

我想要告诉孙莹莹的就是这件事情，我想要见见她，无论她被烧成什么样，我都要陪着她。我就在她们家楼下当片警。我是个好片警，我尽力帮助所有人，但是我心里最记挂的还是她。

孙莹莹不见我。

那天当我告诉她爸妈关于那件玩偶的前因后果，告诉他们我是那个把玩偶送给孙莹莹的人之后，她妈妈哭了，她爸爸把我带去的所有东西都扔了出来，他拎着菜刀堵在门口让我滚。你知道他爸妈是什么样的老实人，把老实人变得这么凶悍，那是我犯下的多大的孽障。

他们不收我的东西，不收我的钱，也不跟我说话。几年前冬天的新西兰车厘子还是好东西，我花了半个月的工资给他们家买了三箱，他们就放在门口，烂掉了也不拿进去吃。我还给她买过 iPad 寄到他们家，她猜出来是我了，让她爸爸给我送到所里去了。

那么我就不停地想，孙莹莹她还会缺什么呢？我送点什么她会收下呢？

终于我送去一盆花草，她没有扔出去，也没有还给我，她收下了。我知道，哦，这个东西她可能喜欢，那我以后就给她买这个吧。我后来看到漂亮的绿植都会买下来送到他们家门口，还买了鱼缸。他爸妈再看到我，也不像从前那样有敌意了，有时候还说几句话，告诉我她伺候鱼呢，乌龟都长大了。要是知道她的一点消息我就会非常高兴，我不时上楼去他们家那里转转，一方面想着他们家会不会缺什么东西，我能帮忙，另一方面想着要是她恰巧在门口给他爸妈递个东西或者扔一点垃圾，那我们就能见上一面。但是我一直都没有见过孙莹莹。

……

说到最近的事情，小汪警官看上去平静一点。

我也终于把我与小汪警官之前发生的一些片段镶嵌在了他和孙莹莹的故事里："我给他们家要维修基金的时候，你非得给我转两万块，就是因为他们不肯从你手里收钱，是吗？"

"嗯。"汪宁点头。

"还有那次，我去他们家楼上天台捡砖头的那次，你把我薅下来你上去的那次，也是因为下了大雨，你在那里转悠，就是怕他们家房子没修好呢，你怕他们家出事儿是吗？"

小汪警官抬头看看我："那次我是离得不远，我在楼下捡到你帽子了。"

"哦。"

世奇看看他："那，汪哥，你跟孙莹莹，你们俩谈开了吗？你现在有什么打算？"

小汪警官点点头："她在医院住院的时候，算是谈开了吧。她说她之前不要我的东西，不是因为记恨我，是怕我觉得她不好看。她不愿意出门，也是因为这个。她现在可以见人了，也愿意出门了。我现在……没有什么打算，我跟你们说了，我欠她的……"

"你不是故意的。"世奇说，"不是你放的火，也不是你把她推到火里去的。"

"但不能因为我不是故意的，我就不欠她了，对不对？"小汪说，他的浓眉毛拧成了一个疙瘩，他看着我们，理所当然地说，"对于一个欠了那么多债的人来说，我先把债还了再说别的。我至少帮她先找回正常的生活吧。"

"我帮你。"我看着汪宁，脱口而出。

他直起身看着我，愣住了。

我点点头跟他确定，用力地跟他确定："我觉得得先带着她出去转转，看看电影，吃点小吃。十二年里别说整个 S 城，就咱们这一小块儿地方就有很多变化。对了，十二年前，S 城还没有地铁呢，她都没坐过地铁！"我指着汪宁笑起来，"你肯定想着带她去看你打篮球什么的，最多去北区滑个雪爬犁，我说得对不对？你们男生呀，说到底也不太懂女生想干吗……但是没事儿，你不忙的时候你就陪着她，你要是忙，那我就带她出去。"我看着汪宁的眼睛，摇摇头又再一次用力地点头跟他确定，"我帮你。"

我有那么多话想要跟他说，孙莹莹是不幸的，应该被心疼的，而汪宁呢，他在内心里也被那场大火激烈地烧伤了，他也像孙莹莹一样被困在牢笼里。十二年，他们没有犯下任何一个少年人不该犯的错误，却没有被命运善待。

现在我知道了，我愿意帮他们，哪怕一点点事情。

汪宁看着我又低下头去，他似乎突然想要找点事情做，离开了座位，把别人喝剩下的一个酸奶盒捡起来，扔到垃圾桶里，然后他撑开门，对我和世奇甩了甩头说："到点了，咱回去上班吧。"

我们走过他身边，他低声地对我说："谢谢你呀，小聋。"

我们在小岔路口分开，汪宁回了派出所，我跟世奇回社区。天色有点阴，像在捂着一场雪。世奇一直都没什么动静，忽然没头没尾地来了一句粗鲁的夸奖。

"洋洋呀，我说你牛啊。"世奇的眼睛朝前看着，没看我，"你心里面对汪哥那样，你前几天看着他俩好了你丧成那样，你现在还能对孙莹莹这样，你牛。我佩服你洋洋，以后单位里选什么先进，评什么奖，我不跟你争了。我不仅不跟你争了，我还把我的票投给你。我不给自己投了！"

这不期然的夸奖让我颇为惊喜。要知道自从入职以来，我们两个私下里虽然相处得不错，但是因为年龄相仿，差不多同期参加工作，怎么都存在有一种微妙的竞争的关系。而且他是其他同事公认的比我有心眼的，好像总能从袁姐那里找到不太费力的俏活儿，用些机灵的手段完成——或者完不成——但是每个月每个季度的个人总结他写得都很漂亮，而且他特别喜欢去街道跑文件，顺便就跟好几个领导混脸熟了。但是我一直不知道的是，他居然给自己投票。不过不重要了，他说他以后要把票投给我了。

"谢谢老胡。"我拍拍他肩膀。

回到单位，袁姐下班之前给我们开了个会。开会的第一句就是："咱社区这俩孩子可得把机会抓住喽！"

袁姐主要传达的意思就是：区里要从社区和街道选拔二十位左右有基层工作经验的年轻人到上面去补充力量。从现在开始大约三个月的时间，要各社区各街道往上面报人。一旦被区里选上，就能给解决事业干部编制。

"简单来说，"袁姐怕我们听不明白，"就是我们把你们这些适龄的年轻人都报上去，如果被区里选上了，就可能分配到区政府各局，录事业编制——就是升职，以后就有保靠了。"

我跟胡世奇互相看看，感到十分惊喜："还有这等好事。"

"正常。"袁姐道，"组织上总是需要新鲜血液的，有能力的年轻人不可能总被窝在一个地方。这样的选拔每年都有，渠道通畅。但是我提醒你们两个几件事儿：一、把自己的材料组织好，最近的工作也要抓紧，争取做出点成绩；二、区里一共就二十个名额，但是各街道各社区要往上推几百人，竞争是激烈的，你们不要影响关系，就算要真有一个人被选走了，这不还得一起工作三个月呢，对不对？还可能你们两个都被选上或者都没有选上呢，是吧？"

我跟胡世奇彼此看看呵呵一笑，又对着袁姐呵呵一笑："就是嘛……"

但是我看见胡世奇在转眼睛了，他动脑筋的时候就是这个表情。弄不好现在就在后悔刚才跟我说话说得太满了，说什么都不跟我争，没想到我们马上就成了对手了。

"行了，该干吗干吗去吧，表格你们填好了给我。"袁姐一边说一边把电话接起来。这两天预报有雪，她得跟环卫和各小区物业协调好各居民小区和学校周边除雪的安排。

我找到表格开始打印，张阿姨在我后面伺候鱼，忽然问了我一句："你怎么还不交入党申请书呀？"

我抬头看看："干吗？"

"干吗？！"张阿姨一听我说，顿时气不打一处来，"你没看见你那个表格，名字性别后面第三栏就是'政治面貌'吗？我可告诉你，胡世奇可都交了，人家思想汇报都写了两份了。"

我愣了一会儿：这小子真有心眼呀，一下子又走我前面去了。

这个冬天随着一场大雪的来临又让我们社区还有我自己忙碌起来了：环卫人手不够，除雪车开不到小区内部，得发动居民和我们一起除雪；下了班我还惦记着要带孙莹莹出门去逛逛的事情；回到家里得把报名区事业干部的材料准备好，无论希望大不大；怎么都要争取一下，而申请入党又成了一个关键的条件。

事情忽然间好像又多了起来。

佳轩回了自己单位几天，把从我们这里组织的材料，特别是我和小汪警官把孙莹莹送医院的事情形成文字给报社领导看了，领导们觉得内容很不错，让她进行更细节的采访和更深入的报道。她回到社区听说我答应了汪宁要帮他照顾孙莹莹，带她出去玩，一方面像世奇一样对我由衷佩服，另一方面表达了特别大的热情，说想要跟我一起带孙莹莹出去。

之前一直对她的记者工作全力配合的我有点犹豫了，觉得哪里有点不太对劲儿。我一边收拾材料一边支支吾吾地跟她说："孙莹莹的事情也就那样了，说到底也没什么特别有意思的呀，都是我们正常工作的内容。往后我跟孙莹莹就是普通交往，最多就是算我帮着汪宁办私事儿，女孩子之间出去玩玩，不在我的本职工作范畴里。这个没什么可报道的，你再去挖点别的事情吧？"

佳轩见我这样搪塞她，并没有再坚持："那就算了。没事儿，我再跟着袁姐找找素材也行。"接着她帮我整理桌上废弃的打印材料，把它们塞进碎纸机里，一边絮絮叨叨地说了些关于徐宏泽的事情。徐宏泽最近的研究项目很受单位重视，很快就会被立项进行商业开发。她爸爸想要参与投资，但是徐宏泽没有表现出一点点积极性，她说他这人就是个有资源也不用的死心眼，别人求之不得的事情，他还恨不得往外推。

我应着她的话，也没有十分热情。

韩佳轩试图缓和我们之间尴尬的气氛，趴在桌子上问我："洋洋你去过歇马台夜市吗？喝过那家手冲咖啡和奶茶吗？"

"没有。"我说，"我听说可贵了。"

"贵有什么，又不是总去，我请你吧？东西好吃，有人唱歌，还有露天电影院。挺热闹的。"佳轩说，"带上孙莹莹？"

我合计了一会儿："行。我约她。"

那个周五的晚上，佳轩开车载着我和莹莹出去了。对于孙莹莹和孙家来说，这件事情非常重要。她穿了一件新买的黑色的羽绒大衣，更显得修长苗条。临走的时候她妈妈在她手里放了二百元钱，告诉我们吃饭的时候就用这个钱。佳轩很豪气地说："用不着，我说了我请客。"

汪宁这天晚上有篮球赛，打完了球还要和队友们一起去打游戏、喝啤酒。男孩儿们玩起来是没有时间概念的，活动根本不知道什么时候结束。他知道我要带她出去了特别高兴，也有点不放心，在微信里反复跟我说：可得把她看好了，她现在刚开始出门，基本上还不认识路，你们可得总在一起，千万别把她给弄丢了，有什么事儿喊我。

我们已经坐在佳轩的车上了。天气已经很冷了，临近年底，道路两旁的绿化带上都挂上了彩灯，很有节日气氛，大商场里都在做促销和店庆，街上非常热闹。

我把自己的电话放在包包里问孙莹莹："你买手机了吗？"

"汪宁给了我一个。"她说着把手机从口袋里拿出来让我看。

我接过来，居然是最新的 iPhone，紫色款，贴了膜，配了硅胶壳，非常好看。屏幕亮起来，她微信里面只有一个人，就是汪宁。

"这个可是最新款呢。"我说，"可贵了。汪宁对你真好。"

孙莹莹歪了下头，默认地。

"现在什么都用手机，非常方便。下个星期，你拿着身份证去银行办个卡，以后就不用再在兜里揣钱了，去哪儿就用手机一扫码，还能坐地铁公交车，买什么都行。你看看小汪警官有没有空陪你去银行，他要是忙，我陪你去。"我说。

孙莹莹点点头，手揣在兜里向窗外看去，似乎对我说的事情并不感兴趣，吸引她的是外面的灯火和热闹。我搓搓手，心里面多少有点热脸贴了冷屁股的尴尬。佳轩在后视镜里看看我，眼神是鼓励的。

自从孙莹莹病好了，打算从家里出来以后，我经常能在小区附近看见她，有时候自己遛弯，有时候等小汪警官下班，有时候陪她妈妈去买菜，我都主动跟她打招呼，问问她干些什么，她看着我最多也就是点点头笑笑。这我也能理解，她刚刚开始一种新的生活，不能要求她马上接纳陌生的一切，她还不习惯跟人应酬呢，得给她时间。

佳轩七拐八拐地把车停在了香格里拉酒店的楼下，这个酒店的地下停车场居然跟他们酒店大堂一个味道，都是喷了香水的。我说："佳轩呀，你这停车费得多少钱呀？"佳轩满不在乎："我爸有这里的金卡，停车不用花钱。"

夜市非常热闹，人很多，每个摊位前面都有不少人排队。吃的东西虽然有点贵，但是比别处精致，还有卖手工皂、编绳小包和各种摆件的。佳轩给我们买了一份六个的小汉堡，都是不同口味。实话实说，肯定比小吃街的烤冷面好吃。我实在是不愿意让佳轩一个人替我们两个花钱，就去买了三杯奶茶。有个歌手站在高大的雪人旁边唱《漠河舞厅》，歌声迎着灯光变成了白气，让歌手本人变得仙气飘飘。我们三个就在那里一边吃东西一边听他唱歌，虽然有点冷，但是气氛有趣。

我吃东西的时候一直注意着孙莹莹，我跟佳轩说好了，她但凡有点累或者有点不舒服，咱们就马上回去。孙莹莹吃完了东西，兴致颇高，说挺好玩的。我这才慢慢放轻松了。

忽然韩佳轩咬着奶茶的吸管定住不动了，我跟着她的眼神往远处一看，看见胡世奇了。

看见胡世奇不打紧，S城也不算太大，都可能是他的出没范围。可是老胡的旁边居然有个姑娘。

有个姑娘也不打紧，可是这个姑娘我居然认识，那是山水佳园的小赵姑娘。就是被郑大爷家已故的公鸡大皇帝给啄了眼睛的小区一霸——法斗三炮的主人。

老胡旁边是小赵姑娘也不打紧，可是他们两个居然在亲嘴儿！

我只觉得眼睛里面像被了一把辣椒面一样，简直是疼得要命，恨不得赶紧拿冰凉水洗一洗。我对佳轩和莹莹一甩头："什么情况呀，走，咱问问去！"

我从后面拍了老胡肩膀好几下，他跟小赵姑娘终于分开了。回头一见是熟人，他也有点尴尬，一边习惯性地转动他的小眼睛一边冲我们笑。

"怎么回事儿胡世奇？！"我真有点生气了，"你也太有心眼了。我什么都给你说，你什么都不跟我说。这算是朋友吗？"

小赵姑娘躲在老胡身后，捂着嘴巴嘻嘻笑。

"我可不是故意瞒着你们，就是……也不能跟你似的，才到暗恋的阶段就把事情拿出来说不是？我不得有把握了才让你们知道吗？"

"那你现在是有把握了？"韩佳轩跟着问。

"刚商量定了，过两天新年放假，她跟我回老家见我爸妈去。"老胡摇头晃脑的，挺骄傲的样子，"外面这会儿也冷了，我请你们喝酒吃炸鸡去。"

我们穿过夜市上的人群，我一边往酒吧里奔一边追问："你们到底什么时候开始的？怎么一点兆头都没有？"

"不就是她把郑大爷的大公鸡给举报了，郑大爷把她家三炮拿走卖了，我去狗肉一条街上把三炮给救回来开始的嘛……"胡世奇道，"不过你也太粗心了，居然什么都没看出来……"

我仔细想想确实也是如此，从那个时候开始老胡好像变正经了，袁姐也说过世奇比从前成熟了，原来真是这么回事儿。

我们几个人上了去二楼的电梯，快要关上门的时候，又有五六个男女挤进来，小小的空间瞬间就显得有点热。我把帽子围巾摘下来，看看韩佳轩，看看老胡、小赵姑娘，还有她怀里的三炮，忽然觉得有点不对劲儿。

孙莹莹哪里去了？

"你们再说一遍。我没听明白。"年轻警官从巡逻车上下来，看着我们四个人和一条狗，"你们的朋友丢了？"

"对对对。"我连忙说，点头如捣蒜。

"女的。身高一米六八左右，黑色羽绒服。二十多岁？"他重复我刚才说的话，"你们回头看看，这夜市上有多少人，像你说的这样的又有多少个？"

我咽口唾沫，说话飞快："我们几个找了一大圈了都没找到，我怕她出意外，警察叔叔您帮忙找找吧……"

"不是二十多岁吗？不是小孩儿吧？"

"不是。"胡世奇道。

"智商正常吗？脑子有问题吗？"

"智商没有问题，但是好多年不出门了，没怎么逛过街，可能会不适应。总之，智商没问题，可能会有点糊涂……"我一叠声地说。

警官侧着脸看我，好像觉得我这般语无伦次，我才是智商有问题的那个。他不得不试着重新理清头绪："你们到底要干什么？是要报警吗？"

"不不不，不至于。"我说，"就是想请您帮忙给找一下人。"

身后的几个跟着我一起跟警察点头。

"听我说，"警官看着我们，"你们这个不叫把朋友弄丢了，你们这叫人多走散了。非得要警察叔叔拿主意的话，你们赶紧给她打电话。"

"打了。不接。"韩佳轩在后面说。

"那就继续打呀！"警官快气冒烟了，"给她认识的人打，给她家里打，看看是不是人家嫌你们几个烦，先回去了。"

几个人喝多了，从酒吧出来，侧侧歪歪地碰到了路人，两边互呛起来。警官撇下我们，打算适时介入。

我、佳轩、老胡、编外的小赵姑娘和她怀里的三炮，互相看了看，孙莹莹不见不到一个小时，我们已经前前后后地把整个夜市翻了两遍了，甚至后面的香格里拉酒店，每个卫生间我们都进去找了。我们在彼此的眼神中确认，会不会孙莹莹就根本不想跟我们玩，也不想接我们的电话，自己回家了？

犹豫半天，我还是硬着头皮拨通了她妈妈的电话。孙莹莹的妈妈待我总是十分热情："小夏姑娘呀，你们玩得怎么样了？外面冷不冷呀？你们是不是该回来了？莹莹怎么样？"

我拿着电话，只觉得浑身冷得哆嗦，我对着其余几人摇摇头：孙莹莹并没有自己回家。

"没事儿没事儿，阿姨，那什么，莹莹啊，挺好……我们要去看个电影，想问你，来不来一起看呢……"

孙莹莹的妈妈在那边笑了："小夏姑娘，逗我呢？我这一瘸一拐地还去跟你们看电影，你可拉倒吧……"

我的汗都快下来了，继续跟她支吾着："那行阿姨，我没事儿了，我们玩去了……"

佳轩脸凑过来，用口型告诉我：汪宁。她让我给汪宁打电话，看孙莹莹会不会跟他在一起。我不敢。他可比孙莹莹她妈妈聪明多了，这个时候打电话给他，一句话就能知道我把孙莹莹给弄丢了，他能直接过来揍我。台词我都替他想好了：不是你说能把孙莹莹带好的吗？小聋你就这么帮我呀？！

手机里传来了孙家门口摁铃的声音，孙莹莹的妈妈呻吟一声从座位上起来去开门，一边跟我抱怨着："你叔又没带钥匙。"

我用手势告诉旁边几个先别吱声，抱着一线希望，竖着耳朵听。

好消息是：门打开，果然是孙莹莹站在外面，人家回家了。坏消息是：陪着她回家的是小汪警官。

我跟韩佳轩没喝上老胡和小赵姑娘请的啤酒，火燎屁股一般火速赶到了孙家。

给我们开门的是汪宁。我看了他一眼，他看了我一眼，我马上低头换拖鞋，又给韩佳轩扔了一双过去。过程当中我心虚理亏，浑身紧张，没敢多说一句话。屋子里面传来滴滴答答的电声音乐，孙莹莹已经换上了家居服，正坐在家里的地板上用汪宁的手机打连连看呢。

她妈妈端了几个化软乎了的冻秋梨从厨房里出来，拣了一个最大的给我："你们不是要一起看电影吗？怎么小汪警官也去了？他和莹莹怎么先回来了？"

显然孙莹莹和汪宁也没把怎么回事儿告诉她妈，我不知道该怎么回答，支支吾吾地洗了手，把冻秋梨咬仕，狠狠地吸了一大口，又凉又甜，马上觉得没有那么上火了。

汪宁这个时候回答了，用的是"废话体"，以问题本身回答问题内容："对呀，我跟莹莹先回来了。"他在替我遮掩。

我进了里屋，坐到孙莹莹旁边，从后面推了她手臂一下，低声问她："怎么回事儿？你怎么跟汪宁先回来了？给我急死了，我都发动巡警一起找你了。"

她打完了一局才回头看我，无辜的脸，懵懵懂懂地："人一多我找不着你们了，手机上只有汪宁，我就让他去接我。回家之前他带我去彩电塔逛了一圈。"孙莹莹对我还是很抱歉，手放在我腿上，"对不起呀，洋洋。"

"怪我。"我说，"我一看着老胡跟小赵姑娘在一起，给我弄激动了。这事儿闹的……幸亏你妈不知道，不过……汪宁知道了，怕是更难缠……"

孙莹莹拿着自己的手机问汪宁："这个连连看太好玩了，汪宁，你给我下到我的手机里吧。"

汪宁原本也在外面啃冻秋梨，闻言马上把梨子叼在嘴上，在自己的篮球服上擦干净手，拿过孙莹莹的手机帮她下游戏，样子认真极了。孙莹莹一直看着他。

我看了他一会儿，视线还是从这两个人的身上躲开了。韩佳轩和孙莹莹的妈妈站在门口也看着他们俩，但是她们两个人的眼神完全不一样。佳轩是好整以暇的，看看他们又看看我，扁着嘴巴憋着笑——她在看热闹呢，我白了她一眼；而孙莹莹的妈妈则是不情愿的，担忧的。汪宁给孙莹莹下游戏一共也没有多长时间，她催了他三次："天晚了，你们赶快都回家去吧……小汪警官你不忙吗？……小夏姑娘你们别着急走，你们跟小汪警官一起走……"

小汪警官说："马上就完了……"

我一边咬着冻秋梨一边合计着这事儿：孙莹莹的爸妈虽然对我感恩戴德，但是他们对小汪警官的态度一直让我有点不平，我甚至觉得他们好像还在记恨着汪宁，似乎只是为了让自己女儿高兴而不得不接纳他。给他开门让他来，又恨不得马上把他赶出去，还得撇清关系，像是电视剧里富裕的父母嫌弃女儿在外面交到的不体面的朋友。

说到底，我是外人，我不知道孙家两口子是否理解汪宁这么多年对于孙莹莹的等待，这么多年他心里面受的苦。我也不想去比较这一对男女生客观条件是否登对，但是如果有一个像汪宁那样的男孩，也像他对孙莹莹那样对待我，那样关心我紧张我，愿意温柔地陪伴我，那我妈肯定逢人就讲，我爸肯定总让他来我家吃排骨和牙签羊肉……

不不不，我不应该再把汪宁往我身上拉扯了。哪怕在我自己脑子里都不好。

但孙家两口子对小汪警官的态度确实奇怪。

汪宁帮孙莹莹把游戏下完了，我们也一起告辞。

孙莹莹的妈妈把小汪警官的警服大衣拿在手里等在门口，等着送客。他有点尴尬，告诉孙莹莹有什么事儿就给他发微信。孙莹莹送到门口，说下个星期想去银行办个卡。小汪警官说好，我陪你去。两个人就这般约定了。

我们从孙家出来。小汪警官出了门就赶紧开了微信，攒了一大堆的信息。我听见跟他一起打篮球的哥们儿骂他："球赛是汪宁你张罗的，打一半你先跑了？咱们没有替补，你知不知道？你一走，全完了！"

小汪警官不得不嘻嘻哈哈地跟人道歉，说要请客喝酒，说等着挨揍。

好不容易那么多条短信逐条听完了，我们走到孙家楼下，他车子旁。

这个时候我才跟他道歉："都赖我，我答应得那么好，结果第一次带人出去就把人整丢了，害得你球赛都没打完。"

小汪警官把电话揣进口袋里，戴着手套，看着我皱着眉头，很不高兴的样子。我当他真要埋怨我了，忽然，他拍拍我的肩膀："说什么呢？这怎么能怪你呢，我接上莹莹就应该给你电话……"

我心底下一松，汗差点没下来："你这不篮球赛没打完嘛，我要是把孙莹莹陪好，你也不至于这么挨骂了。"

"别提了，幸亏提前走了。"他拿着个小铲子戗车窗外面结的霜。

"怎么着？"

小汪警官一边摇头一边跟我诉苦："老刘你知道吧？跟我一队打得分后卫的那个。"

"知道呀，他媳妇不是上个月生了吗？"

"对呀，胖了二十斤。"

"他媳妇呀？"我问，"生完孩子胖点也正常。"

"他！老刘自己！他胖了二十斤！跑两步……我告诉你，就我到那个树这儿，他跑这么点儿距离就喘，跟拉了风箱似的。"小汪警官气得都快翻白眼了，"孙莹莹给我打电话之前，我就合计了，这可怎么办？不让老刘打了，不好，这人要强爱面子，而且马上就要提副所了，现在自信爆棚呢；这么继续打下去，我们肯定得输，我还给谁当教练兼队长去呀？就这个时候，莹莹给我打电话了，让我去接她，我就正好走了，溜之大吉。"

"你这么一说，我心里舒服多了。这给我吓的。"我说，"那你接了她怎么也不告诉我一声？"

"莹莹一直拿着我手机，她玩连连看来着。"

"行了，理解理解。"我说，"你俩不怪我就行。"

"不过，你们在夜市怎么走散的呀？"

说起这个我想起来了，我说："你猜怎么了，小汪警官。"

我一旦以这句话开场，汪宁就马上意识到了下面要说的这条八卦的爆炸性和新鲜度，瞪圆了眼睛，扔了铲子，抱着手臂，无比感兴趣："怎么了？"

我："胡世奇。"

汪宁："啊。"

我："找到对象了！"

汪宁："什么？！"

我："就是山水佳园的小赵姑娘。俩人在夜市上抱着亲嘴儿呢！说是过新年放假的时候就带她回家见爸妈去！我就纳闷了，小赵姑娘长得好看，家里有钱，怎么就这么被老胡给搞定了呢？"

汪宁一针见血："不是有了吧？！"

我合计了一会儿，一根手指指着他："我怎么没想到？不过小汪警官你可真是太八卦了，你怎么对这事儿这么敏感？"

"我说三炮呢。"

"三炮是男的！"

后面一声车笛把我们热火朝天的讨论给打断了，是韩佳轩。她从车子里面探出头来："走不走呀？给我冻够呛。要不然我先走了？让他送你？"

我跟小汪警官都有一秒钟的迟疑，然后我们彼此道："走了。"

他上了自己的车，我跳上了佳轩的车。佳轩摇摇头："话题那么多吗？没完没了了？我要是不催你们，你俩能站在雪地里唠一宿不？"

我缩在自己的羽绒大衣里："赶紧走吧。"

接下来的周三，对面派出所发生了一件了不得的事情：备受群众爱戴的小汪警官被区分局通报批评了。他在午休结束后没有及时返岗，造成了排队群众等待时间过长。在这些排队群众里就有区分局巡视组的"卧底"，果断把小汪警官迟到的事情给上报了。小汪警官自从参加工作之后一直兢兢业业，多少次早到，多少次加班，多少次放弃周末，一次迟到就被逮了个正着。

那他是干什么去了弄得迟到了？

李所爱惜手下的兵，不想让自己人被上面通报批评，问汪宁到底为什么迟到，他就是不说，就说在外面办私事儿晚了，迟到就是迟到了，批评也是应该的，用不着领导帮他挡。把李所恨得直咬牙说汪宁这人就是看着机灵，其实也是个死心眼。

我知道原因。他陪孙莹莹去隔了两个街口的中国银行办卡去了。

那我是怎么知道的呢？小汪警官和孙莹莹在银行办卡的时候，张阿姨就在他们后面排队，她的外孙子快过生日了，张阿姨攒了一万多块，要换成美金寄到国外去给孩子当生日礼物。她不信赖机器，什么业务都要柜员办理。而午休的时候，银行只开了一个窗口，张阿姨眼见着汪宁在前面陪着孙莹莹，孙莹莹是怎么一遍又一遍的不是对不上镜头没法录入人面信息，就是签错了名字，要不就几次输入设定的密码都不一样，弄得排队的队伍越来越长。银行柜员满头大汗，耐心全失，小汪警官还得跟人家没话找话说："现在开个卡手续这么复杂吗？"

柜员就是跟警察叔叔也没有好脸了："手续不多，是你们总弄错呀。这位怎么了？从来没有开过卡吗？自己名字都能签错？"

听到这话，孙莹莹看了对方一眼，眼睛一下子就红了，汪宁赶紧拍拍她肩膀："没事儿没事儿，慢慢来。"

后面的张阿姨一听小汪警官说"慢慢来"，真是心脏病都快来了。

好不容易他们俩人快办完的当口，午休也快到点了。小汪警官这个时候也有些着急，不停地在看手表，等着柜员出单子的时候，孙莹莹坐在长脚椅子上轻轻转动，忽然看见墙角有个没有见过的东西。她问汪宁："那是什么呀？"汪宁说："那是可以现榨橙汁的机器，可好喝了，你要吗？办完卡，我买一杯给你……"

"我想现在就要尝尝。"孙莹莹请求他，温柔地，有点不好意思地，像个小孩子。

"行。"汪宁不会跟她说不。

孙莹莹拿到果汁喝了一口，柜员把小键盘推给她，盯着她眼睛认真地告诉她："再输入一次密码，别再弄错了。"

孙莹莹点头，把果汁放下，没放稳当，杯子歪了，果汁流到了小键盘上，孙莹莹再伸手去敲，键盘不好用了。柜员已经被修理得完全没了脾气："你们等着，我去换个键盘。"

另一个窗口打开，张阿姨几乎是扑上去的。银行的午休结束了，派出所的午休也结束了——小汪警官就是这么迟到的。

张阿姨回到社区，拿着水杯跟我们仔仔细细地讲银行里发生的一幕。她喝了一大口水，在办公室里面来回趟了几步："对了，我回来路上还碰见孙好忠他老婆孙莹莹她妈了，我没好气，我说你们莹莹可以呀，这小汪警官对她可真是心疼，我们什么时候喝你们家喜酒？你们猜她说什么？"

"她说什么？"杨哥手指飞快，一边绣十字绣一边接茬。

"她还挺不乐意，告诉我'张姐你可别瞎说，我们莹莹跟小汪警官原来是同学，他是咱们这片的警官，照顾我们是客气，莹莹跟他可不是搞对象呢，这可不能开玩笑'……有好事儿她还不乐意！还教训我来了。"张阿姨摇头，气愤地说，"就不说他们家孙莹莹这么多年不出门，身体、性格上有没有什么毛病，就看小汪警官那个条件，想找什么样的没有？他就算……"张阿姨放下水杯，开始四处撒目，为自己的归纳演绎寻找支撑，终于她的眼睛落在了我身上，她的手指也指着我，"他就算找洋洋这样的，也不该找孙莹莹呀！"

我以为和她离得近，她看不见我就不拿我说事儿了呢。我点点头，表示理解，表示感谢，但还是伸出手去，把张阿姨的手指从我的方向上往别的方向调了调，同时小心地表达我的意见："阿姨呀，谢谢你觉得'我这样的'还行。但是你那个语气，我不太那什么，我不太同意：我这条件怎么还挺委屈的吗？什么叫'就算'呀？我怎么就'就蒜'了？我就大葱不行吗？"

老太太原本气哼哼地，听这话一下子乐了。

袁姐跟着我们笑了一会儿，靠在办公桌上跟我们说："我还想跟大家商量商量这事儿呢，老孙家那姑娘不是从家里出来了吗，她的事情咱们也得想想办法。"

"咱们想什么办法呀？"杨哥说，"住院的时候给他们家又重新走的低保绿色通道，医疗保险什么的也都有，咱们还能干什么？过两天咱们单位分福利，咱们再给他们家匀一份出来？"

"授人以鱼不如授人以渔。"袁姐说，"给他家送东西不如给那孩子安排点事儿做。那么年轻的姑娘，总不能闲着，得出门见人，得有圈子，你们说对不对？像洋洋那样陪着她出去玩或者像小汪警官似的什么事儿都得照顾她，我觉得不太对路子。得让她自己学会重新融入社会。"

世奇说："融入社会就两个办法，要么找个学上，让她去念个书，要么就是找个工作。"

张阿姨"喊"了一声："他爸妈没钱让她去念书。"

"那就帮她找个工作吧。"袁姐说，"咱们都想想办法，找找私人关系或者打听打听。自己能挣点钱，也能接触社会。"

我忽然想起来："学校旁边新开了个书店还兼卖文具，你们知道吧？那里现在就老板一个人，我看她肯定忙不过来，我去问问她要不要再招个人。"

袁姐挺高兴的："行，洋洋，你去问问。"

关于孙莹莹的这个小会散了，大家又开始各忙各的。张阿姨又凑到我旁边来，肩膀拱了一下："带零食了吗？"

我从抽屉里摸了个蟹肉棒给她。

"这事儿你还是别管了。"她接过蟹肉棒四处看看，然后低声跟我说，"孙莹莹的事儿。"

"怎么了？"

"她有病。"张阿姨点了点自己的太阳穴，"这人这里有病，你听我的，离远点吧。"

我没回答，张阿姨瞪着我，被她逼得紧了，我实在没辙，慢慢道："我知道您向着我，但是她待在家里这么多年，要是没点毛病就不正常了。我就是正常工作，帮她安排，她不愿意就不去，我也就不用管了呗……您说是不是？"

张阿姨狠狠地斜了我一眼："行吧，我管不了了，你好自为之。"

文具店的店主郭姐之前欠我一点人情，她那个朝街开的门市后面有厨房带煤气，没有消防局批准不能开门，我打了三个电话帮她催，事情提前半个月办妥。她知道我要介绍一个人来打工，答应得很爽快，开的条件我觉得也不错，一个星期六天班，早十点半到晚八点，中午和晚上都管饭，主要工作内容就是上架，清货，上班之前下班之后打扫卫生。文具店是开架售货，顾客大部分都是学生，对文具很了解，要买什么自己就能找，基本上不用帮他们找货品，扫码收银的事情店主自己就能搞定，一个月工资给开一千八百块，根据销售量有分红。

可是接下来到了孙莹莹家，她妈妈几个问题把我给问蒙了："这个工作……有保险吗？要是工伤或者生病了怎么办？是不是也不稳定？她的店要是开一开黄掉了，咱们这个工作是不是也就没了？到时候咋办呢？莹莹是不是还得回家继续待着？你还给她找工作吗？另外……一千八百块，这钱可不多，她跟我和他爸爸不一样，她可是年轻人呀。"

"阿姨，是这么回事儿……"我坐在孙家的门厅里，觉得回答这些问题有点费劲，"您指什么保险呢？要是上班的时候受伤了，那根据劳动法，老板也得管。可要是头疼脑热，或者您说的是养老保险，那够呛，老板肯定不能管。郭姐她原来也是下岗职工，做的是小买卖，自己的保险还没有上齐全呢，哪能给咱上呢？您说的对，就是打工的，但是一千八百块不算少了，这是起步，要是店里的生意好，那她还能多赚呢。您说是不是？"

"那可靠不住。"孙莹莹的妈妈往我手里塞了几颗剥好的花生，"钱都是老板掌握的，咱们怎么知道人家赚了多少，愿不愿意给多开。还能到时候看到店里人多了，货卖得多了，真的张嘴跟她多要？"

"郭姐这人挺厚道的。一千八的工资也不算少，活儿也不多，离家也近，天气不好的时候上下班都不遭罪……"

"小夏姑娘，你一个月能开多少？"孙莹莹的妈妈把我问得一愣，她马上笑了，赶紧找补，"你说不说都行，我就是问问。"

"我告诉您也没有问题，"我说，"我每个月就三千块，去掉五险一金，到手两千二。"

"这么少？"孙莹莹的妈妈一粒瓜子在嘴里停住了，"那你没有奖金什么的？你今年赚这些，明年该涨了吧？"

"涨不了。我一个合同三年，就是这么定的。"

这回孙莹莹的妈妈可是真的惊讶了，抬头看我，瞪着眼睛："你也是合同工？"

虽然不愿意承认，但真实情况就是如此，我对她点点头："对。合同到期了，我就得再找别的工作。"

"你还有文凭吧？"

"我大学毕业了。"我说。

孙莹莹的妈妈低头嗑瓜子儿，脑袋里面在比较着衡量着，终于拍了拍手上的灰："我不太想让她去……我们家是没什么钱，但是养个孩子也能养得起。为了拿点钱还得看人脸色，还得给人打扫卫生，她在家里我都不让她干活儿呢。算了，谢谢你啦，小夏姑娘，要是有条件更好一点的工作，你再给她推荐吧。"

我还想再努力一下："阿姨，您再想想，这个工作可能就是个起步，要是莹莹干好了，以后肯定能找到更好的地方。兴许自己摸到门道，当老板了呢？我看还是问问她自己吧？"

"在里面睡午觉呢。"她妈妈说，"等她起来，我再告诉她。你先回去忙，她要是去，我告诉你。"

我有点犹豫，看她妈妈的态度，我不太确定这个消息会不会传达到孙莹莹那里去。这时孙莹莹从房间里面出来了，身上穿一件白色的卫衣和牛仔裤，头发也整理好了，还涂了一点口红，说话还是慢悠悠的，但是非常清楚："我没睡午觉。洋洋，那个文具店在哪里呀？你带我去看看吧。活儿我不一定能干得好，但是我想试一试。"

我点点头，因为自己没有白忙一场，简直想要谢谢她了："好呀，咱俩现在就去！"

见面谈了谈，郭姐就让孙莹莹留在店里工作了，但是她留了活络话，大意就是自负经营的小店，养不得闲人，要是做得不好，得随时走。我帮孙莹莹应承下来，心里面却一直害怕，生怕她真的没干几天就被老板给开掉。

不过这个担心很快就不存在了：打工的第三天，郭姐就给她开了一千八百块的工资。

午休或者上下班路过，我跟韩佳轩会去看看莹莹，跟她聊聊天或者买点东西。莹莹说："这里的工作还挺好的，一点都不累，也不用干什么活儿。对了，除了文具，郭姐还上了不少解压的玩具卖给附近的中学生，有一个可好玩了，就是那个，滑来滑去的特别舒服。"她说着就把一个崭新的盒子打开了，倒出里面翠绿色的水晶泥在两手之间摆弄，还往我和佳轩的手上放，让我们两个玩。

我和佳轩互相看了看，没等我们说话，旁边站在梯子上摆货的大姐说话了："那个水晶泥，打开了就得买……"她是文具店里的另外一个售货员，是莹莹来之后郭姐又雇的一位。她说这话，莹莹好像没听见一样，根本不予理睬。

佳轩赶紧道："我买，我买！"

我们两个出来之后，佳轩问我："这个郭姐，欠了你多大的人情？你帮她办了多大的事儿？"

我仔细合计了一下："怎么也得值一盒半熟芝士。"

她摇摇头："那你人缘还真是好呢。"

一场寒流经过，S城狠狠地冷了几天。空气都好像被冻得梆梆硬，吸到鼻子里能冷到脑门上，直疼。我妈把我最厚的羽绒服从箱子里面找出来了，还有我去年买的一双假UGG。穿之前我还得再收拾收拾，把那个翻毛皮刷一下能显得成色新一点。

我一边刷鞋一边跟我妈说："下个月工资下来我说什么也要买一双真的UGG，扣子是一颗大钻石的那种。"我妈说："那得多少钱？"我说："好像是一千八。"我妈说："一千八一双靴子，就第一年是新的，你要是买九双假的，你能穿九年新的。"

她这账好像算得挺对，可是我仔细合计了又不太高兴："假的能和真的比吗？穿起来能有真的那么漂亮吗？"

我妈笑了："这你就不懂了。钱得用在对的地方。冬天，怎么穿人都漂亮不起来，不用瞎花钱！"

有人到了冬天就会格外漂亮，韩佳轩穿裘皮夹克配着黑长靴就很漂亮。还有一个人更漂亮，就是穿着冬季警察制服的汪宁。

下班的时候我们在单位门口遇见了。

他戴着棉帽子，穿着深蓝色的冬季制服。原本身材瘦削颀长，但因为穿了那宽肩廓型的衣服显得整个人高大壮实了很多，像是科幻电影里的未来特警一样。他当时还没戴上口罩，脸被冻得格外白，鼻子尖和嘴巴都是红的。

他在后面叫住我："小聋你打了第三针疫苗没？"

"还没呢。"我说，"你打了？"

"打了。今天上午打的。"他说。

"难受吗？"

"好像是比前两针疼一点。"他抬了抬左侧的手臂，"刚打完还不觉得，现在感觉肌肉发酸。"

"哦……正常。"我点点头，"胡世奇前天打的，晚上发烧快三十八度。这两天都没来上班。韩佳轩打完也说难受了，说头疼。我不着急，我想先看看你们所有人的反应再说。"

汪宁摇头笑笑："得了，你最聪明。"

我笑着跟他摆摆手要走了，他在后面忽然说谢谢我。

"干吗谢我？"

"谢你帮莹莹安排这个工作，她应该出来找点事情做，多见见人。最近好多了。"

"我当什么事儿呢，我就是两头帮。"我说，"反正郭姐也找人。"

"你最近忙吗？"

"就那样呗。反正这两天不用加班，我晚上想去看个电影。都说《007》好，我还没看呢。"我说。

"我看了！好看。"汪宁吸了口气，像一下子想起来似的，摘掉手套拿手机，"对了，我有两张票，给你吧。同事给我的，但是我都看完了。你稍等，我把二维码放哪儿去了……网也不太好，你就在这儿等我一下，微信上传给你……"

我没着急，看着他在那里鼓捣手机，一边跟他絮絮讲着单位里的事情："杨哥可能要在这附近租个房子，他女儿还有半年就中考了……"

汪宁一边帮我找票，一边跟我有问有答："现在小孩儿多不容易，我两天前在巡逻车上值班，晚上十一点半看见大人带着中学生从山水佳园里面出来，这冷天你猜他们干什么去了？"

"干什么去了？"我马上问。

"去老师家补课呀。"汪宁说。

"说起这个，我想起来了，"我说，"你知道山水佳园刘老师一节五十分钟的数学课收多少钱不？"

"多少？赶紧刺激我一下。"汪宁抬头看我，眼睛瞪得圆圆。

"三千八！五十分钟，单对单！五十分钟！"我怕他听不清楚，伸了五根手指比画着，"还得是托了熟人，还得孩子基础不错，刘老师才教你。"

"太厉害了。"汪宁点点头，带着敬仰努力消化这个数字，"哎呀……当时要是好好念书，去中学当老师就好了。"

"我也是。小时候真应该好好学习。"我表示完全同意，"你知道刘老师给他儿子买的玛莎拉蒂吗？跟 007 开一样的车！"

汪宁皱着眉头看我："007 开的是阿斯顿马丁。"

"……对不起对不起，别告诉别人哈。"我捂着嘴巴笑。

汪宁看着我也笑起来，一根手指头指着我："我不，我马上告诉胡世奇去，你连玛莎拉蒂和阿斯顿马丁都分不清楚。"

我们两个站在派出所和社区办公室对面的小路上，那是个风口，西北风来回窜，穿得再多都能被打透，但那时我们都忘了冷。我跟汪宁一旦开始说话就像在一个风景优美路况上佳的雪道上滑雪一样，那么轻松愉快，流畅自然，完全停不下来。

终于，他把两个二维码发到我的微信上。我说："太好啦，谢谢你，我带我爸去看。你呢？你晚上干吗？"

他说："我先去文具店里找莹莹，她刚才跟我发微信说下班之后想去吃火锅。"我的话匣子自然而然地合上了。

我跟汪宁顺路一起走到文具店，郭姐新置的做奶茶的机器到了，两个工人师傅把那大家伙从车上运下来往上搬。文具店门前的五级台阶上还有残雪，一个师傅脚下一滑摔倒在地，眼看着那笨重的机器就要滚在地上，砸到人身上，郭姐在旁边吓得"啊呀"一声，我身边的汪宁眼疾手快，一步蹿上去用双手从下面把机器托住了。我听见他低低地哼了一声，脸色霎时通红，两腮咬得紧紧的。摔倒的师傅顾不得疼，赶紧起身帮忙，嘴里叨咕着"这可沉了"。我也上前在旁边抬了一把，好几个人七手八脚费了大力气，终于把那台奶茶机搬进文具店里。

汪宁进门就脱了警服大衣，他刚才使了大力气，脸上潮红未散，额头上一层汗，整个人都热气腾腾的。郭姐连忙拿了些温水和饼干给我们，连声感谢。

我见汪宁在慢慢地揉肩膀，便问他："你还好吧？"

他马上说："没事儿。"

"没事儿"这个词是小汪警官脱口而出的习惯，几乎可以用来回答身边人对他的所有疑问。"没事儿，不用谢""没事儿，我不疼""没事儿，这个东西我来搞定""没事儿，我能帮你，交给我吧"……但这次他说完"没事儿"之后看了看我，好像反应过来我不是一个需要他帮忙、需要他逞强或者需要他去客套的人。他嘶了一声，不想让郭姐听见，低声跟我说："怎么打针的地方会有点疼呢……"

我想跟他说，废话，你刚注射疫苗了，那不正常吗？你该回家歇着。

还没张口，孙莹莹从文具店里面的小间出来。她已经穿好大衣，戴好了帽子，见到汪宁，抿嘴一笑："走吗？"她像北方冷天气冻出来的窗花一样，薄薄的，弱弱的，非常美。

汪宁马上站起来重新穿好大衣，跟我们道别，带孙莹莹出门了，生龙活虎一般。

　　他们两个一走，郭姐当着我的面跟她的另一位店员说："门口台阶上的雪怎么没戗干净？刚才差点出事儿。"

　　那位理直气壮地回答她："老板呀，这你可说不了我哈，天天店里面全是我的活儿。外面那点雪你不是让孙莹莹去戗的吗？"

　　郭姐这个时候才跟我说话了："洋洋呀，你给我店里请了个小公主来。"

　　我赶紧摸了一块饼干塞进嘴巴里，笑嘻嘻地应付着郭姐："谁是小公主呀？您说我呢？"

　　"你是什么小公主呀洋洋，"郭姐道，"你放到哪里都能当半个汉子用。我说的是你非得安排到我这里来的孙莹莹大小姐！"

　　"莹莹怎么了？不是在您这儿挺好的吗？"我四处找地方放眼睛，就是不敢看郭姐。

　　"对，挺好的！别人说话也听得懂，给她什么活儿也去干，但总是个慢悠悠的劲儿，不着急不着慌的，就跟做梦似的。"郭姐脸上是难以理解的表情，"她干什么活儿，我跟小马都得去善后，还不如不让她干了，我们自己弄就完了……你看刚才，我早上就说让她把门口的雪帮我除干净，她弄成什么样？刚才差点出事儿。这要是进出门的客人在门口摔倒了，是不是还得我负责呀？"

　　叫做小马的店员从梯子上下来，手脚麻利地把几盏卡通造型的台灯擦得锃亮，听到郭姐这话，重重点头："就是呀。"

我想起来张阿姨说的话，说在银行里遇见孙莹莹，别人着急，她也是一副优哉游哉的模样。

小马拿着灯走到我跟前来，替郭姐说话："干点活儿都是小事儿，多干点少干点，谁也不在乎这个。她最逗的是，上次你不是看见了吗？店里面来了什么小玩意儿，她拿起来拆开就玩，就跟她买了似的。"

"对，我见着了，但是我旁边的朋友不是马上也买下来了嘛……"人是我带来的，说她就是说我，两个人几句话下来，我简直如坐针毡。

几个十几岁的男孩进来挑选水性笔，郭姐帮他们拿了，又转回来跟我说话："孙莹莹就跟没长大似的……她智力上会不会有什么问题……"

"绝对没有！"我赶紧摆手，"我不是跟你说过吗，莹莹她之前的生活跟咱们不太一样，她现在需要适应，她哪里不好，您就教她。您不是给她开了第一个月的工资了吗？您再给她一点时间，看看再说……"

郭姐看着我："我不是要马上开掉她，我是想跟你说，我留孙莹莹在店里，就当帮你带小孩儿了，你可得念着我的好。"

"必须的。郭姐，你这是帮我个人，也是帮我们社区解决居民就业。我们肯定念你的好。你这人多厚道，还搭钱给她，这是多大的情分呀……"

郭姐脸上现出同情又有点不太好意思的样子："我得跟你说清楚了，给她开工资的可不是我，她来的第二天，那人就把钱打给我了……"

"那是谁呀？"

"小汪警官。"

"哦……"片刻间，我有点惊讶，但马上又觉得此事在情理之中了，当然是他，还会是谁呢？

生意人郭姐在我这里要到了人情，她的正事儿讲完了，开始八卦起来。她搬了圆椅子坐在我对面，手里就差一把瓜子儿了："他们俩——孙莹莹和小汪警官——是什么关系呀？他们是在谈恋爱吗？"

"我不知道呀。"我转转眼睛。

"你跟他们那么熟，你不知道？"

"我还想问你呢。"我赶紧见招拆招，把这一轮挡回去。

郭姐咂咂嘴巴，研究着："说不是搞对象吧，孙莹莹在我这儿上班，天天在门口等着看小汪警官，而且她要是想见小汪警官，一个电话，人马上就到。再说小汪警官，一个男孩儿对一个女孩儿那么好，出钱出力的，要不是他女朋友，那不可能呀。"

"是呀……"我点头，继续跟郭姐打太极。

"可要是说他俩是一对儿，也奇怪。俩人完全不般配不说，在一起一句话都没有，不聊天还谈什么恋爱。你说对不对？"

我继续点头，皱着眉头，让郭姐知道，她启发了我的思考。

这些我都是跟杨哥学的，听人讲话又不方便表达意见的时候，各种助词副词和表情就得跟上：对呀，就是呀，可不嘛，谁说不呢……好像说了很多，但是什么都没说，不表态又不得罪人。

郭姐斜着眼睛看着我："洋洋你知道那天发生什么事儿了？"

"你说。"

"我也没想到，那天孙莹莹给小汪警官打了电话，让他过来。她天天没事儿的时候瞎摆弄，把手机贴膜给弄坏了，她让小汪警官过来帮他重新贴膜……"

"这你都听见了？"

"当时店里没人，我就留意了一下。"郭姐继续道，"小汪警官就来了，还给她带了雪梨汁，也给我们带了两杯。那天孙莹莹她妈也来了，给她送中午饭，俩人就在我店里遇见。我以为要是能找着小汪警官这样的女婿，哪个家长不得偷着乐呀，孙莹莹她妈根本就没有！人家可不乐意了，那脸拉得跟长白山似的，就是不给小汪警官好脸色。小汪警官待了一会儿就回单位上班去了，她就跟出去了，"郭姐舔舔嘴巴，"我反正也正好出去倒垃圾，顺便就听着几句，孙莹莹她妈就说，你不要再找我女儿了！你找她有什么用？你到底能为她做什么呢？你要是真想对她好，补充，不对，补上……哦，补偿她什么，你就想办法，给她找个有编制的有待遇的好工作，这比什么都强！"

我听得心惊肉跳，看着郭姐："那小汪警官怎么说的？"

"他说他尽力。"郭姐说，"我告诉你洋洋，我离得那么远都快听不下去了。小汪警官是体面人呀，多招人喜欢呀，跟谁都和气。我看他都快哭了，太可怜了。"

我也快哭了。

郭姐是会讲故事的："你知道更可怜的是什么吗？"

"什么？"

"第二天，孙莹莹一个电话说头一天的雪梨汁好喝，他又送来了，跟小狗一样。"郭姐长长地叹了一口气，迷惑不解，"这小汪警官欠了孙莹莹什么呀……"

那个周末我带爸爸去看了电影。电影看完之后，我爸摘下3D眼镜，问我："这个邦德，到底最喜欢哪个女的？"

这是他最关心的问题。

"我不知道他喜欢谁。"我说，"我喜欢那个大黑个儿，太能打了。"

"姑娘我觉得你长得有点像穿裙子打人的那个女的。"我爸说。

我爸说话声太大，前面的一个男孩儿听见了居然还特意回头看我。我赶紧侧过头，狠狠瞪了我爸，低声道："爸，我知道我是亲生的，但你不至于瞎成这样吧？你要不要去看看眼睛？"

"我看你比她还漂亮呢。"

前面的男孩都被逗乐了。

周一上班，老胡打疫苗的药劲儿过去了，到岗了，但是对面派出所传来噩耗：全所身体最好的小汪警官请了病假。

袁姐给了我和胡世奇二百块钱，让我们下午没事儿的时候买点水果去小汪警官家看看他。老胡给他发微信，小汪警官把地址发给了我们，我们这才知道，他家住在江边最贵的一个小区里。

"房子又不是我的，是我妈的。"小汪警官满不在乎。

我跟老胡没客气，换鞋进屋之后来来回回参观了好几遍。老胡不住发出惊叹："你们家四个房间？五个？还有保姆房？哎，这大江景……也太奢侈了……这毯子怎么还挂墙上呀？……啊？印度买的？汪哥你们家几个小孩儿？有兄弟姐妹吗？……就你一个！那你还客气什么，你爸妈的不就是你的！你爸妈干什么的呀？"

"我妈是医大的副校长。心内科的博导，不不不，平身平身，不用下跪……她没当上校长，也不是院士……"汪宁看着我和胡世奇摆摆手，"我爸早就去世了，我上初中的时候他就走了。"

我跟胡世奇立即点点头，叹气，对这件事情表示了同情，对去世多年的小汪警官的爸爸表示哀悼。那个时间段也在我的心里与另一件事情衔接上了：他爸爸去世的时候，是不是就是少年的他不会讲话，处处怼人的时候呢？

我们觉得时间差不多了，老胡忽然抬起头来："那我姨，你妈……后来还找了吗？"

"没有，一直单身。我们家就我们俩人。"汪宁说，"还有小桂阿姨。"

小桂阿姨是他们家的保姆，从厨房里给我们洗了一大碗车厘子、草莓和蓝莓出来，还有好几个大橘子。

说到汪宁的妈妈丧偶单身多年，胡世奇马上接道："我爸妈感情不太好，总吵架，我觉得他俩快离了，要不要安排阿姨见一下我爸？我爸长得不错，他俩要是成了，咱俩就是兄弟了……"

我用胳膊肘狠狠地杵了胡世奇一下，他吃痛捂着胸口，眼睛看着别处，没敢吱声。

我恶狠狠瞪着他："见钱眼开的玩意儿，居然卖父求荣。"我看了看汪宁，温柔地，诚恳地，"我爸妈虽然不吵架，但是你知道两口子过到那么大岁数也都腻歪了，我要是非让他们离也能离，要不要安排阿姨见一下我爸，我爸会做饭！那样，我们就是兄妹了……"

汪宁气得快冒烟，狠狠一摆手，躺回到客厅的沙发上，盖上毯子："你俩还能有个正形吗？气得我肝疼。"

下午三点半的光景，冬天的暖阳照到大客厅里面来，落地窗跟前满满的绿植伸展开枝叶，十几朵黄月季开了，爬到竹架子上，发出幽幽的香气。米色的真皮沙发又宽又大，头枕和背部拱形角度完美，弹性极佳，我用力地坐上去，心想要是社区有钱，能在办公室摆这么一套沙发的话，那我愿意天天跟袁姐开会。

不过实话实说，汪宁家虽然很漂亮，但比起韩佳轩他们家实在是小巫见大巫。我跟老胡可以很快地参观完这个房子，但是韩佳轩的家是可能迷路的，而且在韩佳轩家，我不敢碰东西，怕碰碎了赔不起。在汪宁家，我跟老胡就觉得自在，当然这也可能是因为跟他熟的缘故。

汪宁躺在那里，缩着肩膀，拢着双手，面无表情地看着我这般没见过世面地玩他们家沙发。这个生病的家伙不穿警服了，身上是一套大格子的家居服，脚上穿着毛袜子，拖鞋一前一后扔在地上。果然人靠衣装马靠鞍，不穿制服的小汪警官就差了点意思，而且可能是生病不舒服的缘故，他眉毛眼睛都往下走，两个大大的黑眼圈，没有精神头，有点像土拨鼠。

"你怎么生病的呀？"我问。

"不知道呀，从来不生病的，谁知道打个疫苗这么大反应呀……"他有点懊恼，也有点没面子似的，"两天了，退烧药的劲头一过就能到三十九度多。"他从旁边拿了体温枪，伸到耳朵里，滴答一声，拿起来看看，"我说的嘛，你看又上来了，又得吃药了。"

小桂阿姨拿了水和退烧药来，汪宁一口吞了，又赶紧躺回毯子里面去："晚上您做一只鸡，一条鱼，再做个炸大虾，炒蘑菇和西蓝花，还有西红柿炒蛋……"

小桂阿姨说："你要一桌子菜我都给客人做，但你妈早上走的时候交待了，你饿了只能吃大米饭，要不然还得拉肚子。"这位小桂阿姨想必已经在他们家服务多年，汪宁像是她家小孩，回头看看我们，数落着他，"仗着自己身体好就瞎造，有他这样的吗？打疫苗那天还去吃火锅，眼下这是好了，起来能跟你们说说话，一直到昨天晚上左侧胳膊都是肿的……"

小桂阿姨转身去厨房做饭了，小汪警官看着她的背影敢怒不敢言，憋了半天跟我们抱怨一句："比我妈事儿还多呢。"

我赔着笑，脑袋里面回想着之前在文具店发生的事情，知道一针疫苗怎么就让汪宁起不来床的了。

那天晚上回了家，我一直担心着汪宁。

小桂阿姨做了一大桌子的饭菜，我和胡世奇大快朵颐，汪宁就躺在旁边看着我们吃菜，自己一口一口地就着大米饭。

天擦黑的光景，他妈妈回家了。

汪宁说他妈妈是医大的副校长的时候，我马上就在脑袋里给她套上了一个大学者的形象。可是有点出乎我的意料，汪宁妈妈看上去非常年轻，烫着时髦的卷发，纹了眉毛和上眼线，皮肤白皙，个子高而且苗条。她脱了藏青色呢子大衣，里面穿着一整套燕麦色的羊绒套装。

她知道我和世奇是社区领导派来看小汪警官的，非常高兴，拍了拍世奇的后背，又摸了摸我的脸，把二十好几的我们当做小孩子一样喜欢。她说："这大冷天让你们从北区跑过来看汪宁可太不好意思了，回去谢谢你们领导。"看来汪宁待人亲是随了他的妈妈。

饭没吃完，汪宁的电话响了，他接起来，垂着的脑袋费劲地抬起来。我听见他说"是莹莹呀",然后起身去了别处,再过一会儿已经打起精神,穿戴好出来了。

他妈妈看看他:"这是要出门?不是发烧吗?"

"嗯,一会儿就回来。"他戴上手表,"吃药就不烧了,三十六度多。"

"行,去吧。打车吧,别开车了。"妈妈是温柔的。

汪宁跟我和胡世奇摆摆手就出去了,说过两天回去上班请我们吃饭。关门之后汪宁妈妈有一小会儿的沉默,我跟世奇都没做声。她很快发觉了气氛上尴尬,马上给我们布菜,跟我们聊天。

送我们出门时,汪宁妈妈把两盒精美的巧克力塞到我们手里,貌似随意地问我跟世奇:"你们社区就在汪宁他们派出所对门?"

"对,阿姨。"胡世奇痛快回答,"我们那儿跟你们医大不能比,就是个小单位,但有什么事儿只要我们能帮上,您就说。"

"谢谢啦。"汪宁妈妈把鞋拔子从柜子里拿出来递给世奇,随即问道,"那你们知道一个女孩儿叫孙莹莹的吗?"

她问起莹莹了,她是知道莹莹的。

说认识或者不认识都行,可是胡世奇刚才还能说会道的,现在居然马上看我,好像他认不认识孙莹莹这事儿得我拿主意一样。

我一时也有点僵:"我们都认识孙莹莹,她是我们社区的居民。"

汪宁妈妈点头:"我想改天去见见她,你们能帮我联络一下吗?"

我用余光看见胡世奇又在看我,不知所措地。我扭头看着他笑了:"我们跟孙莹莹还不如小汪警官跟她熟呢,您要是找她,就让汪宁带您去呗。"

"汪宁要是能带我去,我就不用问你们两个了。"汪宁妈妈清清楚楚地说。

我没说话,看着她,脑袋里面飞快地分析着,计算着汪宁妈妈安静优雅的样子后面深沉的意图:她要去找孙莹莹说什么呢?她要出手干预了吗?她会不会不让孙莹莹再跟汪宁在一起了?也可能就是去商量婚事的?……后者发生的可能性不大,十有八九不会,张阿姨、郭姐,就连孙莹莹自己的妈妈都不看好他们,她能去跟孙莹莹说什么好话吗?估计是要把他们给搅和黄了的……要是他俩不好了,那我跟汪宁会不会有机会呢?……他们家房子这么大,结婚之后我搬过来跟婆婆住也行,受点委屈也没事儿,她看上去不会太难以相处,他家还有保姆……孩子放在东屋,上下铺……让她去吧,让她去把汪宁和孙莹莹搅和黄了吧……好的,就这样……

"不行。"我原本已经打定了主意，忽然听见一个声音这样说。我马上去看胡世奇，他还在低头弄鞋带呢，我又抬头看了看汪宁的妈妈，她盯着我，表情微微有些惊讶——我这才反应过来，说"不行"的那个人是她面前的我。

"不行呀……"这个不受控制的我又在说话了，她稍稍放缓了语气，让这个拒绝显得不那么僵硬，一半是出于礼貌，另一半是出于胆小，但她还是在坚持着，"那什么……要是汪宁说带您去，那我们再带您去，要不然……怕小汪警官嫌我们瞎掺和。"

"对！"胡世奇可算系完鞋带了，站起来跟我一起回答汪宁妈妈，他终于把脑子给找回来了，回答得比我圆滑，"阿姨您找孙莹莹是私事儿吧？那我们不太方便介入，别看我们单位小，但我们一出现，那就是公事儿了，复杂。您还是找小汪警官商量。"

汪宁妈妈没再坚持："其实你们区长也是我的患者，我想联系谁都能找到，就是不想要绕圈子而已。"

回家之后我上床就睡了一觉，半夜醒了起来喝口水就没再睡着，躺在床上辗转反侧。我一直想着汪宁。他在吃退烧药的间歇、体温稍降的时候又被莹莹叫走了，他们干什么去了？她可能会想要看一场电影，或者去尝尝什么没有吃过的东西。年底了，街上很热闹，她也可能想要跟他逛逛街，那她知不知道他生病了呢？

她肯定不知道，汪宁不会告诉她的。

所以这事儿怨不得莹莹。他生病，这事情就是怪他。谁让他打了疫苗之后还敢去吃火锅，还敢去搬那么重的东西呢？我告诉过他的，胡世奇和韩佳轩打完针都难受了，哎，我是什么时候跟他讲的？对了，我们从单位里出来，去文具店之前，他要给我电影票，我们两个在外面聊了好一会儿。不对，他有可能那个时候就着凉了，那这事儿就赖我，是我害他生病的。

在这个北方的寻常冬夜里，外面安静寒冷，窗子下面的暖气散发着怡人的温热和烤橘子皮的香气。我躺在自己的被窝里，看着小台灯淡紫色的光晕，觉得脑袋里面好像有一个绳索，带着我逆流回溯，回到刚开始认识汪宁的时候。那时我只是觉得他好看，又暖又逗，说话做事也很果断。现在我觉得他不一样，他也会生病的，他以后跟孙莹莹会怎样呢？旁观者都知道，他是没有办法的，他像是走在一个迷宫里面，尽力做好一切想要突围，但是其实没有路。她会好起来吗？他能还清欠她的债吗？他们会有一个结果吗？

暖气片里在换水，发出咕噜咕噜的声音。我翻了个身，试着理清自己乱糟糟的想法。

现在的汪宁，比起我最初的印象，仿佛是另一个人了。

从前的那个小汪警官，就像块精美的透明的糖，让人向往，想要尝尝味道，可是谁能靠吃糖来代替一顿饭呢？所以那块糖，我想要，不过不给我，也就那样了，我不会为了一块糖而有失体面，我更不会张口要。

但是现在的汪宁不是糖。他滋味复杂。会因为他突然出现而让我兴奋快乐，他穿上大衣走了我心里面就空荡起来。无论公事还是私事，我们要是能多说一点话，我就能回味好几天，可要是没有准备地碰头见面了，我会想要避开。

我这样胡思乱想着，怎么都睡不着，挣扎着坐起来，调亮了台灯，打开手机刷刷吃播。有个我关注的博主去新城子的农家菜探店了，大铁锅架在灶台上，锅里是咕嘟嘟的炖菜，带着围裙的大姐把好大一块发面漫上豆油，卷起来揉成长条，转圈铺在下面的炖菜上，再扣上锅盖。来晚了的人只看见烀好的大饼，不知道下面盖了什么炖菜，要根据那厚实的浓重的香味去猜想，里面是干豆角炖大鹅还是小鸡炖蘑菇……

我忽然感悟到一件事儿，现在的汪宁于我而言不是糖了，他是这道铁锅烀饼。只觉得香，只知道肯定好吃，但是我不知道烀饼下面盖的是什么，最主要的是，说得那么热闹，那是别人桌上的菜，在手机上被我刷到了。

两天之后的一个午后，一件事情让文具店主郭姐对她收留的员工孙莹莹的印象有了改观。

文具店里来了几个笑嘻嘻的少年，他们身着校服，起先并不引人注意，但他们上次在这里偷了笔。偷笔的少年们就在对面中学念书，他们不缺钱买笔，但是缺乐子。他们觉得这个偷拿东西的游戏非常刺激有趣，比在体育课上跑圈更能缓解枯燥的课程、频繁的考试所带来的压力。

他们又来了，这次看中的是几个笔盒，挂在架子上，就在笔和橡皮的柜子后面。少年们商量好了，谁去吸引店主和那个胖乎乎的店员的注意力，谁把笔盒拿下来摆弄，哪几个把它们藏在毛衣的袖子里。

中午时分，正是文具店里最忙的时候，小小的店铺里挤了好几拨吃完了午饭来这里逛逛的学生。计划偷东西的少年们很快得手了，他们几个掩护着另外几个绕过收银台就要开门离开文具店。

眼看就要脱身了，忽然一个人挡在了他们面前。是那个瘦瘦的女孩儿，漂亮但是不太精明的模样，总是戴着帽子披着长发。他们之前有一次看中了电动卷笔刀，但是没有机会，因为这个奇怪的姑娘不像她的老板和同事一样一直忙碌着别的活计，她好像闲着不用干活儿，所以就一直看着他们，专注地，像是已经明白了他们的意图，等着偷窃的事情发生好擒住他们的手腕子似的。少年们放弃了。他们那次没有得逞。

谁知道这一次居然被她逮了个正着。

偷笔的少年们各自在心里打着算盘，打算较量一番，他们跟她对峙着："干什么呀？"

"付钱。"她清楚地说。

"没买东西付什么钱？"

她不急不恼地，但是顽固地用同一个词回答少年们："付钱。"

店主和另一位店员也过来了，马上就明白了情况，似真似假地说："拿了什么就赶紧给我放回原处去，我可认识你们班主任。"另一些逛店的中学生们也过来看热闹，其中还有偷笔少年们的同学。偷笔少年们当中更机灵的一个马上转身去了后面，从后面喊："过来看看，这边有！"少年们心领神会，互相遮掩着把藏在袖子里的笔盒放回了架子上，两手空空地转身离去。

店主郭姐松了一口气，忽然发现了一直被她嫌弃的孙莹莹的可贵之处：她看上去心不在焉，可比监控器看得住东西，她在的时候，架子上的货品一个都不丢。

偷笔少年们快快然从文具店里出来，心里暗恨她，下定了决心要修理她。

郭姐新买的奶茶机运转起来了，根据合同，厂商来培训了两天，郭姐和店员小马却一直手忙脚乱，配比不准确，奶茶的味道很不稳定，封上盖子的时候总会有奶茶漾出来。莹莹就比她们做得好，虽然她也不熟练，动作不够快，但是配料不出错所以口味地道，摇匀打沫封盖的程序一丝不苟，操作台上总是干净的。郭姐干脆就把做奶茶的工作给了莹莹，在进门的地方摆了两张小圆桌，几把椅子，等于在文具店里添了个增收的项目。

孙莹莹的妈妈知道了这事又高兴又怕孩子辛苦，那天中午包了酸菜猪肉馅饺子去看她，多带了两份给郭姐和小马，这两个人不像之前那般对她爱答不理了，莹莹渐渐有了用处，不是之前的那个碍手碍脚的拖累。她们待她妈妈也更热情，话也更多，一边吃饺子一边说："大姐你这饺子做得好呀，要不然咱再开个窗口，你就在我们这里卖饺子吧……"

她们聊天，孙莹莹就坐在柜台里面低头吃饺子。她给汪宁发了个微信让他过来，汪宁说：在执勤呢，等会儿就来。莹莹没吃饱，但是把饭盒盖上了，她把饺子给他留起来。

一位女士掀开透明的挡风帘子，推门进来。她是读书人的样子，高、瘦，人到中年但是美，眼睛缓缓扫过文具店里的人和物。郭姐做生意多年，会看人，她觉得这位女士不应该是对面中学的老师。郭姐放下莹莹妈妈带来的餐盒，用纸巾擦了嘴巴站起来，问这位："您有事吗？"

"我找孙莹莹，她是在这儿吧？"

孙莹莹的妈妈从座位上抬起头看那人，没有应声。

"找她干吗？"郭姐没有直接回答，挡了一道。

"有事情。"女士说，看看郭姐，微微一笑，"你不是她吧？"

被叫了名字的孙莹莹从柜台后面站了起来，看着这位要求见她的陌生人，有点不知所以。她被认真地打量了一会儿，那人随即低声地、和气地确定，声音里有温柔的怜悯："你是孙莹莹呀？"

莹莹点头，更加茫然无知。

"我是汪宁的妈妈。我来，是想要跟你说，"汪宁的妈妈说到这里哽了一下，慢慢度过自己激动的情绪，她在为难，但也不得以，终于开口，"我想请你……放了我儿子吧。"

几乎在这句话落地的同时，另一个母亲如同暴怒的雌兽一般从她的座位上猛地站起来。那是孙莹莹的妈妈，她矮小，不好看，没有文化，她甚至都不太健康。她有严重的风湿病，浑身上下没有一处形状正常的关节，但她用佝偻的手指照顾了自己病弱的孩子，这个孩子可能是她身体疼痛时迁怒于人的理由，但她决不允许她被这世上任何一个人诘问，她不能让她听一句重话。生活不爱她，可是她咬牙切齿地疼爱着自己的孩子，咬牙切齿地保护她。

她几乎是一步蹿上来的，抬着头，自下而上地与那高挑的女人对峙。她全不输她，瞬间燃起的气焰更加高涨："你是汪宁的妈妈呀？可太好了！我还要找你呢！我还有事情求你呢！你能不能跟你的儿子好好商量一下，让他不要再找我姑娘了！让他放了她吧！"

孙莹莹的妈妈那张从来朴实、敦厚、在生活的重压下甚至有些缺乏表情的脸此时无比激动，甚至隐隐狞笑："你让我姑娘放了你儿子？我女儿为什么受伤你知道吗？！是因为你儿子！他来找她是他觉得自己欠她的！但是我今天就跟你说个明白，我们不稀罕！他除了送点吃的喝的，能把她身上的伤给彻底治好吗？还是他能把这十二年给她还回来？！来，你今天来了就告诉我！"

汪宁的妈妈微微垂着眼睛看着眼前这个妇人，她的暴怒和大吼让她一瞬间有点蒙，但是她很快镇定下来："孙莹莹的妈妈？好呀，见到你，那咱们就能谈得更明白。该一天解决的事情，也就不用再等第二天了。"她看了看紧张的郭姐和小马，还有一直站在柜台后面、此时也呆住了的孙莹莹，"我们出去谈谈吧，我车子就停在外面，叫上孩子也行，咱们两个也行。"

这时挺身而出的是郭姐，在孙莹莹的妈妈还没回答的时候，她用抹布几下子把小桌子擦干净了，随手抻了椅子过来："去外面干吗呀？去外面还冷，我这儿不是挺暖和的吗？你们就在这儿说话吧。"她还不知道事情的来龙去脉，但是在心里面已经自动站队了。她原本也会奇怪为什么小汪警官和孙莹莹要搅在一起，在小汪警官和孙莹莹之间，她可不向着孙莹莹。可是现在是两个母亲，她站在弱者一边，也想要提供一个中立的场地，不能让小汪警官的妈妈占到主场的便宜，她现在是孙莹莹家的街坊和后盾。

孙莹莹的妈妈会意，坐在了椅子上：就在这儿谈。

郭姐让店员小马去给两人倒水，把孙莹莹从柜台后面喊出来，把她拽到卖纸本的地方去："大人说话呢，跟你没关。你就在这儿给我盘一盘货，给我看看A4的纸还剩多少包。"

……

之前发生了什么和两个妈妈说了什么，是郭姐后来告诉我的。她讲了好几次才终于把细节丰富完整，讲完了之后还愣了好一会儿，慢慢道："我刚开始以为自己是跟孙莹莹她妈一伙儿的，我觉得她对，他们家莹莹也可怜，可是仔细想想，小汪警官他妈又有哪里错了呢？要是我自己的儿子摊上这样的事儿，那我可能也跟她一样……"

故事仍回到那一天，文具店门口的茶座上，汪宁妈妈坐在了孙莹莹妈妈的对面，她没有恼火，打算耐心地跟她说说："当年你们家的事情我知道，我知道孙莹莹受伤了，也知道她后来不念书也不出门。我想跟你说，我是个医生，也是个妈妈，我不会跟遭遇苦难的孩子对立，只要我能，我尽一切帮忙。我的孩子原来是条厉害的狼，能去爬山涉水，能做点大事情，他的眼界绝对不是这么大点儿的地方！但是那场大火之后，他也变成另一个人了，他灰心了，不离开这个地方，不离开家了。如果我能选择的话，我不想要他改变。他欠你们家莹莹的，他自己知道。你刚才问我，他能不能偿还得了，不能。但是他在尽全力，他也累得够呛。他是因为工作出色调到出入境管理局的，你们家莹莹一出来，他就回派出所了。出入境管理局的书记大晚上给我打的电话，问我这孩子是不是傻？这是前途的事情，他当儿戏了吗？我说我孩子不傻，我孩子知道自己要做什么。这事儿，您不知道吧？"

郭姐在杯子里给她加了热水，汪宁的妈妈拿起来，喝了一口："后面的事儿，可能您也不知道，上班迟到，被逮着了，通报批评。在家里发烧吃药呢，被莹莹一个电话就能叫出来……他现在都没好。我不知道这些事儿是不是都是跟你们家孙莹莹直接相关，但是就是在她从家里出来了之后，这些事情才发生的：迟到，通报批评，一直生病……"

此时的孙莹莹坐在地上，听见了汪宁妈妈的话。她摸出手机，马上给汪宁发了个微信：你是在值班巡逻吗？还是你在家生病呢？

他过了一会儿才回复她的消息：我快到了。

他回复之前，她已经懂了。

……

狩猎的母豹也会收养初生的小鹿，世上的妈妈，哪怕她们本身之间敌对，也能在孩子的事情上彼此共情。汪宁的妈妈说完，孙莹莹的妈妈沉默了片刻，她仿佛冷静了一些，一直攥紧的双手轻微松弛。自己的姑娘是苦的，小汪警官不苦吗？但她仍然没有放松警惕，她仍然在保护着自己的女儿。

她低着头，顽固地："那又有什么用呢？那他也还不清我女儿。"

汪宁的妈妈长长地叹了一口气："是的，我也知道。但是你跟他提过吧，要是能给莹莹安排一个比现在好的工作就可以了。我孩子从来没求我办过事，这次张口了，我今天来其实主要是为了这个。我求人给莹莹找了个工作。"

孙莹莹的妈妈是意外的，此时抬起头来："什么工作……"

"去一所公立小学。刚开始就是在门口的收发员，以后如果做得好，在行政口也有晋升的机会。"

"稳定吗？"

汪宁妈妈喝了水看她："你听说过公立学校开一开，开黄了的事情吗？"

孙莹莹的妈妈思前想后，却抬头问汪宁的妈妈："那算是什么编制呢？是事业干部吗？还是公务员？"

她的问题让人啼笑皆非，汪宁的妈妈不解地看着她："您知道到底什么是事业干部和公务员吗？国家每年就那些指标，那得经过考试才能有资格当的，莹莹这些年都没上学吧？怎么能当干部呢？"眼前这个人的无知和贪心消减了她的耐心，在医院里从来都说一不二的她有点没好气，"这就是我能做到的最多的事情了，如果愿意去就去，不愿意就……那我也没办法了。"

我是这个时候进到文具店里来的，来取之前定的一些办公用品。进门看见汪宁妈妈和孙莹莹妈妈各自铁青着脸，我便意识到情况有些异常——她们这是在谈判吗？我没敢打招呼，她们也都没有跟我说话。郭姐招手把我叫到架子后面去，低声问我："你怎么自己来了？我找人给你送过去多好。"

我也低声回答："吃完饭没事儿我就过来呗。"

要拿回社区办公室的是挺沉的一大包，我就是不想要她把这个差事儿给莹莹。

我盘点了一下订购的文具，发现里面没有胶带，郭姐让莹莹从她旁边拿过来两个，她不声响，愣着。

我的到来好像提醒了孙莹莹的妈妈，她又一次认真地打量汪宁的妈妈，看她的头发，皮肤，淡淡的妆容，身上的衣服。她们的年纪应该一样大，自己结婚生孩子都早，可能比她还要小上几岁，但是是什么让她看上去那么年轻呢？

脑袋里面的见识，口袋里面的钱，认识很多人结成的关系网，同样是妈妈，这些让她们截然不同。

"你，你挺有能耐呀……"孙莹莹的妈妈说，她想到我了，"社区里的姑娘，大学毕业了，可比莹莹能干活儿，都只是个合同工，一个月两千多，你能给莹莹找到这样的工作？"

汪宁的妈妈觉得她可以解释一下，慢慢回答道："我救过很多人性命。"

"那能咋地？！"孙莹莹的妈妈把手里的水杯"咣当"一下子放在桌子上，"我们不稀罕！我说了好多遍了，我自己的孩子我养得起！"

这次真的把汪宁的妈妈搞糊涂了："你说的，汪宁欠孙莹莹的，我们好不容易给她找到工作了，你们又不要了。那你到底想要什么呢？你想要他们结婚吗？"

"我要是想要他们结婚，你们愿意吗？"

汪宁的妈妈发了狠："行！你说的！就让他们结婚！咱俩一起帮着操办，好不好？"

孙莹莹的妈妈愣住了。

我们在场的所有人都愣住了。

莹莹原本蹲着，忽然站起来，面色潮红。她手足无措地思考着，犹豫着，又咬着嘴巴，静悄悄地蹲了下去。

两位妈妈仿佛押上了全部身家的赌徒，各自红了眼睛，只等对方的破绽。

良久，汪宁的妈妈靠在椅子上，沉声说道："你也觉得这事情太疯了，根本就不靠谱，对不对？不过我没跟你说大话，我是真心的，你觉得汪宁欠孙莹莹那么多，那就拿他自己来还债好了！——但是你跟我都知道，他们不会长久的。现在结了，以后也是要离。——你比我还知道呢，否则你也不会阻止他们见面，你也不会提那么多根本没有可能的要求！他们没有基础。婚姻是好事儿，谈恋爱也是好事儿，这些好事儿不可能以一场灾难为基础。"

孙莹莹的妈妈颓然看着对方，因为被她说中了而默默无言，良久才说："我不知道小汪警官背后为莹莹做了那些事情，我们也不知道他被批评了，他生病了……这，请你别怪罪莹莹呀……"

汪宁的妈妈长长地叹了一口气，声音颤抖："怎么能怪莹莹呢……孩子们，大人们……都苦……"

午后的阳光照进文具店。听锅炉房的师傅说，今年的煤不贵，所以暖气烧得特别好。屋子里面暖呼呼的，空气里有纸张、文具、香水橡皮和奶茶的味道，可来回进出的客人们无法知道这里刚刚卷过一场怎样的风波。

偷文具的男孩们在这个时候混进来了。

他们这一番的目的可不是几个笔盒，他们在架子中间找到了之前给他们搅局的孙莹莹，她蹲在那里愣神儿呢，他们打算捉弄她一番。

他们做好了准备，状似随意地绕过去，准备出手了。

一个少年碰了一下她的后背，女孩儿脑袋里面在合计别的事情，没动地方。他眼疾手快地伸手掀她帽子，不成想那帽子卡了一下，女孩儿被惊动了，下意识的伸手去捂。晚了，少年手臂一扬，帽子被他拉了起来，被一同拉起来的居然还有女孩儿后脑勺的长长头发——那是连在帽子上的假发。少年在那一瞬间是完全没有准备的，好像在河边明明钓的是鱼，却上钩一条水蛇一样。他吓了一跳，马上把那到手的帽子和假发抛了出去。他的同伙碰了一下，两手来回倒腾，最后把帽子和假发扔在地上，大叫一声："你是把她头皮给揭下来了吗？！吓死人了！"

孙莹莹想要躲闪已经晚了，她觉得头上发凉，霍然起身。帽子和假发都已被人夺走，身体上最痛苦的一面就那样暴露在别人面前。她傻了，慌了，捂着头尖叫："啊——"

偷文具的少年们也被吓了一大跳，他们连同门口响应的伙伴想要夺路而逃，我反应过来，冲上前去，在门口抓住一人。那少年如同惊弓之鸟，把我狠狠推倒，我碰倒了装满礼品和手办的架子，镜子、砂钟、玻璃花瓶碎裂在地，我手掌着地撑住身体，只感到一阵尖锐的疼痛传来。少年推门往外冲，却被另一个人挡住了，正是小汪警官，他被之前慌忙逃走的两个少年撞了一下，一把擒住了第三个。那人被他反剪住一只手臂，跪在地上喊疼。

孙莹莹捂着头从店里跑了出来，她受惊地，看着汪宁，又看了看倒在地上的我，喃喃说道："我就应该一直呆在家里……我就不该出来……"

她说罢推开汪宁，跑了出去。

她的妈妈满脸是泪，叫着她的名字，一跛一跛地追出去。

被逮住的少年不仅仅汪宁手里这一个，还有一人仓皇逃走不及，在稍远一点的地方被人摁在了地上。摁住他的人是个头发有点长的男孩儿，我认识，刘天朗。

偷文具少年中的两人直接被汪宁带去了派出所，我帮郭姐把文具店里收拾干净了才回社区办公室。左手没流血，但是手掌摁下去会疼。我对着台灯扒着看了半天才发现是圆丘的地方有个小眼儿，跟杨哥借了一根针，拔来拔去，流了不少血，最后疼得呲牙咧嘴的，到底是把里面的东西给拨出来了：一小块碎玻璃碴子。

我坐在那里好久没动。心里又干又涩的，是从来没有过的难受。

孙莹莹从文具店跑出去时看着我和汪宁的受伤绝望的眼神历历在目，她说的话也一直回荡在我耳边。但我也不怪她，要是知道从家里出来是这样的结果，会听到两位妈妈说的那些话，会被偷文具的少年们揭掉了帽子和假发，那我也选择在家里待到地老天荒！

可这件事情让我对自己产生了怀疑，我的努力、我的工作没有得到理想的效果，我想要帮忙却间接让她受到了更大的伤害。我心怀好意却做了坏事，我发觉自己是那么一厢情愿，我以后还要怎么继续工作呢？

张阿姨在对面的桌子上，手里拿着报纸，从老花镜的后面看着我。

我想起来她让我少管孙莹莹家的事儿，也想起上业务课的时候，听书记说起有社区和街道的同事被投诉的事例，现在的我有一点理解了，那个被投诉的同事会不会也曾经充满热情，却一不小心事与愿违？

正在做表的杨哥忽然声音一振："洋洋，赶紧打开电脑看区委官网……"

我撑起胳膊："怎么了？"

"有篇报道，转自省报，专门写你的，赶紧看看！不错哈，我看你升官有望！"

我完全没有弄清楚状况，在微信上收到了韩佳轩发来的消息：我写的报道你看了吗？要怎么谢我？

我赶到烤肉店，在靠窗的位置上找到了韩佳轩。徐宏泽也来了，他正在讲电话，看到我摆摆手当打招呼。

他们点的一条鳗鱼被店家宰杀好了送上来，佳轩看到我非常高兴："洋洋你快过来，这条鳗鱼又大又肥，等会儿你多吃点……"她说一说慢下来，慢慢地不说了，看着我，有点意外的样子，"怎么了，不高兴？"

我只觉得一股热浪在胃里翻腾，冲向全身，冲到耳根子上都热了。我在手机里找到那篇文章，手直发抖："韩佳轩……这是你……你写的？"

她肯定没想到我急匆匆地过来不是来吃饭的，而是来兴师问罪的。她也愣了，把我的手机拿过去看了看，终于说道："是我写的，哪里不对了？你怎么了洋洋？"

"咱俩说过这事儿，我说你不要拿这件事情做文章，不要写孙莹莹的事情，你答应了，这怎么又给弄出来了？你问过谁呀？拿到授权了吗就这么写人家的事儿？"我还从来没跟人这么大声地说过话呢。

徐宏泽此时也放下了电话，抬头看了看我，又看向韩佳轩。

韩佳轩手上摆弄着一双方便筷子，低声道："倒是没有授权，但是也没有用她的真名呀，那都是化名吗？写的又不是什么不好的东西，就是他们家需要帮助，你克服各种困难，给群众帮忙的事情嘛。"她喝了一口大麦茶，不敢看我，"再说了，我这文章是发在内部的，他们家的人也看不到呀。"

"可是你写我真名了。我们社区、小区，你用的都是真名。他们看不到我能看到。"我说。

"废话。"韩佳轩理直气壮起来，"我不用真名，能树立典型吗？告诉你，洋洋，"她拽我的手，非把我拉到她对面的椅子上坐，"我知道你这人又老实又低调，你就是办了什么好事儿，自己也不愿意说。我觉得这是不对的！"

我看着她，被她说得有点糊涂："你说什么呢？"

"夫子云，征于色发于声而后喻。你做了好事儿，得让别人知道，"韩佳轩认真地看着我，"这样，才有别人向你学习，群众工作才会越做越好，你说对不对？"韩佳轩用夹子把一块又大又白的鱼肉放在炉子上烤，她觉得我没马上说话应该是把她的话听进去了，便把装着酱料的碟子给我往前推了推，越说越得意，"你这人有的时候也是拎不清，我写你和孙莹莹又怎么了？一来我没有造谣，那些事儿，给他们家忙前忙后的，你都做了，对不对？二来，我告诉你，你们现在不是正在往区里选送干部嘛，这篇文章发出来了，你这事儿肯定就稳了。夏洋，我命令你马上谢我！"

肥鳗鱼身上的油水滴落在炉子下面的碳上，迸出火星子。我看着韩佳轩，无论她怎么说都不为所动："你能把那篇文章……你能撤稿吗？"

韩佳轩手里的夹子悬在火上半天没动，舔舔发干的嘴唇，终于丧失了耐心，像看傻瓜一样看着我："你没搞错吧？"

"我是当事人，我是报道对象，我有没有权力让你把那篇稿子撤下来？"我继续追问。

"别想了。"

"那我找你们领导去！韩佳轩。"

"夏洋，你有病吧？！"韩佳轩手里的夹子扔在桌子上，"啪"的一声，"我哪里写错了？"

我飞快地回答她："我再说一遍：你没有授权，凭什么把孙莹莹的事情拿起来就写，给我的脸上贴金？我不用！你也不用糊弄我，你写这文章也不是就为了我，你也是为了完成任务，对不对？韩佳轩你们家那么有钱，你这事儿干得没意思！赶紧把文章撤了，咱还是朋友！要不然我跟你没完！"

"工作对谁都重要，怎么到我这儿就没意思了？怎么我好不容易写出来的文章，你想撤就撤？我们家有钱怎么了？那我费的心血就不作数了吗？我也不怕告诉你，我妈就我一个，我爸还另外有俩儿子呢，都是别人生的，每年春节都得一起吃饭，我那大弟弟，去年考上新加坡国立了，我还得在我爸面前争脸呢！夏洋我跟你说，这稿子，我写出来的，这是我的工作成果！不能撤！"

我跟徐宏泽都愣了，我们也没有想到她家里还有这般故事。韩佳轩好像终于吐掉胸口大石一般，涨红着脸，咬紧牙关，凶狠地看着我。

徐宏泽看着我们两个，给我们两个的杯子里倒上大麦茶："有事好好商量，不许吵。"

"徐宏泽，不许你这么说我。"韩佳轩下巴一软忽然哭了，用纸巾一下一下地沾眼角流出的大泪珠，"我帮夏洋不是帮你？不是你说的吗，这个前女友，人很好的，就是不知道上进。我算是发现了，何止不上进，根本就是不知道好赖！"

我看着徐宏泽，心里明白他们两个肯定背后也没少议论我。

徐宏泽摇头，手指张开揉了揉太阳穴："赖我……"

我喝了一口茶水，没再糊涂，用夹子把烤糊了的鳗鱼扔到一边："你们想做好事儿，至少得别人领情，别人受用吧？我不用！我也不觉得高兴！那个稿子，你必须撤下来。"

"你不依不饶了是吗？"韩佳轩歪头看着我。

"我为孙莹莹做的事情，尤其是这次让她从家里出来，给她找工作的事儿，对她，对她的生活一点帮助都没有。她都后悔了。就今天中午，她刚刚跟我说的。"我看着韩佳轩，眼睛发胀，鼻子里也疼，但是我忍着没哭，"所以我跟你说，我干的不算好事儿。你树错典型了！我再说一遍：那篇稿子你必须撤掉，要不然我找你们领导去！"

佳轩手里的纸巾被捏成了一小团，看着我，慢慢道："我求求你别把自己表现得那么高大上了，也别得了好处就卖乖。你帮了孙莹莹也不白帮呀，至少有一个人是念你的好的，他觉得你好，就比什么都重要了，对不对？咱们都知道他是谁，小汪警官！"

韩佳轩的一句话把我说愣了。

之后发生的另一件事情更是让我对于自己的工作产生了重大的怀疑：袁姐被打了。

这事儿得从山水佳园的老李头子说起，老李头子长得又黑又瘦，戴眼镜，从前在小商品批发市场卖油盐酱醋调味品，攒下来一点家底。他老伴去世了，儿子和女儿都在南方工作，老李头子平时就一个人过，经常在葡萄架下面看翟大爷和郑大爷他们下棋。自从翟大爷的屋子收拾干净了，他儿子时不时地会带着媳妇孩子回来看他，有时候还把他带到新开的洗浴中心去连蒸带搓洗个大全套，改头换面的翟大爷现在很有可能是同届老头子里面最干净的了；郑大爷的宠物公鸡杀了之后不早操了，袁姐通过医大的张主任给他老伴联系了医生做了放疗方案，现在肿瘤控制得很好，两人经常一起骑车。老李头子看着这两人忽然觉得自己独自一人过得没有意思了，打算寻个老伴。

我们私下里之所以管老李头子不叫李大爷而叫做老李头子，是因为他实在是没法赢得我们的尊重，他有事儿一般就两个原因：一个是男女关系，另一个就是因为小气。

两个多月前的一个星期六，天还没太冷的时候，三个相邻的社区组织团建，大家一起去北区踢毽球。中场休息，袁姐带我去买汽水喝，看见莫愁湖边老年人活动角那里打起来了：是一个老先生看上一个老夫人，第一次见面就笑嘻嘻地用扫帚状的大毛笔蘸着湖水在地上写了八个字送给人家："白白净净，细皮嫩肉"，还拉着人不让走，结果被闻讯赶来的另一个老先生给推倒在地，半天起不来。另一个指着他说，你想处对象可以，但是不能插足，我们两个处了好几年就等着孩子结婚再领证了，北区谁不认识我们？她是扇子舞队的领舞，还用得着你写字？看你那几笔臭字儿吧！我是散打教练，要不我再给你露两招？倒在地上的那位赶紧招手讨饶，不用不用，我今天主要是来练字儿的，我就不领教了。等人走了，他却半天没起来，原来是胯骨轴子伤到了。袁姐不得不拉着我上前把他扶起来，然后开车给他送去了骨科诊所，谁让他是我们社区的老李头子呢。

又过了一个多月，老李头子家雇了三天的保姆跑到我们社区来哭，说老李头子趁她做饭的时候摸她。话音没落，老李头子从外面追进来，理直气壮地大吼："我们家就那么点活儿，我自己也能干得过来，找保姆不摸，我找你干什么？"

天可怜见，我还不到二十五，还没有对象，却要认真地听一个四十七岁的女子跟七十二岁的男子那般狂野的对话，还得做出了解问题的表情。我在心里狂吐不止。

"都别说了！"终于袁姐厉声阻止，"还当着小孩儿的面，不讲点体面吗？"

保姆和老李头子都不说话了。

袁姐苦口婆心地劝说："老李头……我说李大爷呀，您要是特别坚定地想要找老伴，我们也可以帮您张罗，但您这样不对，人家不乐意，您不能胡来呀。说句到家的话，来我们这儿反应问题，说明人家保姆给您留面子了，我们还能劝劝。要是去对面，对面派出所那里，那可就是另一个办法了！您说我说得对不对？"

干瘪精瘦的老李头子从眼镜后面看了看袁姐："你们还帮着找老伴？"

袁姐留了个心眼："……您最好还是找专业的婚介。"

"他们要中介费。"

"……我们反正就是群众有什么需要，我们都尽量帮忙。您要是不信任婚介，或者不想花那个中介费，那我也能帮您看看。"袁姐说得都快背过气去了。

"帮我找吧。"老李头子说，随即马上开出条件，"白净的，身体健康的，别有事儿没事儿去医院的。独立女性。能干活儿但不要彩礼的。"

袁姐当机立断："找不着！"

老李头子讪讪离开，保姆让杨哥陪着她去取行李。

张阿姨报纸往前一送："他的事儿你们少管！"

袁姐是除我以外另一个没听张阿姨劝的家伙，那么老李头子究竟是怎么害她被打了的呢？昨天晚上他一个人在街上溜达，一个中年妇人笼着袖子靠墙站着，斜了老李头子一眼，老李头子也斜了她一眼。他往前又走出去二十几步，忽然感觉到胸腔里咚咚两声——那是恋爱的感觉了。

他走回来，面对妇人："你咋自己呆这儿呢？你是等人吗？"

妇人看看他，眼睛又向别处斜飞出去。

老李头子忽然觉得她很媚气，继续找话说："你是一个人呀？"

妇人回答他："一个人，怎么了？"

"唠唠嗑不？"

"去哪里唠？"妇人问，"押面馆还是鸡架店？"

"我吃完饭了。我不饿。"老李头子不想管她饭，"去我家吧？"

妇人转了转眼睛："去你家干吗呀？去我家吧。"

老李头子道："那也行。能唠就行。"

妇人头一扭，老李头子跟在她后面，心里还美呢，搭搭话就能约会了。不过妇人心里想了什么他可不知道，她想的是：这人眼睛不好，记性还差，我在他家当过三天保姆，他居然没认出来，等着我今天让我老公修理你。

前保姆就这样在脑袋里面给老李头子构造了一个仙人跳。

当时是晚上，袁姐正带着孩子在钢琴老师家里上课，忽然接到老李头子的电话，说生病了，急用钱，让她带两千块钱赶紧到微信上写的那个地址来。袁姐觉得有点不对劲儿，在电话里感觉到了老李头子的声音在颤抖，而且语气奇怪，不叫她袁书记，也不叫她名字，支支吾吾地还颇为强硬，有点命令的味道。

袁姐把孩子放了老师家里，微信告诉杨哥跟她一起在老李头子给的那个地址会合。杨哥只要不张嘴说话，光看外表还是很能唬人的。两人很快到了那栋旧楼楼下，上楼摸到前保姆的住处，见大冷夜里，老李头子只穿着一条裤衩蹲在地上哆嗦呢，前保姆的丈夫一见袁姐道："你就是他女儿吧？你老爸想要强奸我老婆，让我逮着了，说要私了，钱你带来了吧？！"

袁姐何等精明，一眼认出来里面的前保姆，电光火石之间就明白这是个局了。她上前一把抓住老李头子就往外搡："跟我走！您让人设计了，还不知道呢？！"

老李头子屁股往下落，不肯走："我怎么走呀？我这么出去能被冻死！钱你带了吗？给他们吧，我回头还您！"

袁姐那个气："您平时不是挺省的吗？怎么这个时候大方起来了？"

老李头子："这不是让人逮着了吗，要给我送派出所公了！我可不想坐牢！"

说时迟那时快，前保姆已经和丈夫扭作一团了。女的说："让人认出来了，这钱要不到了！"他丈夫不干，非把钱要下来不可。

杨哥见场面混乱，难以应付，拿出电话来就要打110。只穿着一条裤衩的老李头子忽然从地上奋起，一步撞倒拦在门口的前保姆的丈夫，又猛地推开袁姐去夺杨哥手里的电话，嘴里大声喊着："可不能报警呀！"

杨哥手里的电话被高高抛起，老李头子接住，攥在手里，呵呵笑起来。而被他推倒从台阶上滚落、疼得呲牙咧嘴的正是袁姐。

……

"不是被打的？"

"不算是。最多是失手。"

我买了些水果去袁姐家看望，她整整一条手臂严重地软组织挫伤，差点就是骨折，肋骨往下一直到胯骨，还有两大块淤青。现在挂着吊臂，靠在床头跟我说话，微微侧身，还怕压到患处。

"那后来呢？您跟杨哥报警了没？"我问。

"报了，这事儿不可能绕过派出所。"袁姐说，"但是因为有我们的及时干预，没有形成犯罪事实，那一片的警官对老李头子和那两口子进行了批评教育，半夜就给放了。"

"然后呢？"我追问。

"然后我就去医院。然后我就回家养伤了。"袁姐说。

我气得够呛："就这么就完了？老李头子应该给您拿医药费，营养费，还有误工费！"

袁姐白了我一眼："还跟人家要钱？老李头子多抠你不知道？"

"那他说了谢谢没呀？"我问。

"说起来这个，"袁姐叹了一口气，"我带着他从派出所出来，当时我还没去医院呢，身上还没包扎呢，也是疼，我就说了一句，大爷呀，咱以后可接受教训吧，咱可别再惹事儿了，你知道他怎么说？"

"他怎么说？"

"他别扭半天，最后跟我说，他瞪着我说……"袁姐顿了顿，"他说，就赖你，不是你，我不能进派出所！"袁姐话音刚落，眼圈一下红了——我从来没有看见她这样过，她被委屈了：忙了一大遭，身上受了伤，最终得到居民这样一句回答。

我半天不知道该怎么接话，更难以找到合适的语言去安慰她。我想起孙莹莹被少年们拿掉了帽子和假发之后，狼狈地从文具店里往外逃，含泪对我说的那句话，她说她就不该从家里出来。比起来老李头子，莹莹讲话还对我留有些许仁慈，但是我并没有得到比袁姐更高的评价。我们是一对难姐难妹，挫败感十足，灰心丧气。

我到底还是哭了起来，就趴在袁姐的床头，脸蒙在她的被子里。我心里替她不值，也为自己难过，我觉得累，觉得没有办法，觉得满怀的热情被熄灭，冰冻，我冻得瑟瑟发抖。

袁姐身上还有伤，哪里都疼，费了半天劲才找到合适的角度拍了拍我的肩膀，让我好好地哭了一会儿。

"那怎么办呀？"终于我抬起头来，喃喃地问这个大我十四岁的前辈，想要向她讨点主意。

袁姐剥了一个我带来的橘子，放了一瓣在嘴巴里吃掉："能怎么办？我先休息几天，身上伤好了还得继续上班呀。不能因为一两个人说咱们不对了，就撂挑子不工作了，我还领着一份工资呢，对不对？"

我用毛衣的袖子擦了一把眼泪，点点头，说的也是。

有人摁门铃，我去开门，是袁姐家的保姆，来上班顺便买了菜，进门就忙活起来。袁姐告诉她，今晚上孩子在学校的课外课停了，让她做完饭就把孩子接回来。

袁姐家住的是一个三室两厅的单元房，小区环境和她家里的户型装修都属于中等偏上，远远达不到我们片区山水佳园那些富裕住户的水平。我心里不由得产生了一个疑问：都说袁姐的先生是国企高管，家庭条件特别好，可是实际情况跟传闻却是有差距的。而且凭着我近一年来的社区工作经验，我敏感地察觉了袁姐家里似乎还有些我们不知道的事情。

我犹豫着，好奇着，但是没有胆量问出口。

袁姐吃着橘子，似乎察觉了我的念头："琢磨什么呢你？找你姐夫呢？"

她先说出来的，我也就不再藏着："姐你都负伤了，姐夫去哪里了？"

"分居都快一年了。"袁姐轻快地说。

我愣在原地，下巴差点没掉在地上，半天没说出话来。

"你姐夫确实是公司高管，特别忙，总出差。家里还上有老下有小的，他想让我辞职照顾家，我没干。我跟他说了，一个女的别管她老公挣多少钱，她自己不能没有工作。想让我辞职，那不可能。他公司忙没问题，他忙他的，我一边上班也能一边把家里老人孩子什么的照顾好，我肯定说到做到。"袁姐说。

"那你们怎么还分居了？姐夫没同意吗？"我问。

"他同意了。"袁姐说，"但是这人说一套做一套，他在区里找了人，找我麻烦，不让我干社区书记了。我气蒙了，回家跟他大吵一架。谁也不想让步。"袁姐看着我，"这事儿就发生在你刚进社区的时候。"

"吵架之后呢？你们就分开了？"我问。

"他被调到深圳去了。"袁姐说，"我没去。一直到现在，他偶尔回来看看孩子，晚上回他自己妈家睡觉，待不了两天又得回深圳。"

在我们的印象里，都以为袁姐事业家庭双得意，而且背景深厚，做什么事情都能借上老公的力，谁知道她的婚姻竟是这样的状态？我试着找一些别的理由去理解这件事情，把它归结到广泛存在的那一类中年人的婚姻困境里，比如说："姐夫外面有人吗？故意拿工作的事情挑你的毛病？"

袁姐想了想："分居也快一年了，真要有人是不是也该办手续离婚了？上次回来我问过他，他让我再想一想。"

"这样讲应该是没有……"

"穿得有点邋遢，估计也没人照顾。"袁姐道。

"姐夫秃不秃？胖不胖？长得难看不？"我问。

袁姐斜了我一眼，马上翻手机："我给你找找。"

她把一个中年男士的照片给我看，我吓一跳："又高又瘦，头发还多，戴着眼镜居然有点帅呢？这是在哪儿呀？咋这么漂亮？"

袁姐道："可会理财了，八年前就在深圳买房了。这就是那套房子。"

我放下手机，看着袁姐："姐呀，我能理解你要有工作、要有自我、不愿意去当全职太太的这个心理。但是你真觉得值得吗？"

袁姐想了一会儿，终于还是慢慢道："这是个信仰问题。说到底，我是个党员。洋洋。"

"……那你跟姐夫就这么着了？党员就得分居吗？"我问。

"马克思主义哲学告诉我们，事物是不断发展变化的。"

"所以说呢？"我继续问。

"就是说，走一步看一步吧。"问题越探讨越复杂，袁姐也开始有点虚。

"真是这么解释的吗？"我严重怀疑，"最近区里办学习班，姐您是看了不少马列名著吧？"

"孩子政治课正好讲到这里，我帮他复习来着。"

我从袁姐家里出来，抄近路走回家路过黄昏出摊的菜市场。

天色擦黑，街面上十分拥挤，我买了个红瓤的烤地瓜站在路边吃，看见食杂店的老板把各式各样的雪糕装在纸盒子里摆在外面跟冻秋梨和糖葫芦一起卖；烧烤摊上成排的鸡翅被烧得香气四溢，吱吱作响；半截卡车刚刚把海鲜拉回来，上面装满了牡蛎和扇贝，商贩一边吆喝一边扒牡蛎，天气寒冷，被扒出来的牡蛎肉很快就冻成了一个个小球，被他利落地装在塑料袋里……不知道是被这个烟火气息的景象还是那个特别甜的烤地瓜给安慰到了，我的心里不再觉得委屈了。我忽然有点理解为什么袁姐不去深圳了，我也有点明白我自己了，为什么那么执拗地要去帮助孙莹莹，要催促她去重新融入家门以外的世界。

我把剩下的地瓜几口吞下，赶紧拿出电话来，给她发了一条微信：莹莹，要是我帮你找的工作你不喜欢，要是你后悔从家里出来，要是你怪我，那我跟你道歉，但是如果你还愿意听我说一句，那我觉得你已经出来了，就不要再躲回去。生活有时候很糟糕，但有时候又特别好，值得你再试一试。

她没有回复我。

过了两天，我去上班，午休时间看见郭姐文具店的外面，莹莹戴着新帽子在扫地呢。她抬头看见我了，隔着一条小路朝我点点头。我心里高兴极了，差点跳起来，双手在口袋里搓来搓去，又不知道该说点什么。莹莹好像忽然想起了什么，离老远告诉我："洋洋你先别动，你等我一会儿！"她说罢跑回店里去，没多久再出来，手里拿着刚刚做好的奶茶。

莹莹把热乎乎的奶茶给我，帮我把脖子上略略松开的围巾紧了紧。

我说："我给你转钱，一杯奶茶卖得不便宜，郭姐可把这个当钱了。"

莹莹摇摇头："不用，我没白拿，刚才给郭姐扫码付钱了。我请你的。"

日光之下，莹莹的眼睛非常明亮，好像刚刚从一场长长的睡眠中终于醒来一样："洋洋你说得对，我应该再试试。"

能够让孙莹莹醒来的，不仅仅是我的一条微信。

时间又要退回到几天前，文具店里的那场混乱之后。捣乱的少年中有两人被汪宁和路过的刘天朗逮住，小汪警官把他们带回了派出所，第一时间通知了家长，其中一人的母亲很快赶到了派出所。

警方对那两人的讯问要在监护人的陪同下分别进行。过程当中，小汪警官一直保持着专业而且公正的态度。一个男孩儿很快交代了事情的起因经过，来的家长就是他的妈妈，一边听他说一边掉眼泪。

小汪警官和徐警官也是经验丰富的，他们一直没有表态，想要再观察那男孩的反应。少年人起先木着脸，渐渐地终于看清了这件原本似乎微不足道的恶作剧对别人造成的伤害，以及对他的一生可能产生的深远影响，终于低下头去，双肩颤抖，涕泪横流："是我不对，我不应该。妈妈，妈妈对不起，警官我错了……"

男孩儿应该在很长的时间里不会忘记这堂课了。小汪警官合上卷宗，告诉那母子二人："念及初犯，没有造成人员伤害，这次可以把人领回家去。但对文具店造成的财物损失以及当时受害者的赔偿，要在警方协调下之后商定。是不是要知会学校……"他停了停，压低声音，带着威慑，"我们跟你们学校的德育处一直保持密切沟通，你从此以后都要小心自己的言行。人有点敬畏是好事。哪怕你高考结束，你离开这里，你长大了，都要记住今天，你跟你妈妈说了什么，你跟我们两个警官说了什么。"

男孩痛哭点头，在处理文件上签字之后跟他妈妈回了家。

可另一个男孩的情况就复杂多了。他是那几个偷文具的少年的头目，是这场文具店的混乱的主要策划者，也是最终伸手掀掉孙莹莹帽子的人，叫范小鹏。汪宁查到他去年在地铁里跟人打架的记录，按规定这一回要从重处罚，并且通知学校。而他的爸爸正是派出所和社区的老熟人，那个包下了附近好几个弃管小区的空地作停车场的工头范志明。

从文具店把范小鹏带到派出所的路上，他一路骂骂咧咧。小汪警官没生气，地痞泼皮他见过多了，比这混账的有的是，骂人是为了掩饰害怕，遇见这样的，警官们都不用废话，把他放在等候室里面待上个把小时，没人搭理，再出来比谁都有礼貌。

给他家长范志明打电话的时候，小汪警官也没生气。那边声音大，好像在打麻将，说了好几遍他才听明白，赶紧恭恭敬敬地："小汪警官呀，您找我？什么？我儿子在你们所里？"

电话对面几声噪音，手机被换到另一只手上。范志明有点慌："小汪警官，我儿子什么事儿呀？我孩子好不容易在重点中学办的借读生，学校一旦知道，肯定就不能留他在那儿上课了。您看，咱们都是老熟人了，咱们私下聊两句？"

这生意人的脑袋里又想要走后门儿，汪宁直截了当地："你们家小孩儿不是第一次进派出所了，按照规定，我们必须知会就读学校。你赶紧过来吧，家长不在，我们不能给未成年人做笔录。一切照章办事儿，别琢磨别的了。"

范志明一个电话之后却迟迟没到，范小鹏在等候观察室里开始大声喊叫起来，他要尿尿，要喝水，要吃东西。汪宁过来了，那十几岁的男孩儿嚣张地用一根手指头指着他说："小警察我劝你识时务把我给放了，要不然我让我爸把你身上这身警服给撸掉，你信不信？"

汪宁看着他笑："不信，但你要这么说，我估计你爸肯定是认识点人。这样，你们家那么威风，你就跟我说说，你爸认识谁呀？你听到过什么名字？让我怕一怕。"

那孩子再傻也知道小警察并没有被他那有样学样的几句社会话术给喝住，哼哼几声道："你别不信，你等着。"

小汪警官道: "你爸刚才给我打电话还要单独跟我见面聊聊呢, 你们家是做买卖的, 是不是觉得什么东西都能买呀? 他这叫企图贿赂公职人员, 是犯罪, 弄不好比你的事儿还大呢。我劝你低调。"

男孩不吱声了: "我爸怎么还没来?"

汪宁道: "不是看你没什么教育的价值了, 干脆不管你了, 把你扔了吧? 我们这里你放心, 你家长不要你了, 我们要, 你就消停在这儿待着吧。"

范小鹏怂了。

小汪警官不屑地瞥了他一眼, 从观察室出来。

快到五点半, 派出所就要下班的当口, 那个范志明过来领孩子了。跟他一起来的还有另外一个人, 文具店的老板郭姐, 她是来销案的, 她不追究了。

两天之后, 当我在烤肉店里跟韩佳轩和徐宏泽大吵大闹的时候, 一个警察打人的视频在本地的社交网络上蔓延开来。

视频只有两三秒钟, 被拍得歪歪斜斜, 但是能看见纷争激烈的程度。年轻警官伸长了手臂, 把男孩顶在墙上, 男孩嘴巴里还在骂骂咧咧的, 腿脚朝着警官的肚子乱蹬, 有别的警官上来要把他拉开。警官狠狠摁着男孩, 低吼着: "你给我再说一遍!"

录视频的人叫道: "警察怎么打人了!"那是范志明的声音。

又过了两天, 当我在袁姐家里开始怀疑自己做社区工作的意义, 不知道自己究竟为了什么还要在这里受委屈干活儿的时候, 小汪警官在所长办公室里被约谈。对于汪宁警官的临时处理决定在三天之后下来: 他被通报批评, 勒令停职反省, 定期回派出所进行思想汇报, 后续处理待定。

后来我在很多人的讲述中试着把那个片刻发生的事情完整地拼凑起来: 郭姐销案了, 范小鹏被小汪警官从观察室里带出来交给范志明。男孩儿离老远看见他爸爸和郭姐的瞬间就明白了, 爸爸这人没什么好的, 但是总有钻空子的能耐, 这一次又成功了。

他先是挨了他爸一巴掌, 打在后脑壳上, 有响声没力道, 知道他爸也就是装装样子: "让你小子淘! 回家我收拾你!"

小汪警官冷着脸把文件拿出来让他们签字。

郭姐躲到一边, 因为惭愧而有些不自然: "小汪警官, 让您费心了。您也理解一下，范老板来找我了，赔了钱也道歉了。我是开门做生意的，最怕得罪人。"

汪宁没再多言，面无表情地接纳了她的说法。

另一边的范氏父子嚣张和轻慢起来，范小鹏签了字还故意大声说："爸你怎么这么快就来了？我还想在这儿过夜呢，我就当见见世面。"

范志明接茬道："你就别嚷嚷了，当心小汪警官再看你不顺眼，真把你拘起来。"

"老范。"汪宁扯下回执给范志明，"你不用跟我这么阴阳怪气的，我没看你儿子不顺眼。他在我片区闹事儿了，我把他带回来调查，是正常执行公务。你跟郭女士和解了，我们也不再追究。但是我告诉你，孩子你还是看好吧，这个年纪就惹事儿欺负人，还不知道道歉悔改，你还纵着他，小心以后闹出大事儿来！"

小汪警官严肃认真，正气凛然。范志明计较着自己在这个片区还有生意，还可能被这个软硬不吃的小警官管辖着就没敢再回嘴。本想赶紧拽着儿子往外走，范小鹏一甩胳膊撒泼："我还是受害人呢！我没闹事儿，文具店里那些架子是我不小心弄倒的，我被吓一跳，那有个怪物！帽子拿掉可把人吓死了！"

这话进了小汪警官的耳朵就像一下子有什么东西打在他的脑袋上一样，他只觉得耳边好像是有风声在呜呜作响。他有些难以置信地，轻声又问了范小鹏一句："你说什么？"

这个时候的范小鹏还没意识到即将到来的危险，他以为事情就此结束了，自己是安全的，他不聪明地继续往下说，存心要挑衅："估计是有传染病，现在防疫是大局，你们不去查查吗？"

他话音没落，谁都没看清的瞬间，汪宁像一枚弹脱而出的子弹，薅住范小鹏的领子把他一下子推到墙上。范小鹏双脚离地被他抓起来，挣扎着，反抗着。汪宁仿佛一只暴怒的野兽，眉头紧锁，瞪着双眼："你说什么？你给我再说一遍？！"

旁边的几个同事见状马上上来把汪宁拉开，汪宁被范小鹏激怒而动手的过程持续了不过几秒钟，却被狡猾的范志明用手机拍下了视频传到了网上。

这是那天发生在派出所的事情。

在文具店里捣乱、作弄孙莹莹的范小鹏，回到学校继续上课。

而汪宁被处分，马上停职检查，之后前途未卜。

汪宁被停职的那一天，李所从区分局一个重要的会议里抽身，送汪宁直到派出所大门外面——小警官手里拿着一个纸箱，里面有书有笔记还有两件换洗的警服衬衫。

"你是停职反省，不是放假，所里这边人手不够的时候，你还得回来。"李所说。

"嗯。"汪宁点点头。

"该批评的话早就批评过了，汪宁，我有点私事儿问你。"

汪宁抬头看看李所——他是个四十多岁的汉子，原来当过五年武警，被草原上横扫的北风吹得面孔粗糙，是个看上去很有威严的老警察。李所平时说一不二，雷厉风行，忽然有了那样一个礼貌的细致的开场白，让汪宁有点不太适应："您请说。"

"那个女孩儿，就是被范小鹏掀掉帽子的女孩儿，就是你陪她去银行耽误了上班的那个，对不对？"

汪宁马上道："所长，我在所里对范小鹏动手不对，但他确实在文具店滋事了。"

"我知道。"李所打断汪宁，"我就想问你，是不是那个女孩儿？"

汪宁沉默片刻："嗯。"

"那我就理解你了。都是男人，换作是我，可能也会收拾那个小子。"李所说，"但是，你不能忘了一件事儿，你不仅仅是一个男人，你还是个警察。你不是给一个人当警察。"

汪宁抬起头来看李所，他想为自己辩解一两句，却什么都没有说出来。

李所道："你来咱所五年了吧？"

"毕业来的，五年零四个月。"

"我才轮岗到这儿三年，你比我来的时间还长呢。我知道你一直不错，但是你瞧瞧你最近迟到、生病，还在派出所里把人打了……我都快不认识你了。小汪，在家好好想想，不考虑以后发展的事儿，就想想你还要不要当警察了。"

汪宁没说话，他之后去找了孙莹莹。

他对她说的话，加上我给她发的那一条短信，终于让孙莹莹决定再给外面的世界一次机会。

可是汪宁究竟跟孙莹莹说了些什么呢？我在孙莹莹面前没有立场，暂时没敢问。

接下来的好几天，小汪警官的视频在网络上余波仍在。派出所、社区、片区里的大家惊讶着，惋惜着，设想着这件事情可能对小汪警官之后的生活带来的改变。

人们为汪宁抱不平，难免又要把孙莹莹算进来：要不是她，小汪警官会那么冲动吗？会丧失理智吗？会动手打人还被人拍下来吗？

我从心底里面不同意这些人说的话，就好像汪宁就该是个不能犯错误的机器人一样，就好像孙莹莹是那个祸国殃民的苏妲己一样。

那天食堂包酸菜羊肉馅的饺子，好几个人吃完了又开始说起小汪警官的事儿，说他这一个星期没来所里做思想汇报，把李所气得够呛。

"他怎么说？"我接口问道，"小汪警官为什么不来所里汇报？"

"你想知道原因，就打个电话问他。"一个人在我对面说。

是张阿姨，面前是一碗饺子汤。她声音低沉，像个会施咒的老法师。我隔着一张桌子看了她一会儿："你换新眼镜了？"

"玳瑁边的，可贵了，四百多块，你觉得还行吗？衬我吗？"她问我意见。

"好看。显白。"我说，"哎，还有点变化，"我继续仔细研究她，"说不出来，也不知道是哪里，好像是变漂亮了……"

"我昨天去理发店，把头发缝儿从左边换到右边了。"张阿姨笑了笑。

我看着这七十多岁的、刚刚换了发型和眼镜的张阿姨，忽然心里出现了一个奇妙的预感，思忖半天，还是没敢说出口。谁知道她先说了："我处对象了。"

"跟谁呀？"

"先不告诉你，但是这人是靠谱的。你放心吧。"张阿姨喝了一口饺子汤，眼睛仍然紧紧盯着我，声音越说越低，"我就想跟你说，是时候了。"

"是什么时候了？"我下巴都快掉下来了，看着张阿姨。

"你跟汪宁，该表白得表白。趁着他现在被处分了，脆弱、需要人安慰的时候，你得主动一点！"

我觉得自己两只耳朵"轰"一声，好像一时间有几千只蜜蜂从我两个耳朵眼里飞出来一样。我马上坐直了，挠后脑勺，眼珠子左右乱转："您看您，胡说八道些什么呀？饺子汤可以乱喝，话可不要乱讲呀……"我满口胡言半天，终于没忍住，隔着桌子抓住张阿姨的手，她一句话没说，而我的眼泪都被自己说得掉下来了，"能不能先不告诉别人？"

她看着我摇摇头，似乎有些怜悯："怕是咱们办公室的都知道了。"

"怎么办？"

"我不是刚刚告诉你了吗？现在给他打电话呀，趁人之危，把他拿下。"

"实不相瞒，我怕我没有那个能耐。"我说，"他为什么被停职？不就是心里面还有孙莹莹吗？我长这么大都没有男生替我打架呢。"

张阿姨可能确实因为谈恋爱而变得有些柔软了，不挖苦我也不讽刺我，切切实实地鼓励我："你相信我，他俩不行。"

"他俩行不行，你说了又不算……"

"还是把话说明白吧。你想想看，你现在不去很有可能就错失机会了，要是我在你前面结婚了，你会不会窝火？"

我抖了一下，点点头："行！我说！"我三步并作两步回到办公室，拿出电话，颤抖着给小汪警官发了一条微信：我请你吃那个不正经的芙蓉鸡蛋饼，去吗？

等了半个小时，他都没回我。

我估计他现在肯定是谁都不愿意理。我打算把一个人的八卦告诉他，她鼓励我给汪宁打电话的，她不会怪我的。

我：咱单位有个人谈恋爱了，你猜是谁？你肯定猜不到。

好半天仍旧没有回复。

我：告诉你吧，是张阿姨。

过了几分钟，汪宁那边居然有动静了。

汪宁：跟谁呀？

我：不知道，她没说，有消息了我再跟你说。

他又不说话了，这可怎么办？

我继续给汪宁微信：你猜又是谁夫妻不和，婚姻面临严重危机，弄不好快离婚了……

这回汪宁连一秒钟都没耽误：谁？！

我：你出来我就告诉你。

"袁姐。"

汪宁闻言瞪着眼睛，半张着嘴巴，结结巴巴地问："她不是夫妻关系很好的吗？怎么可能快离婚了？你给我说说清楚。"

我就把袁姐的事情添油加醋地说了一遍。

汪宁半晌点点头，喃喃道："袁姐可真是女强人。"

我们两个在火锅店门口等位子，各自手里一杯奶茶。奶茶是我请的，汪宁同意了，反正他现在每个月只有工资，没有津贴。

小汪警官眼睛有红血丝，两个大黑眼圈，下巴上有三个痘，放在白白净净的脸上格外明显。脸颊是瘪的，可见瘦了很多，整个人看上去老了五六岁，不是从前那个总是精力旺盛、眉飞色舞的样子了。

我喝着奶茶看着他。有一点我觉得小汪警官还有救，他还是干净的，气味好闻。我想嗅一嗅他的味道，告诉他不怕有我在，就算全世界认为你是错的，我都站你身边。不就是停职反省吗，我还赚钱呢，虽然不多，但是我可以上街摆摊养活你……

"小聋，你为什么那么看我？"小汪警官上下打量着我，嘴巴里咬着吸管，眼睛里有戒备，像是一条刚刚被踩了尾巴的小狗，有点敏感，"我是停职了，但是我可不用你可怜我。奶茶你请可以，等会儿火锅我付钱。"

"行行，没有问题。"我赶紧把目光投到别的地方去，心想我这人是有多实在，怎么眼神就让他看出来我在脑袋里面想什么了？

店员叫到我们的号码，让进去吃火锅了。汪宁低头点菜，不时问我意见。我心里琢磨着袁姐的八卦已经讲完了，接下来要怎么继续呢？对了，安慰一个人最好的办法是说自己比他还惨，从而让对方知道这点事儿实在不算什么，心理平衡了也就好了。

等他点完菜，两个人可以安静说话了，我说："我不想干了。"

果然，汪宁很意外，放下了戒备心，提起了注意力，剥了一个小橘子放在我碟子里，表情和声音也比刚刚柔和了："怎么了？怎么就不想干了？"

对对对，就是这个反应，我得把不开心的事情说出来，让他开心一下。

"就是现在的工作呗。杂七杂八那么多事情，还赚不了几个钱，还总被群众不理解，你猜怎么着？"

"你说你说。"锅底上来了，汪宁给我盛了一碗鸭血，居然有点兴致勃勃。

"山水佳园西侧的那个海鲜大饭店，不是跟他们共用进出车道吗？有居民反映道太窄，双向行驶容易有危险。专家给的建议是车道改成顺行的，然后南北两个口子由山水佳园和海皇饭店分开使用。根据政策，袁姐就让我们去找居民挨家挨户签字。"

"就这个礼拜发生的事儿？"汪宁问。

"对呀。"

汪宁摇头，门清的："要居民签名这事儿听着容易，一点不好干。"

"可不是嘛！"我吃了一口鸭血，"有个大姨指着楼下的垃圾箱跟我说，我们每年物业费白交了，就你们这个物业服务水平，就你们把暖气烧成这样，我家北屋十八度！你们还想要我的签名？！做梦！"

汪宁抬头看着我，脸上竟一扫刚才的忧郁敏感，笑了："真的？"

反正都是刚发生的事儿，讲起来就跟在农村田头掰玉米一样方便。汪宁一高兴，我再接再厉："无论如何，你们到底是穿警服的，你们干什么群众是知道的，对不对？可是你看看我，到现在还有居民不知道社区和物业公司不是一回事儿，跟采暖公司也不是一回事儿！你说我冤不冤？"

汪宁听到热闹之处高兴极了，他认真地笑了，黑眼圈好像都淡了点儿，同时潦草地安慰我："确实不应该……那你怎么办的？"

"就为了一个签名。我把她投诉的事情跟物业沟通了，又把采暖公司他们这一片的负责人的电话找出来，帮她打了个电话。那边说不应该呀，怎么就她家温度那么低。结果我在现场看了一圈，他们家北屋有个阳台，大姨就知道把厚窗帘拉上了，后面阳台门一直没关，逗不逗？！整整一个冬天呀！就这，人家北屋都有十八度不错了，采暖公司不容易的呀，对不对？"

小汪警官一只手用餐巾堵住嘴巴，差点没笑喷。

我知道了，我没有白白卖惨。

谁知道他笑一笑又回去了，筷子夹着豆皮在辣锅里面上上下下好几回："你是不是在安慰我呢小聋？你当我是小孩儿呢？"

我尴尬地坐在那里，一时间不知道该说什么。卖了同事的八卦，讲了工作里的磨难，使尽浑身解数，到底是想要干什么，其实他都知道的。我拿起筷子往嘴巴里面放了点食物，脖子缩在领子里，没敢再接茬。汪宁在对面看着我，我们中间火锅上方散发着雾气，让他的脸显得有点不那么真实，像天冷的时候镜子里带着哈气的倒影，你想用袖子把它擦干净好看得清楚一点，却怕给他擦没了。

"没有。"我有点乏力地替自己辩解，"我不是安慰你，没有把你当小孩儿。"然后我倒打一把，"咱们平时不是关系挺好的嘛，跟你抱怨抱怨。怎么了？不爱听呀？那我不说了……"

"不是不爱听，是我觉得你可怜我。"汪宁看着我说。

"我拿什么可怜你？我哪里比你强？"我理直气壮，这可是实话，"工作中经历一个小小的波折，被停职几天，就开始无病呻吟了？我还巴不得拿着工资放几天假呢。"我说，"你没去单位不知道，你一个人不到，现在人手根本不够，最近简直忙得不像话。我看你也休息不了几天了。"

汪宁放下筷子："不是那回事儿。我做错事情了，是我不对。别说被停职，事情闹得那么大，就是真被开除了，我也认。我是……"他皱着眉头，搜肠刮肚的，似乎在费力地寻找合适的方式去跟我解释，"一个人上了一条直直溜溜的赛道，他以为自己可以跑到终点，跑到黑，但是跑着跑着忽然就糊涂了，脚下好像没有路了，往哪里走都是错的，不知道该怎么办了。我这么说你能懂吗？"

"我觉得我懂。不过你可以再说说，具体点……"

汪宁的两只手肘架在桌子上，对我耐心的倾听颇为感激："不仅是工作上的事情，还有生活里面的事儿。比如说吧，我最近特别烦我妈。"

"不赖你。"我夹了一颗豌豆放进嘴巴里，"实不相瞒，你妈是很高级，也很漂亮，但是也有点烦人……我觉得她有点控制欲。"

"她的控制欲不是一点。"汪宁有点激动，接上我的话，像好不容易抓住一根从深井里往上爬的绳子，"而且她总是玩阴的。她知道我跟孙莹莹的事情，但是从来不跟我当面谈。"他叫服务员把酒水单子拿上来，"那天莹莹叫我过去，我一进文具店，看见我妈在那儿跟孙莹莹她妈掰扯呢。我跟你讲，我脑袋里面当时'嗡'一声。"

我对那天的修罗场还历历在目，随即点头，表示全部的理解和支持。

啤酒上来了，我跟汪宁每人满上一大杯。我平时不太喝酒，马上就上头了，也不怕得罪人了："你妈确实不像话，那之前还撺掇我告诉她孙莹莹的地址来着。"

"真的？"

"但是我没说。"

"对对。"汪宁点点手指，"这么做，太是她了。"

我帮他想办法："这件事情也容易解决，你只要搬出来，她就管不了你了。"

汪宁跟我握了握手："我就是这么想的，现在开始找房子了。"

我："你早干什么来着？"

汪宁老实地说："工资就那么多，我也是想要省点钱，打游戏、买衣服、请客吃饭什么的也宽裕。"

"也是，你反正没少请我们。"

"你凭什么说我呀，小聋，你不是也跟爸妈住呢吗？"汪宁想起来了。

"我不一样。"我说，"我爸妈不玩阴的，而且我爸做饭好吃。"

不知道是啤酒上了劲儿还是聊开了，汪宁比起刚才明显开心了。他一高兴，我也高兴，吃掉好大一块腰片，又鲜又嫩。

"你工作的事情不用愁！"我说，"让回去你就干，不让回去你就不干了呗。你原来跟我说，你要是不当警察是不是想去酒吧打碟，是不是？你现在转行还不晚呀。"

"不太现实。"汪宁摇头，"搞文艺的容易吃不起饭，要想挣钱那还得做生意。"

"那你想做什么生意？"

"我都想好了，"小汪警官说，"你就看克俭小区和山水佳园那一片，缺什么买卖？"

我马上找到答案："缺卖麻辣烫和芙蓉蛋饼的。"

"不行，餐饮不能搞。利润是挺大，卫生呀消防呀什么的，事儿太多了。食物存放不好还容易长虫。"

我："那你说做什么生意？"

"那一片缺理发店你没注意吗？那两个小区，那么多居民，最近的理发店得走一公里，这难道不是商机吗？"

我附和："是啊。"

"我有个哥们自己的店做得挺大的，有三十来家，可以不收我加盟费。一楼剪头发，二楼可以做养护，定期再给片区内七十岁以上老年人免费理发，扩大社会效应。"

小汪警官说得眼睛发亮，把我都带得激动了，仿佛跟着他能捡到钱一样："我觉得你的格局还可以更大一点。要我说不加盟，自己做品牌，做大，做连锁，然后上市！"

我这话居然把汪宁逗得开心极了，他大笑起来："小聋你志向远大呀，还要上市呢？！你知道什么叫上市呀？"

"你笑什么呀，怎么还瞧不起人呢？不就是发行股票吗？我怎么不知道。"

我看着汪宁，不知道是因为聊到做生意了还是怎样，我觉得他从一个英武的年轻警官变成了一个典型的买卖人，而且动脑筋的时候都表现在脸上，几次三番眯着眼睛看我，在那里算计呢："怎么着你觉得我说的这个买卖可以呀？"

我："太行了。"

汪宁："你想跟着我一起干？"

"说话专业点，"我说，"我也想入点原始股，当投资人。"

汪宁："你能拿出来多少钱？"

我诚恳地："两千。"

"拉倒吧！"汪宁一听两千差点没气冒泡了，没控制住声音大起来。

"你别嫌少，我能拿出来的也就这么多。"我试图说服他，"我在单位，在咱们片区的人缘你知道，我要是平时帮你拉拉主顾，你说这不也是资源吗？这不也比投资重要吗？"

汪宁十分勉强地："行吧，带你一个吧。"

"那就别磨叽了。"我摩拳擦掌，"说干就干。什么时候开始？"

"不是……"他有点不好意思，低头继续涮菜，"我想再等等。"

"等什么呀？"

"我看看分局对我的最终处理决定。要是开除，那我立马就开发廊。要是不……"

"你怎样？"

"我就还回去当警察呗。"小汪警官微微低着头，垂着眉毛眼睛，"当个小片警，给人牵个户口办个证再去学校做做普法教育什么的，其实也挺有意思。"

他这话让我在心里轻轻叹了一口气，有点失落也有点安慰。失落的是，我当投资个两千块钱就可以跟小汪警官绑定到一起呢，结果人家就是说说而已；高兴的是，无论我们如何心猿意马，他在心里面还是要做回那个小汪警官的。

我们没再要啤酒，各自点了猕猴桃汁和橙汁。

我犹豫了半天，还是说起了那另一个女孩儿："我看见孙莹莹了，她又回郭姐的文具店里工作了，请我喝了奶茶。"

汪宁抬头看了看我，似乎有些意外："哦，好呀！"

他的样子让我脑袋里马上产生了一个疑问："那天之后，你没再见到她吗？"

"没有。"汪宁的一双筷子拿起来又放下，"去她家找过，也打过电话。她妈妈不让进门，也不让接电话。我没想到她还能再出来，我以为她又要把自己关上好几十年了。"

"没有。"我再一次跟他确定，"她不仅出来了，而且比原来还好了。"

"那就好。"汪宁笑了笑，"虽然我没见到她，但是最后给她发了一条微信。"他犹豫片刻，"我跟莹莹，我跟她，道别了。"

那一瞬间我赶紧把嘴闭上了，我怕我张着嘴巴的话，心脏会直接跳出来。

什么意思？我都不敢看他了，胡乱地在桌上夹菜："怎么回事儿？"

"那天李所送我从派出所出来，在门口教训了我几句。话没说完，来了个居民，一个六十多岁的大姨。"

我："嗯。"

"在我手里塞了一个挺大的铁饭盒，里面沉甸甸的，我打开一看，是酱螃蟹。大姨说是自己家做的，让我尝尝。关键是我不认识她呀。我说大姨你这酱螃蟹没给错吧？她说没错就是你，你夏天的时候帮我联系原来的单位，找回的五年工龄。"

我听到这里，眼眶一下子就热起来。我还是不敢抬头，低着头问他那个最让我关心的问题："你跟孙莹莹道什么别？是送螃蟹的大姨让你道别的？"

他闻言轻轻地笑了一下："当然没有。但是我明白一件事情，范小鹏和他爸那样的，有。但也有人给我送酱螃蟹。最主要我知道了，我好好工作，是有人看得见，有人记得住的。我犯了错误，但是我还是知道怎么当警察的。"汪宁的眼睛亮晶晶的，声音温柔而清晰，"我想了很久，我给莹莹发了微信，我为我妈妈的事情跟她道歉。我妈妈那样做不对，无论对我还是对莹莹都不尊重。道理上她没有错，只是话不应该她来讲，应该我自己去说。我对莹莹心怀歉疚，我不后悔这些日子为她做的事情，以后仍然会竭尽所能帮助她，但我不该停留在原地，我不是那个中学生了。我得，得往前走。"

汪宁的声音颤抖起来，快速地用手背擦了一下眼角。

"要是莹莹答应了要跟你结婚的话，你会跟她结婚吗？"

"会的。"他马上说，"一定会的。"

我看着他，不知道该说些什么。

"但是我们都知道，那不对劲儿。之后要么反悔，要么离婚。"汪宁说。

我沉默半晌，再一次仔细地去思考汪宁和孙莹莹之间的事情，他们之间不仅仅是感情的问题，他们之间夹杂着道义、伦理、人情，还有汪宁身为警察的职业操守。莹莹遭遇的不幸让人同情，她在十二年的空白之后要学习融入这个社会，要重新长大，就好像把一个不会水的小孩儿扔进深水区的泳池一样，汪宁是她唯一能抓住的泳圈，但是她迟早也会明白，那并不是爱情。她对汪宁或汪宁对她，都是这样。

汪宁喝了一口橙汁，继续说道："我在微信的最后告诉莹莹，我说你可以再躲回去，你们家有事儿，我还是全力以赴地帮忙，但是我跟你就此道别。可你也可以再出来试试。因为生活里不仅有我，那些捣乱的孩子也是极少数，生活还是好的，值得的。"

汪宁的话让我一股热流涌上心头，我赶紧用纸巾捂住眼睛擦眼泪。

"你哭什么呀？"汪宁还是笑了，温柔地问我。

"你才哭了呢……"我说，"我让火锅把眼睛给熏了。"

"那赶紧擦擦。"他又递给我一片干净的纸巾。

我接过来，一直捂着眼睛。我想告诉汪宁，有人给你送酱螃蟹的时候，我在夜市上看人家买酸菜和血肠呢，我同意你说的每句话，每个字。我也跟你一样，我也觉得生活是挺好的，社区和派出所的小工作是有趣的，人间是值得的。

我终于没忍住，看着汪宁，一字一句地对他说："小汪警官。"

"嗯？"

"我喜欢你。"

过了五天，我跟张阿姨在单位的洗手间里说到这里，她一口气提到嗓子眼，一把抓住我胳膊，兴奋地问："然后呢？他说什么呀？"

我指着她眉毛："你割双眼皮了？是不是割得有点高？"

张阿姨："洋洋你还能再无知一点吗？你看我眼睛肿了吗？我这是切眉了。"她转过身来让我看，"刀口在眉毛这里，现在是有点红肿，但是消肿之后基本看不见。"

"嗯嗯，"我点头，"我看出来效果了。"

张阿姨白了我一眼："你赶紧说，你跟他表白了，汪宁怎么回答的呀？"

我咬了咬嘴巴，转过身去，又对着镜子涂了点口红。

我没表白。

我说"我喜欢你"，但是这句话没说完。

我刚出口这四个字，我看见小汪警官愣住了。他看着我，眼睛发直，半天没动。我脑袋里面霎时火花四溅，劈啪作响。这个时候我才反应过来，我一听他跟孙莹莹道别，他们不在一起了，我太兴奋了，忘乎所以了，完全没有体会汪宁刚刚从一段十几年的感情中痛苦抽身、之后工作如何还没有着落的情况下的复杂心情，光顾着自己高兴了。我这不是又给他出了个难题吗？

他能怎么回答？他还能说"行呀洋洋，咱俩处处"？他难道没心肝吗？还是我没有？

我不对，我也不聪明，表白这件事情如同苍鹰扑兔，只有一次俯冲下来的机会，一旦错失，以后就别再想了。

电光火石之间，我想到了办法，我再一次跟他确定："小汪警官，我喜欢你……今天点的菜。这个毛肚确实不错，这个腰片真是惊喜。"

"你就这么说的？"张阿姨看着我，难以置信的样子。

"嗯。就这么说的。"我坦然点点头，继续涂口红。

她略略思考，终于斜了我一眼，摇头道："洋洋呀，你怎么总是差临门一脚呀？你想的也太多了，你管他是不是刚跟孙莹莹拜拜了，管他现在停不停职呢，再不说你自己得多闹心呀？你完全不用这么懂事儿，就把事情跟他挑明了，把这个问题给他，看他怎么办！你这样瞻前顾后的不行的呀！"

我指了指自己，踱到张阿姨跟前："我告诉您，我不傻。您仔细看看我，看看有什么变化没。"

张阿姨看我半天，摇头。

"我瘦了三斤，五天瘦三斤，这个速度可以吧？"我摇了摇手里的口红给她看，"您没看出来我现在状态特别好吗？我告诉您，从现在开始，我要化被动为主动，我要让汪宁追我！"

张阿姨瞪大眼睛，看我半天，彻底蒙了："你怎么了？"

"我没怎么，但我知道一件事儿，汪宁，全社区最好看的小汪警官，从思想上、肉体上来讲，都单身了。我现在跟他的关系就是近水楼台先得月，我对这件事情十分有把握！反正他跟孙莹莹也完事儿了，我现在的心里就是特别稳当。"这事情想起来都让人得意，我认真地说。

张阿姨继续看着我，半晌："洋洋啊，你现在从一个极端走向另一个极端。你怕是想得太多了。小汪警官这个条件，要是别人知道他单身没对象了，怕是一眨眼就被人抢走了。到时候别怪我没有提醒你。"

春节之前，小汪警官及其相关事件的处理批复下来了：汪宁被记过，停发津贴三个月，即日起返回派出所工作。范小鹏及其行为通报就读学校及学籍所在学校。

腊八那天，韩佳轩让徐宏泽跟她回家吃饭。我们在烤肉店吵了一场之后，他们两人也僵了好几天。

徐宏泽这人，韩佳轩喜欢他和烦他都是同一个理由：他对他在工作中摆弄的那些数据线路计划程序等所有客观的、非人为因素能改变的内容拥有巨大的信赖和安全感，同时又被这些东西影响了性格和处事方式——这样说可能有点复杂，简单来说就是他这个人，固执。他所认为的对错，是不夹杂感情的，不会被人际关系左右的。

比如烤肉店事件，我跟韩佳轩因为她把我和孙莹莹的事情写成了报道而吵的那场架，徐宏泽就坚定不移地站在了我这边。我走之后，他明明白白地告诉韩佳轩她这么做不对。结果换他们两人吵了起来——

徐宏泽："你得找个机会跟人家道歉。"

佳轩哭得更凶了："你是不是对她还旧情难忘？"

徐宏泽根本没往这儿想："谁？"

韩佳轩："你别揣着明白装糊涂！我说夏洋呢！你前女友！"

徐宏泽："我揣什么明白了？这里面一共俩人，夏洋和孙莹莹，我知道你说谁？但是无论是谁，你不应该一个招呼都不打就把别人的事情写出来。你当然可以以自己的工作为理由，但是你这是在伤害别人。你更不应该拿这件事情去买好，还想让夏洋谢谢你。"

"徐宏泽！"韩佳轩尖叫起来，"别人不向着我可以，你是我男朋友，你这么跟我说话。我告诉你……"

徐宏泽看着她，紧紧闭着嘴巴，毫不退让地、不受威胁地等她说完。

佳轩："我要跟你分手！"

这是韩佳轩后来讲给我听的，我们和好了。她撤下了那个关于我和孙莹莹的文章，又回到我们社区工作，要继续进行更深入的调研和报道。这事儿算是了了。

有件事情是真的：除了刚见面的时候有点不好接近，佳轩这人让人没法烦她。她是真的热情单纯，最主要的是，我身为一个前女友和旁观者，完全目睹了她在跟徐宏泽的恋爱中是怎么被拿捏修理的。别看徐宏泽在这个问题上向着我，但是身为一个女孩子，我同情佳轩。

佳轩正在发朋友圈，上面是我们两个一起喝咖啡的照片，以此告诉徐宏泽，她跟我道完歉了。

我："你怎么什么事儿都听徐宏泽的呀？他说你不对，你就不对了？他让你跟我道歉，你就跟我道歉了？你也太没有原则了。这样下去，以后你什么都得听他的了。"

佳轩看着我，有点没主意的样子："那你说我应该怎么办？"

"你不是说要跟他分手吗？"

我话音没落，韩佳轩马上打断："我就那么一说，怎么能真跟他分手呢。你能盼我们俩一点好吗？你是不是还对他有意思呀？你一听他在背后向着你说话，想跟他复合是吗？"

她这个反应可把我给吓蒙了，连忙摆手："我是说，你不能什么事儿都听他的，你得反制他，你将他一军。你假装分手，看他能怎么办。你放心，他看不上我你知道的。我也不喜欢他，我喜欢谁你也知道。"

韩佳轩这个糊涂鬼完全不分青红皂白地抓住我的漏洞替徐宏泽说话："你这么说就不对了，他可没有看上你，他让我来跟你赔礼道歉的。洋洋，你这么说话对他可不公平，亏他总说你这人好。"

我虚弱了："明白明白了，我谢谢他好吗？"然后我赶紧转移韩佳轩的注意力，"对了，我跟小汪警官有进展了……"

她马上道："可以呀，就这几天？快跟我讲讲。"

要是徐宏泽目睹了我跟韩佳轩这一番对话的场面，是会被绕迷糊的：他认为我对而韩佳轩错，所以哪怕韩佳轩是他的女朋友都应该给我道歉——韩佳轩来跟我道歉了，因为对错无所谓，但是她男朋友觉得她应该这么做所以她就来了——我接受道歉了，但是我觉得即使是我对，但是你徐宏泽是韩佳轩的男朋友，你不应该这么对待韩佳轩，同样是姑娘，所以我站她——韩佳轩认为你夏洋站我就是对徐宏泽不公平，亏他还帮着你说话……

总之就是我跟韩佳轩完全是感性的，事情的对错都不那么重要，关键是人情得过得去，不能伤人心，特别是不能跟自己人过不去。徐宏泽是无论自己人或者自己过不得过得去，但是事情的是非曲直是不能被模糊处理的。

汪宁就跟我们都不一样，他总能找到一个折中的办法，所以还是我的小汪警官好。反正无论什么事儿，小汪警官都能处理得比别人好。

韩佳轩跟我道了歉，她跟徐宏泽自然而然地就和好了。

她让徐宏泽腊八晚上去她家里吃饭，徐宏泽痛快答应了，还带去了领导给他的两瓶特别名贵的法国红酒。熟络的同事问他："什么时候喝你喜酒呀？"

徐宏泽无风无浪地："到时候肯定叫你。"

那人早上把车子刮了，正在那里心疼呢，又多问了一句："这是要当豪门女婿了吧？"

徐宏泽上了自己的帕纳梅拉："我自己就是豪门。"

谈恋爱一年多了，他知道佳轩家里条件好，但是那不是他喜欢她的理由，除去所有的外在因素，佳轩本人就算是家境平平，他也愿意跟她在一起。因此他对佳轩的父母从来平和相待，没有任何奉承和谄媚。

她爸爸韩仁江在他们认识不久、刚谈上恋爱的时候跟他玩过心理战，有一天在私人会所请他吃白松露和鱼子酱，问了几句他工作的事情之后突然说道："搞科研那么辛苦，不如以后来帮我。"

徐宏泽愣了一下。

韩佳轩她妈妈马上反应过来，从来对生意上的事不开玩笑的韩爸爸这样说不仅仅是对徐宏泽和佳轩关系的确认，最主要的是等于给了他涉足他生意的机会，当即就连续追问韩仁江细节，包括他能给的职位、薪资，以后的发展，会不会拨一些股份等等，就是要把这事儿确定下来。

还是佳轩打断了他们："你们说得那么热闹，也得问徐宏泽他愿不愿意呀。"

徐宏泽一直在专心致志地吃鱼，听到这里抬起头来，干脆地说："不。"

韩佳轩她妈妈意外地："为什么呀？"

徐宏泽是讲究效率、珍惜时间和精力的，他才不做过多解释，就是再一次确认："不。"

韩仁江再没多说一句话。

因此徐宏泽在韩家早早地就把底线给亮明白，把自己给说清楚了，无论韩家父母有多财雄势大，韩佳轩本人有多盛气凌人，在他跟前就总是尊重的。

——就说他这人多难搞，所以还是我的小汪警官好。

第

15

章

　　腊八晚上，韩家的晚餐吃到一半，一个不速之客摁响了门铃。

　　韩仁江那位人高马大的司机去开的门，没让进。那人在门口说话的声音越来越大，司机也不耐烦起来，要把他往外推，那人在外面喊："韩总！大哥！我儿子才多大呀，没书念了，没出路了，您帮个忙呀！"

　　韩仁江放下碗筷还是出去了，把那人带去了书房。

　　两人谈了十几分钟，那人从书房出来，司机把他往外送，临走的时候还不忘回头跟韩仁江确认："韩总，这事儿您怎么也得帮帮我。您说句话，您跟他们校长说句话肯定好使。或者您给他想想别的路。"

　　韩仁江朝他摆摆手："我知道了，我看看。"

　　等他回来了，韩太太、佳轩和徐宏泽才继续动筷。没人问那人是谁，更没人问怎么回事儿。韩仁江自己吃了几口饭，忽然笑了："孩子没管教好，在派出所留记录了，借读的学校不留他，想让我给想办法……"

　　佳轩问："您认识他们校长吗？能说上话吗？"

　　她爸爸道："说什么话呀，事关人家校长乌纱帽的，凭什么给你开这个恩？"

　　佳轩道："那您帮他想别的办法吗？"

　　韩仁江看了看徐宏泽："你们单位是不是有跟国外合作办学的项目？我听你说过。"

"有。"徐宏泽说，"不少同事的小孩儿也通过合作项目办了留学。"

"你帮着打听一下。"

"行。"徐宏泽答得很痛快，"您把我微信给那人，让他后面直接联系我吧。"

佳轩夹了好大一块螃蟹肉给男朋友，心里很高兴：爸爸说得轻描淡写的，可实际上他还是求到徐宏泽头上了，而他痛快答应了。

放寒假了，但我们片区的重点高中一直对高三学生开放，所有科任老师也都会到校，现场答疑。

好几天没在学校出现的范小鹏晃晃荡荡地穿过大门，进了班级教室。经历过上次的事情，从前跟他玩得好的，有人不敢再搭理他了，也有好奇的："不是派出所都通报学校了吗？你怎么还来上学了？你爸那么大能耐，真的搞定了？"

范小鹏斜着嘴巴一笑："搞定了，那有什么搞不定的？又不是什么特别严重的事情。但是我告诉你们，我自己不想念了。"

"你要转学？"

"我要出国留学了！这破地方我不待了！"

班主任来了，在门口厉声制止他："收拾好东西赶紧走！"

同学们哄笑一声，又各自低头去做题。

范小鹏灰溜溜地拿着东西离开学校回了家，打了一阵子游戏又问他妈："我出国留学的事儿，我爸给我办明白没有呀？"

他妈化完妆要去打麻将呢："等着呗。你在外面惹事儿，搞得我和你爸手忙脚乱的，你还有理了？喊什么呀？"

范小鹏一急眼，摔门而去。

他离开家，经过派出所，心里恼恨不平，却跟仇人狭路相逢：小汪警官正送一个腿脚不好的老太太出来坐车，关上车门，一抬头也看见马路对面的范小鹏了。

范小鹏难以置信，狠狠瞪着小汪警官，那眼神仿佛在说：你还官复原职了？就是你！就是你害我没有学上，害我四处吃瘪！

接待大厅里还有人排队办事儿呢，汪宁朝范小鹏抬了抬下巴，意思是：我看着你呢。随即后背给他，转身进门。

范小鹏咬牙切齿，同时心里发毛。

他游手好闲地又溜达到了自己犯事儿的文具店门口，隔着玻璃窗看见孙莹莹在里面做奶茶。他脑袋里浮现出她被拽掉帽子以后那惊慌失措的样子，他心里面忽然有了个计划：等我出国的手续办妥之后，我再来作弄她一次，然后我就远走高飞，小警察也逮不住我！

——他把很多希望都放在出国这件事上了，好像那是一个分水岭，那之前可以报仇雪恨，那之后就能飞黄腾达。

忽然，范小鹏感觉到自己似乎也被什么人注视着。文具店旁边一个空了很久的门市框架里出来一个人，那人头发精短，穿着厚重的羽绒服，下巴缩在领子里，浓黑的眉眼，就隔着马路看着范小鹏。范小鹏被盯得不舒服，转身走了。

他还不知道那是谁。

在文具店里捣乱的那天太过混乱了，以至于他的记忆里有些不完整的因素：他以为那天把他摁住的是小汪警官或他的同事，他不知道其实是这个人：疯子的儿子刘天朗。

两个孙莹莹最信任的人都在不厌其烦地跟她说这个世界有多么好，可是真正要有勇气迈开脚、真正要去发现的还是她自己。

她独立活动的范围在一点点扩大：有一天推着自行车来给我们单位送了两包A4纸和一些办公文具；郭姐饿了想要吃一条街道外的馅饼，莹莹帮她把馅饼买了回来；拿到奖金那天她自己去逛了服装店，买了一条新的围巾给妈妈。当然，她不认识路的时候，她非得跟人说话的时候，她拿不定主意的时候，她第一次扫码却把微信和支付宝弄混的时候，心里也是慌的，但独立出行、重新跟人交往的新奇和喜悦会平静和治愈这种慌乱。她在这个过程中寻找着那个我和小汪警官都喜爱的所谓"生活"，也在这个过程中寻找着自己，寻找着那个本该正常生活的女孩儿。

终于有一天，那个女孩儿好像做梦一般又出现在她眼前了。

她看见十几岁的自己了，还在跳芭蕾呢：肤色粉白，盘着高发髻，穿着白色的芭蕾舞蹈裙，身体瘦削但有力，手臂如同天鹅一样平展开时肩膀上会凸起漂亮的肌肉，腿又长又直，被练功袜紧紧包裹，跃起的动作十分利落。

她多年轻呀，多美呀。

孙莹莹看不够那个"自己"，她穿过小街，被一扇玻璃挡住。她离得太近，呼吸附着在玻璃上结了薄薄的霜，孙莹莹赶紧把那些霜抹下去。她的动作和声响把那梦境里面的人给惊动了，那个"自己"也停下了舞步，和她的伙伴们一起，隔着落地窗，带着不解抬头看她。

孙莹莹有点失望了，不，那是个完全陌生的小女孩儿，那不是她自己。

她赶忙想走，旁边的门却开了。

漂亮的舞蹈老师披着大衣看着她笑："您要来看看吗？这是我们新开的舞蹈教室，现在有公开课。"

孙莹莹赶紧摇头，想赶快离开但脚下却没动：那是教芭蕾的地方，女孩儿们真美，老师也美，她看上去年纪也不大呀，她们在跳什么呢？

舞蹈老师看出来她的好奇和犹豫，热情地邀请："有成人课，要是想要学也可以来。"

这话激起了孙莹莹的一点点好胜心，她犹豫半天终于将手放在自己胸前，笃定地说："我会跳，我会跳芭蕾舞。"

"那您进来试试？反正我们现在是课间。"

孙莹莹的第一个反应是马上摇头，可是转了一个念头：为什么不呢？为什么不试试呢？那些孩子们刚才跳的我都会，我还会更多的，我可以试一试呀。

她被那位老师让进了舞蹈班的大门，脱掉了身上的大衣，里面穿着毛衣和紧身的牛仔裤。经验丰富的老师马上就从她的颈肩形状和紧窄的身形看出从前训练过的痕迹。

孙莹莹固定好了头上的假发，音乐响起来了，伴奏曲的节奏像是春天里降临在北地的第一场雨一样，一点一点地渗透进干硬土壤的缝隙里，融化了她，滋润了她。在某一个最熟悉的音符里，她忽然扬起头，伸开手，浑身的肌肉被有序而熟练地调动起来……很快，那个比谁都喜欢跳舞的女孩儿回来了。她踮起脚尖，快速地旋转起来，轻盈地跳起，双脚在空中击打了三次。她伸展手臂，撑开双腿，像小鸟一样高高地跃起！

那个女孩儿好像真的回来了，同时回来的还有那些美好的记忆，熟悉的赞美，男孩子看到她时眼里的好奇和喜欢，未来那许多的可能性，还能上电视呢，能被辽芭录取，成为一个真的舞蹈家……

舞蹈老师的电话振动，音乐声戛然而止。

毕竟十二年没有练过了，孙莹莹落下时扶着栏杆喘了一会儿。她看着镜子里的自己，又看了看这些十几岁的孩子，知道自己的心还像她们一样，还是年轻的，还是新的，可是人却磨损了，旧了。

小女孩们看着她颇为惊讶，交头接耳。舞蹈老师打完了电话也问她："您从前学过吗？"

孙莹莹点点头又摇摇头，有点混乱地回答："学过的，但是很久没有跳了。"

"跳得非常好。"舞蹈老师说，"不跳可惜了。您平时可以经常来玩，学员们可以一起排演节目。"

孙莹莹摇头："不，我不来了……我还要上班呢。我不跳舞了，不是小孩儿了，也跳不出来什么大出息。"

有些话在心里面，她能感受到，却说不清楚：那短暂的愉快有什么意义呢？只会让人在重拾回忆的时候更加难过而已。

舞蹈老师笑了笑，并不同意她的说法："只有小孩子才能跳舞吗？上班就不能跳舞了？跳舞要什么大出息？跳舞就是跳舞，就是让自己高兴而已。我还是辽芭的，从前还跳《吉赛尔》呢，现在开个舞蹈班不也是挺好的吗？"

孙莹莹一边穿大衣，听到这话愣住了。更多年少时的感受扑面而来，那时跳舞真的是为了有多大的出息吗？不，跳舞就是因为她喜欢而已，而她现在仍然喜欢。

孙莹莹仔细地观察这位女士，打量她的脸，她的身材。她还是美的，年轻的，仍是能让人一眼就看出来是一个矫健的舞者，可是她为什么不在舞台上继续跳《吉赛尔》了呢？

"那您为什么没留在辽芭呢？"她问道。

"想要跳舞不一定非得留在辽芭。"舞蹈老师说，"有人年纪大了，有人出国了，有人嫁人离开了。我呢，我为什么离开……"舞蹈老师思索了一下，微微弯腰，伸手在自己左侧小腿处敲了敲，"咚咚"两声。

孙莹莹愣住。

"假肢。"舞蹈老师平静地说，"花了不少钱，但是很轻很自在。你可不用这么看着我，不用可怜我，我就是不上台了而已，我还跳舞呢。因为我喜欢。"

孙莹莹热泪盈眶，不想让这位舞蹈老师看见，她赶紧低下头去，把围巾戴在脖子上又摘下去，反复几次。与此同时，她重新打量这间小小的舞蹈工作室，这里其实离家不远，跟克俭小区就隔了一个街口而已，旧居民楼下的窗改门，厚实的落地玻璃，锃明瓦亮的镜子，油润润的地板，绿植和小女孩儿们身上的香气。

"您这里，成人课是什么时候呀？"

她已经被说动了。

所谓踏破铁鞋无觅处，得来全不费工夫。

之前为了帮助孙莹莹重新开始，我处心积虑地带她出去玩，为她安排工作，汪宁暗中给她开工资还不敢说，差点丢了饭碗也要照顾她，以至于差点真的把自己给搭进去，其实都是我们满怀热心之下走的弯路。在这条弯路上，还有她爸爸妈妈跟我们一路同行，尤其是他妈，心心念念地就是得给她找个铁饭碗。我们都忘了，或者下意识里去回避着一件事，那就是芭蕾舞。这么多年了，那个受过重伤的孙莹莹不能再跳舞——她从家里出来之后，就应该选择一个最基础、最安全的生活方式：有活儿干，有饭吃，能见人就可以了。她要结婚？也行，汪宁会带着堵枪眼一般的牺牲精神去完成这件事情，而跳舞是什么？于一个普通人，那都是温饱之后的浪漫，是形而上的追求，于孙莹莹，更是不能去碰触的伤疤。

但这是我们的主观臆断，这是不对的。别说孙莹莹仍然四体康健，能跑能动，就算是舞蹈老师那样失去了一条腿的戴着假肢的人，也可以继续跳舞。

跳舞才是孙莹莹重新开始生活的起点。

但这过程中至少有一件事情我跟汪宁是对的，而且不约而同地传达给了她：生活是好的。

孙莹莹从舞蹈教室出来，她觉得身上有劲儿，脚跟下面仿佛安了弹簧，步伐轻快。她耳边好像还回荡着刚才的舞曲，她回味着刚才跳舞时候的感受，同时也在认真地体会着我跟汪宁的话。没错，生活是好的，只不过生活的好，不是天上掉下来的，更不是别人塞进来的，生活的好终究得一个人自己去遇见，自己去找到。

马路边有一个卖糖葫芦的摊子，新蘸好糖的大山楂红得透亮还冒热气，小贩招呼她："刚出锅的，来一个吗？"

孙莹莹走过去要了一个糖葫芦，拿出手机付钱，刚要吃，冷不防被人从旁边狠狠地撞了一下。她转头看，一张男孩儿的脸，挺不好看的，像是见过，具体什么时候想不起来了。

"给我！"男孩儿粗声粗气地命令她。

孙莹莹有点蒙，她原本往前送了一下，慢了半拍发觉不对劲，手收回来："是我的，干吗给你？"

男孩儿歪着嘴巴："你不认识我了？还想要我把你帽子头发都拽下来呀？！"

孙莹莹猛然知道他是谁了，他又来找她麻烦了，又要拽她帽子和头发了？孙莹莹马上伸手扣住自己头上的帽子，瞪大了眼睛惊惧地看着这张脸。

范小鹏见她怕了也就高兴了："我就是来告诉你，是你害我上不了学了，但是无所谓，我反正要出国了，现在我自在着呢，我有的是时间，我有时间就过来收拾你！你别以为有警察看着你就仗势了，他们能一直看着你吗？"

孙莹莹向后退了一步。

范小鹏的个子还没高过孙莹莹，但是一个小孩儿已经坏成了两个大，恶徒无论老少，总是这般开始：他们知道一个人的弱点了，他们喜欢被人惧怕，喜欢迫害，在此过程中体会自己的强大并企图获益。

十二年前，范小鹏的爸爸范志明也曾用同样的方法去威慑控制另一个人，并迫使他犯下了大错，一把火烧了克俭小区的半边楼。那个人就是刘疯子。

孙莹莹的反应不够快，不知道赶紧躲开，更不知道叫人帮忙，但是她知道她不想再一次被这个坏孩子欺负。范小鹏呲牙咧嘴地就上来使横，一只手拽她头发，一只脚就照着莹莹的肚子踹了过去，可是他腿还没有抡开，忽然被什么东西从脑袋后边硬硬地敲了一下，"啪"的一声，一个小石子落地。

范小鹏回头，几步远的地方，又是那个阴魂不散的男孩儿，跟他差不多大的样子。

"你谁呀？"范小鹏放过孙莹莹，隔了几步远问他。

男孩儿不回答，就像没有听见他的问题一样。

"刚才是你用石头打我？"范小鹏厉声问。

男孩儿点了点头。

他那个满不在乎的样子把范小鹏给气坏了："你手欠吧？还是闲的？！等我削你是不？！"

男孩儿好像是笑了，慢慢从怀里拿出一个卷起来的小包裹，当着范小鹏的面一层一层地打开。范小鹏一下子就愣住了：大大小小全是理发修胡子用的剃刀，锃明瓦亮，角度稍稍一变就能让人见血的样子。

范小鹏再也没敢说话，他刚才那么气势汹汹地把自己架上了高台，谁知道遇上了随身带着凶器的硬茬子，如今进也不是退也不是。

此时给他解围的是兜里嗡嗡作响的电话，他赶紧接起来，有大事儿忙似的：

"啊？爸？学校的事情下来了？行吧，你等着我这就回去。"他就这般灰溜溜地遁了，头都没敢回。

范小鹏回了在山水佳园的家，他爸爸范志明让他赶紧上网填表，顺利的话，两个月以后就能启程去澳大利亚念语言班了。范小鹏刚刚在外面吃了瘪，打开表格一看，没有几个英文字是认识的，再一听说是去澳大利亚，一下子不乐意了："谁要去澳大利亚呀？什么破地方呀？我初中同学都去美国和英国，给我换个地方！"

范志明为了儿子出国的事情跑了好几天，今天才跟徐宏泽暂时敲定了。他带了些礼物去的，人家没要，两条软中华怎么拿出去又怎么拿回来。范志明心想那白面书生跟他准岳父不一样，无论韩仁江现在有多大的身家，也记得和他曾在同一条船上的交情。他张口求助，老韩总会帮忙。可徐宏泽不一样，甚至公事公办地告诉他，他能做的就是帮忙搭上关系，能不能顺利就跟他无关了。

范志明心里面已经憋了半口气，这一下子把他惹毛了，几口把碗里的面条划拉进嘴巴里，两步蹿到外面去，脱了拖鞋掼过去："小瘪犊子你说什么？澳大利亚都不一定要你，你还去美国！我让你去！"

范小鹏头一歪躲过拖鞋："你不是说你认识韩仁江吗？你认识他有什么用？！我爸要是韩仁江，我哪儿都能去了！可惜你没有那个能耐！"

范志明气得眼睛发红，一手把上来劝的老婆推到一边，一巴掌狠狠抽在范小鹏脸上。范小鹏被抽了一个大趔趄，撞到墙上。范志明从后面薅着他衣服把他拽到窗户边上来，让他看外面一条街之外的克俭小区："我如果没有能耐你就该住在对面的小破楼里，你还想住在这儿？看不上我？你想找韩仁江给你当爹？他怎么起家的我没跟你说过吧？他还是靠我呢！你看外面，要不是我，他能建起来这个山水佳园？你嫌我没有能耐，还敢到处给我闯祸？！哪次不是我给你擦屁股？！"

当爹的忽然暴怒把范小鹏给吓坏了，当即痛哭流涕地表示再不敢了，心里面在追溯自己这些遭遇的源头。他又想起孙莹莹来了，心里面发了狠劲儿，找到机会非得再收拾她一顿不可！

说回孙莹莹这里。

小街对面的男孩儿把范小鹏给吓唬走了，替她解了围。

可他是谁呢？

她手里拿着糖葫芦，站在那里看了半天，感觉自己不是第一次见到他了，可是她怎么都想不起来。

男孩把装着各种剃刀的包裹收起来揣进怀里离开原地。孙莹莹很快发现两人同路，都回到了克俭小区被烧毁了半边的五号楼三单元。

快过年了，社区的人在各个单元门口安上了大红灯笼。暖黄色的灯光映着雪光，投在半边楼的外墙上，一前一后两个人都不约而同地抬头看了看上面的墙画：一个女孩儿在窗前写作业，一个男孩儿背着书包放学进门。

三楼的一户空置多年，男孩儿开门进去了，有一个年老女人说话声和猫狗的声音。

孙莹莹也上楼回了家，静悄悄地脱大衣的时候听见爸妈议论："三楼那家居然回来人了！"

她妈妈一边剁饺子馅一边恨意难平："他们家还能有人呢？不是都死了吗？"

孙好忠觉得妻子的话说得太重了，窝窝囊囊地劝了一句："别那么说话。疯子的儿子还在呢，一起回来的是他姑。"

"我哪里说错了？！"妻子放下菜刀，瞪着眼睛看他，"我的记性比你好，我也比你有骨气。从前谁把我女儿害成那样我不会忘，现在谁欺负她我也不忘！我不像你，为了口饭钱，不追究范志明他儿子了！"

她说的就是前两天发生的事情，孙好忠因为还在范志明那里打工，听他道个歉也就算了，没有再追究范小鹏，眼下被妻子抢白了，慢吞吞地说："多挣一口饭钱不也是为了养女儿嘛……"

满怀怨气的妈妈开始又一次为新仇旧账吵起来。孙莹莹关上门，因为下午跳了舞，直到现在仍有些兴奋，也因为刚才的不期而遇而有些紧张。她在自己的小房间里，皱着眉头暗自出神：那刚刚吓走范小鹏的少年原来是三楼疯子家的男孩儿呀。

她记得那个男孩儿，也记得他的爸爸刘疯子。

疯子其实不太疯，就是妻子死了之后他不会好好说话，你说东他说西，你说有风快下雨了他说吃饭。

疯子坐在老槐树下面，安安静静地抱着儿子。那孩子挺大的脑门，脸白白圆圆。孙莹莹和妈妈凑上去看，妈妈见状告诉疯子："孩子这是饿了，赶紧给奶瓶呀。"

疯子听懂了，闻言照做，抬头嘿嘿一笑。

别人家襁褓里的孩子都不让大孩子碰，可是疯子抱的孩子，孙莹莹就可以摸一摸，疯子毫不介意，有时候见孙莹莹放学回来，还把怀里的宝宝往前送一送让她看，让她摸摸玩儿。

男孩儿渐渐长大，会走路了。孙莹莹在楼下跳皮筋，男孩儿就在旁蹲着看，还会给她拍手鼓掌。花坛里的蒿草老高，下大雨之前密密停着蜻蜓，孙莹莹就捉蜻蜓给他玩儿。男孩儿高兴得很，从家里拿了一个比鸡蛋大不了多少的小苹果来，在衣服上蹭干净了给孙莹莹吃。

孙莹莹刚要接过来，被旁边的伙伴拽了一把："你怎么敢吃他手里的东西？你怎么敢跟他玩呢？他爸爸是疯子你不知道？"

孙莹莹觉得纳闷："他爸爸是疯子，他又不是疯子。他爸爸是疯子，他们家的苹果又不是不能吃。"她说完就咬了一口苹果，男孩儿又拍手笑起来，管她叫姐姐——他缺朋友，他想要找人玩儿。

不知道是谁先开始的，游手好闲的小学生们发现了作弄小男孩儿的好办法。他们用从教室偷出来的红粉笔在地上画了一个嘴巴，嘴巴中间摆了一块糖。他们教唆男孩儿用嘴巴叼起地上的糖块儿，那情景好像在亲吻地上的嘴巴一样。小男孩儿想要跟人玩儿，就讨好地伏下身体用嘴巴去找地上的糖。大孩子们笑作一团，孙莹莹看见了，冲过去把那小家伙扶起来带走，告诉他以后不要再搭理这些人。

眼下的范小鹏欺负孙莹莹的情景也曾在十二年前上演，只不过那个时候被欺负的是疯子的孩子，小小的刘天朗。

疯子经常发现儿子明明出去玩的时候还好好的，回家的时候却衣着肮脏，有时还带着新鲜的伤口。他自己不明白，又问不出来，终于有一天看见孩子被人埋在泥巴里。从来不声响的疯子手里拽着一根枝条，嗷嗷叫着赶走那些嬉笑的大孩子。他把儿子拉起来抱在怀里，把泥巴从他嘴里抠出来。疯子不知道是冲哪一栋楼，还是哪一棵树，重复地嘶吼道："不许你们再欺负我孩子！"

那次之后，有两个人不约而同地在克俭小区那些一同乘凉或择菜的家长之间议论起了这件事情，她们一边跟不知道的人复述着当时的场景，一边分析着利害，甚至渐渐地一唱一和地搭出来相声：就是张阿姨和孙莹莹的妈妈。

张阿姨手里拿着一把豆角："疯子也分文疯子和武疯子，咱们院里这个算是不错的。他儿子没被欺负的时候，他没跟人动过手吧？这就算不错的了！这帮孩子知道躲着他，不知道不能碰他孩子吗？家长都是怎么教的！"

那时孙莹莹的妈妈手指就因为风湿而卷曲起来。夏天了，舞蹈教室里打了空调，她怕孩子肩膀上凉，正在用细棉线笨拙地给女儿织一件短短的小坎肩。听了张阿姨的话，她对疯子一家心怀同情，也打抱不平，带着些威胁的笑容道："胆儿真大，还敢欺负疯子的儿子。"

"该把疯子给逮起来。"有人道。

孙莹莹的妈妈把钩针和毛线放下，定定看着那人："瞧这话说得，小孩儿本来就没有妈了，你还想把人家爸给抓走，你说你，多损！"

说话的那人马上跟她吵起来，张阿姨厉声断喝："少说两句吧！把自己的孩子管好得了，少欺负人！"

后来孩子们真的在大人的管教和威吓下消停了一阵，都不敢欺负小天朗了。可是大火还是在那一夜发生了，疯子搬来瓦斯灌，四处倒了油，烧掉了半边楼。

……

此时的孙莹莹摘掉了假发，回身看着镜子里自己从后脑到脖子一路向下的伤疤，眼前仿佛又浮现起那大火燃烧吞噬天空的夜晚。她难以自制地颤抖起来：她被身边的人关心、安慰、挽救，她听人劝，可以有暂时的忘却和回避，可以振作起来让自己的生活继续，但是降临在她身上的苦难已经在她的灵魂和身体里留下了永远的痛苦的烙印。那曾被她和妈妈同情帮助的疯子是这一切的始作俑者，而他的儿子还是完整的、健康的、好看的。不，她不能原谅。

当我把孙莹莹和刘天朗的渊源以及十二年前的大火追溯到这里的时候，不知你们是不是发现这个故事差了一环：年幼的天朗原本被大孩子们欺负，可是已经有包括张阿姨和孙莹莹的妈妈在内的有正义感的邻居及时干预，制止了这个现象，但是疯子仍然烧掉了半边楼。是什么原因刺激了他？是谁协助他放了那么大的一场火？这一环究竟是谁连接上的？

疯子至死都没有说清楚真相，所以不到故事的最后，我也不知道。

"你是……瘦了吧？"

"没有呀，我一直就这样。"

"今天这个妆……蛮好的。"

"没怎么化妆呀，就擦了点粉，抹了一点口红而已。"

"睫毛是你自己的？"

"难道还是跟你借的？"

我和小汪警官在食堂里，他仔细地看着我，露出狐疑的神色。

我能跟他说实话吗？我能告诉他我为了他已经数日不吃碳水，每三天断食一天，目前我已经前所未有地减重四公斤，每时每刻都感觉自己头重脚轻，脚底发飘了吗？我不能。我也不能告诉他我早起一个小时化妆，我更不能告诉他，我最近一直在各大网站上看"恋爱攻略"……这是第一步，首先要改变自己，要把他的注意力吸引到我的外表上来，不能再让他习以为常，要让他有惊喜。

今年春节来得晚，响应防疫号召，区里不组织大型聚会了，街道上的团拜和年终晚会还是要有的，街道机关和各社区还有跟我们一起联欢的派出所都要报节目，各单位根据人员和出勤安排轮流去食堂排练。我也报节目了，跟纪委的两个年纪差不多大的姑娘跳民族舞。服装是胡世奇帮忙借的，他对象小赵姑娘有个表姐在太原街卖汉服。我挑到一条是红色的昭君服，长袖紧口，弧形抹胸，裙摆不大很利落。

汪宁刚刚出了外勤回来，大师傅把给他留的饭拿来，我们就在他面前把练好的部分跳了一遍。我做出一副专心致志的样子，其实我在窗玻璃的反光里面看见他一直在看我跳舞，开心，真是开心呀。

"真没想到你会跳舞。"他吃完了饭，含了一块口香糖，"我以为就算你要表演节目，也是跟张阿姨说相声呢。"

"那你可就小瞧我了。"我扬起手臂，做了一个骑马扬鞭的动作，"看这肩膀，看着手腕，看这腰，看这协调劲儿。我告诉你，我小时候也学过几年舞蹈呢，也差点被选到少年宫去呢。"

"那又为什么没去？"这人还真是喜欢刨根问底。

"功课太忙呗。"我轻轻一笑，"而且后来我又参加了合唱团。"

事实是：跳得不好，肚子大，还喜欢撅屁股，汇演的时候总被老师排到后面去，自尊心受挫，干脆拉倒了。当然这事儿我也不能告诉他，现在是让汪宁重新认识我的关键阶段，必须展示魅力，展示优点，哪怕为此吹点牛也行。

"春节放假，你要干什么去？"

他居然问我这个，我忽然就很紧张，轻飘飘地问回去："你呢？你想干什么？"

"我就想问问你的想法呢。你去过三亚吗？"

汪宁的声音如同梦幻一般，我的脑袋里面却如同烟花炸开了：这就要约我去三亚了？我还能有什么想法？我的心脏快从自己嘴巴里面吐出来啦。

"那得马上买个游泳衣。"我说，"黑色露背的。我早就看好了。"

"嗯？"汪宁看着我，"买游泳衣？"

"对呀，初一早上走的话现在就得买游泳衣，春节之前物流慢。"我看着他说。

"你也要去三亚？"汪宁没弄懂状况似的。

"我……不是你要去三亚吗？"

汪宁慢悠悠地说道："我还没拿定主意呢，想问问你意见呀。我妈要我陪着去三亚。我不是从家里搬出来在宿舍住了这些个日子了吗？她一直找我，我都没理她，但是我跟她怄气总不能跨年吧。我们家的事儿你知道，就想问问你，小聋你说我是去，还是不去呢？"

此时我心里面已经恨得咬牙切齿了：我看着汪宁，他手肘拄在桌子上，身体稍稍朝我前倾，一副虚心请教的样子，可是那弯弯的眉毛眼睛，那用力抿着憋笑的嘴巴，那个轻轻往前探逗我说话的尖下巴，明显就是在故意作弄我呀。我怎么给忘了，我还跟汪宁使心眼，有什么用？我那点小心机他全都明白的！

"小聋，小聋！"汪宁的手在我眼前晃动，"我还等着你拿主意呢。你刚才说什么，怎么这么巧？你春节也要去三亚？"

我有苦说不出，一些恶毒的话在我脑海里盘旋良久，最终只化成了两个核心字，轻轻吐出："……你妈！"

汪宁吓了一跳，身子夸张地向后靠去："咋还骂人呢？不斯文呀。"

"在家不？"我接口道，坚定地，"我没说脏话呀，我就想问问你妈在家不？"

"啊？"

我扯着嘴角，到底还是怂了："我买个游泳衣给她寄家里去……"

汪宁大声笑起来，笑声快把食堂的锅碗瓢盆都给带得共振了。他很久没有那样笑过了，笑得那样好看，眼睛亮晶晶的。他忽然伸手在我头上囫囵了一把，手指落下来的时候刮到了我的耳朵。我的耳朵一下子就热了，我赶紧捂住，像自己做了什么坏事儿一样。

说起来我跟汪宁那么熟悉，肢体上的接触从来不少。有时为了挤进一扇门，我会使劲儿推他一下；抢羊肉串的时候，他打过我手背……那个时候我虽然已经喜欢汪宁了，但是始终觉得他离我那么远，我跟他之间有一个安全的足够我自我保护的距离，我不会激动的，更不会让他看出来。但是现在不一样了，我对他的企图心，我们之间的可能性都在增加。

小汪警官的手放下了，也静静地看着我。冬天的阳光照在他薄薄通透的小白脸上，真是十分俊俏。

"干什么呀，太不像话了！"一个声音破空而出，把我们两个都吓了一跳，回头一看，正是街道纪委的姐姐，也是我们这个节目的编舞和领舞，同时负责妆发造型。她几步上来指着我头发对汪宁说，"好不容易给她盘的头发，怎么全被你给弄乱了！你什么意思呀？"

汪宁也是被姐的气势给镇住了，眨眼睛，支吾两下："我……就是给她挠挠。"

"挠什么挠！她是长虱子了吗？还用你挠挠！这下好了，还得给她重梳。你会吗？"

汪宁快被难为哭了："我错了，我不会……"

"净耽误我事儿了。"

姐抄了木梳就要给我重新梳头，一个人从外面进来，一眼看到我了，高兴地喊："小夏姑娘呀，我找你呢，我这忙你可不能不帮呀！"

来找我的人正是郭姐。半年前郭姐为了扩大经营规模，把自己文具店旁边一片空置的门面也租了下来，可后来人手不够，精力也不济，那一间就被当成了库房。最近终于找到接手的下家，合约签好，五千元的定金都收了，郭姐改主意了，不想租了，可又不想赔偿对方五千元违约金，只好过来求我帮忙。

我可不想干，我为难。但是郭姐是典型的小生意人："合同是死的，人是活的呀。说说还是能通的。你说对不对洋洋？郭姐待你怎么样？还有孙莹莹，要不是我，谁能安排她的工作呀？"

"怎么能把这个拿出来说事儿呢？孙莹莹第一个月的工资我给您了。后来她在您那儿干得不错，你们到现在谁都不会用奶茶机，不是她一直在做奶茶吗？"郭姐这话汪宁不爱听了。

"那她现在工资不是我开的？！"郭姐理直气壮，"不是给你俩面子，我能管她？"

汪宁翻白眼，没好气。

"郭姐，孙莹莹的工作跟这事儿没有关系，可别混为一谈。"我说，同时碰了碰汪宁，让他别急。

"有关系。我帮过你，小夏姑娘，洋洋，"郭姐又看看汪宁，再次确定，"你俩。所以你们也得帮我。我不想赔那五千块钱，你去跟对方协调，把钱给我退了。"郭姐把一信封的现金推过来给我，又额外铺了两张在上面，点点头堆着笑，故作大方地，"这二百请你们撸串儿！"

我跟汪宁互相看看，一起把钱给郭姐推了回去。

我："干脆我请你吧郭姐！"

汪宁："别在这儿找事儿了，你这是贿赂国家公职人员。"

　　我跟汪宁断然拒绝了郭姐，不肯应承帮她毁约退钱的事儿，汪宁还就势给她扣了一个"贿赂公职人员"的帽子。

　　郭姐愣了一会儿，半天没说话，看看我又看看汪宁，忽然变了脸，低眉顺眼："可不能这么讲呀，姐可不是要贿赂你们呀，姐是来求你们两个的。姐挣点钱容易吗……"

　　郭姐说说快哭了，我了解她为人，我反正是完全不为所动。汪宁在我旁边都快笑了，也跟着变脸了，又哄又劝："您看您，知道挣钱不容易，还非得毁约？我们都巴不得您多赚点，少花点儿呢。您就老老实实履行合同，不就不用赔违约金了吗？要是就是不想租给那人，那也没事儿，您肯定是有更合适的下家了，您赚的肯定是比之前这家给的多。那您就认赔违约金呗，反正也能赚回来。对不对？怎么着您都合适。"汪宁话是跟郭姐说的，眼睛看着我。

　　不用客气，我完全接得住，认认真真地打配合："没错！"

　　汪宁："开门做生意得讲诚信，不能听风就是雨。说谁出尔反尔地还能挣着钱，那是笑话。"

　　我："没听说过！"

　　汪宁指着我："您看，洋洋多憨啊，洋洋都懂！"

　　我："说谁憨呢？"

我们两个一来一往地都快笑出声了。郭姐渐渐收了刚才装的可怜样，向下撇着嘴巴，冷冷看着我们。她心里其实也明白，上次她去派出所给范小鹏作证销案的事情实在是不太磊落，她是不是背后收了范志明的好处，我们也都心知肚明。

郭姐哼了一声："我知道你们心里合计啥呢，以为我见钱眼开，一个房子租了两家，现在后悔了是不是？还真不是！"

那我可纳闷了："没有下家？那你图什么？"

"跟你们说实话吧，这人我租不了！租给了他，我得得罪克俭小区的很多人，以后的生意不好做！"郭姐看着我们，抱着双臂，打算说实话了，"你们知道我是让你们去帮我给谁退钱？半边楼刘疯子的儿子。"

郭姐一句话把我和汪宁从一种轻松的、戏谑的，还有点打情骂俏的气氛中瞬间抽离出来。我们抬头看着她，再没声。

"克俭小区里面的人放话了，这人就不能留在这儿，你们说我还敢租给他吗？我也不敢去找他当面退钱，他爸爸放火杀人的，谁知道他要是被惹急眼了，能做出来什么事儿呢！"

刘天朗和他姑姑刘彩虹回到克俭小区的事情，我们社区和对面派出所都知道。刘彩虹之前的住处去年秋天在道路改造的过程中被拆除了，那里甚至不算是一个真正的房子，只是一个养满了猫狗的窝棚，但区里还是根据政策支付给了他们安置费用。姑侄两人没有别处安身，便在去年底回到克俭小区刘疯子留下来的房子里居住。

袁姐对这件事情有些紧张，马上亲自带着张阿姨和我了天朗家里走访。我们拿了两袋粮油和一兜水果。可是刘彩虹连门都没有开，我们只得隔着一扇门跟她说话。

袁姐对着门镜满脸微笑："没事儿，老邻居回来了，我们就是来看看。看看您这边有什么需要。"

刘彩虹在里面回答："各家各户关上门自己过日子，我们有什么需要也都能自己弄，不用您操心。"

"前年采暖线路改造，咱家一直没人，也没交采暖费，管道都给装上阀门了。现在家里没有暖气，不冷吗？"

刘彩虹是硬气的："行。冻不死人。"

袁姐干笑："哦……好。哎，我听见动静了，咱家有宠物呀？"

刘彩虹："有。咋地？你要吃呀？"

张阿姨是什么火爆脾气，忍不了了："把门给我打开。有这么隔着门说话的吗？我们也不是来抢东西的。"

刘彩虹："就不。"

张阿姨连拍了几下房门："刘疯子在这儿住的时候也得给我开门说话，你在里面装什么大瓣蒜！你把门给我开开！你们家养动物登记了吗？你们都打疫苗了吗？"

刘彩虹："他给你开门说话，我不！你要是特别急，就在楼下尿吧，老年人憋着不好。"

张阿姨气得直翻白眼，半天说不出话，也败下阵来。

袁姐腰伤未愈，张阿姨岁数大，一直是我两手拎着粮油水果，沉得要命，放在地上揉肩膀。

我们吃了闭门羹，正要离开，一个人上楼了。冬日夕阳的光从老旧的窗外，穿过两把大葱的缝隙投进来，投在刘天朗的脸上。他戒备地看着袁姐、张阿姨，紧抿着嘴唇，再看我，神情中那些尖锐的东西慢慢缓和了，张了张嘴巴慢慢道："干什么呀？"

张阿姨看着他，长长地叹了一口气："这孩子都这么大了呀……"

天朗对张阿姨并没有什么印象，他更不认识袁姐，但是他认识我，陪着他送走他爸爸，又借给他六千块钱的我。他朝我点点头，面目温顺又安静，然后拿钥匙开门把我们带进了屋。他们家跟孙莹莹家是一模一样的户型，只不过孙莹莹布置精心，充满烟火气，而刘天朗和他姑姑住的地方却可以用家徒四壁来形容，只有两张板床，一个烧着的煤油炉子聊以取暖，排烟管被引到一个破碎的窗玻璃上，窗玻璃的边缘用透明胶带糊着。那个煤油炉子在他姑姑的窝棚里见过，被他们一起从窝棚里带回的还有五六只猫，它们见生人来了，在这个空旷的房子不同的角落里不安跳跃。

刘彩虹见天朗已经把人带进屋子就没再说话，抱着一只猫靠在床边玩手机。

跟人总是有话的袁姐搓着手有点不知道该说些什么。

张阿姨对天朗说："你小时候我逗过你。"

天朗在厨房烧热水，他闻言点点头，但没有接茬。

他把烧好的热水给我们端出来，杯子是很干净的，我吹一吹喝了一口，袁姐和张阿姨都拿在手里没动。

"最近这些年你一直跟着你姑姑在外面住？"袁姐看着天朗，温柔地废话，试图打开场面。

"嗯。"

"我们单位小夏你认识，上次就是她去找你的。为了……你爸爸的事儿。"袁姐愈加小心翼翼。

天朗还是一个声音，一个动静："嗯。"

袁姐道："以后就住在这儿了？还是过一段儿再搬去别的地方呀？"

刘彩虹听到问这话，一下子起身："住这儿了！不让呀？"

袁姐好像高兴着呢："住这儿好！邻居多，咱们小区人气就旺。但这房子还是有点冷，煤油炉子也不太安全，回头我让小夏赶紧联系采暖公司，把咱家暖气阀门给打开。"袁姐道，"还需要什么东西，你们就跟社区提，我们都尽力帮忙解决。"

刘彩虹又躺回去了。

天朗对袁姐说："谢谢您。"

袁姐看着他："十八了吧？"

天朗回答："十九了。"

"我听洋洋说了，你会理发？还会修胡子？"

天朗看了我一眼，一边回答袁姐："原来在发廊打工。"

"我认识一个连锁的发廊，老板正招剪头发的大工呢，薪水给得挺高，我可以介绍你过去。虽然有点远，但是安排食宿。"袁姐说。

天朗没说话。

"你要去看看吗？"袁姐说。

天朗抬起头来看她，语气坚定："我不去。我回来了，就呆在这儿，我哪也不走了。"

他姑姑在里面突兀地笑了一声，不知道是被什么给逗的还是笑袁姐被天朗一句话给怼了。

我领导再没说一句话。

我们三人从天朗家里出来，走得很慢。

"要留意刘天朗。"袁姐忽然对我说。

我看看她："留意他什么？"

"保持联系，经常接触接触，看看他们家需要什么帮助。"

"嗯，好的。你放心，不说我也想着呢。"我说。

袁姐的脚步停住了，站定在我面前，像是有点不放心似的："洋洋，我说的话你听懂没？"

张阿姨站在她旁边，跟她一起看着我，她们的样子是意见统一的，是有默契的。

我有点纳闷了："我听懂了呀，不是说要我及时帮助他吗？"

袁姐与张阿姨互相看看，决定还是把话跟我说得更明白一些："要小心他。他有什么动向你都要掌握，要跟我及时沟通，我们跟派出所那边都会关注他的。"

我一下子有点蒙："啊？您是这个意思？把他当做是危险分子？"

"不能那么说吧，重点关注对象。"袁姐说。

我忽然对这位一直都很信赖的领导有了些意见，不知道是因为她刚才没有喝刘天朗递来的水，还是因为她现在要我把他当做是一个"重点关注对象"。

袁姐看了看我，像是猜到了我的想法一样，并没有再继续这个议题。

第二天上班，低保户的录入系统发来消息，我们社区里有两个家庭整体收入超出了标准，要停止发放低保了。其中一户在我负责的网格里，我马上给那家打了电话。一个八十多岁的老奶奶当天下午就找来，跟我说生活如何不易，负担怎么重，要求我可怜可怜他们家，要我重新发放低保。我不得不从一个重要的报表中抽身出来，跟她解释："低保系统都是联网的，无论是数据还是政策标准都不能修改，更不是我能决定的事情，您让我怎么帮您呢？"

老太太苦求我一个多小时，见实在没用，呸了一声走了，临走时给我留下一句话："看着人模狗样的，怎么没长心吗？"

我坐回自己的座位上，愣了好一会儿，被人这么说觉得心里怪难受的。我才不是没长心的人呢，正相反，我比谁都有人情味儿，小时候跟小朋友分橘子苹果都是自己吃小的一半，给别人大的。长大了，别人只要是求到我，我都尽可能去办绝不含糊。可是在社区工作久了，我发现要不要投入感情，就好像我爸给我姥姥做菜每次都小心翼翼地放盐一样，放多了怕她高血压受不了，放少了又怕没有味儿她不爱吃。干我们这行，别人的家事是你的公事，你不设身处地替人着想，不投入感情，连坚持一个月的耐心恐怕都没有；可是如果太过感情用事，那也不能公平公正地完成工作。

我对刘天朗心怀同样的矛盾。我去过他工作的发廊，他生活的小窝棚。我把他从去外地的大巴车上拽下来，陪着他送走他爸爸，还借给了他六千多块钱，看见他痛哭流涕。在那些零散的片刻中，我能体会到他遭受的苦难，我可能不同情他吗？我又不是一个木头。可是同时，这个人的另一面也不可能被轻易抹去。他跟这个小区别的居民之间没有仇恨的烙印吗？这谁能为他打包票呢？

怎么对待刘天朗让我左右为难。我既不想跟他有更多接触，让自己更加同情这个命运多舛的男孩儿，也不想要像袁姐说的那样监视他、汇报他的动向。我跟他特意保持距离。

直到文具店的郭姐找上我，让我帮忙把房租退给天朗。

之后我把袁姐让我重点关注刘天朗的事情从头到尾跟汪宁说了一遍，最后道："这事儿就跟小时候做数学题一样，把会做的题先做了，但是难题并不会消失，还在那儿等着我呢。"

汪宁感同身受："说得太对了，而且这道题就是你卷子上的，你也不可能把它给胡世奇或者杨哥去做。"

我看着桌上装着五千块现金的信封。是的，这钱我收下了，这活儿我也接了，但是后悔，忍不住挠头："郭姐怎么就找上我了？"

"她是开店的。每天见多少人？要是不知道一件难事儿找谁能解决，找谁能办成，那她就干脆别做买卖了。"汪宁说。

"你是怎么想的？"我看着汪宁，"你讨厌刘天朗吗？"

汪宁好像对我这个问题感到有点意外。

"孙莹莹是火灾的受害者，你会因为她恨刘天朗吗？"我问得小心翼翼。

"我怎么想的……不，我不会因为莹莹去恨刘天朗。我甚至有些同意你，天朗当时才六岁，也是那场大火的受害者。"汪宁认真地看着我。

我愣住了，觉得一颗摇摇晃晃的心像是被他轻轻地扶正了一下：小汪警官多善良多聪明呀，他说出我一直想说却表达不出来的话。

"但是我觉得袁姐是对的，她也是经验丰富。"汪宁看着我，"其实她那次家访，给刘天朗推荐别处的工作就是这个意思。她把刘天朗当做是重点关注的对象，不是说他就是个危险人物，她是觉得这个小区的居民跟刘天朗之间的矛盾是历史造成的。从前的矛盾很难在现在这个时空里解开，而且这个矛盾是双向的，他对别人产生威胁。克俭小区的人会轻易原谅他吗？郭姐没直说是谁，房租都退了，宁可自己亏钱都不敢把房子租给刘天朗，不就是这么回事儿。"

"所以呢？"我眼巴巴地看着汪宁。

"解决不了的矛盾只能尽量绕开它走。"汪宁说，"袁姐当时的想法就是，要是能让刘天朗离开这里，不住在克俭小区，他也容易了，别人也心安。"

"原来如此。"

"咱们还是这样吧，先把这钱退给刘天朗，然后劝劝他走。"

我一听他分析得这么到位，马上顺坡下驴："你去。这事儿你来替我办！我还得排演节目！"

汪宁气得够呛："他又不是之前欠我人情了，能听我的吗？顶多，"他看看手表，"我今天半天休息都搭给你了，我陪你去找刘天朗吧……"

"谢谢你哦。"我高兴，脑袋里面转得飞快。我有个主意，能一箭双雕，既能把钱退给刘天朗，又能跟汪宁再进一步……

我妈傻了。

她的女儿，从小到大都没有男孩子主动打电话的我，居然往家里带男孩子了！而且一带就是俩，俩人长得还都那么好看。我妈彻底傻了。

她把我拽到厨房里，在我爸正炖着酸菜排骨的大锅子后面。借着烟气的掩护，她拧着眉毛，眯着眼睛，嘴巴却笑着，一副难以置信又兴高采烈的面孔，骇然问我："姑娘呀，这都谁呀？什么时候认识的呀？"

我看着她那样，真想跟她讲讲女性独立，女性价值，好好教育教育她，却轻描淡写地说道："小汪警官是经常一起办事儿的半个同事，另一个是天朗，是克俭小区的居民。"

我妈白了我一眼，撇了撇嘴巴，小声嘀咕："哼，我就知道……"

我心里面那个好胜的念头又起来了，想至少吹个牛，在我亲妈这里找回一点尊严，便把她拉过来，低声道："其实也是想让你们帮我看看我选哪个。"

我妈闻言在我肩膀上不疼不痒地拧了一下："这个臭孩子，怎么这么不正经呢。"

我眯着眼睛呵呵一笑。

"当然是找穿警服的！"我妈在小搪瓷盆里浇上麻酱，一边搅黄瓜和拉皮一边跟我说，手上可有劲了，"但是我怎么觉得这孩子不太会说话呢？刚才在门口就点个头。而且他好像有点馋，刚才贼眉鼠眼地偷了两块皮冻了，还以为别人没看见。"

"他其实不馋，最近搬出来住，好久没吃家里饭菜了。平时也能说会道的，就是见到同事家长不爱吱声。他爸去世得早，他妈带他长大的。他有家长恐惧症。"我说。

"啊？！"我妈一听这话，手下停了，看着我，"咋还找个单亲家庭的呢？那家庭条件能行吗？"

我说："他妈是医大副校长。"

我妈手上又开始动了，一秒钟都没耽搁，绝对无缝衔接："那完全没问题。这种妈妈管儿子我放心，多个男的在旁边还容易碍事。"

我爸在旁边听不下去了，一边把包好的牛肉烧麦摆上蒸锅，一边哼了一声，赌气道："我看另一个好！"

我妈笑笑："另一个长得是不错，一看就比洋洋小，没啥可比较的。"但是她也不打算放弃任何一个可能性，"他是干啥的？他爸妈都干吗的？"

我回答妈妈："他爸妈早就没了，从小跟着姑姑过日子。"

我妈听闻天朗的身世，像被小鞭子抽了一下。她回头看看屋里的天朗，他正从架子上把我的一组玩具拿下来摆弄。那是两个机甲小人，可以用手柄操控打击。汪宁把手擦干净蹲下来，跟天朗两人一人一个开始对打。汪宁玩起游戏，瞪着眼睛全神贯注，有种非得要赢的凶狠；天朗皱着眉头，咬着嘴巴，格外像是一个可怜的小孩子了。

我妈听不得别的孩子受苦，又对自己的孩子格外挑剔。她叹了一口气，把我手里的一片香肠抢过去："就知道自己吃，没看着我跟你爸忙着做饭呢？你去切点水果呀！"

……

为了招待汪宁和刘天朗，我爸妈做了一大桌子菜，然后俩人就去我舅家看我姥了，深藏功与名。

我给他们两个分了碗筷酒杯，倒上啤酒："我们家就是伙食好，你们都别客气！"

他们果然没有客气，话不多说，各自埋头吃。过程当中，我不住地给天朗布菜夹肉，汪宁也完全配合，还连续给他满了几次酒。我们诚心在打配合，让天朗吃得开心了，钱也好退了，往下的话也敢说了。

酒足饭饱，天朗起身要去刷碗，我赶紧把他给摁住："不用不用，你就在这儿呆着。"

"那谁去洗碗？"天朗也真是勤快。

"我呀！"汪宁愉快地说，一边起身一边拾掇起两个空盘子，同时让天朗坐下，对着我努努下巴，意思是：她有话跟你说呢。

天朗看看他又看看我，没再吱声。

我先是打了个哈哈，问他："好吃不？"

天朗道："好吃。"

"好吃你以后常来。"

天朗沉默小小片刻："有事儿就直说吧。"

这小孩儿还真是敏感且直接呢，上次一句话把袁姐给堵住了，这次一句话又把我给弄紧张了。我赶紧笑了："我有什么事儿呀，你把钱早都还给我了。"我先让他想起之前欠我的人情，然后再往下说。

汪宁端着两个空盘子，对我挤眉弄眼。我也不知道是跟他默契不到，还是心里面乱，这回彻底没明白是什么意思。

汪宁咬牙切齿："我问你家洗碗剂在哪里！"

我赶紧起身，把洗碗剂挤到抹布上，一边跟他商量。

汪宁低声道："别扯没用的了，还容易起反作用。直接把钱退给他吧，然后咱俩一起跟他谈。"

我回到饭厅，天朗已经用纸巾把大半个桌子擦干净了。我坐下来又站起身，又坐下来，还是把郭姐给的信封推给了他。

天朗先是愣了一下，抬头看看我："什么东西？"

"你给郭姐五千块的租房子的定金，她托我还给你。那个房子，她不想租了。"

天朗把那信封抄起来，扒拉了一下又放回去，抬头看我："为什么？"

"可能有别的用处吧。"我只觉得开口艰难，"照理说是毁约了，应该赔给你钱的。但是也请你体谅，小生意不好做。再说你不是还没往里面投入什么东西吗？也没有太大的损失。先把这个钱收回去，再找别的地方，你看行不行？"

"是嫌房租少了吗？她还想再加钱？"天朗问我，费解地。

"没有。"我赶紧说。

"不明白。"他低声说，把信封往我跟前推，"我不要这钱。"他说罢站起身，好像要走。

"你听我说，天朗。"我赶紧叫住他，"她应该付你违约金，因为合同就是那么定的。但是郭姐现在也有难处，要不然也不会托我来找你。我也是两边说和，你要是非要她赔偿，你也少说个数，我再去跟她商量。"

天朗执拗地跟我虎着一张小脸："我不要违约金，我就要租那个房子。我要开我自己的理发店。"

"我也想开呢。"我跟天朗陷入了僵持，汪宁从厨房出来，温柔地打圆场，"我前两天还琢磨着辞职开发廊，咱俩真得好好商量一下。"

天朗看汪宁，不信任地问："你？"

"对呀，不信你问洋洋，我跟她商量过这事儿。就是最近想法有点变化，想要再端几年铁饭碗。要不然我真开发廊了。"汪宁笑着，意兴盎然，"进什么产品，会员怎么办卡，做大了以后要不要再添点别的项目，我都想了。我在西城那边看了个铺面，我哥们儿的，要是郭姐不租你房子了，你要不要去那里看看？"

天朗转着眼睛，我跟汪宁互相看看。我跟汪宁处心积虑地想把天朗要在本社区内开发廊的念头给打消掉，甚至暗暗地想要以某种柔和的方式让他离开这里生活，以回避可能由他带来的那些矛盾，而天朗在揣测着，掂量着我们两个的意图，并预备反抗。

"我不走。"终于，他还是抬起头来看着我们，坚定地对我们说，"我知道你们怎么回事儿，你们就是不想要我留在这儿对吧？"

在袁姐和我之后，这回被他一枪挑中的是汪宁了，他虚虚地笑："也不能这么讲，这不是帮你想办法嘛……"

我趁这个间隙赶紧把信封又朝天朗推了推，顺便想对策。

天朗的目光在我们两个的脸上来回闪烁，嘴巴微微张着，两只手合上又打开。我在一瞬间觉得他真的有些可怜，而这一次让我可怜的不是他的身世，而是那种缺失了表达的能力、有话说不出来的样子。我跟汪宁都很能说，一是因为工作需要，二也是因为总有人听我们说。可是天朗不是这样的，他直来直去，一句就能把人给堵住。他是不会沟通的，究其原因，就是很少有人去听他说话。

汪宁想要进一步再去说服天朗："你仔细想想。哪天我带你去看看那个铺子去，不然就明天吧，我开车，咱们一起去。你肯定能喜欢。"

我一直看着天朗，他被这个一厢情愿的汪宁说得好像更着急了，蹙着眉头。我觉得无论如何得给人这个机会，得知道他到底是怎么想的。我手肘碰了一下汪宁，朝着天朗送了一下下巴，汪宁没再说话了。

天朗憋了半天，终于道："我家门口总有垃圾。"

这事儿跟他开发廊有什么关系呢？

我："有垃圾就收拾呗。"

"不是我扔的。被别人，扔在我家门口了。总有。"

我跟汪宁互相看看。

"是同一拨人。"天朗继续把两件事情串在一起，"不让把房子租给我的，在我家门口扔垃圾的，是一拨人。"

我马上问："谁呀？"

"不认识。但是我就是知道，就是同一拨人。给我家扔垃圾，不让我开发廊。"天朗脸色涨红，越说越激动，"他们就是要赶走我。"他猛然抬头看着我和汪宁，"你们也是。"

天朗说罢站起来，速度有点快，刮到了我们家的圆餐桌，还没来得及拣走的碗在上面晃动起来。汪宁赶紧伸手扶住了碗，抬头看天朗："你坐，别着急，咱们有话慢慢说。"

片刻间，天朗似乎是不知道要怎么办了，他有点犹豫，但他并没听汪宁的话。他拿走了桌上装着钱的信封，走到门口穿上鞋子，回头看看我们："我欠你的，这钱我拿走，但我不会离开这儿的。我就是不明白一件事儿，我惹到谁了？我不配在这里生活吗？"

他开门出去了，我跟汪宁无言以对。

晚上，我爸妈从舅舅家回来了，我一个人刚把圆餐桌收起来，把地面打扫干净。我妈一见只有我自己在家，还有点失望："都走了？我白买这么一大盒草莓了。"

"这话我可不爱听。"我说，"怎么着我还没资格吃你的草莓了？"

一句话让我妈我爸都愣了一下，我妈看我爸："辛辛苦苦给她做了一大桌子菜，招待她朋友，她怎么说翻脸就翻脸了？这什么态度？"

我转头就回了自己房间，仰在椅子上回想着刚才天朗走后发生的事情。

我跟汪宁面面相觑。我叹了口气，讪讪然道："你看他还生气了，我爸我妈白做那么多菜了……"

汪宁马上拿手机："我给你转五百块钱。"

我"喊"了他一声："这是干什么？这一顿饭我们家还请得起。你别给我转钱，转了我也不要，你也没少请我吃饭呀，跟我算这么仔细干什么？"

我的手机轻轻一震，他还是转了，这人还真是固执，一边跟我解释着："咱公私分明。协调刘天朗是关系到片区内治安的公事儿，这个钱我给你。"他说罢放下手机，抱着手臂，颇有点为难的样子，"刘天朗这是较上劲了，可拿他怎么办呢？"

我心里马上就有点不太高兴了，原因有两点：一来是他那个跟我"公私分明"的态度，一顿家常便饭的钱都要算给我，这让我觉得生疏见外，换句话说，我把他当成自己人，招到家里来吃我爸妈亲手做的饭，他却跟我算饭钱，比社区居民还客套！由此推导出第二点，他对天朗也是公事公办的态度，他把"让刘天朗离开本社区，以确保其他居民的安全"这事儿当做一个派出所的常规工作来办——这说起来这也没什么不对的，但我不是这样，不仅仅是刘天朗，我对谁都不这样。社区里面，特别是我自己的网格里面，谁家有事儿，我都跟着着急；谁家孩子考上好学校我都跟着高兴；上个星期山水佳园一位每天下午都在门口晒太阳的爷爷，晒着晒着中风了，我也跟着他们家人一起忙活送他住院，晚上去我姥姥家抱着她待了很久。说到底就是我这个人总是对人，特别是弱者产生同情心，但是显然汪宁对天朗的态度跟我不一样，他把天朗看作是一个难题，他对他并没同情。

我看着他："是他较劲，还是别人跟他较劲？"

汪宁看看我，样子还是笑嘻嘻的，眼里有点警惕："请指教？"

"刘天朗说得没错呀。"我说，"他做错了什么事情？他为什么不能在这儿开店呢？他家门口为什么被人丢了垃圾呢？袁姐跟你为什么都想方设法地要把他给起走呢？他到底做错了什么？"

汪宁看看我，摇摇头，一副"早知道你会这样"的表情："那我问你，这事儿到底是谁干的？谁在他们家门口扔的垃圾，又是谁不让郭姐把房子租给他？"

我："谁？"

汪宁："当年火灾的受害者呗。这还用问。"

我难以自控，声音高起来："但火灾跟刘天朗没关系呀，放火的是他爸。"

汪宁声音不大，但是毫不相让："你能这么说，就是因为火灾的事情跟你没关，你们家不是受害者而已。"

"对我不是，你是？！你是受害者？你们家被人给烧了？"我腾地一下从座位上弹起来，从上而下地质问他。

"我不是！但有人是！孙莹莹是！"汪宁也站起来，皱着眉头，瞪着眼睛，脸也红了，他第一次那样严肃地、激动地跟我说话，"她是受害者，不仅仅是她，李博是受害者，吴大爷的儿子死了……谁都明白道理，谁都知道爸爸的事情不能算到儿子头上去，但是道理跟感情是两回事儿，不是谁都能把事情想通！你觉得刘天朗没错，那我问你，这些人当年又有什么错呢？你凭什么代替他们去原谅刘天朗？你跟我，一个社区的，一个派出所的，我们不是法院，就是法院的，这事儿也不见得就判得明白！我们现在做的就是要避免矛盾发生！这点事儿我跟你解释过的呀！还用我反复跟你说？！"

我看着汪宁，好长时间就见他嘴巴在动，脑袋里面就三个字在嗡嗡作响，孙莹莹，孙莹莹，孙莹莹。他的道理我懂，我也能认可，但是我不能允许他以这种保护者的姿态提到孙莹莹。我终于知道我跟他最大的分歧在哪里了，我也终于明白自己一直在计较着什么，警惕着什么。

我攥着拳头，死死盯着汪宁，一动不动。也不知道过了多久，忽然感觉到这个家伙叫着"小聋你是不是休克了"，一只手上来从后面捧住我脑袋，另一只手上来使大力气就要掐我人中。我用力甩开他，低声吼道："走开！"

汪宁马上收手，并同时向后退了一步，小心翼翼地看着我。

我喝了一口水："我同意你说的，得避免矛盾发生，但我坚决反对就这么把人给逼走。我会看着他的！"

汪宁合计了一会儿，慢慢点头："行……"

我手指头朝门一点："你走吧。我爸妈还没回来呢，就咱俩在我家，对我影响不好。"

汪宁张张嘴巴，也没再说什么，到底还是转身开门出去了。

我冷漠地看着他的背影，心里面因为这个小小的报复而稍微平衡，同时在心里给他判了一个短暂的刑期：七天。七天以内，我都不理你了。

后来两天，上班工作的间隙，我都暗自出神，一边是惦记着刘天朗的事情，一边是汪宁提起孙莹莹的时候那个红头大脸的样子一直在我眼前晃来晃去，让我难以摆脱。他给我发微信、打电话，我都没接。在食堂看见了，我对他也是爱答不理。

张阿姨马上就留意到了，回到办公室就兴致勃勃地问我："洋洋你怎么不理小汪警官了？你们吵架了？"

架不住张阿姨追问，也实在是想在她这里讨一点主意，我就把我跟小汪警官因为天朗争执的事情前前后后说了一遍，着重强调了他在我面前提起孙莹莹那一出。

张阿姨听得特别认真，每到关键节点都对我点头。

"七天不够。"张阿姨慢悠悠地说，"要我说，你就别惦记他了，他就不是你的。洋洋呀，不如你另找他人吧！"

"啊？！这叫什么馊主意？当初撺掇我跟他直说挑明白的，是你。现在你怎么又让我别惦记他了？你不能这样啊。"我彻底慌神了，感觉自己眼泪都快掉下来了。

张阿姨歪着头看我，叹了一口气："对，当初是我鼓励你跟他好的。可是我也警告过你呀，孙莹莹跟他的事儿复杂，小汪警官确实是说他要开始新生活了，但不见得做得到！我告诉你，这就是前女友的幽灵，会一直回荡在你俩之间。"

我抬头看着张阿姨，心被她说得越来越凉，谁知道接下来还有更让我心凉的事情发生了：一个快递小哥来送花了，送给张君芳女士，一大捧红玫瑰。

我一把抓住张阿姨的胳膊，嫉妒地颤抖着："阿姨呀，没你这样的，我什么事儿都告诉你了，你不能再跟我藏着掖着！你对象到底是谁？你今天要是不告诉我，我立马就从这二楼跳下去！"

刚刚收到鲜花的张阿姨也是难掩得意，故作淡定地瞟了我一眼："这人你认识，不过胡世奇跟他更熟。"

我愣了一下："不是胡世奇他爸吧？"

张阿姨气得嘴歪，用一根手指头狠狠杵我的脑袋："你们爸妈比我小了十几岁呢，胡世奇他妈还在呢。"她低头摆弄玫瑰花，脸上有些许害羞之意，"送我花这个，是山水佳园的。"

"谁？！"

"老翟头儿。"

我看着张阿姨："你说翟大爷？老翟头儿？！那个藏品比公共垃圾站还多，把邻居家的坐便捡回家，在里面养龟背竹的老翟头儿？！你不嫌他邋遢，嫌他家里臭？！"

张阿姨看我，气定神闲："什么时候的老黄历了？我请你仔细想想，他找了我以后，现在还那样吗？"

我忽然想起来几天前还在山水家园门口见到翟大爷了，他戴着黑色的棒球帽，穿着大红的羽绒服，运动鞋脚底的小白边干干净净的。我们都没注意的当口儿，翟大爷好像忽然就变得时髦漂亮了。我想起他当年在家里收藏垃圾的心结，是为了纪念突然去世的老伴，如今张阿姨让他枯木逢春了？

张阿姨看着我，像是猜到了我脑袋里面想什么："我答应跟他谈恋爱的第一天就跟他说明白了，以后是咱们俩过日子。我跟他的日子不见得有他和从前老伴那么长，但是无论我们还能活多久，就算是一天两天，那也是新生活，从前的东西，从前的人都要一笔勾销。老翟头儿马上就同意了，把他媳妇留给他的东西扔的扔，送人的送人，照片也烧了。从此在我跟前再也没有提起过她一句。我也是，我也绝口不提我从前的老伴。"

我点点头，竖起大拇指："您厉害呀，您有手段呀。"

"这不是手段，这是决心。你也得像我这样，他在你面前提起孙莹莹的事儿，你就不能让他！你不用定什么期限，就抱着一个想法，你就放弃他了，找别人，行不行？"

我撇撇嘴："嗯……不太行……这两天不跟汪宁说话，我都是强撑。"

张阿姨看着我摇头，恨铁不成钢的样子："你看你，一个女孩儿，得有气度，得有自信！要不然你得被他钳一辈子！他再在你面前提孙莹莹怎么办？他去替她帮忙办事儿，跟她出去你怎么办？！这一次你就得让他接受教训，直到他服软！"

"我争取吧……"

"不能争取，必须做到！"张阿姨说到后面，两只手抓住我的肩膀，几乎摇晃起来。

我们两个正说话，胡世奇从外面进来，发现了什么新鲜的大事儿似的："哎，你们去看看啊！"

"怎么了？"

"刘天朗在克俭小区花坛那边支了摊子，免费给人理发呢！洋洋，他在你这里备案了吗？"

"啊？没有呀……"我一愣。

"赶紧去看看吧，我过来的时候都快打起来了。"胡世奇一边说，一边把衣架子上的大衣拿下来给张阿姨穿上。

我们赶到的时候，克俭小区花坛边上已经里三层外三层围了不少人。这是一块二十米见方的小空场，西侧有个汉白玉的莫愁女雕像，朝南、背风、暖和，平日总有几个老头子打扑克下棋，地上散落着好几张大报纸，我从一双老人防滑鞋下面把一个纸牌子抽出来，上面白纸黑字写着：免费理发刮胡子。

刚刚被吸引过来在最外圈看热闹的老头子们纷纷议论着：

"怎么回事儿？这谁呀？"

"别提了，有人免费理发，我都排上号了，又有人上来不让他摆摊儿了。"

"人家是做好事儿，干什么不让人做好事儿？"

了解更多底细的扭头跟这几位分析道："这不是小区里面都分割成停车场了吗？人家老板不让他占地方，让孙好忠管呢。"

"现在这儿也没车呀！车来了就让开呗！这个孙好忠还拿着鸡毛当令箭了。"

我心里急，往前轻轻推了一下那几个老头儿。他们给我挪出一条缝隙来，宽窄很吝啬，谁都不愿意把看热闹的好位置让出去。

在我后面的张阿姨对他们是完全不客气的："谁假牙没带，说话直漏风呢？！都让开点，别挡着我们社区办事儿。"不得不说，张阿姨虽然连个正式编制都没有，可她走到哪里都有种战狼气势，对此我服气。

老邻居们终于让开了，我跟张阿姨挤进去，第一眼看到的是刘天朗的姑姑刘彩虹，她瞪着眼睛叉着腰正对一人怒目而视。那人是孙莹莹的爸爸，克俭小区里的老好人孙好忠。他一只手拿着手机，另一只手拿着把维持秩序的小旗子，驱赶着众人："都走，赶紧的，别在这儿围着，都走……"他那样子毫无威严，十分笨拙，自己比比划划地转了一圈，却没有人动。

刘彩虹身后护着两人：刘天朗，还有坐在椅子上，他正给理发的一个大爷。天朗专心致志，下手微妙，大爷却有自己的要求："剪短点，尽量短，得挺一个多月呢，二月二才能再剪头。二月二你还在这儿吧？"

"这是我老板包下来的车位，等会儿车来了，没有地方停，我要是被投诉了是要丢饭碗的！"孙好忠气得够呛，声音却大不起来，他这人总像是缺了点精神头似的。不知经过多少内心建设，他终于大声说道，"怎么着？我说话不好使是吧？"

刘彩虹挡在他跟前，她身形高大，比孙好忠高半头："想动手？我看你敢！"

她有种泼皮英雄的气势，孙好忠像一个想要爬坡冲锋却踩到了冰上的倒霉士兵，进了一步，滑回去五步："我不，哎，我可没动手呀！你可别血口喷人！"孙好忠越发着急，谁知道一扬手把自己手里的电话给甩飞了，正好砸在我脚跟前，围观的众人"哄"地一声笑。

我把电话拾起来，交还给孙好忠。他在手掌里摩挲半天，还跟我道谢："谢谢你呀，小夏姑娘。"

天朗见我来了，停下了手里的活计，直起身来看我，双手顺在身体两侧，是个幼儿园大班的小朋友见到老师的老老实实的模样。

我走过去，低声道："公共区域是不能随便占用的……"

他姑姑过来，待我比待孙好忠和气一些："为什么不行？天朗这是做好事儿，不收钱，又不是摆摊。"

"我知道他免费才过来说的，要是摆摊挣钱就更不行了。"

刘彩虹是一说就火的脾气，对着我也瞪眼："你们不让人活了？"

"不是……"我试图在这个混乱的局面里整理出来一个清楚的解决办法，"得在社区做个备案。从哪天到哪天，每天什么时段，我报给书记，她一批就行了。要不然就算是给邻居们做好事儿，不也是名不正言不顺吗？孙叔要赶你走，他也是有原因的，这一块儿是划给停车场了，但是咱小区里还别的地方，咱再找一块儿不就行了吗？"我好声好气地打商量，"这一片是我管的，别给我找麻烦呀……"

这一番话至少天朗明白了，他朝我点点头："行。那我理完这个大爷的，我就收拾东西。"

"啊？不给剪头了？小孩儿，那你再出来什么时候？"其余人纷纷问他。

张阿姨回头看他们："没听明白吗？就这几天，你们着急就去发廊花钱剪头发去，不着急就等。"

"等他！小孩儿挺好……"

我把地上那个写着免费理发剃胡子的牌子拾起来，打掉上面的灰，放在天朗装刀具的口袋里。

围观的众人不等了，快要原地解散的时候，刘彩虹拦在孙好忠跟前："我看见你了。"

孙好忠刚接了一个电话，没讲完，此时抬头看她，有点心虚也有点惊慌："你看见我什么了？"

"我问你，我们家门口的垃圾，是不是你扔的？"

孙好忠大惊失色："你怎么胡说八道呀？你们家门口的垃圾，那是你们家的！凭什么问我？！"

"要想人不知除非己莫为，我都在门镜里面看着了！你说你坏不坏？损不损？你就不怕自己下楼的时候踩上滑倒摔一个狗啃屎？！"刘彩虹毫不相让。

"我告诉你，不是我，那个……你……胡说！"孙好忠一张脸胀得通红。

他俩不可开交的时候，忽然一辆车从小区外面疾驰而来，压过小区甬道，直直逼向花坛这边。围观的老头们这回腰不疼了，腿不酸了，迅速地给它让开一条道。那辆车一直开到正给人理发的刘天朗的跟前，正剪头的老头子一下蹿起来躲开了，而天朗立在那里没动，车头朝前拱了一下，要贴到他膝盖上了，可他还是一动没动。

我跟张阿姨、胡世奇三人对视一眼。张阿姨上去拍车窗："会不会开车？！没看见人？！下来！"

车门打开，开车的从上面下来，一只手拿着电话朝前一送，指了指孙好忠。那人看上去是跟老孙说话，实则是告诉在场的所有人："孙叔你怎么这么客气呀？！你就告诉她，垃圾是你扔的，但你是替我扔的！我让你办的！就该用垃圾把他们家门都堵上！"

那人理直气壮，在孙莹莹家吃饭的时候我见过他，他叫李博，当年火灾的受害者，一侧手臂上的皮都被燎没了。

原本准备离开的人们此时又都聚拢过来，可李博接下来的话把他们吓了一跳："就为了省那三瓜两枣的剪头钱，你们就在这儿排队呢？你们也敢？你们知不知道这小子是谁？！他爸就是十二年前放大火的那个刘疯子！"

他的话像一记榔头锤在众人头上。他们起先沉默着，回忆着，终于慢慢把多年前的大火跟眼前这个免费剪头发的男孩儿勾连起来。

"是他？！我可不敢找他剪头发了！"

"别再跟他爸爸似的，再发了疯，把我们脖子割了！"

头发还没理完的老头子马上把围在脖子上的白布扒下去了，看着天朗，小心赔笑："剪完了，挺好的，就这样吧。我先走了，哎，我这有五块钱，我老伴让我买一把油菜的，给你吧……"

老头子要把钱塞进天朗的手里，他没接。

李博两只手臂架在自己的车门上，看着他笑，实则恨得咬牙："我告诉你，郭姐那边也是我打的招呼。不仅是我，孙叔他姑娘也是被你们家害的，吴大爷家的女儿也没了，她那时候是我对象！还有那么多家，要么人伤了，要么房子没了，我们还在这儿呢！我们在这儿，你小子就别想在这边混！"

刘彩虹伸着两手要扑上来撕李博，胡世奇眼疾手快从后面一把把她抱住。

我一边拦在刘彩虹前面，一边留意着天朗，怕他有过激反应。我又朝张阿姨使眼色，让她赶紧把刘天朗跟前那装着各式各样剪刀剃刀的袋子拿起来。张阿姨马上明白了，可惜她还是年纪大了，心上去了，手上不去，到底晚了一步。

天朗一把那袋子攥在手里，用奇怪的眼神看看张阿姨："您抢我刀干什么？"

我不敢耽搁，马上回答："刀子挺好的，可别弄脏了。"

天朗看着我，认真地，也是委屈地问："你怕我动刀子杀人？"

我赶紧撇清："一点都不！我就是心疼东西。"

人高马大的李博看着还是个孩子的天朗轻蔑一笑："想动手？你试试。你爸疯了，没进监狱。我看看能不能送你进去！"

张阿姨走到李博跟前，一根手指指着刘天朗，声音颤抖地问："十二年的事儿了，无论他爸犯了多大的错，他爸被关了那么多年，死在精神病院了呀。这事儿过不去了，是吗？"

"过不去了！"李博对着张阿姨一声大吼，"您说得怎么这么轻巧呀？敢情您家里没人被烧死！我们就是过不去！他不回来还好好的，他回来想过正常日子就不行！"

可能是被忽然揭开了从前的伤疤，也可能是在心疼自己的侄儿，刘彩虹嚎啕大哭。与她相反，天朗是平静的，或许他早已预见了这个局面，已经在心里面暗自做了准备。他皱着眉头，紧紧咬着嘴巴，努力克制着自己的情绪，低下头，开始收拾自己的工具。

我在那个片刻心里难受极了，我同情一个想要找回正常生活的人，但我也不能去要求李博。汪宁有一句话是对的，我有什么立场替他们去原谅呢？

围观的人越来越多，我对李博说："李哥，你先回家吧，别把事情闹大了，咱们回头商量。"

"你们社区的就能和稀泥！"李博伸手扒拉我，我踩在雪上，一个趔趄差点没摔倒。李博片刻间显出抱歉的表情，但是晚了，也就是在这一刻，原本弯腰拾掇报纸的天朗霍然起身。

我还坐在地上，只觉得眼睛一花，天朗已经冲到李博跟前。李博人高马大，原本也有防备，可是谁想到天朗那么大的力气，把他狠狠地撞到了后面的车身上。

李博笑了，仿佛他的目的就是要把天朗的这一面给逼出来，展示给身边所有人看："哟，小子，真动手了？！"

"谁先动手的？"天朗怒目圆睁，扭头看了看我，"你干吗碰她？我问你，谁先动手的？！"

"我没事儿！"我一步蹿过来，扑打几下胳膊肘上蹭的雪，赶紧跟天朗解释，"自己滑的，跟他没关系！"又从后面拽他，"你还想要留在这儿不？你还想在这儿给人剪头不？你还要开发廊不？"

天朗怒目圆睁，咬牙切齿，像是听见我的话了又仿佛陷在漩涡里没法决定。

就在这个时候有救兵到了，带着点久经沙场的冷静，还有戏谑的不耐烦："闹闹哄哄的，怎么回事儿？！"

汪宁来了。

一见警察来了，李博脸上有层解恨的浅笑："你可来了，小汪警官，我说不让这人在小区里面练摊，他还急眼了！小汪警官，你看怎么处理吧？！"

汪宁飞速地扫了一眼此时的场面，他没跟李博说话，喊了胡世奇一声："胡世奇！"

"哎！"胡世奇从张阿姨身后斜出来半个身子回应他。

"我都下班了你又给我叫过来！怎么回事儿呀？你们社区又搞不定了？又得搬我出来呀？"他喜滋滋，可把自己当回事儿了。

他一说我就明白了，心里面一半轻松一半生气。轻松的是，小汪警官说明自己是下班之后来的，事情就好办了：他是警察，但不是正式出警，事情总会在他的威严和斡旋下解决；生气的是，胡世奇怎么总找汪宁？这样显得我们社区很无能。

我给汪宁判的七天"刑期"尚未结束，心里有气但是表面淡定。我不能让他看出来，我淡漠地看了他一眼。

汪宁道："松手。"

"刘天朗，汪警官让你松手呢！"胡世奇在旁边道。

汪宁碰了我肩膀一下："我让你松手呢。"他同时横了我一眼。

我下意识地松开天朗。我纳闷了，怎么汪宁的眼神似乎对我也有点怨气？

"什么事儿非得闹到这个份上？"汪宁低声对李博和刘天朗道，"都是邻居，眼看这要过年了，你们是不是非得跟我一起回派出所？"

"天朗松手，别中他们的套儿！"他姑姑刘彩虹在后面说。

天朗慢慢松开李博。

"小汪警官，你不拘他？！"李博狠狠甩开膀子，质问汪宁。

汪宁来之前估计就在胡世奇那里知道了前因后果，此时对李博道："我为什么拘他？因为他爸爸之前放了火，还是因为你们觉得他也会干那种事儿？都不行。前者叫株连，后者是电影里的故事。你觉得这人要犯罪，提前就逮捕他？你怎么那么科幻呢？"

汪宁的话简单有理，李博心里面还有仇恨，但是已然卸了力气。他不甘心地咬牙道："等他犯事儿就晚了！"

汪宁沉吟片刻："李哥你放心，有我们在，你们都安全。"

"放心不了，"李博抬头，"凭什么呀？除非他走！我也想跟您似的，跟小夏姑娘似的，跟你们所有人似的，告诉别人要与人为善，过去的事情就让它过去吧！做不到！"李博越说越气，同时伸手指着后面的孙好忠，"孙叔也不原谅！"

孙好忠被他一指，马上看了看别处，同时身体向后躲去，仿佛想要逃脱出这些浓度过大的新仇旧恨。

"孙叔！你姑娘遭了那么大罪，你还合计什么呢？！"

像是在回答李博的话，一个人从人群的缝隙里挤进来，她面目白净，瘦瘦的，带着帽子和假发。是孙莹莹，这个还在世的、刘天朗最大的债主。她像是带着一种魔力突然降临，没有人再说话了，就连李博也安静下来。

"不是说有人免费理发吗？我想剪个头发……"

我们都看着孙莹莹。她把折叠椅拿了过来，坐在雕像下面，小心地摘掉了头上的帽子。她长发及腰，但头发丝很粗，光泽和质感都不自然，那是她的假发。

"谁剪头呀？"孙莹莹环视一周，目光还是落到了天朗的身上，"不是你吗？怎么了？下班了？不给剪了？"

天朗一时没动，有点结巴地回答她："没下班呢，就是……就是他们不让剪了……过两天行。"

孙莹莹像是有点失望："还得等两天？我这就是头发梢剪短一点，你给弄弄吧，占不了太长时间。"

天朗看看我，又看看汪宁：他在等一个许可。

我有强烈的感觉，那个最终能把他从漩涡里打捞而起的人不是我，也不是汪宁，而是孙莹莹。我马上回答："赶紧给人家理发吧，不差这一会儿。"

天朗点头，从工具袋里拿出新的布给孙莹莹围上。他选了一把长柄锃亮的剪子，用喷壶打湿了孙莹莹的发梢，跟她确定了要修剪下去的长度。手起发落，落在白色的雪地上。孙莹莹拿着他递来的镜子，安静地观察。

李博狠狠地把自己的车门关上："莹莹，你知道这小子是谁？"

孙莹莹回头看了李博一眼，几缕头发从天朗的手指间滑出，天朗想要把它们找回来，手却慢了，他或许在那一刻分了神，等待着这位主顾的回答。

"我知道他是谁，住我们家三楼的那个小孩儿。"孙莹莹缓缓道，"我认得他，他小的时候我逗他笑过。他长大一点儿了，我教他背过乘法表。你们看那半边楼上画的那个墙画，画的就是我跟他。"

原来如此。

我抬头看那用来遮盖过往创伤的墙面。楼上的女孩儿在打开的窗边写作业，男孩儿在楼下推开单元门进来——张阿姨说起过那个墙画的来历，当年火灾烧剩下半边楼，市政请到有名的画家，他在很多照片中选择了这个场景画下来，意图在这个悲惨的故事里保留一些希望。原来那是孙莹莹和天朗。只可惜，画上的两个少年人都被厄运圈围多年，难以逃脱。

孙莹莹说到这里，天朗手指在微微地颤抖，他几次三番弯下腰想要继续手里的活，却又不得已地站起来，深深呼吸。

孙莹莹把手里的镜子扣在腿上，眼睛看着远处："我知道你们又要说起他爸爸放火烧楼的事情。对呀，那天晚上，那场大火，我没忘。我怎么能忘了呢？但是无论怎么样，我的头发长不出来了，我也不可能再回到过去，跳芭蕾舞，上电视，不可能了。那个时候我有的东西都回不来了。"

孙莹莹说到这里哽住了。汪宁低下头去。

她抽了抽鼻子，继续说道："我要是这么想着，我就得一直窝囊死。我不想窝囊死。"她抬头看天朗，"你继续呀，帮我剪头发呀，假头发我也得带着它。我就在这儿生活下去，就像，我还有真头发一样。"她继续看着天朗，轻轻地，一字一句，"我得继续生活下去，你也是吧？"

孙好忠老泪纵横。

天朗手上的剪刀落在地上，他马上捡起来用衣角擦干净。他紧绷着嘴唇，热泪盈眶，对孙莹莹无声地点了点头。两人在那一刻有了默契。几缕发丝落地，孙莹莹面和如水，天朗头一偏，把眼泪擦在胳膊上。李博上车，狠狠关上车门，按响车笛叫人让开。他走了。

春节之前，郭姐找我，说她那个空着的商铺，还是打算往外租了，问我之前的租户刘天朗是不是还有意思？我马上联系了天朗，他表示愿意。我陪他去跟郭姐重新签了合同，交了定金，并且反复强调不能再反悔了。

我跟天朗又去找了袁姐介绍的装修公司，如果一切顺利，过了十五就能开工装修。

我们在他刚刚租下来的房子里，姑侄两人要在这个下午把房子打扫出来。

"天朗，我干活儿，你请小夏姑娘吃顿烤肉去！"刘彩虹告诉他。

"不用！"我连忙说，"我得赶紧回单位，我们有联欢会，得排演节目。还得跟着袁姐他们去慰问军烈属和孤寡老人。"

天朗站在玻璃门边，拦了我一下："你回单位不也得吃饭吗？"

"回去吃快，几口就完事儿。"我说，"都要在这里开店了，咱以后老见，还怕没机会请我吃饭？今天真忙，回头再说！"

我们正说话，采暖公司的师傅来给开阀来了。天朗走不开，有点不好意思，着急地表达他的诚意："那行，那等你空点了，下次，明天，我请你吃饭。"

"行！不急！"我连忙摆手。

走到门口，听见他从后面叫我："夏洋姐姐。"

"干吗？"我回头看他，他第一次这么喊我，有名字有称呼，叫得还挺熨帖的。

"谢谢你，一直帮忙。"

"别客气。"

旁边的文具店门口，孙莹莹在帮郭姐卸货。郭姐见我经过，紧赶慢赶地拿了三套对联让我贴在单位门口。她盛情难却我只好收下，跟台阶上面的莹莹摆摆手，她向我点头。

回社区的路上，我穿过山水佳园和克俭小区中间的小路。私家车辆和快递小哥出入入入运送年货，不知道谁家炸带鱼把厨房的窗子打开了，咸香味道弥漫在S城隆冬的干冷空气里。生鲜店又在循环播放《恭喜发财》，我停在一棵从来没有留意过的梅花树下，看见树枝上面居然有小小的骨朵儿……四周都是热闹的节日景象，我觉得自己的心里暖暖、满满的。我像个小小的地主甚至国王，我的领地狭窄但是生机盎然，这里面生活的每个人，其幸福都与我紧密相关。

接下来的春节及相关活动中，发生的事情比较多：

街道的联欢会上有我扮演王昭君的舞蹈，前面两分钟效果都还不错，后来我踩到自己裙子，摔倒了，脸朝下扣着摔的。

我跟汪宁他妈又见面了。

袁姐她老公从深圳回S城过年，跟袁姐最后摊牌，节后要么辞职跟他去深圳，要么就办离婚手续。

面临类似困境的还有徐宏泽，韩佳轩她爸韩仁江让他现在的工作辞了去他公司帮忙。

张阿姨的女儿从美国飞回，翟大爷说我请孩子吃饭，毕竟咱俩都快结婚了。席间本来谈得挺好，气氛融洽，翟大爷的儿子翟老板忽然杀到，差点把酒桌给掀翻。

这些事情，具体的细节还得从春节前说起：

那天单位不忙，我突然有了一个深刻的感悟。人就是那么回事儿，不能深接触。别管是谁，深接触了没好人，尤其是汪宁。那天在克俭小区，我两只眼睛完全不够用，一边要时刻关心着天朗和孙莹莹，还有专门来找茬的李博，可以说是心惊胆战，就怕出点意外；另一边我还盯着汪宁，想看看他对孙莹莹到底什么态度。我已经打好主意了，他要是再对孙莹莹表现哪怕是一点点触动、同情或者怀念，我就跟他就完蛋，再也不惦记他了。结果他一直看着孙莹莹，随着情节的发展而心潮澎湃。他对孙莹莹何止是触动、同情、怀念？他最后眼圈一红，潸然泪下，低下头一个转身，提前离开了。

后来我是这么跟张阿姨说的："我现在跟你正式说明一下哈，我跟他以后就算完了。"

张阿姨看了我一会儿："哦。第几次说这事儿了？"

我："这回是真的。这人就当我不认识，从没交过。你以后不要在我面前再提起他。"

张阿姨："总是你先提起他的。"

我怒："反正我就不想要再听到他的名字了！"

杨哥从外面急匆匆地过来："洋洋，赶紧把这个表格给对面派出所送去，给汪宁。"

我："我不去，你自己去！"

杨哥不明就里，一边往外走一边喃喃自语："这孩子怎么了？上火了吗？上火去泡点菊花喝呀。"

我坐在桌子上气得抱着双手翻白眼。

张阿姨开心地快笑出声来了："我想到了，不理他实在是太便宜他了。"

"那不便宜他的话，应该怎样？"

张阿姨："这还让我教你吗？你得让他也吃醋呀。"

我："咱单位一个杨哥，一个胡世奇，你觉得我跟谁凑一凑会让汪宁吃醋？"

张阿姨："你不要把视野局限在这两个人身上。对了，你今天晚上的联欢会不是要上台跳舞吗？"

"对呀。"

"全街道和派出所的人都来，你就赶紧抓住这个机会表现自己。"张阿姨说，"妆化得浓一些，好好跳，显摆自己！我告诉你，任何一个单位的联欢会都是年轻女同志展现自己的最佳时机，台下坐的，你以为都是平时接触的同事什么的，谁结婚没大家都知道，可是谁家没个适龄的单身亲戚？不一定什么人就给你介绍对象了！"

我看着张阿姨，一时没说话，不得不心悦诚服地点点头："行吧，我再听你一次。"

现在想起来，联欢会跳舞那天我确实有点膨胀了，但是这不能完全怪我。

上台之前被张阿姨一顿撺掇"展示自己"，我原本挺低调的一个人就有了点跃跃欲试的野心。不仅如此，我还想着张阿姨说的那些"可能性"。所谓人生没有单行道，我凭什么在一棵歪脖子树上吊死？如果我跟汪宁真不行了，看节目的哪个同事把我介绍给长得特别帅的侄子或者挣大钱的表弟不也是挺好的吗？

我一边这么想着一边给自己化了一个挺隆重的妆面。一起跳舞的姑娘过来给我梳头发，在镜子里看着我的妆面颇有点惊喜："洋洋这么一化妆还真挺漂亮呢。对了，过年的时候你干什么？我请你吃烤肉呀？介绍我高中同学给你认识？一米七九，在市建委工作。"

我表面淡定说要看看自己有没有时间，实则在心里狂喜：我仔细经营的美貌被关注了，有效果了呀！

街道食堂的面积不够大，我们联欢会的场地是从马路对面的公安厅借的小礼堂。采暖实在是太好了，后台整个化妆间都热气腾腾的。

该上场了，我马上昂首挺胸精神起来。

配乐声响，大幕拉开，舞者上台。上台我就有点蒙了：怎么坐了那么多人？有点晕。规模好大呀，还有个摇臂带着巨大的摄像机，都快杵到我脸上来了。汪宁在哪儿呢？汪宁来没？灯光白花花一片，根本看不清下面的人脸……昭君出塞，骑马舞，这谁衣服上的绦带没系好呀，怎么都拖拉到地上来了？哎，我的……

我完全不知道自己究竟是怎么脸朝下扣着摔在地上的。

等我明白过来已经被人七手八脚地给架到后台去了，人声乱成一片："赶紧给她擦鼻血！……这孩子这么壮怎么能晕倒呢？……是晕倒的吗？……先别管那个，赶紧给她喝点水……她是踩着自己裙子把自己给绊倒了……这一下摔得够狠的，给她算工伤？……洋洋呀？你睁眼睛，看看我手指头，这是几？"

工会主席右手在我面前晃。

"两个。"我挣扎着，好不容易坐起来，"你们不要都围着我，我都喘不上来气了！"

这帮人好不容易散开点，汪宁从外面挤进来："送医院吧。"

"凭啥听你的？！"我仰头看着这个家伙，走到哪里都是一出场就只有他才能解决问题的气势，怎么地球就得围着他转呢？他是太阳呀？

汪宁没说话，拿出手机，点开照相机，镜头反转，让我看自己的脸。

我马上扶着旁边也不知道是谁的肩膀，勉强站起来——我鼻子都快肿得跟额头一样高了。

年轻的男医生还挺帅，他看了脑CT的片子，又仔细观察我的伤处，认真地道："这是撞树上了？"

汪宁眯着眼睛笑了。

"摔的。"我说。

"有点轻微脑震荡，问题不大。伤口我给你处理一下。不用擦药，就敷点冰块吧，回家注意饮食，别吃辛辣。"医生从旁边的小冰箱里取出两个冷敷贴，一阵清凉，胀痛缓解不少。

我一抬头，汪宁眼睛都快笑没了。我转身看镜子，医生整个贴了一个特斯拉的标志在我脸上。我才不要这破玩意儿呢，我猛地把冷敷贴撕下去，推门就往外走。

汪宁追出来，从后面拽我胳膊："小聋，哎，你走这么快干什么？"

我被他拉住胳膊拽回来，刚要瞪眼睛，发觉他又要笑了，我霎时又羞又愤，大声质问他："有必要吗？我摔伤了你挺高兴是吗？你怎么知道自己没有这么一天呢？我要是你，我就不会笑话你的。因为我，"我一根手指头指着自己，一字一句地跟他说，"因，为，我，心，肠，好。"

"对不起对不起。"见我是真的急了，汪宁马上双手合十道歉，"你说得对，我不该笑。但是这事儿也不能怪我，你太逗了。我认识你的时候就觉得你这人怎么这么逗，我看着你就想乐，哪怕没看见你，我想起你来，都能给我逗够呛。真的，洋洋，对不起，但是不能怪我。"

这叫什么话？我是个笑话吗？

汪宁见我又愣住了，半天没反驳他，他还撒上娇了："你看你，咱们都这么熟了，你不能因为这个生我气。我带你吃饭去，烤鳗鱼行不？"

他上来搂我肩膀的刹那，我一把推开他，新仇旧恨涌上心头。我今天就要在S城最好的医院，外科三诊室和收费处中间，隔着天井就是采血室的这个走廊上，跟他把账算明白了。

一个中年男子推着轮椅上的老父在我们中间经过，大声寻找医生。

我想起来了。

"我忍你很久了，我刚来，我刚进社区你就笑话我。"

汪宁瞪着眼睛，无辜地："哪有？"

"我去你们单位找张阿姨给我藏起来的东西，你就偷着乐来着。"

汪宁愣了一下，好像想起来了，赶紧给自己撇清："是有这么回事儿，那也不是针对你呀。我就觉得张阿姨挺有主意的，我没笑话你，我笑话她来着。"

"你可拉倒吧。就你，敢笑话张阿姨？她说话的时候你大气不敢出。"我一针见血。

汪宁翻了个白眼，没再否认。

这账还没完，我继续道："我怎么那么不爱听你叫我小聋呀？你才聋呢！给人起外号是校园暴力的一个重要表现，你每个月都去旁边中小学校做普法教育，不知道这个？你还是警察呢，你检讨过自己没有？"

"那不是外号，那是昵称，你看我都没给别人起昵称。"

"对对对，欺负人的都这么说话，好像你对我多好似的，那我还得谢谢？！"我大声质问。

"行……我以后不这么喊你了。"汪宁无力。

两个人脚步飞快地从我面前经过，女的在数落男的："来医院看病不知道带医保卡？你还能干点啥？"

我抱着双臂看着汪宁："你笑话我的事情多了，我都不爱跟你算细的。我就问你，我脸盘子大不大跟你有关系吗？你凭什么总提这个？我打游戏没打过韩佳轩这事儿，胡世奇怎么知道的？是你说出去的不？你跟我说要去三亚，去就去呗，你爱跟你妈去，你就跟你妈去，你跟我说什么呀？你不就是撩闲吗？……这些事儿我都不爱跟你提！"

汪宁看着我，有点蒙："这大大小小的事儿，你不是都记着了吗？你这不是都翻出来了吗？怎么还不爱跟我提了？你也没放过我呀……"

"我就是现在想起来了，来气呢。我就是觉得，你是跟我熟了还是怎样？你就是对我不太尊重。"

汪宁大惊失色，马上摆手："那我再跟您道歉，我都错了，我以后不了。以后我怎么跟李所和张阿姨说话，我怎么跟您说话。我一定恭恭敬敬。以后我每次见到您，我都给您行个大礼，抱拳作个揖。咱也不叫小聋了，咱叫主子、上仙，总钻风……奔波霸还是霸波奔……"汪宁说着说着好像又要把自己给逗笑了，我怎么这么给他灵感呀？

直梯门打开，一队人护送着一个急救床匆匆走过。护士在旁边大声喊："都让一下！"床上的人大声呻吟着，大嗓门的护士问旁边的人，"家属，患者脚趾你带了吗？"

家属大惊失色："哎呀，我装饭盒里了，忘车上了。"

"赶紧去拿呀！"

我跟汪宁的注意力都从恩怨中抽离了片刻，一面想着这人脚趾头没了得有多疼，一面也在疑惑他是怎么把自己的脚趾头给弄掉了的……我们再看看对方，实在是没忍住，几乎都笑了。

汪宁见气氛似乎有所缓和，便轻巧地过来一步，手臂张开，环着我的肩膀，低声地："小……洋洋呀，你别生我气了，你也别不理我呀。有什么事情咱说出来，不挺好的吗？敢情你这么些天都不理我就是为了这个呀？"

我一直不理他是因为这个吗？因为他笑话我？对呀，到底是为了什么来着？

一个诊室的大门打开，医生亲自送了患者家属出来，家属向前探身体，着急地恳求着医生再为亲人帮帮忙，医生说我会尽力的，家属哭了起来。

医院是个微缩的人间，悲欢喜乐，起伏不停。

我想起来了，我想起我究竟因为什么跟汪宁生气。

他笑我这件事，只是一个小小的引子，一个发作的借口，让我介意的真的原因我一直没有跟他说过，但是那个人、那件事情一直困扰着我。与之相比，别的都是玩笑，而她是宿命。她是孙莹莹。她是他始终挂念的孙莹莹。

我长长地呼了一口气，把他的手从肩膀上拉下去，严肃地看着汪宁："我喜欢你，谁都知道，你也知道是不是？"

汪宁看着我，所有的眉飞色舞全都不见，像孤零零的鸟，全神贯注地看着我。

我继续："那你呢？"

"我也喜欢你。"汪宁说，"但是我想先说来着。"

我对他这样说并没有觉得意外："喜欢我干吗笑我呀？"

"那应该怎么样？"

我慢慢地说："真心喜欢人，真心爱一个人，心里会疼，会哭的。我背后为了你哭过，你呢？你当面跟我说说笑笑的，转过头去，想起我来的时候，为了我哭过吗？"

"……"

"但是你为孙莹莹哭过。"

汪宁愣在那里，被我点中了心事，半天没反应。

我下电梯走了。

我扔掉汪宁从医院离开，在公交车上收到徐宏泽的一条微信，他没头没尾地问了我一句话：我当年劝你考研，你内心很抵触吗？

我心情正不好，浑身都是负能量的时候，来了这么一个能拿来出气的沙包，那这就不怪我了。我老实并且刻薄地回答他：也不能说很抵触吧，基本上就是膈应死你了。

徐宏泽完全不怕自取其辱，跟探讨数学题似的继续追问：为什么呢？

我双手输入，打字飞快：为什么？你很了解我吗？我的事情为什么要你来管？你当是为我好？对不起，我不觉得，那是一种基于优越感的控制欲。我凭什么要听你的？

今天挺好，是个清算的好日子，我跟汪宁清算了，也跟徐宏泽清算了。一直没敢说的话终于说出去了。这么清楚，这么强硬，换到一年前的我是根本不可能的，感谢社区的培养。我觉得自己成熟了。

徐宏泽回得也很快：你说得对，我完全同意你的意见。能见个面吗？我们聊一聊。

我跟他有什么可聊的？不是刚刚聊完了吗？但是我感觉到他似乎也处在一个跟我相似的位置上，他想要我帮他拿个主意，或者有些他已经想好的事情，想要听另一个人说出来。

十有八九跟韩佳轩她家有关。我飞快地分析着，但是这事儿我可不能管，以徐宏泽的智商和他的性格，他是不会吃亏的，更何况佳轩还是我的朋友，我不方便表态，但是我也不想伤害徐宏泽。我想了一会儿，决定还是告诉他：一个人还是要遵从自己的内心，我相信你。

这就是水平，这就是能力，我给了他强大的支持，但是我基本上什么都没说。完全不得罪人。

可是他具体是怎么了呢？强大的徐宏泽会被什么事情给难住呢？

都不用我问，片刻之后，韩佳轩约我见面。她可不客气，不容分说，让我找个公交站马上下车，她来接我。

十五分钟后，佳轩的车子开到我面前。我问她："非得这个时候找我见面？没有我你这年过不好？"

"唉……就赖徐宏泽……"佳轩提到他名字就快哭了，但还是告诉我给我带了年货，"我后面装的苹果、葡萄、释迦果还有海鲜礼包，正好给你送去。"

我叹了口气，上了佳轩的车。她说，她爸爸年后有新的工程要开，人手不够，想让徐宏泽从材料总公司研发室辞职来给他的生意帮忙。

我听到这里觉得奇怪："你爸不是跟他谈过吗？徐宏泽不是一开始就拒绝了吗？怎么又跟他说这个了？"

"情况不一样了。"佳轩说，"我原来以为我爸就是试探试探他，看看他贪不贪心，是不是为了我们家的钱跟我交往的。当时他不愿意，我爸还觉得他有骨气呢。现在都处了这么久了，我爸态度也表明了，要结婚的话，他得过来帮忙做事。"

"那你呢？"我问佳轩，"你向着谁？"

"我当然是向着徐宏泽了。"佳轩斩钉截铁，我马上觉得她还行，没糊涂，可是她接下来说的话我不敢恭维，"所以我更觉得他应该来我们家做事。"

"啊？"

"洋洋我问你，你见过徐宏泽挨骂吗？"

"他怎么会挨骂呢？他那么聪明，只有他骂别人的份儿呀。"我说。

"我见过。"佳轩说，"上次我去他单位接他，看见他被总工程师给骂了，就因为数据采得不好。给我气死了。真的。"

"但那是他的工作呀。"我说，"他没做好，被人说，不是很正常吗？"

"我受不了徐宏泽受委屈。他来帮我爸爸做事就不会这样了，自己家的生意，给自己赚钱，不用看人脸色，多好呀！再说了，"佳轩干脆把车子停在一边，跟我仔细解释，"我爸的态度很明确，他来，我们俩今年就登记结婚。他不来，我爸就不支持我们俩在一起。徐宏泽没什么朋友，你的话他还能听两句，我不想跟他吵架，你去替我劝他。"

佳轩靠在车门上，歪头看着我。她应该是刚刚做了头发，栗色的大波浪，可漂亮了。

我摇摇头，小声说了句："一厢情愿……"

佳轩瞪着我。行吧，择日不如撞日，那我今天干脆也把她清算了吧。

"佳轩啊，你这人是不错，对朋友够意思。但是我问你，你非要让我从公交车上下来，非要找我说话，非得让我帮你劝徐宏泽，你有没有问过我愿不愿意？我在不在状态，有没有精神处理你的事情呢？我请你看看我，我今天摔倒了你知道不？"

佳轩这才仔细看了看我，吸了一口凉气，有些理亏了，但有点不服气，喃喃道："这不也给你带年货了吗？你知道那个释迦果有多大不？每个都像你脑袋那么大……"

"我果糖不耐受，太甜的东西吃了会坏肚子的。"我叹了口气看看她，"你看，这就是我跟你说的一厢情愿。你觉得好就强迫别人要。徐宏泽也是一样。你觉得是对他好的事情，他愿意接受吗？你们家是有很多钱，他在现在的单位有的荣誉和尊重，你们能给吗？"

韩佳轩看着我，眼珠子都快瞪出来了。我今天都跟汪宁摊牌了，也不在乎别的了："反正我跟你表个态，徐宏泽，他爱咋地咋地，我是不能替你当说客的。大小姐，我现在要走了，我妈还让我赶紧回家呢。"

我正要开门下车，韩佳轩在后面喊我："夏洋你站住。"

"干吗？"

"我给你的东西你不要了？"

我看着她："不是说我果糖不耐受吗？"

佳轩道："你是不是有点没礼貌？你当我给你东西是为了求你办事儿？你对人能不能有点尊重？就只有你实在，你纯朴，别人都是势利眼是吗？你也有一点瞧不起人吧？"

我觉得她也有点道理，便坐回来，跟她好好商量："我家不缺年货。你这些礼物，我能借花献佛送别人吗？你放心，人情记我账上，只要不让我去劝徐宏泽，我肯定帮你办事儿行吗？"

佳轩摇头："你还是没把我当朋友。这算什么呀，谁跟你要人情了？走，咱正好给人送去，谁呀？"

"孙莹莹还有刘天朗。"

佳轩讨价还价："苹果和葡萄给他们行吗？释迦果太贵了，你不吃给你爸、妈、姥姥吃行吗？"

"行。"

佳轩爽快地："走！"

第

18

章

　　收年货这件事情总是让人愉快的，尤其是佳轩带来的葡萄和苹果那么新鲜，数量也慷慨，各自两箱，拿给五楼的孙家和三楼的刘家，很体面。我和佳轩也没有空手离开，孙莹莹的妈妈给装了刚出锅的豆包，刘天朗的姑姑切了两盒酱肘子，浇上蒜酱让我们带回家。

　　佳轩手里拿着人家的回礼，张张嘴巴没动。我知道耿直的大小姐可能又要说些什么"我家有，我不爱吃"之类的不讨人喜欢的话了，手疾眼快拿了一个豆包堵在她嘴上道："你快尝尝！"

　　佳轩会意，没再多言。

　　我们两个也是有点饿，回到车里吃了热乎豆包，两片肘子，身上也都暖和了。佳轩问起我孙莹莹和刘天朗的近况，我就把孙莹莹重新开始练习芭蕾舞，刘天朗要开发廊了，还有之前克俭小区的老居民难为天朗，孙莹莹帮他解围的事情跟她说了。

　　佳轩听后很感兴趣，说想去看看孙莹莹。我说："行呀，这会儿她下班了，可能在那儿练芭蕾呢。"

　　"那刘天朗呢？能看见他吗？"佳轩问我。

　　我看着佳轩那个精明的商人家庭培养出来的小脑袋，马上问她："你是不是最近又找不到合适的选题了？我可先跟你说清楚，你要是想要完成工作，写人家的故事，什么目的，什么理由，在哪里发表，有没有报酬好处，都要告诉他们，征得同意了再说。人家要是不同意，别弄得满城皆知的。"

佳轩白了我一眼："瞧你这话说的，我是那么不地道的人吗？我不是要写她们的事儿，就是觉得奇怪。"

"哪里奇怪？"我看着她，"世仇化解，人间有爱，多好的事儿呀，有什么奇怪的？"

"刘天朗知道他爸爸是纵火犯，这里有的是人恨他，他为什么非得回来，为什么非得在这里开门做生意？"

我倒觉得理所当然："他爸留的房子在这儿呀。"

"他完全可以把房子卖掉或者租出去拿租金过日子。这里挨着好学校，租和卖都容易，他为什么非得回来住呢？"

"人家就想要回来过日子，不行吗？"

"哼。"佳轩轻轻一声，并不同意，"过去吧，我跟孙莹莹也好久没见了，聊聊去。"

路上，我带着佳轩去看了一眼天朗租下来的店铺，大门上挂着锁头。我们在玻璃窗外面看了看，暖气管道已经换上了新的，房子里面也打扫得干干净净，整整齐齐地码了几袋沙子和水泥。

再往前走没多远就是孙莹莹练芭蕾的教室，现在是成人舞蹈课的时间段，除了她，老师又招到了三个新的学员，两个三十多岁的女士，还有一个戴眼镜的姑娘，像是个大学生。我们到的时候正赶上她们课间，孙莹莹在跟老师请教之前的动作，戴眼镜的姑娘在喝水吃饼干，而那两位三十多岁的女士在跟一个男孩聊天。男孩儿一边给擦玻璃镜子，一边有一搭无一搭地回答着她们的问题："我就是来帮忙的……我不认识老师……我是跟她来的……"他指了指孙莹莹，"不，那不是我的姐姐。是我什么人？……"男孩儿忽然脸红了，有点着急地反应，"我干吗告诉你们？什么事情都问，你们不是来学舞蹈的吗？"

女士们被他逗得笑起来，像给街边的小猫喂食，又被他舞着爪子给凶了。她们去了一边，在练功杠上撑开了腿，一边下压一边聊起了别的事情。天朗的脸还是红通通的，在旁边的桶子里淘洗抹布，然后他抬头在镜子里看见我和佳轩了。孙莹莹也看见我们了。

让我来说一说此时的局面和我对这几个人的想法。

佳轩和孙莹莹一起玩过，她开车带我们去逛街，但那个时候莹莹刚从家门出来，话也没有几句，她们两个不熟，再次见面也没有什么可说的。就算佳轩想要聊聊，莹莹通常是一个"嗯"字打住。佳轩跟天朗是第一次见，天朗有个特点，如果和你不熟，那么你在他面前大约就是空气，一眼都不多看，佳轩现在等于是空气。

天朗为什么在这里？我不用问都知道，他感恩于孙莹莹之前为他解围的举动，他想为她做点事情。

反正我把这三个人都当朋友，但是感觉不同。

我对刘天朗有种自然的热情和亲近。一来我对他的身世和遭遇非常同情，二来是他的性格跟我的某一部分有点像。他是捂得热的，你对他好，他会报答，哪怕他能做的只是小事，他也会为你做。比如之前李博推我，天朗就会为了我跟他动手。我表面上拉架，心里面觉得他这人可交，不是白眼狼。比如他来舞蹈教室给他们擦玻璃镜子，也是为了报答孙莹莹。

佳轩也是，别人有什么事情求到她身上，佳轩很少拒绝，总是尽力去办。给张阿姨静脉曲张放血的老中医就是佳轩托人找到的，人家太忙了不愿意再收新的病人，佳轩硬把张阿姨塞进去。但是佳轩身上有一个她自己也没法改变的弱点，她家太有钱了，很多别人得不到的东西，办不到的事情，于她都不在话下，因此就养成了一个不太在乎的态度。

我对孙莹莹感觉最复杂。如果能找到一个明确的具体的事物与她作比的话，我觉得是断臂维纳斯。她美且脆弱，让人格外同情。我也敬佩她，她终于还是靠自己重新开始生活，而且她的谅解也给了天朗新生的机会。同样的事情如果发生在我身上，我不觉得自己能够做到。所以只要我在社区一天，我一定第一时间去帮忙，只是孙莹莹不会领情。如果天朗是捂得热的话，那么孙莹莹就恰恰相反。而且我跟她之间有个宿命一般的矛盾，就是汪宁。我原来高看自己了，我没法不介意。命运给了她苦难，也在她手里塞上了别人的欠条，有天朗的，也有汪宁的，她好像随时都有支配他们的能力和理由。现在的我从心底里觉得，如果我能跟汪宁还有一点点机会的话，那也是因为孙莹莹，危机随时存在。因此我对她的感情里还混杂了一些嫉妒，甚至一些害怕。

舞蹈教室的老师拿了两杯咖啡给我和佳轩——从我们进屋到现在，仅仅是做了两杯咖啡的时间，我的脑袋里已经把我跟他们之间的关系详细地梳理了一遍。

我有一个毛病叫社交责任感，就是只要是有我在的场合，如果大家忽然都没有话了，那么我会把这件事情视为我自己的无能和失职。我的脑袋又飞快地转起来了，还没有消肿的我，喝了一口咖啡对他们慢慢说："我小时候也跳过芭蕾。"

孙莹莹、韩佳轩、刘天朗一起看我，看眼神就知道这三位在这一刻终于达成了共识。佳轩一下子笑了："你？"

"自己在家练的？"孙莹莹眯了眯眼睛——她实际上也在笑了。

我说："我也在学校跳过，我妈也送我去过少年宫。你们别不信。"

天朗在擦镜子旁边的音箱，轻轻地说了一句："跳两步。"这人居然敢将我的军。

"你没看见我受伤了吗？我今天跳不了了。"我指着自己。

天朗嘴角弯弯，并不打算放过我似的："跳舞怎么把脸弄伤了？"

"关你什么事儿，赶紧干活儿！"

佳轩和莹莹都笑起来，因为我慷慨的自我奉献，他们之间的气氛融洽起来。

佳轩脱了大衣，跃跃欲试："我也跳过，真跳过。给你看看。"

莹莹给她拿了舞鞋。

舞蹈老师打开音乐，佳轩身姿舒展，几个小跳，非常轻盈，非常美。伴舞的音乐有了一个小高潮，佳轩连续旋转四周，专业级别的。所有人都看呆了，孙莹莹、女大学生、两位还在聊天的姐姐、舞蹈老师，还在擦音箱的天朗也直起身来欣赏佳轩的舞姿。

她停下来，我马上给她鼓掌。

佳轩歪着头轻轻一笑，还是那个轻巧巧的、不太在乎的态度："好久不跳了。我刚开始也在少年宫学的，少年宫排演了《天鹅湖》，我们都上电视了。后来被辽芭挑走了。"

孙莹莹忽然发问："你在辽芭练过？"

佳轩喝了一口咖啡，耸耸肩膀，完全不当回事儿："又不是什么特别厉害的地方，我就觉得每天练功太苦了。我妈也觉得没什么意思，很快就让我退学继续念书了。"

孙莹莹没再说话，她看着佳轩，看她厚厚实实的头发，美丽的不染风霜的脸庞，身上名贵的羊绒衣服，看她的小腿。我从来没有见过孙莹莹那样看过别人，哪怕是汪宁。她是一个曾经心灰意冷的人，她需要很多时间去恢复热情才能去关注别人。但是佳轩的舞蹈和她在辽芭的经历似乎一瞬间就点燃了孙莹莹，她苍白的脸上潮起一片红色，咬了咬嘴巴，满怀羡慕地感叹道："你可真是的，你不应该退学呀……"

佳轩一动不动地任其盯着看了好一会儿，马上本能地想要安慰她："我跟你说，我必须退学！我一点都不后悔！那里可不是什么好地方，你去也受不了，太苦了，每天开筋，每个女孩儿都在哭！而且你知道多少人跳了一辈子都是活背景，有几个人能穿上不一样的衣服、能当主演吗？可难了！"

莹莹慢了半拍，还沉浸在佳轩刚才说的话里，有一点神经质的向往："你也跳过《天鹅湖》？哪一个少年宫？市少年宫？"

佳轩说："不，区少年宫。我嫌市少年宫远，不愿意去。"

孙莹莹缓缓地，若有所思地："哦……我也在那儿练过芭蕾。也许，"她的目光向着从前追溯，如梦如幻，"也许我们当时还认识，还一起跳过舞呢。"

佳轩像是被提醒了，这时也开始认真地打量起莹莹来，半晌，她摇头道："我一点都不记得了。"

一只黑色的猫跳落在舞蹈教室的窗前。

孙莹莹终于也笑了："我也不记得你了。"

佳轩的轻佻，莹莹的追问，让我提着一口气，终于在得到这个否定的答案的时候一颗心落了地，恨不得赶紧擦汗："吃羊肉串去不？我请客。"

直到这故事的最后，我都没有能够跟孙莹莹详细聊过。

当我看见孙莹莹和刘天朗各自口口声声地说想要忘记过去，当他们努力着开始新的生活的时候，我像一个称职却并不能感同身受的医生一样，信了，放心了。

可是过去怎么会那么容易就忘记呢？一场重病怎么会那么轻易就好了呢？

那天我们吃完了羊肉串，佳轩送我回去，莹莹和天朗一起回家。

"我认识她。"孙莹莹忽然对天朗说。

天朗看看她："谁？"

"韩佳轩。"孙莹莹说。

"我知道。"天朗说，"你们原来不就见过吗？洋洋姐姐介绍你们认识的。"

"不。"孙莹莹说，"比那早得多。我很早就认识她了，在少年宫。我们一起跳过舞。"

"哦？"

"我记得她，她从小就好看，穿的裙子都可时髦了，不重样。我妈妈骑自行车送我去练舞，她们家都开着大车子，还有司机。"孙莹莹继续说。

天朗安静地听她说。

孙莹莹问他："你觉得她跳舞跳得好吗？"

"还行。"

"比我好吗？"

"你跳得也好。"

"可是她去过辽芭呀。"孙莹莹说，"在那里上学，受过最好的训练，多好呀……天朗，我告诉你一个秘密。"

天朗原本在用脚鼓捣一个嵌在冰里的石头块儿，听孙莹莹说"秘密"，便抬起头来看她。

"那原本都是我的。"

天朗还没明白："你说什么呀？"

"跳《天鹅湖》，上电视，被辽芭选中，那原本都是我的。她原本跳得不如我。我被火烧了，去不了了，才轮到她头上的。我要是去了辽芭，我才不怕苦呢。我也不会哭，我肯定能成为最好的舞蹈家。我不会像她那样，拿到了我的机会，却把机会给浪费了。"孙莹莹说，"这人可真是！"

天朗看着孙莹莹长长的睫毛，白皙的带着复杂表情的脸。他也替她惋惜，他张张嘴巴想跟她说句"对不起"，他做了很多事情表达那个意思，可是他还从来没有跟她说过。他绷紧了嘴唇，还是没有说出口。

他也有一个不能说出来的秘密。

"洋洋呀，我跟你说一件事儿。这事儿可不算小。"

年三十的晚上，我跟胡世奇在社区值班，排查消防隐患，叮嘱各物业监督居民遵守规定。回到办公室，我打了几局游戏，胡世奇刷了一会儿抖音，忽然抬头跟我说了这么一句。

我喜欢这个开场白，从游戏里生生拔起头来："赶紧说。"

"那你能保证不告诉别人吗？至少暂时先别告诉别人。"

"能。"我说，"你放心。"

"……可是我看你不像嘴严的样子。"老胡认真地看着我。

我也认真地看着他："你可说对了，那我看你就别说了吧。"

"我不想在这儿干了。"老胡说，"我想要辞职，跟欣欣做生意了。"欣欣就是住在山水佳园的小赵姑娘，在太原街有个很有规模的卖唐装和汉服的档口，我跳舞时候的衣服就是她借给我的。

我完全没法再淡定："你不是认真的吧？"

老胡一笑："我逗你干什么？我为了跟你争谁去区里的名额而用的缓兵之计？"

我说："像。"

"拉倒吧你。"老胡道，"来来，你看看这是我们在抖音上卖衣服的数据，你猜多少营业额，说出来吓死你，我能给咱们社区所有人开好几个月的工资。我还能跟你争先进？"

我凑过来看他的手机，这人在网上卖货的数据果然不错。

不过他说不在社区干了这件事儿如果是真的，还真有点震到我了。春天我来这里工作，最先熟络的就是他，虽然不时有点小小的明争暗斗，但是相处上总体融洽有趣，时不时地互相出点主意、发发牢骚，颇有些战友情谊。更何况——

"你看你那么多心眼，做事儿有章法又会表现，以为你是要好好走这条路，以后是要当官的。"我看着世奇。

"原来肯定是这么想的，后来觉得自己没有这方面的天赋。有时候居民过来反映问题，我听了半天就没明白谁跟谁一伙儿，谁找谁干架，谁对谁不满意。还有，为什么我总把汪宁找来帮忙？你以为我想吗？"老胡说到后来声音小了，"我要是能搞定，我找他干什么？"

"就为了这个走？"我看着老胡，发觉他并不是开玩笑的样子。

"这个还不够吗？能早点认清自己也是这份工作带来的好处，你说是不是？"

我感到老胡可能是在认真地跟我道别，心里面已经开始舍不得他了，又实在不知道该说些什么，重重地叹了一口气，给他剥了一个橘子放在手里。

老胡吃着我剥的橘子问："我还想问问你呢，你想在社区继续干下去吗？"

我还真是认真地想了想："说实话我觉得还行，我能干下去。再干个几年，至少三年的合同得完成吧？再说了，我来的时候就是图离家近，工资稳定，我就要这些都满足了呀，没什么不能继续干下去的理由。"

老胡："现在是的，那以后呢？你现在二十多岁，你三十多岁的时候，四十多岁的时候你还干现在这些事儿吗？你不想想前途？"

"不太想。"我说，"我把每天要办的事儿弄好就行了呗。谁都不知道以后会发生什么事情，当天过得愉快就得了。那你什么时候走？"

"我想要年后就跟袁姐说。"

"袁姐不一定答应，她肯定得劝你留下来。"我说。

"各奔前途的事儿，谁能勉强谁呀。"

像是在回答他的话，有人在外面拍门，我披上大衣去开门，正是袁姐。她手里拿着不少东西，我赶紧把领导迎进来，一边给她扑打身上的雪花，一边恭敬又热情地说："下雪了？您给我们送吃的来了呀？韭菜大虾馅的饺子呀？我最爱吃了。袁姐这羽绒服太好看了，我帮您脱了挂这边。"因为知道胡世奇要走了，我这心里有种难以抒发的愁绪，我舍不得他，必将继承其遗志，以后给领导溜须拍马的事情就交给我来吧。

袁姐被我哄着，也没见太开心，问："该办的公务是不是都办了？"

我们回答："您就放心吧，有我们在，您就回家安稳过年。"

可袁姐不是来简简单单点卯查岗的，她催促我和世奇吃了她刚带来的饺子，然后带着我们去给几个军烈属登门拜了年，回到办公室在电脑上打开了春晚的直播，又从抽屉里拿了一副扑克出来，问我们："咱们打几圈呀？"

我跟世奇两人从命摆好了桌子，准备了些瓜果零食。

袁姐忽然道："大学毕业就在社区里干活儿了，快二十年了，年后就要走了。"

袁姐原本要升官了，准备年后就调任。谁知道年二十九，区里和街道来人跟她谈话，用一种征求意见的方式表达了马上要做的决定：要你还是别干了。

"我没听错吧？"胡世奇傻了，"要免职？"

袁姐道："免职不至于，我也没犯什么错误，就说是让我退二线。"

我也蒙了："凭什么呀？！咱们社区哪项工作不排在前面？还是说，经济上有什么问题？账上一共就八百多块，前两天修窗户的钱还是您自己垫的。让您退二线，这还讲点理吗？"

袁姐看着我们，深深共鸣："你们两个跟我当时的反应一模一样！我就问了，凭什么呀？！我哪里不对了？人家说，一个人如果不能把家庭关系维护好，实际上也是欠缺能力的体现。无论如何，还是希望我先以家庭为重。"

我联系上次在她家跟我说的情况，马上问道："是姐夫吧？"

袁姐："没错。"

胡世奇："有什么事儿两口子不能谈，还找单位？我听我姥姥说，她那个年代才这样呢。结婚找单位，吵架找领导，离婚也得跟组织谈。姐夫是穿越过来的吗？"

"我不知道呀，"袁姐摊着双手看着我们，气得要命，"你们姐夫提前一个月从深圳回来，为了这点事儿自己去找街道主任，跟人家说我们要是再这么分居两地，那就真的得离婚了。他还急眼了，说他要是离婚了，就带着孩子去主任他们家过日子去。你们说他泼不泼？"

我看着袁姐，还是试着劝和，慢慢道："泼是有点泼，事情不应该这么办。可也是证明他真爱你。"

袁姐把桌上的牌抓过来，整理好看我："洋洋，中年夫妻，说真爱，那实在是有点玄乎。找不到合适的新人，或者不想要再去适应新的，就得留下旧的，然后去争谁是说得算的那个。你姐夫用尽手段就是要当说得算的。非得把我并到他的生活里去，就这么回事儿。你爸你妈也是这样。"

我想了想我爸妈的情况："我爸妈还行，没有你们有能力。他们不是总监，也不是社区书记。"

袁姐道："不用客气了，年后我可能就不是你们书记了。"

我看看胡世奇，心想他年后想要辞职的话，还不一定跟谁谈呢。

九点多钟，有人在外面摁门铃。我打开监控，居然是汪宁拿着大包东西站在外面。

我问他："你来作甚？"

对讲器里传来汪宁甜腻腻的讨好声："过年好呀。猜是哪个大帅哥过来给你拜年了？你要是猜中了是汪宁哥哥的话，汪宁哥哥就送你礼物。"

我有一会儿没说话，心里面虽然仍在生气，但有一点窃喜。他是来赔礼道歉、下跪请安的吗？以前的事情分割好了吗？以后怎么办想明白了吗？事情拖到现在，我跟原来可不一样了，这强大的决心让我用一个小小的坚硬的盔甲把自己武装起来。你汪宁，对，今天，以后，但凡敢在我面前提起孙莹莹，敢对她表现出来一点关心，敢对我表示出来一丝一毫的忤逆或者是忽视……敢穿一件我不喜欢的衣服，或者有一根眉毛没有梳理顺，我都不搭理你啦。你给我看着！

"你是要冻死他吗？"袁姐在对面看着我，平静地问。

我咽了一下，给汪宁开门。

胡世奇和袁姐一见是他，都特别高兴，彼此热热闹闹拜年，说些特别做作的吉利话。谁知道汪宁不把自己当外人，拿出涮肉、蔬菜、鱼虾、丸子、粉丝、蘑菇，世奇拿出我们办公室里的锅，把骨头汤倒进去，咕嘟咕嘟地烧起来，气氛马上就起来了。

汪宁把一罐罐的小料打开，过来拽了我毛衣一下："上桌呀，客气什么呀？"

我挣脱开他："我这新毛衣，你拽我干什么？你一个对面派出所的，来我们社区摆席？这是谁单位呀？你怎么那么不把自己当外人呢？"

"洋洋你不得无礼！"袁姐道，"小汪警官带来的好像是和牛。"

我："和牛呀……我看看怎么回事儿。"

无论如何，汪宁带来的和牛确实好。颜色鲜艳，大理石一般花纹均匀，夹起来一片轻轻抖动，会隐约发出牛奶般的香气。世奇拿着木头雕花的外卖盒感叹道："哥你这和牛，切了片之后住得比我都好呢。我都舍不得吃。"他又上来这个劲儿了，见着点好东西就迷糊，上次因为汪宁家的沙发好，恨不得把自己爹卖给人家，人格呢？！

汪宁是受用的："有什么舍不得吃的？我不是买了好几盒吗？吃完咱再叫，吃不了就留着当面膜敷脸上。"

我翻个白眼，也没跟他说话，不就是几片肥牛嘛，还不能彻底收买我。

袁姐问汪宁："小汪警官你今天也不值班，怎么不在家里过节？"

"我妈在医院值班。"汪宁说，"家里就我自己，跟谁过节去，还不如来社区找你们玩呢。明天早上第一场电影谁去？我给你们买电影票。"小汪警官掏手机。

"我去。"老胡说，"带上我对象行吗？"

"行呀，人多更热闹。"

他俩说完一起看我，电光火石之间我明白了，老胡这个胳膊肘往外拐的家伙是跟汪宁串通好的，现在给人家当捧哏，又想把我卷着去跟他们看电影。

"不去。"我干脆地说，"值一宿班，我还得回家睡觉呢。第一场电影怎么了？跟抢着去庙里上头香似的，我才不去呢。"

汪宁看看我，舔舔嘴巴，又看看世奇："洋洋说得对。防疫为重，减少聚集，咱还是不去看电影了。"他把手机放下。

世奇斜着眼睛朝上看他，意思是：你出尔反尔，见风使舵。

汪宁把一片涮好的肥牛夹给世奇，点点头，请他谅解，请他继续帮衬。

这两人还以为我看不明白，哑剧演得我真想给他们搭个戏台子。袁姐啥都明白，在一旁一边吃东西一边忍笑。

我刚把一团粉丝下进火锅，敌人下一轮攻势就来了。

胡世奇："对了哥，你去过那个玲珑台吗？"

汪宁好奇，还面带笑容："什么东西呀？是卖首饰的吗？"

胡世奇："新开的私汤呀。都是一栋一栋的别墅，温泉是从好几千米抽上来的，别墅里面有池子，还能摘草莓、炖大鹅。关键是私汤，不用跟很多人一起泡，是不是挺好的？咱们过两天一起去吧？"

汪宁说："好呀。说得我恨不得马上就动身。就明天吧，下了班去泡汤，多舒服。是不是袁姐？"

我又有了新发现，他俩对话的台词是之前写过的，俩人是背下来的，都出现广告腔了。台词功底太差了，太做作了。

袁姐是何人，我发觉的事情她会不知道吗？她赶紧摆手："别找我，你们爱干吗干吗，我不知道，跟我无关。"她挤了一点辣椒油在自己小碗里，低声道，"早知道现在这样，就不该……"

"袁姐吃肉！"汪宁赶紧又用公筷给她夹了一大片，把她的声音压过去。

然后他跟胡世奇又一起看我。

我正想着往下要怎么继续收拾汪宁呢，手机忽然震动，接起来是张阿姨。我正想跟她通一下战报，我是怎么报复小汪警官的，不想从来都是镇定冷静的张阿姨带着点哭腔："洋洋呀，你能不能赶紧来我家一趟呀？你赶紧过来一下……"

我站起来："行呀，您别急。您赶紧先叫救护车！我马上就到。"

汪宁也跟着我站起来："怎么了？"

"张阿姨家里出事儿了，翟大爷昏倒了。"

袁姐起身穿大衣："小胡你留下值班，我们马上过去。"

翟大爷突发心梗，拉到医大就做造影。幸亏赶上值班医生是汪宁他妈，看了影像说能救，得马上做支架手术。等他的儿子翟老板赶来，已经是两个小时之后，下半夜了。

汪宁他妈妈确实医术高超，没多久翟大爷手术完成，被从手术室里面推出来。这之前发生了什么呢？干巴瘦的翟大爷怎么就心梗了呢？

除夕夜，当我们在社区办公室里吃饺子、涮火锅的时候，张阿姨和翟大爷的上半宿在她家里原本也过得挺好。张阿姨的女儿回家了，好久没做饭的张阿姨张罗了一大桌子菜，翟大爷一直在给她打下手。喝了杯酒，两位老人把后面的打算跟女儿说了，年后登记，开春了就先在国内玩玩，疫情结束了就全世界旅游，到时候去美国看她。

春晚变魔术的时候，有人"咣咣"地在外面拍门，是翟大爷的儿子来了。屋里的人还以为他是来拜年的，给他开门了。谁知道翟老板进门不叫人，更没有拜年，站在门口扫了一眼桌子上的年夜饭，然后质问他爹："自己家也不是没菜，没有酒，你怎么来别人家过年呀？"

翟大爷知道他儿子品性，听到这话便已经进入了备战模式："我爱在哪里过年就在哪里过年，你管得着吗？"

翟老板："跟我走！回家去！"

翟大爷一指张阿姨："这我家。"

张阿姨原本也不是受委屈的人，听到翟大爷这样讲，当时就对翟老板道："大过年的，会说就说点吉利话，不会说就赶紧走！"

翟老板气得够呛，还在力图阻挠他爹："你跟老张太太不般配！你住山水佳园，你看她这房子，这什么破小区，什么破地方？"

张阿姨的女儿都忍不了了："破地方你还来，还不赶紧走？"

翟老板直冲着他爹喊话，还威胁上了："反正你俩的事儿，我不同意！你以后也别想再见到孙子孙女！"

翟大爷不愧是在家里攒过好几吨垃圾的大人物，听他儿子说这话，当时倒了一杯酒，仰头入腹，哈哈大笑："可把我给吓坏了，还不让我见孙子孙女？我不找老伴的时候，你又让我见着几回了呀？还要挟我？你彻底钻钱眼里去了，你别忘了你的店都是我给你的！"

话已至此，翟老板也亮了底牌："行，你们过一天算一天吧！我就问你，山水佳园的房子，那还有我妈的份儿呢，你打算怎么办？"

翟大爷道："我年后就登记，就当那房子是我跟她的共有财产呀！"

翟老板一听这话又气又急，恶从心头起，怒向胆边生："登记？共有财产？

你就是被这个老太太给骗了！她就是图你的房子！"他说罢就上前一步，把张阿姨和翟大爷的年夜饭一把掀翻，然后转头就走了。

翟大爷又气又痛，又怕张阿姨上火，刚开始还有力气把东西收拾一下，没几下，忽然脸色惨白收拾不动了，随即倒在地上。这就有了张阿姨给我们打电话的一幕……

忙了一宿，终于，翟大爷情况稳定了，汪宁开车把其余人一一送回家里。张阿姨跟她女儿下车之前把事情跟我们讲了。我劝她回家好好休息，张阿姨叹了一口气道："早点跟你们翟叔认识，早点跟他好，早点登记，早点出去旅游就好了，他最想去拉萨了，原来总觉得还有时间，现在一看，唉……"

车上的我们都有点累，也对张阿姨的疑问心有共鸣，谁也没说出来安慰她的话。

张阿姨被她女儿搀扶着下车回家了，袁姐不想回家，就去社区继续值班。

天空已经泛白，车子上只剩了我跟汪宁两人，都迟迟无话。

终于汪宁说道："我觉得张阿姨说得对。"

"那又怎样？"

"我觉得你不应该再跟我怄气了。"汪宁道。

"少来这套。"

汪宁转过身来看我，认真地看。我抱着手臂，目视前方，目标锁定在前面不远处的一个垃圾箱上。我就让他看，我反正不说话，谈判的最高手段就是不谈判。

片刻之后，他在沉默之中对着倒车镜整理了一下头发。我一句"臭美"，口型还没摆好，只觉得眼前一花，肩膀上一沉，汪宁以迅雷不及掩耳之势腾身而起，单腿跪在自己座上，身体蹿过来，把我的肩膀扳过来摁车门上了。我想要挣扎一下，硬是没起来，下意识地双手捂住胸口："你要干啥？"

"我要干啥？"汪宁说，"我要干啥不是很明白吗？问什么废话呀？"

他俯下身来就要亲我，我使出全身的力气，到底抬起一只手，在他袭下来之前拦住他的嘴，顺势往上推他脸，混乱地想要制止他："我告诉你……你赶紧给我松开，唾沫蹭大家脸上都不好，我喊人了！我报警了！"

说到后面，汪宁的脸还埋在我手心里却笑出来了，对，他又笑了。他也不反驳我，手上动作不断。他是有准备的，俯身压着我，腾出手来伸到我大衣里找我腰，咯吱我，给我痒的呀。我一只手挡着他的脸，他的嘴，另一只手往外推他，身体被他鼓捣得乱扭起来："你赶紧松手！我求求你了，赶紧松手！"这回我知道了，汪宁看上去再瘦，但是骨头架子在那里呢。我们贴到一块儿去，我怎么也没有他宽阔没他有劲儿，被他这顿作弄，像大猫玩耗子。他玩着玩着都笑出声来了，可是玩着玩着又不笑了，认真起来，手上极其短暂地松了一下劲儿，敏捷地从驾驶位上爬过来。我还要推他，汪宁越是被阻止就越是执拗。他放倒了椅背，压在我身上，非要让我服不可。他的鼻子、嘴碰不到我的脸和嘴巴，就朝我的耳朵和脖子去了。他短促地呼吸，上上下下地闻我，含混着问："洋洋宝宝，你怎么总有股奶腥味儿呢？你跟我说实话，你说实话我就不咬你了。"

我推着肩膀问他："还有人比你不要脸吗？"

"那可难找喽。"他借机扳住我的头，找着我嘴了，舔几下撬开，轻咬、吸吮，轻巧地分开些距离，还拿鼻子尖撞一撞。

大年初一的早上，我感觉到自己的一颗心慢慢地升腾起来，贴在车顶盖上，看着我的肉体渐渐地放弃了反抗，并开始有了些许回应，温柔地抚摸他的头发和耳朵，贪婪地小心翼翼地嗅着他的味道，回应着他的亲吻。

我的肉体说：今天大年初一，万事皆宜！

我的心在声嘶力竭：他跟孙莹莹肯定不敢这样！

正在准备大动作的汪宁渐渐慢下来，他看着我，有点奇怪。

我仰头向后躺着，双手抱在胸前，看着车顶，仿佛一个哲学家或者诗人看着草原的天空，思考着要如何通过自己的思考打开人类与上帝沟通的桥梁。

"小聋？洋洋？！"汪宁的手在我眼前比画，又摇我的肩膀，又使大了劲亲我的脸和额头，最后在我脑门正中停下来，威胁道，"你怎么了？赶紧醒过来，跟我说句话。要不然，我在你眉毛中间给你嘬一个大红印子出来！我看你怎么回家。"

我推开他，手臂在后面撑着，坐起来，平静地说："你跟孙莹莹肯定不敢这样。"

汪宁看着我："哪样呀？"

"你肯定不敢跟她在车里这么鼓捣，像你这么鼓捣我一样。"我说。

汪宁有一会儿没说话，从副驾驶的位置上开门出去，又回到了他的驾驶位上。我此时已经转守为攻，冷冷地看他。

汪宁在思考着，仰头叹了口气，似有千言万语又不知从哪里开口，终于扭头看看我："你说得不对。"

"哪句？"

"哪句都不对。"汪宁说，"我没谈过恋爱，也没什么经验，我不知道怎么笑了就是喜欢了，怎么哭了就是爱了，但是我觉得你说得也不对。我就知道一件事儿，我见到你就觉得好玩儿，你不上班的时候，我上班就没有那么有意思。你不来，我想见到你，见不到你我就随便找个理由给你发微信、打电话，瞪着微信屏幕等你回话。我知道你也喜欢我，刚开始是因为有莹莹的事情，我心灰意冷的，我觉得至少不能耽搁你吧，你长得那么漂亮，找对象好找的，我干吗拽着你呀？"

我真是莫名其妙，看着他，满怀怨怼："我怎么漂亮了？！我怎么找对象好找了？！"

"你眼睛不好还是太不敏感了？你每次来所里办事儿，二楼那几个都下来找你说话，你没注意吗？连李所都爱跟你说话，你没注意吗？你自己用膝盖合计一下，你前男友是博士呀，你什么学历？介绍人难道不是因为你长得好看才介绍给他的吗？你，你……"汪宁看着我，"你还真是漂亮不自知呀？"

突然就被他吹捧成这样，我虽然也不是太相信，但又高兴又臊得慌，脸都热了，赶紧摆手："别说了，快别说了。"

他声音低下来，但是是着急的："而且你还好闻，像小孩儿似的，总有股奶腥味。我们在一起的时候，我总想要凑得近一点儿。我就不明白了，我爱看你，我一直想见到你，我喜欢闻你的味儿，这也不是，不是那什么吗？"

我的头转向外面去，仍然看着远处的垃圾箱，我没有回答他，我的心仍然在抗拒，仍然在说不，但我在软化了。

汪宁伸出手，把我的手包裹起来，紧紧握住："我不提孙莹莹，以后都不提了，你说怎样就怎样。我就求你一件事儿，我反正没瞒过你，她有事情我还得帮她，但是你放心，我不惹你生气，我不提她！"

汪宁死死拽着我手腕，我把手用力地从他手里挣脱出来，没挣动。我叫起来："我不是说这个！"

汪宁声音也大了，就是不松手："那你说什么？"

"我就烦你这样！跟我插科打诨、嬉皮笑脸的，你刚干什么了？你对我有点尊重没？你敢跟孙莹莹这样吗？"

汪宁瞪着眼睛，张着嘴巴，简直难以置信："你还讲不讲理了？我亲你就是不尊重你了？我是和尚还是你是师太呀？我当然不敢跟孙莹莹这样，我也不敢跟袁姐这样呀，我也不敢跟张阿姨这样呀，我也不喜欢她们哪！你真行呀，你总有理是不是？我还怎么做都不对了。我要不是，我要不是……"他看着我，蹙着眉毛，又气又急，说不下去了，眼眶红了，长长的睫毛抖动了一下，一大颗眼泪夺眶而出。汪宁马上就察觉了自己的狼狈，不情愿地，狠狠地用手背擦了眼泪，却又揉出大串的泪，流了满脸。他低下头去，也顾不得别的了，双手乱摸找纸巾，摸到我的手，抢过来捂在自己脸上，声音喑哑："好了，作吧，你就作吧，你到底把我给整成这样了。男的哭了好看吗？我要不是，我要不是喜欢你，我就把你灭口喽！"

我任他拿着我的手，用我的手背，用我的袖子擦脸。从他第一颗眼泪掉下来的时候开始，我就傻了，只感觉到一股电流击到身上，整个人酥酥麻麻的。

汪宁哭了好一会儿，抬头看我，满脸委屈："你又不说话了……"

我凑上去，亲了亲他的耳朵和嘴，低声哄他："行了，我错了。咱别哭了。"

汪宁看着我，眼波流转："这就完了？"

"车子这么小，一点都不得劲儿。"我说。

"咱找个房。"汪宁完全会意，马上就跃跃欲试了，眉飞色舞地一脸坏相。

……

没成。

我妈电话来了，说她就在社区门口等我呢，让我马上去姥姥家吃饺子。

谁家都有几个爱吹牛的亲戚吧？平时都能尽量躲开，就是每年初一去我姥姥家聚会的时候躲不开，总得狭路相逢。但是今年我不一样了，我把汪宁带回姥姥家了。他穿着警服一进门，摘下帽子和口罩，露出那张精致的被刚刚哭过的红眼圈点缀了些许憔悴美的小脸，玉树临风的小身板稍微一支棱，居然让房子里所有人都下意识地给他让开了一条小道。

我姥姥站在最里面，高兴得挤眉弄眼，怕把他给放跑了似的："赶紧的，你们都瞎瞅什么呢？赶紧给洋洋和她对象拿拖鞋呀！"

我妈跟汪宁也不熟，上了桌就完全当入门的姑爷照应了，给他夹排骨、大虾，河蟹掀了盖，拆了黄给他："你客气什么呀？别客气，自己姥姥家。"

汪宁原本有家长恐惧症，人一多反倒好了，片警的素质又回来了，桌上一圈人，大姨、二姨、姨夫、二舅、老舅、两个舅妈，表弟表妹的全都叫熟了，敬酒干杯来者不拒，喝得脸色绯红。每道菜都被他夸了，还爽快地答应年后让他妈找个好大夫给我表妹看看眼睛。

我姥姥稀罕他，自己盘子里最大的螃蟹不吃了，拿到汪宁盘子里："我不吃，我啃不动这个，给你吃！"

我二舅妈就不乐意了，爱吹牛出风头，还喜欢给别人找不痛快。她吃了一口凉菜问我："洋洋你还在社区干呢？"

"对呀。"我说。

"以后怎么办呀？不是长久之计呀。你弟才到深圳，现在一个月快一万了。"

"我弟挣得真不少呀，二舅妈你要借钱给我啊？"我笑嘻嘻地看着她。

"怎么说话呢？"汪宁把我姥姥的大螃蟹扒了，圆腿子里的肉放在我盘子里，"咱缺钱吗？跟谁借呀？"

"小汪警官你一个月能开多少呀？"我二舅问了，实则在给他媳妇帮腔。

"我比洋洋多。"汪宁说，"一个月七八千块吧。"

"哦……"我二舅妈一听放心了，"那你俩加一起跟你弟差不多了。不过现在 S 城房子也贵呀，这个工资想攒一套房子也费劲。"

"我们攒房子干吗呀？我们挣得少，我妈挣得多就行了呗。"汪宁说。

我二舅妈还杠上了："那毕竟是父母的钱，能心甘情愿给你们呀？"

汪宁："不心甘情愿给我，难道还心甘情愿给别人啊？"

我姥姥："对。"

汪宁看我要给自己倒雪碧，温柔地阻止："宝宝少喝点，水肿了手指头粗，我妈说等会儿带你去买卡地亚。"

我妈在旁边一摆手，加了个注解，看似不耐，实则炫耀："富二代。"

我二舅妈再没说话。

我爸端起酒杯："来来，咱喝酒！"

……

在姥姥家吃完了饭，我跟汪宁在客厅沙发上一边喝酸奶一边说话。他要去刷碗，我妈没让。大人们在另一个房间里支上两个麻将桌，在那儿吸烟打牌。几个小孩儿围着电视打游戏。我跟汪宁就在沙发上搂着说话。

我抱着汪宁，一颗心美滋滋，甜蜜蜜。回想起自己去社区报道的那一天，穿着露肩膀的 T 恤和裙子，莽撞地回答袁姐的问题，说去那里工作就是为了离家近，要是有了别的工作，条件好就走。我没想到自己后来会遇到那么多有故事的人，那么热闹的事情，我更没想到会成就了我跟汪宁警官的缘分，让我如今跟这个美男子搂搂抱抱地躺在姥姥家的沙发上。

来社区工作，可能是我一辈子做的最正确的事情了。

当我把片区里的那几栋楼当成了自己的国土，奢望着江山永固的时候，另一件大事儿在保密的状态下经过数个层级的调研讨论和商讨，终于进入了落实阶段。

老旧的克俭小区要拆迁了。

政策在年后正式传达到我们社区里，上面给了我们两个月的时间，要求我们配合拆迁办完成小区现有所有住户拆迁协议的签字和确认工作。原本打算离职的胡世奇和袁姐一时还都不能走。

很多人在这旧房子里盼了多年，如今终于拆迁了，马上闻风而动。拆迁办很快就把四成居民的协议落实签字了。

张阿姨是最早签约的那一批人。她女儿早年出国之前在S城买了房子，张阿姨住所不成问题，银行账户上一下子多了二百多万——用她自己的话说，快死的时候，发了笔大财，那还得快快乐乐地再多活几年。她跟出院的翟大爷在饺子馆请我们吃了一顿饭，袁姐问起他们翟大爷的儿子现在什么态度，张阿姨克俭小区定下来拆迁的第二天，翟老板就带着水果来张阿姨家赔礼道歉了。张阿姨岂能饶过他，就问他："你是最近生意周转不利，缺钱了还是怎么着？到底是来支持我和你爸谈恋爱结婚的，还是来借钱的？快成一家人了，你以后叫我阿姨，也可能管我叫妈，不如你就直说吧。"

翟老板可能没想到张阿姨会这样直来直去，愣了一会儿，最终还是坐在他上回给掀翻了的桌子旁边，诚恳地说道："妈呀，我不是来跟你借钱的，我是来带你挣钱的，我最近看中了一个好项目，真的，十拿九稳，我劝你投一点，妈……"

张阿姨说到这里，我们都惊呆了。杨哥嘴里咬着半个饺子道："叫妈了？您跟翟大爷不是还没登记吗？"

"没有呀。"张阿姨说，"没登记呢，但是不耽误他琢磨我手里的现金呀，不耽误他跟我叫妈呀。"

"后悔当时掀桌子了吧？"胡世奇说，他是跟翟老板打过交道的。

"那钱呢？您给了吗？"我问。

"没有。我告诉他，现在肯定没有，以后看他表现吧。看他怎么对他爸的。要是再把他气得去医院抢救，别说我这钱了，他爸的房子他也别想拿到了。"

我们纷纷点头：活该这个贪财的翟老板被张阿姨拿捏。

张阿姨请完了客，我打了一辆车送她回家。我原本是要坐在副驾驶位置上的，张阿姨让我跟她一起坐后面。

"你跟小汪到底是好上了？"

我知道她单独跟我走主要就是问我这件事的，也没有瞒她，我早就想跟她说了："都带他去我姥姥家了，太有面子了。有一天我带他去看电影，看一半他睡了，我后半截电影也不看了，就一直瞅着他来着。真的，之前那么闹心，全都值了，怎么上天给了我这么一个好看的男朋友。不仅如此，"一边伸了左手腕子让张阿姨看，"刚才吃饭的时候你看到我这个没？这是啥认识不？"

"这是什么？"张阿姨眯着老花眼仔细地看，"这是个手镯吗？那是个钉子头的形状吗？"

"这不是什么随便的钉子，五万多块，他妈给我买的。"我点头跟张阿姨确定，"对，他妈给我的算是见面礼。原本就是想要挑一个两三万的戒指，他妈说拿不出手，就现场改了主意，给我买了这个。他妈对我还行。后来见着我都问我，家里人身体都还好不，谁生病了她都能给看看，介绍个好医生也都没问题。弄得我每次要是不跟她唠唠我家里人哪里不舒服都觉得没法展开话题。"我说着说着嘿嘿笑起来，"我都有点受宠若惊了。"

张阿姨"喊"地一声摇摇头，不敢苟同。她总跟我这样，我都不当回事儿了。她打开包包在里面掏，不一会儿拿出个红包来，往我眼前一送："给你的。"

给我吓一跳："干什么？"

"我要搬走了，开春暖和了就跟你翟大爷出门旅游去。你跟小汪警官结婚办酒席的话，我不一定在，先把这个给你。"

我看看张阿姨，又看看她手里的红包，挺厚一叠呢："我们两个刚好上，怎么就要结婚了呢？赶紧收起来，您到时候必须得来我婚礼，给我当证婚人。"我使劲把钱给她推回去。

"你信我的话。"张阿姨看定我，"你俩肯定马上就能结婚。就算你俩不急，他妈也急。有些话我还得再嘱咐你两句，你别总'受宠若惊'，怎么那么没见识呢？他妈为什么这么着急，为什么对你这么好？因为你把他儿子救了！她把你当恩人呢！该端着的时候端着点，该要礼物要礼物，该要房子要房子！"

我张着嘴巴，指了指自己，手足无措了半天："我不会张口跟人家要东西呀。"

"唉……"张阿姨皱着眉头看我，恨铁不成钢的样子，良久，似乎还是决定放过我了，"行了，你想咋样就咋样吧，这些事情你怕是也学不会。学会了，也不是你了。傻人有傻福。"

"我不傻，你别走。"我抓着她的手，"你走了，没人指点我了。你去旅游就旅游，还得经常回来转转。这钱我先收下吧。我跟小汪警官如果不结婚，我再还给你。"我见她实在坚决，就把红包揣在兜里了，"但是你跟翟大爷，你俩也悠着点玩，别把自己给累着了。"

出租车在一个路口停下来，张阿姨转过头向窗外看，目光远远的："我才不悠着点呢。我就全力以赴地四处旅游，没去过的地方我都要踩到，没吃过的东西我都得尝着，我只住五星级酒店！"张阿姨扭头，认真看着我，"洋洋呀，你去年差不多是这个时候来社区的吧，说到底咱俩认识也没多久，但是我非常喜欢你。你跟着袁姐他们管我叫阿姨，实际上我跟你姥姥也差不多大了，要是我外孙女也跟你似的，有你这个心性，这个人品，我会非常骄傲。"

"你别说了，你再说我就哭了。"

"我没说完呢。"张阿姨道，"但你有一个特点，我不太看得上。"

我本来眼珠子发胀，鼻子里有点酸，听她这样一说，原来重点不是要表扬我呀，心想您不说其实也行。

张阿姨道："你太没有欲望了，太不争抢了。你跟小汪警官，包括胡世奇，都有点这样。你们没经历过物资缺乏的时候，没缺过东西，就觉得什么东西都没有那么重要。对不对？"

"我没想过，但是我现在觉得你说的有点对。"

"那挺好，但是也不好。"张阿姨道，"人这一生，从容淡泊是运气，也确实对身体好。但是无论如何，怎么都要去追求些什么的，怎么都得去争取一些什么，这是人来这世上走一趟的意义。为了自己，为了别人，也是为了这个国家。这是我从小受的教育，我学的是艰苦奋斗，你从小经历的是大国崛起。虽然社会情况不一样了，但是我觉得道理没变。"

张阿姨这几句话让我深受触动，在一刹那间开始反思自己，是不是像她说的那样会因一些细小的成果而满足，也会为一些微小的困难泄气，回避着所有自己不想做的事情，能偷点懒就偷点懒，明天能干完的事儿今天我就先睡为敬。我一直觉得自己这样挺好的，可是现在看来，也难怪二十多岁的我看上去还没有七十多岁的张阿姨有精神头。我从来没有特别努力地追求些什么。

"我可比不了您，我就这样了。"我笑着说，对她有点抱歉。

"你不会的。"张阿姨看看我，"我在单位搞了那么多年的政工和人事了，谁能有出息，谁永远干不出来名堂，我都看得八九不离十。"

我侧过身体，用力看她："你是说，我，我有门？我行？我能升上去？"

张阿姨淡淡一笑："有机会。区里不是开春就要从各个社区调人上去吗？那就是你的第一个机会，一定要把握住。"

"好几个街道，那么多社区，上面谁能注意我呢？"

"机会就在眼前呀。"张阿姨看着我，"克俭小区拆迁那么大的事情，你要是帮忙做好了，把拆迁户都安排好，把协议赶紧签下来，那不就是你的成绩嘛……这个道理你弄不明白？"

那天晚上，我把张阿姨跟我说的话都跟汪宁讲了，还把那个红包拿出来，里面装着两千块钱："这是给咱俩的。"

汪宁点头："张阿姨挺够意思的，回头咱请她吃饭。"

"嗯。"我点头，"这钱给你一半买装备，我留一半买双鞋。"

"行。谢谢老板。"

他趴在我的床上打游戏。刚吃了饭，我爸做了卤大肠。汪宁不知道是餐后血糖太高，把他给弄迷糊了还是怎样，他那一局打得不太好，几下就牺牲了。他扔了手机，坐起来笑嘻嘻地看我："怎么还看上书了？我没看错吧？"

我在桌子前抬起头来，在镜子的倒影里看他："这是我高中的练习册，我打算再把英语捡起来。山水家园住了好几个外国人，他们来办事儿我有时候说不明白，干着急。"

汪宁笑起来："学英语干吗非得看高中的书呀？那都是考试用的。看剧不是挺好的吗？跟哥一起刷一会儿《西部世界》。相信哥，哥的英语就是这么学出来的。"汪宁一只手枕在自己脑袋下面，另一只手搂着我。

我坐起来看他："你这人……我刚想上进一点你就拖我的后腿。张阿姨说的一点错都没有，你这样影响我以后升官。"

"我好怕呀。"汪宁还在笑着，把一块切好的苹果放在嘴巴里，"张阿姨说话这么好使呢？原来我对象是个女强人吗？以后你要是当上了街道主任或者区长，你不会把我这个糟糠之夫给甩了吧？"

"这个可能性，有。"

我们两个因为这件事情竟然半真半假地争执起来，我同时想起张阿姨嘱咐我的话，现在在两个人的关系里，我是占据主动的那一方，我是拯救了汪宁的人，我不让着他。

汪宁看着我，看了一会儿，打算服软了："行，你说得对。你好好上进吧，我等会儿听写你单词。但是，张阿姨的话你听听就得了。人要是做什么事儿都有很强的目的性，那也没什么意思了。你说是不是？"

"哼。"

我去拆迁办交接材料的时候，被一个人叫住了，手里拿着个挺大包的东西递给我。

"洋洋呀，你看看这个，你嫂子用不上了，我放在家里占地方，你看看你要不要。"这个人正是我们的老熟人范志明，把附近好几个小区的空地包下来作停车场的包工头，孙莹莹她爸爸的老板，也就是他那个游手好闲的儿子扒掉了孙莹莹的假发和帽子，被汪宁带到派出所去的。范志明这人面善嘴甜，极其会做生意，会搞关系，居然在克俭小区拆迁办混了个副主任的位置。我们私下存疑，也议论过。小区拆迁是一个牵涉资金和人员的大工程，怎么看范志明都不像是能做这事儿的人物。

——当然我们再怀疑也就最多怀疑到这里而已，这城市里这么多生意人，谁会把范志明跟韩佳轩的爸爸韩仁江联系到一起去呢？谁会想到韩仁江才是幕后掌握局面的老板？如今克俭小区即将被拆除，十几年前大火的真相也即将浮出水面。只不过故事讲到这里，身处其中的我们还没有理清这些关系和线索。

此时的我看着范志明手里拿的礼品盒子推辞道："这个太高级了，您还是给嫂子留着吧，这可不是我这个年纪能用上的。"

范志明挑着眉毛看着我："说什么呢，你这么年轻，皮肤这么好的时候，就该用这种。赶紧拿着啊，别跟范哥客气。"

"别了别了。"我还是没接他手里的东西，交接完了手里的材料就要走，被范志明挡住了。他嘴上酸我，笑容还挺体己的，是那种"自己人"才能有的笑容："洋洋你看你，年纪轻轻的，这么大的架子。我问你点事儿，区里是不是要选你上去了？"

我心里轻轻动了一下，他认识的人多，莫不是有了什么消息？这可比那盒护肤品对我的吸引力大，我是想要跟他问问的，又明白这人不能求，得拿捏，便不动声色地说道："范哥，这话没风没影的，您可别瞎说。"

范志明道："我从来不瞎说。我听着信儿了，我也看得出来。你看现在你们社区，除了袁姐，就属你的活儿干得多。他们是把你当后备干部培养的。"

这话顺耳，我实在是没忍住，心里面美："我就是闲不住。这一片儿的居民我都熟，有时候沟通的事情还就得我去。"

"有件事情我觉得拆迁办的人搞不定，恐怕得你出马去劝一劝了。"范志明顺坡下驴。

"什么事儿呀？"

"孙家，还有三楼刘疯子家，都不肯签协议呢。"

我想了一会儿："那我去试试吧。"

我在孙莹莹家里。她爸爸妈妈都在，家里意见不统一，孙好忠和她媳妇都想搬，孙莹莹不想。

我对着孙莹莹连忙摆手，还赔着笑脸："签字搬走还是要留在这儿住都是你自己的权利，我就是想跟你说，不如换个角度想想，没有什么事儿是一定得做或者一定不能做的。咱们小区老旧失修了，你家这楼都快成危房了，我去年是要到钱维修过了，过些日子天热了，会不会住着住着就塌了，谁都不知道呢！"

孙莹莹哼了一声，把头转到另一边去，不看我，早就带着点气似的。

两口子拗不过孩子，在门口的小厅里面跟我低声询问，关切着别人家的情况："多少人签字了？"

"十个当中能有七个了。"我老实回答。

"后签的比先签能拿更多补偿款吗？"孙莹莹的妈妈问我。

"正相反。"我说，"前两个星期签的那一批，补偿款向上浮动了百分之一。像张阿姨那么大的房子，差了一万多块呢。"

"张阿姨签了？"孙好忠问。

"早就签了。她是最早的那一批，款都打了。"我说。

孙莹莹的妈妈有点着急了，去里面跟她女儿商量："莹莹呀，咱们也别在一棵树上吊死。好好想想，拿着拆迁款，咱们去哪里都能买到不错的新房子。"

孙莹莹道："你们愿意签字，愿意搬，你们就走好了，我不走，我就在这里自己过。"

"那可不行呀。得房产证和户口本上登记的人都签字，才能报材料。"我说。

孙莹莹从屋子里面出来，看着我："洋洋，几天不见，你怎么学坏了？"

这话说得我一个激灵，想跟她问个明白："这话从哪里说起？我怎么学坏了？"

"我不想搬，我就想住在这里。在这儿我能上班，还能去上舞蹈课，是你告诉我要自己好好过日子的，怎么现在不让我在这儿生活了？哼，还威逼利诱的，你挺能吓唬人呀？我家这房子住得不错，你找人给修的，现在说要塌了。还跟我爸妈说什么一万两万的，我爸妈就对这个感兴趣，你可知道怎么摆弄我爸妈了。洋洋，我问你，你跟我说句实话，要是把我们给劝走了，你能拿到什么好处？"

我噌地一下站起来，把旁边孙莹莹的爸妈都吓了一跳。我原来想得没错，孙莹莹我是捂不热的，分内分外的事情，我为他们家做了这么多，她现在说翻脸就翻脸，揣测我怀有卑劣的目的，侮辱我的人格。这一下子我没忍住，我也翻脸了。

"莹莹你想得太多了。我来劝你家拆迁，没有别的目的，不会因为这件事儿多挣一分钱。居民里面不想走的人也有，我把你们劝走了，我就能得先进了？拆迁这个事儿放到每家每户，那是上百万的拆迁款，算是个大事儿。放到我们社区里，也就是一个常规的、临时性的工作。你们签字了，我就能得到什么好处？你不用冷笑。你们家怕是没有这个分量。"

孙莹莹的妈妈赶紧拽我的袖子，拉我的手："洋洋你坐下，你干吗跟她生气？都这么熟了，莹莹什么人你不知道？她就是说话难听，她心里知道你好，我们都知道。"

我把手从她手里拽出来："我可没生气，我还得谢谢莹莹呢。她说话再难听，还没跟我动手吧？我可不敢生气。"

孙好忠皱着眉头，满脸是赔礼道歉的尴尬："不能这么说呀，洋洋。你还是生我们气了。"

"孙叔，我要是哪句话让莹莹听得不顺耳了，觉得我威逼利诱，觉得我哪里得到好处了，那我道歉。我当你们是朋友才那样讲的。其实还是我自己刚才没分寸，我话多了，你们爱怎么样就怎么样吧！咱都好自为之。"

我说罢转身就走，孙好忠两口急得，从后面轻轻推了一把孙莹莹："莹莹呀，人不能没有良心呀。洋洋给咱家做了多少事儿？赶紧给洋洋道歉。"

"不用。"我拉开门要往外走。

"我说不用道歉，也不用非得说谢谢。"孙莹莹慢悠悠地说道，嘴角噙着一层若有若无的笑意，"她帮咱们家也不是白帮忙呀，不是把汪宁都给帮成她自己的男朋友了吗？"

我在门口停住脚步。我说怎么今天我一来她就跟我带着气，原来是为了这个。会有这么一天，我非得跟孙莹莹谈一下汪宁的。

我转头看她："我跟汪宁的事儿，莹莹你听谁说的？"

"很多人。"

"那么很多人消息都挺准确的。"我点头，"我们俩好上了，但是在你们两个分手以后。你觉得我不应该或者不可以吗？"

"没有。"孙莹莹说，"我就是觉得……你可太有心眼了洋洋。"

"心眼我还真没有，"我说，"但汪宁跟我在一起总是高兴的。这个也难得，你说对吧？其实我们这事儿应该跟你说一声，但你自己知道了也好。只不过我今天来找你就是想跟你说拆迁的事情，不想把这两件事儿混为一谈。拆迁是好事儿，多少人盼着的大好事儿，你们好好商量一下吧。"

"不是什么事儿都能像你安排的那样的，洋洋。"孙莹莹看着我，"我不会在拆迁协议上签字的。楼下的天朗也不会。"

"你们两个沟通过了？"我看着孙莹莹，倒是有点好奇了，"他听你的？"

孙莹莹没再回答，转身就回了自己的房间。她妈妈拉着我的肩膀悄声跟我说："别跟莹莹生气，她是个可怜人。你跟小汪警官合适，比他们合适。拆迁协议的事情，回头我去跟你商量，行吗？"

"阿姨，我不会跟莹莹生气的。"我叹了口气，我刚才也就是嘴硬而已。如果说我之前还因为孙莹莹问我拿了多少好处而感到委屈生气的话，那么现在当我明目张胆地知会她我跟汪宁的事情之后，我心情复杂。我是坦荡的，但也有一点点愧疚。

推开门，范志明居然一直在孙家大门外面听着。

我们两个一起又去找了天朗，果不其然，他也不签字不肯搬。

"人啊，有福不愿意享受，这就是惯的！就应该给他们一点厉害瞧瞧。"我们两个碰了一鼻子灰，从克俭小区往外面走。范志明气得够呛，愤愤不平，"我告诉你，拆迁是为了居民好！你自己不明白，就得想法让你明白！"

我回头看看范志明："怎么让他们明白？"

"断水、断电，往门口扔垃圾呀，有的是办法！"范志明看着我，理直气壮，"红油漆在他门口给他写上'拆'！上面画个大圆圈！你看他害不害怕。不就是要钱吗？可以，送他纸钱，每天晚上在他家门口给他烧纸钱！嘿嘿，到最后都能走喽。"范志明居然越说越来劲。

我停下脚步，回头看他，带着点惊讶："范哥，这些事儿你以前都干过？"

"我就是说说。那就没有别的办法了？"

"慢慢做工作呗。"我长长出了一口气，"一个是要好好动员，好好给人安排，有人不愿意搬的，有的家中有老人搬家不方便的，你都得把服务做到了；二就是谈条件，开发单位自己算账，划算就得多给点补偿款，毕竟是人家住了很多年的地方。"

范志明停下脚步，略略沉吟，似乎觉我说的还有些道理。他几步追上来，跟在我后面："洋洋呀，真正好使的还是你们社区的人，你还是得帮忙多做做工作。只要孙家和刘天朗他们家能签字，范哥一定好好谢你。"

"范哥，不用你谢我，能做的事儿我一定办，这是我的工作呀。但是这也得凭运气，看人家心态。毕竟说得算的不是咱们是不是？"

范志明又开始跟在后面捧我了："洋洋，你才来社区多久呀？一年都不到？刚开始我觉得你就跟个高中生似的，谁想到呀……你现在其实长得也像个高中生，但是你说话办事儿真是成熟多了。我告诉你，范哥不会看错的，你以后肯定有大发展。"

我这人就是听不得好话，被他捧了几句忍不住笑了，跟他摆手："瞧您说的，我这不是也是学习出来的吗？人总得进步，我不能跟刚来社区的时候一样呀。"

"洋洋以后肯定有大出息！"范志明点头感慨，戏可足了。

晚上跟汪宁去吃烧烤，我把孙莹莹和天朗家里的情况跟他说了。

"不肯签字？"

"嗯。"我点头，"孙莹莹非常顽固，还把你的事儿给翻出来问我了。天朗还算尊重我，倒是听我把话说完了，最后给了我一句话。"

"他说什么？"

"他说还没想好呢。"我说，"其实也就是不肯签的意思。"

"这事儿呀，"他把一块烤得滋滋冒油的鳗鱼卷在紫菜卷里给我，"你们社区说到底不就是配合一下拆迁办的工作吗，各家各户有什么材料，你们给盖个章印个戳。这事儿你该做的工作都做过了，不用再多说了，别再落得一身埋怨。"他说的是孙莹莹，但没敢提她名字。

汪宁是学乖了，我忍了半天没忍住："照理说，我是不应该管。但是我觉得有一点不好，奇怪。"

"什么呀？"

"孙莹莹对天朗好像有一种控制力。你懂吗？我总觉得是孙莹莹告诉他不要签字，他就听她的了，他被她摆弄。"

汪宁又用辣白菜就着，塞了一大口紫菜包饭在嘴巴里，吃得还挺着急的。

我那个抱怨的阀门一打开就很难关上了："反正今天我觉得挺灰心的。孙莹莹、刘天朗的事儿，以后我一点都不管了。他们两家拆迁跟我也没有什么关系，怎么好像他们不签协议了，就能修理到我头上一样？今天我就在你面前发个毒誓，我可不想再被人把好心当成了驴肝肺啦！"

汪宁擦擦嘴巴，摆弄摆弄餐巾，还是抬头看我了："洋洋，我觉得吧……我了解莹莹，我觉得她本质不坏。你不能先把她给设置成反派了，会不会有点……太主观了？"

　　我看着汪宁，一时没说话，他犹豫再三，小心翼翼，眼神闪烁，连声音都细了，就怕自己讲错话让我不高兴。可他确实聪明，有一件事情连我自己都没有发觉，他把我给点中了。

　　我是什么时候开始在自己的脑海里把孙莹莹设计成反派了呢？是她一直以来对我不冷不热的态度？是我为她家做了那么多好事儿她从来都不领情？是因为她质疑我动员他们家拆迁的目的？或者是她对于我跟汪宁谈恋爱这件事情发出的质问？或者更简单一些，就是因为她跟汪宁的从前，让我始终对她心有抵触？

　　汪宁的手在我眼前晃："完了完了，又犯病了，算法太复杂，又憋死机了。"他伸手过来扒拉我上眼皮，"洋洋啊洋洋，醒醒！不然我可把东西全吃了啊？我揪你睫毛了啊？"

　　汪宁的手指头轻轻地点在我额头上，眼皮上，脸上。

　　可他并不能干扰我脑袋里面的念头。我看着他。

　　有我自己审视自己的份儿，有你说我的份儿吗？我警告过你的事情你是不是又忘了？你这个慈悲为怀的、拖泥带水的"前男友"。

　　我一把挡开他贴在我脸上的手："不许碰我脸，化妆品很贵！"

　　汪宁："好的。"

　　我："我跟你说的事儿你又忘了。"

汪宁："……"

我："我跟你说过，你不许在我面前提她，更不许替她说话。你刚才怎么又说了？"

汪宁马上说："赖我，对不起……不过，不是您先提的吗？"

我："我提的你也不许接茬。"

汪宁不敢惹我："确实，是我造次了。"

我："我对孙莹莹没有成见，但是我知道一件事儿，负能量会堆积，也会寻找出口发泄，你去医院看看那些得慢性病，身上总疼的，没有人脾气好。孙莹莹遭遇了那么多事情，我关心他们家的事儿，但她一直都让我很警惕，刘天朗也是。但不能说我是把她当成反派了，我不是那样的人。"

汪宁实心诚意地："没错没错。我说话欠考虑。您赶紧尝尝这个豆腐卷，您看我烤的这个火候，可好了。"

汪宁笑吟吟地把豆腐卷递到我跟前，我心里已经没了脾气，吃了，宽宏大量地说："行吧，那我就不跟你一般见识了。"

"那是，您心里比谁都有数。"

这一番跟汪宁斗嘴在表面上是我赢了，但在片刻之间，我是心虚的。我知道他说对了。像是一辆导航系统不太灵光的小车被一个路牌提携了方向，汪宁适时的提醒很快在接下来要发生的事情中促使我做出了一个正确的选择，继而终于触发了关于那场大火的真相。

三天之后，就在补偿款的浮动点数再降一格的关节上，孙好忠和他媳妇拿着签好的拆迁协议来社区找我盖章了。后面跟着他们的是范志明。

公章胡世奇在用着，他在给几个最终决定要搬走的居民走手续。我没着急去跟他要，便拿着他们的协议，有点好奇地问孙好忠夫妇："你们是怎么跟莹莹说通的呀？"

"就劝呗。"孙好忠说，"换个地方买新房子，计划好了还能剩点钱做买卖，这可是大好事儿。就算这些她想不明白，她也得知道她妈妈那个腿脚，怎么也得换个有电梯的房子呀。不过没事儿了，我们都说明白了，孩子也把名字给签上了。"孙好忠一边说着一边把材料往我手里推，催促着，"您赶紧帮我们把材料走了。"

我还是没动，心里疑惑：拆迁办和社区都去了好几回，孙莹莹上次差点没骂我，他爸妈这就搞定了？这么容易的话，那我们之前又何必去呢？

我把协议上签字那一页拿起来看。这个时候着急的居然是范志明，他在旁边催促我："洋洋呀，你看看，老孙家的材料这不是全了吗？全了就赶紧盖章，赶紧把事儿弄完吧，不剩几户了，弄完一个是一个。"

我没应他的话，仔细看那个签名，一边问孙好忠："这三个签名怎么笔迹那么像呀？你们家的人写字都一样？"

孙好忠一时没有回答我，居然抬头看了看旁边的范志明。

范志明斜了他一眼，对我说："全家人用一根笔签字也正常吧？"他随即俯下身，跟我低声说，"洋洋快点，他们家好不容易搞定了，别卡在你这儿呀。把这个差事儿办好了，对你以后的发展好处可大了……"

胡世奇用完了公章，送到我这边来了。

我觉得范志明说得有点道理，管这签名是怎么搞的，孙家签字了就行了，我们离成功就又近了一步。再说了，我早就在汪宁跟前发了毒誓，我才不要再管那两家的事儿了，惹那些麻烦干什么呢？想到这里，我抄起了公章就要盖上去，忽然有一种力量抓住了我，好像那个公章自己在空中盘旋犹豫，不愿意下降一样。我终于还是放下了它，拿起电话，在微信上找到一个人，给她拨了语音通话。

孙好忠夫妇还有范志明都莫名其妙地看着我，直到我对着电话道："莹莹吗？我想跟你再确定一下，你们家那个拆迁协议上你签字了，是你签的吗？你到底还是答应了是吗？"

"没有。"过了好一会儿，孙莹莹在电话的另一端慢慢地说，我仿佛看见了她诧异的惊讶的脸，"我没有签字呀，不是我签的。"

谁都没想到我居然这样做，孙好忠夫妇像头上挨了一棍，一时大惊失色，愣在那里。我挂断了语音通话问他们："冒充签名可能犯法，你们知道吗？就算是父母、子女也不行。这材料你愿意拿到哪里去我不管，反正我知道了就不能给盖社区的公章。你们想要盖章也行，得孙莹莹自己来说，当我面说她同意，那你这个签名才算数。"

我很平静，也很坚决，早把之前在汪宁面前发的那个毒誓放在了脑后。

孙好忠夫妇看着我，喃喃道："咋能这样呢，咋这样呢？！"

明白之后气急败坏的家伙居然是范志明，他之前一直都捧着我说话，恨不得把我当成是下一任的区长候选人，此时变了脸，咬牙切齿，五官交叉成了一个凶狠的角度，对我一声大吼："一个在社区跑腿的，你真把自己当成什么重要人物了？不知道轻重的东西！"

我即刻愣了，完全没有想到那个我从心里少许不太认可、基本评价是"范哥这人还行"的家伙居然会这样凶狠地骂我："你说谁呢？！"

"我说你呢！"范志明一只手拄在我跟前的写字台上，一只手指着我的鼻子，"赶紧给我把章盖上，小心我揍你！"

"我不！"我也吼起来，脑袋里面很清晰：范志明搞定了原本就想要拆迁的孙氏夫妇，两口子却没能搞定女儿，于是假冒了她的签名。

第一个闻声过来的是旁边的胡世奇，挡在我前面，双手向外要撑开范志明："干什么呀范哥？洋洋这也是公事公办呀！他们家人冒充签名，我们盖章了又有什么用？以后他们家闹起来，那不还是麻烦事儿吗？你冷静一点！"

"少来这套，跟你什么关系！"范志明一把掀开他的手，几步蹿上来又指着我，继续污言秽语地谩骂和威胁。

我还从来没被人这么吓唬呢，但是我一点都不害怕，我热血上涌："对，我就是个在社区跑腿的，没什么大能耐，但这事儿我知道了就不行，我就不答应。他们家有一个签名是假的，在我这儿就不能过！"我把社区的印章揣在自己怀里，"就是那句话，给他们家盖章可以，孙莹莹自己愿意了才行！"

老孙夫妻怕事情闹大，向后拽着他，同时也恳求着我："洋洋呀，我们签字了就行了，你们不也是想要赶紧做完工作的吗？不是说不管我们家的事儿了吗？你怎么还这么较真呀！"

"不行！什么事儿等孙莹莹来了再说！"

几句话的工夫，听到动静的同事们也都赶来了。袁姐挡在老胡前面，杨哥从后面拽着发疯一样的范志明，其余几个同事也都维护着我。袁姐手上提着一个板砖，大吼："范志明你敢动我的兵？你敢在我地盘上闹事儿？我看你长了几个胆子！来，你再往前试试！"

范志明见我们这边人多了，忽然手上就卸了力气，把抄起来的凳子也放下来："行行行，你们松手，你们不用拉架，是我不对，我走！"

众人见他似乎恢复了理智，也就渐渐放松下来。也就在这个瞬间，范志明忽然抓住了空当，几步上来蹿到了我的跟前。他张开手掌，我眼前一花，躲闪不及，感觉那大耳刮子就要朝着我脸上扇下来了。谁知道他被另一个巨大的力量从后面给提拉起来，一个背摔，后脑勺朝下倒在地上，随即被人用膝盖抵住咽喉。制服他的正是我对象小汪警官，他几个字已经理清了局面，还很体贴呢："跟我走吧。"

范志明想要试探犟不犟得过，没再动。

汪宁把范志明拽起来，扭着胳膊带去派出所，出门的时候回头看了我一眼，有点担心的样子："等会儿我带你去医院。"

"我其实还行。"我说。

"去公安医院，得验伤。"他知道我可能没听明白，那是他处置范志明的一步。

我点头。懂了。

我们中间隔着几个人，头一摆一摆地看着我跟汪宁对话。我觉得充满安全感，又非常骄傲，也满足了虚荣心。这可是我的男朋友，在那一刻我觉得自己好像是一个小小世界的核心一样。我想要的都有了。

这一次通知小汪警官的又是胡世奇。

办公室里此时狼藉一片，同事们七手八脚地收拾着歪斜的桌椅、散落的文件。袁姐又从自己的小冰箱里拿了一瓶冰凉的雪碧给我，我这才感觉到那里火辣辣的疼痛。汪宁出手的那一瞬间，我还是被范志明的巴掌扫到了脖子。我想起来他之前跟我说的那些从前如何走动迁户的手段，我现在相信了，他之前的和气都是装的，他就是干那行的。

我拿着袁姐给我的雪碧在脖子上滚，她看看我就笑了："你看你刚来的时候，就喝了我给你的雪碧。你来这儿的时间不久，也算经验丰富了。"

我把公章拿出来放到袁姐面前："人在公章在。什么事情交给我，您就放心。"

袁姐无奈："你台词还真多。"

混乱之后，老孙夫妻拾起散落在地上的他们家的拆迁协议，走到我和袁姐面前，尴尬地戳在那里。我知道他们之前是被范志明怂恿，对他们还是要和气："孙叔，婶儿，就是那么回事儿，你们还得要莹莹她自己签字。她能自己签字就行，要不然就是给大家找麻烦。刚才您不是也看到了吗？"

说到这里，有人从外面进来，站在门口，正是孙莹莹。

袁姐朝她点点头："莹莹你过来一下吧。

她走过来，冷冷地看着她爸妈，老孙夫妻却不敢看自己的女儿。

袁姐语重心长："我们社区的态度，还是想要促成拆迁，说到底这是好事儿，大家能挣钱，老房子换新房子。但是手续必须正规，每家每户每个人都要同意，那我们这边才能盖章。好吧？你们回家再商量商量。"

孙莹莹点点头，去拿她爸爸手里的协议。老孙不敢不从，松手把那几张纸给了她。孙莹莹翻到签字那一页，仔细地看了看，抬头看我："洋洋，没错，这是他们替我签的名字。幸亏你告诉我了，要不然我就被自己爸妈给骗了。"

我没敢说话。

孙莹莹抬手就要把那拆迁协议撕掉，"扑通"一声，她妈妈当着我们所有人的面跪在了她面前，声泪俱下："你要一直住在这个破房子里吗？你还让我们活不？你自己还要好好活下去不？"

孙莹莹目视前方，没去看自己妈妈。没过多久，她泪流满面，终于还是在办公室里签上了名字。

范志明因为在公共场合寻衅滋事被拘留七天。有一件事情我一直都没有想明白，他为什么想方设法地要让孙家和刘天朗签字呢？我坚持原则是很正常的事，他为什么如此暴怒以至于拳脚相向呢？这个疑问在范志明入狱、企业方为拆迁办派遣了新的副主任之后得到了答案。这个新的副主任是我熟人，徐宏泽。

在社区门口遇到过来办事的徐宏泽，我有点出乎意料，就在一楼门口聊了聊。

"中标这个工程的企业，实际上的负责人是佳轩的爸爸，你也见过他吧？"徐宏泽说。

"嗯，见过。"我点点头，"挺好的老头儿，送给我钢笔当见面礼，佳轩非让我收下。"

"除了拆迁工程，后面的新建工程也是他中了标。"

"厉害呀。我知道他们家有钱，没想到这么有钱。那你呢？你是打算彻底来帮他们家做事了？"

徐宏泽点点头："我那边辞职了。"

"啊？这么干脆？"我看着他。

"佳轩她爸爸早就说让我过来家里帮忙。克俭小区拆迁和新建对他来说也是大生意，他觉得原来的老范做事情不太正规，账面上他也不太信得过，所以就一直有意要换掉他。我其实也犹豫来着，原来的单位，一个该我做主理的项目，最后宣布负责人的时候换了别人。我去问老总，老总说，'你未来老丈人是大老板，你也不稀罕钱，我们这个高污染高强度的项目你干不久撂挑子了，我可怎么办？'"

我没说话，心里面合计了一会儿："不会是韩佳轩她爸找你们老板打招呼了吧？"

徐宏泽看着我，笑了笑，一副"你怎么猜中了"的表情："我没问，但是估计差不多，也就是这么回事儿了。之后我也是有点灰心，就过来了。"

我心里面骂了一句韩佳轩的爸爸不地道，然后拍拍徐宏泽的肩膀"好事儿！"

"啊？"

"他们多重视你呀！多好！再说了，你跟佳轩肯定是要结婚的，你现在给她爸爸帮忙就等于给自己挣钱，比你在原来的单位强多了，别人想有这个机会都拿不到呢。"

徐宏泽皱着眉头看着我，带着深深的疑惑："洋洋呀，我自己原来挣的够花，不那么在乎钱。就跟你不那么在乎念书，怎么说都不想念硕士一样。"

我知道自己说错话了，赶紧打岔："这事儿咱不提了。行，你不爱钱，但是我知道，你为了佳轩也要去他们家帮忙的对吗？"

徐宏泽略略沉吟，点头道："我很喜欢佳轩，但是我来这儿还有一个直接的原因。老范是不是之前在这儿闹了一场？还打你了？"

"这事儿你也知道了？"

"你们社区书记袁姐找到区里去了，说如果合作方是这种态度，你们社区绝不合作。"

"啊？"这确实让我出乎意料，"袁姐那天抄着个砖头挡在我前面来着，之后的事她没跟我说呀。"

"对。"徐宏泽点头笑笑，"你们老大是厉害人，所以我今天过来送一面锦旗，也要跟你当面道个歉。佳轩她爸爸想给社区存一点经费，袁姐没答应，说要报上面批复才能决定要不要。"

"公对公的道歉我接受。"我马上说，"不过，要是咱俩之间就完全没必要了。"我手肘杵他一下，"说实话，我替你高兴，也替佳轩高兴。你俩什么时候办喜事儿？可得叫上我。"

"那还用说。"他笑起来，"你是不是也快了？"

"对。"我说，"我结婚的时候，你们两个也必须来。"

徐宏泽看着我，带着些笑意，目光温柔。这个向来冷冰冰的人，做了一个从来没有过的动作，他伸出手使劲揉了揉我脑顶的头发。

我没躲开，我觉得挺好的，我们从前互相看不上，如今已经变成体己的好朋友了。

一个人从上面楼梯的拐弯处下来，走了两级台阶，又匆忙地转身回去，疾步上楼。那个粉色的运动鞋是胡世奇的。

我心里读秒，还不到二十个数，小汪警官从门外进来了。

胡世奇又一次通风报信了。我之前怎么没留意，他什么时候被汪宁收买了盯着我的？

汪宁看看我，又看看徐宏泽，眼睛里满是戒备。我坦坦荡荡，这有什么呀？不让人聊天吗？不让人叙旧吗？

徐宏泽站起身："汪警官。"

汪宁下巴往前一送，居高临下地："你们公司老范，昨天解除拘留回家了。"

"嗯。"

"今天我打他电话要了解一些情况，打不通了，联系不上。你有什么渠道能找到他吗？"

徐宏泽摇头："没有。"

"有消息知会我们。"

徐宏泽一愣："好的。您找他具体什么事情呢？他又犯什么事儿了吗？"

汪宁笑笑："没大事儿。昨天他走的时候，知道自己从拆迁办被撸掉了，当时气得要命，大叫大嚷地说你未来的老丈人。"汪宁顿了顿，看着徐宏泽的眼睛，"他说他，造过大孽。"

徐宏泽愣在那里。

汪宁马上又轻描淡写地把气氛往回拉："我觉得他就是胡说八道。"

"不过你在他们家出出入入的，要是有范志明的消息记得告诉我一声。"汪宁道，"我再跟他聊聊。"

徐宏泽反应也快，并没有受制于小汪警官，温和地反驳他："要是您怀疑他犯罪了，您就逮捕，拿到法院去给他判刑。要是像您说的没有大事儿，那我每天看到的出出入入的人多了，我也忙，我也不是编外警察，哪能替您看着呢？我还有事，先走了。"

徐宏泽说罢就走了。汪宁目送徐宏泽，脸色阴晴不定。我挺爱看这个盛气凌人的小汪警官被徐宏泽怼的。汪宁一扭头看着我，就是另一副脸孔了。他理直气壮地兴师问罪："怎么回事儿呀？"

我反问他："什么怎么回事儿？不让老百姓说话呀？"

"老百姓跟前男友随便说什么话呀？"

"还有这个法律呢？哪条哪款，警官您倒是拿出来让我看看啊。"我笑嘻嘻地看着他。

汪宁一时没说话，咬了半天牙，最后上前连推带捏，还不敢用力，腻乎乎地弄了我肩膀一下："你贫什么贫？"

我捂着肩膀："不是我贫。我这个前男友他刚调到拆迁办当副主任了，接替老范的位置，以后新建的时候，工程方的主管也是他，那么多业务，我们弄不好得经常见面了。怎么着？每次胡世奇看见了，你都过来查一下身份证吗？"

汪宁一听，第一个反应是先保护他家的探子："啊……关胡世奇什么事儿呀……"

"少来这套，我刚才看见胡世奇上楼跟你通风报信了。你敢派人盯着我？"

汪宁眯着眼睛，局促地解释："我就是好奇，我不在旁边的时候你都干啥呢？你看……我不是想你吗？"

"哦？"我挺受用，忍不住笑。

"不过话说回来，我觉得你跟这个徐宏泽还是少接触。"汪宁挺严肃，语重心长地摇头，"他现在不当学者，不当研究员，转行做生意了，我看你对他得当心。"

汪宁这话让我哈哈大笑起来。汪宁刚开始不太明白，看我笑得前仰后合，虽然莫名其妙却也被感染了，跟着笑起来："你笑什么呀？我跟你认真的，哪里那么好笑？"

我点点他："你呀，身为人民警察，公职人员，怎么随意就怀疑别人品行呀？是不是也太主观了？你怎么随便就在心里把别人设置成反派了——这话听得熟不熟？谁前两天用这话说我来着？"

汪宁急了："那能一样吗？你前男友那么有心眼，孙莹莹能跟他一样吗？"

"哎！"我大吼一声，"你竟然敢！"

汪宁一张嘴说了孙莹莹的名字，自己也反应过来了，追悔莫及，狠狠拍了自己嘴巴一下："赖我赖我，我忘了我忘了……公平起见，咱俩说好，我以后不提她了，你跟前男友也少接触，行吗？"

我："这样吧，咱以后无所谓了，提不提他们名字或者要不要跟他们说话都行。"

汪宁："我完全同意。"

我知道，让汪宁彻底不提孙莹莹，彻底把这个人从他脑袋里面抹掉是不可能的。我们原本约法三章，但每次说话，他还是会下意识地说起她来，事后再跟我道歉。我曾经敏感，但其实也没什么，她只是一个我们都认识的、绕不过去的熟人而已。汪宁让胡世奇盯着我，我遇到危险或者跟前男友见面，他马上就赶到，说明他更在乎我，只在乎我。我需要为他的过去，为他从前的故事担心吗？不。就像即将拆除的克俭小区，那上面总会建起新的建筑，可有人经过的时候总是难免会谈起那个曾经热闹的老小区。

袁姐从外面进来，手里拿着克俭小区最后一个业主刘天朗签字的拆迁协议。

"洋洋姐姐，我要告诉你一个秘密。"天朗这样对我说。

我们两个在半边楼的天台上。夕阳拖长了，浅橘色的光洒在马路上。高楼上被金属和玻璃反射，升腾出薄薄的暮色。鸽子列阵经过，带动清脆的哨响。旁边中学的操场上，学生们在晚自习前踢毽子、做操，活动筋骨。远处的北区，园林里大片的杨柳萌出淡淡新绿和微妙而清新的味道……这些是 S 城早春的美好景象。

天朗坐在我旁边，抬头看着我，睁大了圆圆的眼睛，仍像个小孩子一样："我爸爸，他不是真正的纵火犯。"

我听他这话愣了一下。

天朗直视着我："你信不信？"

我犹豫着："你为什么会这么说呢？"

"我爸爸死的时候，不是你把我带去的吗？他死的时候，明明白白地告诉我，是别人让他放的火。"

"啊？"

"对。"天朗跟我确定，"我进病房的时候，他醒过来了。他认出我，抓着我的手，告诉我，他不是纵火犯，他说是别人让他放的火。"

天朗的声音轻轻的，近乎耳语。在这个空无一人的天台上，仿佛怕被人听去似的，他带着信任和希望追问我："姐姐你信不信？"

不，我不信。

天朗的爸爸早被诊断了精神失常，十几年前他被定罪也有确凿的人证和物证，那是一个已经盖棺定论的案件，十几年后让我怎么去相信他对自己儿子说的话，说他是被指使的呢？

我看着天朗的眼睛。

我不信，我不信他爸爸是无辜的，但是我不想把这话直说出来。

面对一个不想要继续的话题，把它换掉就好，换掉了就避免了争执或尴尬，现在的我非常熟练："天朗呀，我信不信并不重要，重要的是你自己相信就行了。你得过得清白，过得好，过新生活。你签了拆迁协议是对的。"

"你不信，是不是？"男孩不上套，还是追问我。我早就发现了他身上的这个特点，这个人是直来直去的，他不转弯，你带着他都不转。

我不想撒谎，没再说话。

"这也不怪你。"天朗转头看向远处，"说出来谁都不会信的。疯子放火杀人，合情合理，他应该判死刑，死在精神病院里都是便宜他了。他怎么能清白呢？谁都不会信的。更何况都已经死无对证了。"天朗皱着眉头，咬紧了牙关，声音喑哑，"但是我信。我回到这里来就是想要找到真相，找不到我也要等到，水落下去，石头现出来的那个时候。"

我现在终于知道天朗为什么受尽委屈也要回到克俭小区了，但是他已经签了协议，整个小区都要被拆掉了，他又会从哪里找到或者等到那些早已被时间和烟火气熏陶得痕迹寥寥的证据呢？

我想要劝劝他，可是口干舌燥。我想跟他老调重弹，说人要向前看，人不能拿做不到的事情为难自己这些世俗的道理；我也想帮他算一下这笔不小的赔偿款，别说开一个颇具规模的发廊了，要是好好运作，可以让他和姑姑以后过上小康的生活；我也想跟他设想一下他以后的生活，恋爱、结婚、生子，他爸爸高兴看到他这样……可是这些话是说给普通人听的，那些没有遭受过厄运、纠结于一些生老病死的自然现象或贫富颠簸物质生活的人——给这样的人讲讲这些，让他宽心，让他重新燃起希望也许好用，但天朗不一样，孙莹莹也不一样，他们是遭过大罪的人，很难靠这个过渡、安心。

我站在他面前，犹豫半天，还是慢慢说："我不知道怎么劝你，但你要是需要，只要我行，我会帮你的。"

天朗看着我，夕阳照在他的脸上。我的话让他的脸色暖和了一点，片刻后，他忽然倾身向我张开手臂，把我轻轻地抱住了。我有点意外，还是仰着脖子没动，让他抱了一小会儿。三秒钟，我撑开手臂把他推开，一下子就笑了："我跟小警察好了你知道不？他还安排了个探子看着我，探子还有个无人机。小警察要是看你这样，二十个数之内准出现，上来揍你。你想跟我道别其实也用不着这样，以后你开了店给我个打折卡就行。"

天朗有点失望，低着头搓了搓自己一侧发红的脸，还是笑了："洋洋姐姐，你到我店里来，我不会收你钱的。"

"那咱说定了，我就等着你赶紧开店啦！"

克俭小区要被拆掉的这一天还是来了。

作为老旧小区拆迁工程的标杆范例，区里组织了一个仪式。区委书记、区长，还有市建委的领导都要莅临致辞。一同出席的还有企业方的代表——佳轩的父亲韩仁江。佳轩作为省报的记者，将在现场进行网络直播。被邀请出席的还有几位老居民的代表，旅游中的张阿姨要回S城换几件衣服，也会来参加这个仪式。

那天早上，活动还没有开始，领导和老板们还没到，我们社区的就早早到了，帮着礼仪公司的人一起布置现场，对面派出所也派了人来维持现场治安。一辆黑色的车开来，徐宏泽从上面下来，西装革履，很精神。他下了车就在人群里找我，我当他是有事儿，就上前问他。徐宏泽是慌乱的，犹豫的，我从来没看见他这样过，我一直觉得他是那种眼前有炸弹也不会掀一掀眉毛的人。

"你是不是不太舒服？"我问，"要不然去我们单位办公室休息一会儿吧？"

"我没什么事儿。"他摆摆手，"你看见佳轩了吗？"

"她在那边调试机器呢，刚才来的时候还给我带了豆浆。"

徐宏泽故作轻松："我还没吃早点呢。"

"还有呢，油条豆浆都有好几份没动的，你去吃点吧。你脸色不太好，是不是有点低血糖呀？"

"你才低血糖呢。行，我去吃点东西。"徐宏泽走了几步又回来问我，"你对象小汪警官今天来吗？"

"他在呀。今天活动人多，他在那边警车里呢。你要找他？"

"没有。行，咱们回头再说。"

我把一大束花放好，看着徐宏泽的背影："这人奇奇怪怪的。"

领导们和居民代表们都到场了，仪式准时开始。袁姐是司仪，领导们依次讲话，大致的内容是：感谢居民们的配合，致敬基层同志们的努力，使克俭小区及周围地块拆迁工程的前期准备工作能够顺利进行，如期完成！我们也一同期待这个街区的新建工程能够成功！接下来有请的是合作方的代表，拆迁及新建项目企业方的负责人韩仁江先生致辞。

我一直站在围观群众的后排，这时给佳轩发了个微信：你爸真神气。

佳轩没有回复我。

我想她肯定是在直播，没有空搭理我，就打开她之前发给我的链接。结果出乎意料，出镜的记者并不是她，而是跟她一起来的一个男同事，脸上黢黑的，也没打粉底，完全就是临时赶鸭子上架的样子。

韩仁江上台就要致辞了。本该在场的徐宏泽这个时候给我发了个微信：我在你们社区一楼这儿呢。

我：你的早点还没吃完？你岳父兼老板都上来了。

徐宏泽：你过来一下，也让你男朋友来一下，马上。要不然我要改主意了。

我诧异：你干什么呀？

徐宏泽：我跟他说了的话，算不算报警？

我们在社区办公室的一楼。

我、汪宁，还有桌子对面坐着的徐宏泽。

我的手机一直连着克俭小区拆迁开工仪式的直播。韩仁江上台致辞，脱稿讲话，挥洒自如："我跟克俭小区缘分很深。我承包的第一个采暖公司就是给克俭小区送暖气的。可以说，克俭小区居民过不得好，这件事情一直让我挂在心上。"

我对面的徐宏泽说："从拘留所出来那一天，范志明马上就去韩家了。当时我也在。韩仁江示意我先离开一下。我推门出去之前，听见他说，'大哥，我跟了你十几年了，你就这么对待我？'"

十几年前的冬天，还是供暖公司老总的韩仁江把装着年终奖金的红包给到范志明的手上。范志明没有打开，手指一夹，就知道里面数字不菲，连忙笑容可掬地感谢大哥这一年以来的照顾和栽培。

谁知道韩仁江轻轻叹了一口气。

范志明马上问道："大哥您有什么事儿呀？吩咐下来，我不就办了嘛。您待我这么够意思，我不能让您为难呀。"

韩仁江斜睨一眼范志明手里的红包："这点小钱算什么'够意思'，我还觉得对不住你呢。不过你别怪我，大哥如果赚得多，也不会给你那么少。"

范志明是食髓知味的机灵鬼："大哥是要转做别的买卖了？需要小弟给出点力，跑个腿？"

韩仁江略略沉吟，在沙发上半转过身子，看着范志明，压低了声音，当他是心腹："克俭小区旁边，那个地块我看好了，我想要拿下来盖楼。高档小区。"

"您这是要转型做房地产了？！好呀！您说我怎么做帮您？"

"碍手碍脚的就是克俭小区的一栋楼，八十年代初也不知道怎么规划的，现在占了半条街，要是能一下子切掉就好了。"韩仁江道。

"切是切不掉的。"范志明刮着下巴寻思，动迁的事情他干了多年，经验丰富，"可以用火烧掉……"

两人在灯下对视。

……

此时的韩仁江仍在台上侃侃而谈："这次克俭小区拆迁，补偿款主要由我公司承担，我早就说过，我挣的钱要拿来回报社会！尤其是克俭小区的居民！那场大火之后，我流了眼泪，也捐了款。当时我就跟自己说，总有一天，我要让这儿的老百姓住上好房子，过上好日子。"

我眼前的徐宏泽说："我从韩仁江的书房里出来，想起有件事情还得问问他，又转身回去。在门口犹豫要不要进去，听见里面范志明在那儿哭闹呢。他说，'要不是我帮你放了那场大火，大哥你也没有今天吧？'"

……

十几年前夸下海口，领了任务回家的范志明几宿没能合眼，一直合计着这场大火要怎么放才能有效、安全，能烧掉那个碍事的半边楼，也不会留下线索，被警察查到自己身上来。

做坏事也是需要有灵感的。他戴着帽子、口罩在克俭小区闲逛，寻找灵感和机会，发现几个少年在欺负疯子的儿子，疯子着急愤怒，可他是个没有攻击力的文疯子，只会喊叫。范志明跟他主动说话，一点点地渗透给他："你不能让别人那么欺负你的孩子呀，你得弄他们！"

疯子看着他，不解地："怎么弄他们呀？"

"点煤气罐，放火烧他们！"

疯子说："我不敢呀。"

范志明说："你要等着他们把你孩子弄死吗？"

月黑风高的深夜，范志明把几个被抹去了编号的瓦斯罐分别放在克俭小区五号楼不同的楼道里。他把火柴、油放到疯子的手上："谁欺负你孩子你就去烧死他们！我是谁？我是老天爷！"

爆炸声后，火光冲天，克俭小区的半栋楼被烧毁了。

有人死去，有人失去家园，有姑娘为了抢回自己的玩偶被融化的墙壁烫掉了半张皮，有男孩儿从此成了被人怀恨不得翻身的孤儿……也有人从此交上了好运，成了盖高楼的大商人，她的女儿因为竞争者的退出而得到了上电视后又去芭蕾舞团的机会，只不过她并不珍惜，并不当回事儿，就像他的父亲把到手的财富都当做是自己努力工作和慈悲济世的回报一样。

……

台下掌声雷动。韩仁江笑容可掬，以传统的拱手向众人致意。

徐宏泽道："范志明又哭又骂，说韩仁江没有义气。他跟韩仁江要钱。我不知道他要了多少，但是一定是一笔很大的数字，超出了他给范志明的一条性命定的价格。他让范志明给他一点时间，他尽快筹钱。他让司机把范志明送走。这事情发生在我上次看见你们、汪警官告诉我要留意范志明之后。我后来就没再见到范志明，有三天了，而且我也没再见到那辆送他走的车子。"

我跟汪宁互相看看。

汪宁问徐宏泽："你知道的就是这样了？"

徐宏泽点头："就是这些。我对自己刚才跟你说的话全都负责，愿意上法庭作证。"

"我陪你去分局报案做正式的笔录。马上。"汪宁点点头。

他说完把手里的录音停掉了，此时的我看着徐宏泽："你说的这些事情，佳轩都知道吗？"

"还不知道。"

"你报案，报警抓她爸爸，你不怕她伤心吗？你们以后怎么办？"

徐宏泽看着我："我怕她伤心，但是我更害怕的是，她成为下一个受害者。她爸爸的受害者。"

我再没说别的，此时的震惊无以复加。

小汪起身要带徐宏泽去分局了。

可是佳轩呢？佳轩哪里去了？

拆迁仪式还在进行，领导们讲话的环节结束了，纷纷上台，要把盖在抓钩机上的红布掀开，完成典礼。韩仁江正客气地与人推让，动作间却发现了气氛有所变化。人们拿着手机纷纷看他，刚刚还笑脸相迎的人们不再跟他握手，他第一个反应是去找新晋的得力助手徐宏泽，想知道怎么回事儿，却发现他不在身边。秘书递来手机，让他看里面的直播，看见的却是女儿一张仓皇失措的脸："爸，爸，你快来救我呀，你救救我呀……"

镜头稍稍拉开，韩仁江看见佳轩被反剪着双手绑在一个瓦斯罐上。

一个男孩儿的脸对着镜头，双眼发红，声音暗哑："韩仁江，你说实话吧，你指使范志明烧了半边楼，是你！是你！"

直播忽然被切断了。

在韩仁江大惊失色，一时不知如何反应的时候，我也拿着手机赶到了仪式的现场，像只没头苍蝇四处寻找。是天朗绑走了佳轩，可是他们在哪里呢？忽然，混乱的人群中，一个人的身影引起了我的主意，她戴着帽子，穿着大衣，双手插在衣兜里，平静地看着我，像一只遗世独立的仙鹤。

那是孙莹莹。

一阵尖锐的战栗从我脚后跟直蹿到后脑勺，我疾步上前，抓住孙莹莹的胳膊："你看见刘天朗没？你看见韩佳轩没？"

"看见了。"孙莹莹说，微笑地看着我，"就刚才看见的。天朗要带她走，我帮了一把。"

我急得浑身冒汗："他们两个在哪里呢？你们两个要把佳轩怎么样？"

"先让他爸爸把十二年前的事情当着所有人的面说清楚吧！"

我明白了，我太马虎了，我以为在孙莹莹和天朗之间，是她说了算，是她摆布了他。实际上，他们从拒绝签字到改了主意，到最后绑走了佳轩都是天朗的主意。他才是那个操控情节和节奏的人。

我摇着孙莹莹的肩膀，试图说服她："不能这样呀，莹莹，不能这样呀，佳轩不是坏人，她跟这件事情无关呀。"

"那我呢？"孙莹莹瞪大了眼睛，"我跟他的生意又有什么关系呢？为什么要把我害成这样？"

"莹莹，听我说，你们这么做是违法的。不仅以前的事情找不回来，以后也完了！你们还年轻呢，你才多大呀，天朗才多大呀？你们在害自己呢！莹莹，莹莹，你爸爸妈妈养了你这么久，他们指着你活着呢！你告诉我，天朗把佳轩带到哪里去了？！"

听我声嘶力竭地提到她的父母，孙莹莹微微动容，眼睛下意识地向上看了看。我循着她的眼光看去，正是半边楼的天台，一条丝巾从上面落下来，天朗的身影轻巧闪过。

他和佳轩在那里！

我们爬上天台，佳轩被绑在瓦斯罐上，她的嗓子破了，哭不出来，无意识地张着嘴巴，看着韩仁江发出沙哑的声音："爸爸，爸爸……"

天朗坐在她旁边，轻巧地摆弄着手里的打火机，发出"啪啪"的清脆声。他像一个年轻的怨灵，拨打着算盘珠子前来讨债。

"刘天朗！"汪宁喊他名字，"马上放人！"

而天朗关心的是另外一件事情："你们为什么把直播给停了？是怕造成不良影响吗？"他看看掌握中的佳轩，"你不是记者吗？你不是哪儿有事就去哪儿吗？我就想当着尽量多的人的面，问明白一件事情，谁害的我爸爸？谁指使他放的火？谁拿他当枪使？谁让他当替死鬼？"当然天朗是知道答案的，他如此质问的时候，一直看着韩仁江。

韩仁江大喊着，一边慌乱地看着天朗，一边催促着警察："你们干什么吃的？你们怎么还不去救我女儿？！"

天朗见韩仁江这样，再没说话。他原本就不是多话的人，刚才已经说得够多了。他从旁边的挎包里拿出来一小桶液体，浇花一样浇在佳轩身上，被绑在瓦斯罐上的佳轩绝望哀鸣，挣扎不成，倒在地上。天朗上前把她慢慢扶起来。

汽油的味道传来，汪宁把我往后一搡，坚决地命令："走！"

我满头大汗："让我跟他说句话！"

汪宁不肯，牢牢地拽着我的手臂，咬牙切齿，低声吼道："走！"

警方的支援还没赶到，韩仁江却不肯就范，仍试图欺骗天朗："我怎么知道谁指使你那个疯子爸爸的？！这是犯罪……小伙子，小伙子，你把我女儿放了，我给你钱！要多少我给你多少！"

天朗笑了一下，继续摆弄着他手里小小的打火机，同时把瓶子里仅有的一些汽油洒在自己身上。

韩仁江还在狡辩。

天朗拧开了瓦斯罐的阀门，液化气逸出，发出"嘶嘶"的声音。汽油、瓦斯、天朗手里的被他一直拨弄着的打火机，他要让我们所有的人都明白，此时的他是一个不计后果的亡命徒。

可怜的佳轩绝望地看着仍在负隅顽抗的父亲，她还那么在乎他的钱吗？她还希望把徐宏泽带到这个家庭里来吗？

女儿的性命危在旦夕，韩仁江终于跪在地上："好吧，我承认！是我，是我指使的范志明，是我指使他让疯子在克俭小区放的火！"

天朗手里的打火机停了停，平静地说道："你承认就好。你承认，那我弄死你女儿理所当然。"

千钧一发之际，我对汪宁大哭："求求你让我跟他说句话，万一好用呢？万一他听我的了呢？"

汪宁大恸，稍稍松开了手："别离太近！"

我上前两步，天朗看着我，来增援的警察围在我身后，数个枪口对着他。消防车也停在了楼下，红灯闪烁。

天朗没再动，看着我。他给我机会了，他在等我说话呢。

"天朗，别，别这样，"我满脸是泪，声音颤抖，"不是说要开个发廊，要给我免费剪头发的吗？"

天朗终于流下泪来："姐姐，我说的你信了吗？我爸爸被人骗了。"

"我信。"

"那我走了。"天朗说完，将手里没有打开的打火机扔向远方，同时飞身跃下，像一只轻飘飘的鸟。

汪宁上前把我抱住，我在他怀里痛哭不止。

警察和消防员赶紧把佳轩救下，把火源排除。韩仁江迅速从地上爬起来，试图对这里的所有人解释：自己跟十二年前的大火毫无关系，刚才那样讲只是为了让那个男孩不要伤害自己的女儿。

他话音没落，有人从旁边一个废弃的黑箱子里爬出来，正是范志明，看着呆住的韩仁江笑了："你想要杀我灭口来着吧？你没想到疯子的儿子一直跟着我，他把我从河里救起来的吧？我看你呀，也肯定没想到，十二年前的事情，我都是留了证据的。"

……

后来，过了许久，我都会时不时想起刘天朗。想起他不动声色地怀揣着秘密，敏感地在范志明的只言片语中寻找他与父亲的联系，他最后逼出真相的决心和凶狠，他为佳轩和我留下的小小慈悲，还有他最后纵身一跃的决绝。

我继续回溯到他小的时候，没有母亲，疯子父亲，被人欺负，遭遇火灾。如果我有一台时光机，能够回到十几年前，谁也别想在我面前欺负他或欺骗他的疯子爸爸。任何人都有尊严，都不可以遭受侮辱，因为一点点歧视或者恶意到最后可能都会变成卷起风暴的蝴蝶翅膀。

我在后来的工作中一直心怀这种敬畏。

天朗没有死。

他落地之前被一件东西挡了一下，胳膊和腿骨折了，但是没有伤及内脏。不幸中的万幸。那个救他一命的东西是孙莹莹家没来得及搬走的弹簧沙发。

我后来去监狱看望了他，我怎么说他都低着头不肯说话。接见的时间到了，我最后说："天朗，等你出来了，还是要帮我剪头发呀。"天朗终于抬头看了看我，满脸眼泪。

韩仁江和范志明都被判了刑。曾包庇他们的人，利益链条上相关的人，也都得到了应有的惩罚。

孙家在北区东门买了两室一厅的新房子，我后来在抖音上看见孙莹莹跳芭蕾舞，刚开始没有什么人看，后来点赞和关注的越来越多。

徐宏泽回到了原来的单位，佳轩遭遇家变，去了德国。一年后我收到她的邮件，只有一张照片。我把照片发给徐宏泽了，他看风景认出了那个城市，他去找佳轩了。

袁姐没去深圳，姐夫回S城了。

世奇还是辞职了，跟小赵姑娘开网店卖衣服挣了不少钱。我去他那给打折，说还要包下我的婚纱。汪宁表面上谢了他，回头就跟我说："可拉倒吧，我给你买贵的。"

"我给你买贵的"——我最喜欢小汪警官这句话了。他一直在派出所工作，工资涨了点，但是我们两个又不指着自己的工资生活。他妈挣得多，我爸妈会做饭、收拾屋子，我们生活质量很高了。我拿到驾照，汪宁还是那句话"我给你买贵的"，抬手就给我买了个 mini cooper。

回到克俭小区拆迁的那年春天，我跳过街道被区里选去作后备干部。离开社区那天，袁姐又给我拿了一瓶雪碧，我们两个就站在第一天谈话的窗前，看着外面的山水家园和克俭小区原址上的工地。我说："袁姐，真没想到，我在这儿就待了一年。对了，我合同没完成，不会收我违约金吧？"

袁姐看着我哑然失笑："你怎么想的？组织上珍惜人才，你这样的我们好好培养都来不及，还能收你解约费？"

我这才放心了，回头打量着办公室。袁姐的冰箱，张阿姨的鱼缸，我桌面上的文具，还有墙上杨哥的十字绣，心里实在是舍不得。

我说："袁姐呀，其实我不想走，我想在咱们社区再干下去！我想再跟您学东西！"

我以为袁姐会掉眼泪或者至少摆个姿态："洋洋呀，我也舍不得你，我也想让你留下来。这里就是你家！"谁知道袁姐就是笑笑，并没接茬。

我满怀狐疑地看着她，袁姐喝了一口雪碧道："该走还得走，得给新人腾地方。你看那两个办公桌，我还得重新安排一下位置。有俩新同事要来社区工作了，从英国回来的硕士。"

（全文完）